ullstein

Das Buch

Oma Thea steht sprungbereit auf dem Dach des Seniorenheims, denn sie findet, dass 100 Jahre einfach genug sind. Mit
ihr springen soll Pfleger Jan, der sowieso von seinem Leben als
Mann die Nase voll hat und sich alleine nur nicht traut. Dann
taucht plötzlich die 50-jährige Friedelies auf. Sie steht vor dem
finanziellen Ruin, in den sie die Kosten für die Pflege ihres (no-
torisch untreuen!) Mannes getrieben haben. Und Susanna, von
allen wegen ihres Alkoholproblems Sue Ellen genannt, stolpert
mit einer Flasche Jägermeister in der Hand zu den Selbstmör-
derinnen aufs Dach.

Nach kurzer Diskussion beschließen die Lebensmüden, den
Freitod zu verschieben, denn sie haben alle doch noch etwas zu
erledigen. Thea will ein letztes Mal Achterbahn fahren und Zuckerwatte essen, Jan sich endlich als Frau im Männerkörper
outen, Sue Ellen ihrer Familie einmal nüchtern entgegentreten
und Friedelies ihren Mann vor seinen Augen betrügen. Dass
das alles nicht so leicht wird, haben sich die vier schon gedacht. Doch als sie plötzlich mit einem aufdringlichen Vereh-
rer, einem mysteriösen Todesfall und einem geklauten
Schranktresor konfrontiert werden, müssen sie zu ungewöhn-
lichen Mitteln greifen ...

Die Autorin

Gabi Breuer, geboren 1970, lebt mit ihrem Mann und Sohn in
Köln. Sie ist Verwaltungsangestellte in einem Seniorenheim
und schreibt nur in ihrer Freizeit. Unter dem Namen Gabriele
Breuer schreibt sie auch historische Romane.

Von Gabi Breuer ist in unserem Hause bereits erschienen:
Mit Tante Otti auf der Insel

GABI BREUER

Oma Thea
macht die Fliege

ROMAN

Ullstein

Besuchen Sie uns im Internet:
www.ullstein-taschenbuch.de

Originalausgabe im Ullstein Taschenbuch
1. Auflage Juli 2014
© Ullstein Buchverlage GmbH, Berlin 2014
Umschlaggestaltung: ZERO Werbeagentur, München
Titelabbildung: © Gerhard Glück
Satz: LVD GmbH, Berlin
Gesetzt aus der Berkeley
Papier: Holmen Book Cream von Holmen Paper Central Europe,
Hamburg GmbH
Druck und Bindearbeiten: CPI books GmbH, Leck
Printed in Germany
ISBN 978-3-548-28605-1

Für meinen Sohn
Marcel

Kapitel 1

Schlimmer konnte es wirklich nicht mehr kommen. Friedelies war einiges an Elend gewohnt, doch nun befand sie sich
auf dem Tiefpunkt ihres jämmerlichen Lebens. Seit Stunden
saß sie schon neben Horsts Bett und starrte ins Leere, während ihr Mann vor sich hin döste. An den Fenstern sperrten
die dunkelgrauen Vorhänge das Licht aus und verliehen dem
Zimmer das Ambiente einer Gruft. Seit zwei Monaten verbrachte Friedelies die Tage hier in diesem Seniorenheim, um
bei ihrem Mann zu sein. Er wollte es so und war selbst nach
dem Schlaganfall noch genauso dominant wie all die Jahre
zuvor. Friedelies schalt sich selbst als duckmäuserisch. Aber
bald würde dies alles vorbei sein, dann würde sie ausbre-
chen, um endlich ihren Traum zu verwirklichen. Dazu
brauchte sie nur noch das letzte Quentchen Mut zu fassen.

Die Tür öffnete sich, und der Windzug bauschte die Vorhänge. Eine Pflegekraft trat in das Zimmer, um das Abendessen zu servieren. Sie grüßte kurz und stellte das Tablett auf
den Betttisch. Friedelies kannte sie nicht, also schaute sie auf
das Namensschild. Dort stand »Heidi«. Heidis Kittel spannte
so über dem Bauch, dass die Knöpfe fast absprangen.

Horst öffnete die Augen. »Meine Frau reicht mir das Essen
an«, knurrte er. Es waren die ersten Worte, die er an diesem
Tag sagte.

Dann wandte er den Blick zu Friedelies und verzog den Mund. »Himmel, hat die eine Wampe.«

Schwester Heidi schüttelte den Kopf. »Ist Ihr Mann immer so freundlich?«

Friedelies schämte sich in Grund und Boden. Horst hasste übergewichtige Menschen und hielt damit nicht hinter dem Berg. »Ich glaube, er hat nicht gut geschlafen«, sagte sie entschuldigend.

Horst stützte sich auf die Ellenbogen. »Die Dicke soll verschwinden. Von so einer will ich nicht versorgt werden.«

Wie vor jeder Mahlzeit legte Friedelies ihm ein Lätzchen um den Hals. »Mensch, Horst, hör bitte auf. Sei froh, dass es Menschen gibt, die sich um dich kümmern.«

»Leider kann ich mir hier auch nicht die Bewohner aussuchen, die ich zu pflegen habe. Aber glauben Sie mir, ich bin noch mit jedem Stinkstiefel fertig geworden.« Schwester Heidi presste die Lippen aufeinander und verließ das Zimmer.

Friedelies' Magen verkrampfte sich. Kurz zögerte sie, doch dann nahm sie all ihren Mut zusammen, schnappte sich ihren Mantel und fuhr nach Hause.

Auch wenn Thea den Film mit Gregory Peck und Audrey Hepburn in- und auswendig kannte, freute sie sich schon seit Tagen darauf. *Ein Herz und eine Krone* … so verliebt waren ihr Erwin und sie auch gewesen, als er noch gelebt hatte. Sie hatte das Kopfteil des Bettes erhöht und lauschte nun mit der Fernbedienung in der Hand der Anfangsmusik. So sahen sie also aus, die Höhepunkte in ihrem Leben, die ihr nur noch das Fernsehprogramm schenken konnte. Thea stellte den Ton lauter. Kurz darauf betrat Pfleger Jan ihr Zimmer und schüttelte den Kopf. Wie sie an seinen Lippen erkennen konnte, sagte er irgendetwas.

»Du musst lauter sprechen. Ich hab mein Hörgerät nicht an!«, brüllte Thea in seine Richtung.

Jan nahm ihr die Fernbedienung aus der Hand und stellte den Ton leiser.

»Was soll das?« Verärgert schaute Thea ihn an. »Ich versteh nichts.«

Der junge Mann beugte sich zu ihr. Seine Lippen waren nun ganz nah an ihrem Ohr. »Ihre Zimmernachbarin kann nicht schlafen.«

»Ja und?«

»Weil Sie den Fernseher so laut gestellt haben.«

»In der Nacht darf ich mein Hörgerät nicht tragen.«

»Wie wäre es denn hiermit?« Der Altenpfleger holte die Kopfhörer aus ihrem Nachtschränkchen.

Thea verdrehte die Augen. »Die tun mir an den Ohren weh.«

»Sie können aber nicht das ganze Haus wach halten.« Ohne sie zu fragen, setzte Jan ihr die Kopfhörer auf und gab ihr die Fernbedienung zurück. Dann verließ er das Zimmer.

Thea riss sich die Kopfhörer herunter und warf sie auf den Boden. Anschließend stellte sie den Ton lauter. Verdammt, jetzt hatte sie den Anfang des Films verpasst, den sie doch so liebte.

Keine zwei Minuten später flog die Tür wieder auf. Herein trat eine Pflegerin, die Thea noch nicht kannte. Die korpulente Frau schaltete den Fernseher aus, nahm Thea die Fernbedienung ab, steckte sie ein und ging. Thea glaubte, sich in einem schlechten Traum zu befinden. Das konnte doch nicht wahr sein! Was erlaubte sich diese Ziege? Augenblicklich drückte sie den Notruf. Nichts geschah. Thea starrte den schwarzen Bildschirm an. Dann knipste sie das Licht aus und betete ganz fest zu ihrem Erwin, er möge sie in der Nacht zu sich holen. Nie hatte sie hundert Jahre alt werden wollen, und noch älter schon gar nicht. Doch nun steuerte sie auf ihren hundertsten Geburtstag zu, und wie es schien, hatte der Tod sie einfach in diesem Seniorenheim am Kölner Stadtrand vergessen. Dabei gehörte das Sterben hier doch zur Tagesordnung. Regelmäßig fuhr der Leichenwagen vor. Das Billett für die Fahrt in der Holzkiste hatte Thea schon lange in der Tasche, denn vor gut zehn Jahren hatte sie ein kleines Vermögen für ihren Bestattungsvertrag gezahlt. Vielleicht sollte sie lauter *Hier!* schreien, wenn der Sensenmann wieder einmal durch das Haus schlich. Leider wusste sie noch nicht einmal, wie er aussah. Klar, sie war ihm ja auch noch nicht begegnet. Thea stellte das Kopfteil tiefer und rutschte mit dem Hintern über die Dekubitus-Matratze, bis sie eine halbwegs schmerzfreie Liegeposition gefunden hatte. Dann zählte sie die Kerzen auf der Fensterbank, die sie vor vielen Jahren selbst gezogen hatte. Als sie danach die Augen schloss, hoffte sie inständig, es möge für immer sein.

Natürlich wachte Thea am nächsten Morgen wieder auf und schimpfte auf Erwin und den Sensenmann. Zu allem Überfluss verspürte sie nun auch noch großen Harndrang. Sie klingelte nach dem Pflegepersonal, das jedoch auf sich warten ließ. Thea versuchte es mit Rufen und Schreien, aber ohne Erfolg. Also schleuderte sie die Wasserflasche gegen die Tür, doch es tat sich immer noch nichts. Nun war ihre Geduld endgültig erschöpft. Thea stieß das Federbett zu Boden, schlängelte sich langsam über das Bettgitter und ließ sich einfach fallen. Die Bettdecke und das Kissen federten ihren Sturz nur unwesentlich ab, doch wie es schien, würde sie lediglich ein paar blaue Flecken davontragen – und die würde sie schon bald nicht mehr spüren. Gerade, als Thea zur Tür robben wollte, wurde diese geöffnet und traf sie fast am Kopf.

»Du liebe Güte, Frau Holzapfel! Was machen Sie denn da?«, stieß Jan leicht hysterisch aus. Im Nu fasste der Pfleger sie unter den Achseln und setzte sie in den Rollstuhl.

Thea ruderte mit den Armen. »Ich bin es leid!«, keifte sie, »ich will nicht mehr warten müssen.«

Jan setzte ihr das Hörgerät ein. »Ab morgen versorge ich Sie als Erste. Das verspreche ich«, versuchte er, sie zu beruhigen.

»Es gibt kein Morgen mehr.« Theas Stimme wurde leiser.

»Aber sicher gibt es das. Sie werden uns noch lange erhalten bleiben.«

»Das glaubst aber auch nur du.«

»Was ist denn los, Frau Holzapfel? Haben Sie schlecht geschlafen?«

»Deine Kollegin von gestern Abend hat mir die Fernbedienung abgenommen.« Thea musterte Jans ebenmäßige Gesichtszüge. Wie die Schatten unter seinen Augen verrieten, war er derjenige, der nicht gut geschlafen hatte.

»Wie bitte? Also, das darf sie nicht. Ich werde sie sobald wie möglich darauf ansprechen. Wo wollten Sie eigentlich hin?«

»Erst aufs Klo und dann aufs Dach.«

Jan zog die Nase kraus. »Wie bitte?«

»Du hast schon richtig gehört.«

»Sie sind heute Morgen aber komisch drauf.« Jan setzte Thea auf den Toilettenstuhl. Nachdem sie fertig war, schob er sie im Rollstuhl ins Badezimmer.

»Ich hab auch meinen Grund, so zu sein«, sagte Thea, während er ihr das Nachthemd aufknöpfte.

In Windeseile duschte Jan ihren klapprigen Leib ab, wickelte Thea in ein Badetuch und fragte sie wie jeden Morgen, was sie anziehen wollte.

»Mein Hochzeitskleid.«

»Ihr Hochzeitskleid?«

Thea schürzte die Lippen zu einem grimmigen Lächeln und nickte. Sie hatte es am schönsten Tag ihres Lebens getragen, und heute, wenn sie Erwin wiedersah, sollte alles genau so sein wie damals vor achtzig Jahren.

Jan zog ihr kopfschüttelnd das Kleid über. Es passte ihr noch.

»Wollen Sie wirklich so in den Frühstücksraum?«

»Nein, ich will aufs Dach«, antwortete Thea und betrachtete sich im Spiegel. Ihre silbrige Lockenwelle war an der Seite platt gelegen. Aber beim Anblick des Kleides trat ein kleines Blitzen in ihre Augen. Sanft fuhr sie mit der Hand über die Spitze am Halsausschnitt. Dann sah sie zu Jan. »So, und nun besorgst du dir beim Hausmeister den Schlüssel und bringst mich aufs Dach.«

»Hören Sie mit dem Unsinn auf. Nach einer Tasse Kaffee sieht die Welt gleich anders aus.« Jan schaute sie an wie ein mutterloser Dackelwelpe und schob sie durch die Tür. »Außerdem wollten Sie doch mit auf den Ausflug.«

»Sag mal, nimmst du mich nicht für voll?«, keifte Thea nun. Wie sie diese Bevormundung hasste! Seit fünf Jahren wurde ihr vorgeschrieben, wann sie zu essen hatte, wann sie ins Bett musste – und sogar auf die Toilette konnte sie nur, wenn das Personal Zeit dafür fand.

Jan antwortete nicht und drückte den Aufzugknopf.

»Ich gebe dir drei Millionen, wenn du jetzt den Schlüssel holst, mich hochbringst und mir einen kleinen Schubs gibst.«

»Ja, ist schon klar.«

»Glaubst du mir nicht?« Thea zog an der Kette mit dem Schlüssel, die sie um den Hals trug. »Geh, und schau in meinem Schranktresor nach.«

Die Aufzugtüren öffneten sich. In der Kabine standen zwei Bestatter neben einer abgedeckten Bahre.

Jan drehte Theas Rollstuhl spontan von dem Anblick weg. »Wir warten«, sagte er dann zu den Männern.

»Wer war das denn?« Thea verrenkte sich fast den Hals, um noch einen Blick in den Aufzug werfen zu können.

»Frau Schmidt von der Vier.«

»Die Glückliche.« Ein Seufzer entfuhr Theas Kehle.

»Irgendwann sind Sie auch dran.«

»Ich nicht, bei mir hat man das Verfallsdatum vergessen.«

»Ach was. Niemand lebt ewig. Übrigens gab es ganz schön Terror auf Station vier«, lenkte Jan vom Thema ab. »Die Enkelin von Frau Schmidt ist ausgerastet. Sie war betrunken und hat die Kleidung ihrer Oma durchs Zimmer geworfen.«

»Hat wohl sehr an ihr gehangen.« Solch ein Drama würde sich nach ihrem Tod bestimmt nicht zutragen, denn es gab niemanden mehr, der ihr nachtrauern konnte. Selbst ihre kinderlosen Söhne hatte Thea mittlerweile überlebt.

»Wohl eher an ihrem Geld«, konterte Jan.

Thea hielt immer noch den Tresorschlüssel in der Hand. »Was ist denn nun?«

»Hören Sie, Frau Holzapfel. Sie frühstücken jetzt erst einmal, und dann sehen wir weiter.«

Thea kniff die Augen zusammen. Höchstwahrscheinlich

dachte er, sie sei verkalkt wie ein Wasserkocher. »Willst du, dass ich das ganze Haus zusammenschreie?«

»Ist das Ihr Ernst?«

»Ja. Und nun bring mich zurück ins Zimmer, damit ich dir das Geld geben kann.«

Nach einem kurzen Kopfschütteln schob Jan sie endlich vom Aufzug weg und wieder den Flur entlang. Thea freute sich. Gleich würden ihm die Augen aus dem Kopf fallen.

Und wirklich verschlug es Jan beim Anblick der gebündelten Scheine den Atem.

»Siehst du, ich bin nicht senil«, sagte Thea und grinste selbstzufrieden.

»Wo … wo … haben Sie das ganze Geld her?«

»Ein Lottogewinn.« Das stimmte nicht so ganz, aber was ging Jan die Wahrheit an?

»Ziemlich leichtsinnig, die Scheine hier im Tresor aufzubewahren.«

»Na und?« Thea zuckte mit den Schultern. »Von mir aus hätten sie geklaut werden können. Ich brauche sie ja doch nicht mehr. Was ist denn nun? Willst du dir das Geld verdienen?«

»Sie wissen nicht, was Sie da von mir verlangen. Und das Schlimmste ist, es ist Ihnen ernst«, sagte Jan mit belegter Stimme.

»Das weiß ich sehr wohl. Doch drei Millionen Euro Sterbegeld sind nicht gerade wenig.«

Jan hob die Arme. »Kann ich eine Nacht darüber schlafen?«

»Nein.«

»Gut, dann lasse ich es.« Der Pfleger wandte sich ab und verließ das Zimmer.

Fassungslos betrachtete Thea die Scheine. So ein Waschlappen! Was war schon dabei, eine alte Frau vom Dach zu schubsen? Sie war doch sowieso nur noch eine lebende Tote. Was sollte sie denn nun tun? Jemand anderen bitten, sie aufs Dach zu bringen? Nein, hier im Heim gab es sonst niemanden, dem sie das Geld gönnte.

Ratlos blickte Thea aus dem Fenster. Der Leichenwagen mit Frau Schmidt an Bord verließ gerade den Parkplatz. Obwohl sie wusste, dass offenes Feuer in den Zimmern verboten war, zündete Thea eine ihrer selbstgezogenen Kerzen an.

Als Jan nach seiner Schicht das Heim verließ, wusste er immer noch nicht, was er von der alten Holzapfel halten sollte. Was sie da von ihm verlangte, hatte mit Sterbehilfe nicht mehr viel zu tun. Doch irgendwie beneidete er sie um ihren Mut. Auch er dachte oft daran, sein Leben zu beenden.

Wie jeden Mittwoch fuhr Jan auch an diesem Nachmittag mit dem Bus zur Kfz-Werkstatt seines Vaters, um auszuhelfen. Auch wenn er den Dreck unter den Fingernägeln verabscheute, arbeitete er gern dort. Aber nicht wegen des Geldes oder der Karossen, dem konnte er kaum etwas abgewinnen. Doch wenn sein Vater ihm gegenüber ein freundliches Wort fand, war das Jan Lohn genug. Und dann gab es auch noch Mick, Vaters Angestellten, dessen Nähe Jan jeden Mittwoch ein warmes Ziehen im Bauch bescherte. Mittlerweile war er richtig süchtig nach diesem Gefühl, obwohl es seine Sehnsucht unerträglich werden ließ. Seufzend stieg Jan aus dem Bus und bog in die Straße ein, die zu einem Gewerbegebiet führte. In den Büschen neben dem Gehweg verschandelten leere Pappbecher und Brötchentüten das zarte Grün. Der Bus fuhr an Jan vorbei und ließ seine Abgase zurück.

Als Jan nach einem kurzen Fußmarsch die Werkstatt betrat, blickte sein Vater ihn über die Heckklappe eines VW-Käfers hinweg an. Dann legte er den Schraubendreher in den Motor, ging um den Wagen herum und hob die ölverschmierte Hand, damit Jan einschlagen konnte.

»Und, Junge, was hältst du vom FC? Das ist doch der Hammer, oder?«

Jan hatte keine Ahnung, wovon sein Vater redete. Beim letzten Spiel hatte er arbeiten müssen. »Schaffen die bestimmt noch«, murmelte er nur, um irgendetwas zu sagen.

»Was?« Sein Vater runzelte die ergrauten Augenbrauen. »Was schaffen die bestimmt noch?« Er verschränkte die Arme vor der Brust und lehnte sich gegen den Käfer.

Als der Blick seines Vaters ihn durchbohrte, brach Jan der Schweiß aus.

»Du hast das Spiel gar nicht gesehen, stimmt's? Was bist du eigentlich für ein Typ? Männer, die sich nicht für Fußball interessieren, sind keine richtigen Kerle.«

»Ich hatte Dienst.«

»Ja, ja. Red dich nur raus. Meinst du, ich wäre blöd? Wofür habe ich dich eigentlich immer mit ins Stadion geschleppt?«

Jan sah ihn verständnislos an. Jede Woche schaute er die Bundesliga, hatte sich dafür sogar extra einen Receiver zugelegt. Und das nur, damit er mitreden konnte. Andere Themen als Fußball oder Autos kannte sein Vater nämlich nicht.

»Ist doch wahr«, setzte sein Vater nach.

»Sag mal, bist du nicht gut drauf?«

»Muss ich hier immer rumtanzen, oder was?« Sein Vater stieß sich vom Käfer ab und reckte das Kinn vor.

»Nein, aber könnten wir heute zur Abwechslung mal nicht streiten?«

»Wir streiten doch gar nicht. Was kann ich dafür, dass du von nichts eine Ahnung hast?«

»Papa, es gibt eine Menge, von dem ich eine Ahnung habe. Nur interessiert dich das nicht.«

»Meinst du zum Beispiel deinen Weichei-Job?«

Jan verdrehte die Augen. »Fängst du schon wieder damit an?«

»Wie kann man denn lieber alten Omis den Hintern abputzen, als an Autos zu schrauben? Und überhaupt, wenn du nicht langsam mal eine Frau findest und für Enkel sorgst, wer soll dann die Werkstatt übernehmen?«

Jan schaute zu Boden. Sein Vater steigerte sich wieder einmal in sein Lieblingsthema hinein.

»Ja, darauf weißt du wie immer keine Antwort. War mir klar. So langsam glaube ich, sie haben dich im Krankenhaus vertauscht.«

Statt etwas zu erwidern, tröstete sich Jan damit, dass er wieder in Micks Nähe war. Suchend ließ er den Blick durch die Werkstatt schweifen. Doch von Mick fehlte jede Spur. Hoffentlich war er nicht krank oder hatte frei. Dann wäre dies ein verlorener Tag gewesen, wie all die anderen in der Woche. Bedrückt ging Jan an der Hebebühne vorbei und betrat den Raum, in dem sich die Umkleide der Angestellten befand. Dort holte er sich seinen Blaumann aus dem Spind und schob sich die Jeans über die Oberschenkel. Plötzlich öffnete sich die Tür der angrenzenden Toilette, und Mick trat heraus. Jan schaute an sich hinab. Als er seinen Slip sah, donnerte augenblicklich der Puls in seinen Ohren.

»Ach du Scheiße. Was ist das denn?« Mick brach in brüllendes Gelächter aus.

Schnell zog Jan die Jeans wieder hoch. Wie hatte das bloß

passieren können? Sonst achtete er doch darauf, mittwochs Boxershorts zu tragen. Jan wünschte sich nur noch ein Loch im Boden, in das er versinken konnte.

»Wusste ich's doch, dass du ein warmer Bruder bist.« Mick wischte sich mit dem Handrücken die Tränen aus den Augenwinkeln. »Muss ich jetzt Angst haben, wenn ich mich bücke?«

»Arschloch«, zischte Jan und verzog sich mit dem Blaumann auf die Toilette. Dort klappte er den Deckel zu und setzte sich erst einmal hin. Seine zitternden Beine wollten sich gar nicht mehr beruhigen. Dazu brannte ihm das Gesicht, als hätte er den Kopf in einen Backofen gesteckt. Jan betete zu Gott, dass Mick sein Maul halten würde.

Natürlich war dem nicht so, denn einige Sekunden später donnerte die Faust seines Vaters gegen die Tür.

»He, Freund der Sonne! Komm raus. Ich hab mit dir zu reden.«

Weil er sich nicht ewig auf der Toilette verstecken konnte, drehte Jan den Schlüssel um und drückte die Klinke hinab.

Das hochrote Gesicht seines Vaters kündigte einen baldigen Herzinfarkt an. »Sag, dass das nicht wahr ist! Sag, dass du nicht schwul bist!«, schnaufte er.

Jan senkte den Blick und schaute zu Boden. »Ich bin nicht schwul. Das mit dem Damenslip war nur ein Gag.« Allein Jans zittrige Stimme verriet die Lüge.

»Raus hier!«, schrie sein Vater. »Ich will dich nie wieder sehen.«

Kurze Zeit später knipste Jan die Lichter in seinem Apartment an und warf sich aufs Bett. Dieser Mick war so ein Scheißkerl! Jan konnte nicht verstehen, dass er sich bis heute

Nachmittag noch in seine Arme geträumt hatte. Sein ganzes Erwachsenenleben hielt er sich schon an einem Traum fest, der niemals wahr werden würde.

Nachdem Jan eine Weile lang geheult hatte, schlüpfte er in ein flamingofarbenes Nachthemd aus Seide und versteckte sein Haar unter einer Perücke, deren blonde Locken ihm auf den Rücken fielen. Der Blick in den Spiegel erinnerte ihn an eine dieser Barbies, die er als kleiner Junge vergöttert hatte. Sanft fuhr er mit der flachen Hand über die Haarpracht. Es tat so weh, in diesem Körper gefangen zu sein. Verdammt, er war noch nie ein Junge gewesen.

Kapitel 2

Nach einer unruhigen Nacht, in der Horst sie wieder einmal verfolgt hatte, beschloss Friedelies, endlich die Fäden für ihren Traum zu spinnen. Nun saß sie in der Küche vor ihrem Laptop und starrte auf den Bildschirm. Allein beim Anblick der Internetseite rieselte ihr ein angenehmer Schauer über den Rücken. Friedelies klickte auf die Bilder. Die Stühle auf der Terrasse waren mit lindgrünem Stoff bezogen. Purpurfarbene Bougainvilleas umrankten die Säulen. Augenblicklich bahnte sich der Sonnenschein auf den Bildern einen Weg in ihr Herz. 15 000 Euro Ablösesumme und 500 Euro Miete kostete das Café in Paguera. Das war perfekt und passte genau in ihren Finanzplan. Lange genug hatte sie sich aus ihrem Leben fortgeträumt, nun war es an der Zeit, den Hebel umzulegen und die Sorgen hinter sich zu lassen.

Friedelies verließ sich einfach auf ihr Bauchgefühl, tippte die Nummer des Maklers in das Telefon und vereinbarte mit ihm einen Termin auf Mallorca. Dann buchte sie mit zittrigen Fingern den Flug in ihr neues Leben. Als sie die Buchungsunterlagen ausgedruckt hatte, fühlte sie sich fast schon frei. In Gedanken sah Friedelies, wie sie den Gästen Kaffee und selbstgebackene Kuchen servierte. Doch dann riss sie das Klingeln an der Tür aus den schönen Träumen.

Der Postbote wünschte ihr einen guten Morgen und drückte ihr zwei Briefe in die Hand. Einer war vom Amt für Soziales und Senioren und der andere von dem Seniorenheim, in dem Horst lebte. Als Erstes öffnete Friedelies den Brief vom Sozialamt und erlitt fast einen Herzstillstand. Vor ihren Augen tanzten die Buchstaben. Nein, das Leben meinte es wirklich nicht gut mit ihr.

Aufschluchzend wischte sie sich eine Träne aus den Augenwinkeln und öffnete den zweiten Brief. Sie ahnte schon, was darin stand, nachdem sie die letzte Rechnung einfach ignoriert hatte. Natürlich forderte das Heim unter Androhung eines Mahnverfahrens die Bezahlung der Kosten. Wahrscheinlich hatten sie auch das Schreiben des Sozialamtes erhalten, bei dem Friedelies einen Antrag auf Hilfe zur Pflege gestellt hatte.

Das Telefon läutete, und Friedelies schleppte sich mit schweren Beinen ins Wohnzimmer. Sabines Nummer blinkte auf dem Display. Friedelies wappnete sich kurz gegen den Sturm, der gleich durch die Leitung fegen würde, dann nahm sie ab.

»Hör zu, Mutter«, blaffte ihre Tochter sofort los. »Ich habe einen Brief vom Heim erhalten. Ein Duplikat der Mahnung, die an dich gerichtet war. Ich hoffe doch sehr, du bezahlst augenblicklich.«

Friedelies atmete tief ein. Mit diesem Tonfall sollte ihre Tochter bei einem Kredithai anheuern.

»Nein, Sabine. Ich werde nicht bezahlen. Du weißt ganz genau, was dein Vater mir all die Jahre angetan hat.«

»Komm mir nicht wieder mit dieser Leier! Papa hat all die Jahre gut für dich gesorgt. Das, was du jetzt veranstaltest, hat er nicht verdient. Du bezahlst sofort, oder –«

»Oder was?«, fiel Friedelies ihr ins Wort. »Willst du mich ansonsten erschießen?«

»Mensch, Mama. Überleg doch mal. Willst du, dass sie dir Papa wieder nach Hause schicken?«

»Nein, natürlich nicht.« Allein bei dem Gedanken kroch Friedelies das Grauen in den Nacken. Einem Reflex folgend drückte sie ihre Tochter weg. Dieses Ehemonster, das sie all die Jahre ertragen hatte, wollte sie bestimmt nicht mehr in ihrer Wohnung haben. Eher würde sie sich eine Tarantel halten. Aber Sabine verstand das nicht. Klar, sie war immer Papas Liebling gewesen und umgekehrt genauso. Während all der Zeit hatte Friedelies es gut verstanden, die Sonne trotz der dunklen Wolken scheinen zu lassen. Nur wegen ihrer Tochter war sie bei Horst geblieben, und wahrscheinlich würde sie so lange seine Gefangene sein, bis er endlich für immer die Augen schloss. Doch das konnte dauern, denn Gottes Mühlen mahlten langsam. Ihr Traum vom Ausstieg hatte sich ausgeträumt. Arm wie eine Kirchenmaus würde sie Horst wohl weiterhin Tag für Tag die Mahlzeiten in den Mund schieben müssen. Bei dieser Vorstellung überfiel sie das heulende Elend. Nein, da wollte sie lieber tot sein! Ja, sie würde sich aufhängen oder vom Dach stürzen. Keinen einzigen Tag länger hielt sie dieses verdammte Leben aus. Doch vorher wollte sie sich noch von ihrem Mann verabschieden – ihm ein einziges Mal sagen, wie sehr sie ihn verabscheute, wie weh ihr seine ständigen Demütigungen getan hatten. In einer Stimmung, die finsterer war als eine mondlose Nacht, zog Friedelies sich an und fuhr ins Seniorenheim.

Horst lag auf dem Bett und hielt die Augen geschlossen. Doch Friedelies wusste genau, dass er nicht schlief.

»Warum bist du vorgestern einfach abgehauen? Wo warst du gestern? Und warum kommst du erst jetzt?«, knurrte er. Dann hob er langsam die Lider. Seine dunklen Pupillen schwammen in einer rotwässrigen Brühe.

»Ich wollte einfach nach Hause. Du bist hier doch gut versorgt.« Friedelies setzte sich neben das Bett, goss sich etwas Wasser ein und umklammerte mit beiden Händen das Glas.

Horst sprühte ihr mit den Augen seinen ganzen Hass entgegen. »Du weißt doch, dass ich deine Hilfe beim Essen brauche. Verdammt noch mal! Ich muss mich übergeben, wenn die fette Pflegerin mir das Essen reicht. Wage es nicht noch einmal wegzubleiben. Ich schwör dir –«

»Was? Du kannst mir gar nichts mehr befehlen!«, rief Friedelies und sprang auf. »Sieh dich doch an! Und das … das ist alles Gottes gerechte Strafe. All die Jahre hast du mich wie eine Sklavin gehalten. Weißt du eigentlich, wie sehr ich gelitten habe?«

»Halt bloß den Mund. Dir ist es immer gutgegangen.« Horst hob den Kopf.

Friedelies hatte für ihn nur noch ein verächtliches Lächeln übrig. »Ja, Horst. Ich werde schweigen. Und zwar für immer.« Sie kippte ihm das Glas Wasser ins Gesicht.

Ihr Mann schnappte nach Luft und riss die Augen auf. Doch bevor er richtig ausrasten konnte, verließ Friedelies schon das Zimmer. Die Stimme an ihrem Ohr, die sie sanft weckte, kam Thea irgendwie bekannt vor. Doch leider zu bekannt, als dass sie hätte von Gott stammen können, denn der hatte in ihrem Leben nicht allzu oft mit ihr gesprochen. Wer den Mann im Krieg verloren und die eigenen Söhne überlebt hatte und einfach nicht von der Erde abberufen wurde, besaß nicht mehr viel Gottvertrauen. Aber im Grunde konnte sie es dem Herrn dort oben nicht verübeln, dass er sich von ihr abgewandt hatte. Schließlich war sie nie die Frömmste gewesen.

Zu der Stimme gesellte sich nun ein Rütteln an ihrer Schulter.

»Ich bin noch müde«, murmelte Thea. Vielleicht klappte es ja mit dem Sterben, wenn sie einfach die Augen für immer geschlossen hielt.

»Es ist wichtig«, sagte nun die Stimme, die eindeutig Jan gehörte.

Sofort öffnete Thea die Lider. »Hast du es dir überlegt?«

Jan versorgte sie mit dem Hörgerät. »Ja, hab ich. Wenn Sie wollen, können wir sofort aufs Dach. Soll ich Ihnen wieder Ihr Hochzeitskleid anziehen?«

Thea nickte begeistert. »Ja, natürlich. Und die Haare kämmst du mir. Mehr nicht. Den Rest übernehmen sowieso die Bestatter, falls noch etwas von mir übrigbleibt.«

Als Jan sie auf der dreizehnten Etage aus dem Aufzug schob, fielen Thea wieder die drei Millionen ein.

»Das Geld, ich habe vergessen, es dir zu geben!«, stieß sie aus und schlug sich dabei mit der Hand gegen die Stirn.

»Lassen Sie es. Es ist nicht wichtig.«

Thea drehte sich zu ihm um. »Wie? Was ist denn mit dir los? Aber mir soll's egal sein. Hauptsache, du hilfst mir.«

Jan sagte nichts darauf, sondern schob sie schweigend zur Eisentür, die aufs Dach führte. Das Schloss krächzte ein wenig, als er den Schlüssel umdrehte. Dann wehte ihnen ein eisiger Märzwind um die Nase, der sich auch von der Sonne des frühen Vormittags nicht einschüchtern ließ.

Während die Räder des Rollstuhls den knirschenden Kies teilten, schirmte Thea sich die Augen ab. Es war wohl der erste helle Tag in diesem Frühling. Aber wie sagte man so schön: Dem Guten regnete es ins Grab, dem Schlechten auf den Hochzeitstag. An ihrem schönsten Tag des Lebens hatte es Hühnereier gehagelt.

Das Kiesbett des Daches war von einer kniehohen Mauer umgeben. Und hinter dieser würde Theas Leiden enden. Tief unter ihnen rauschten die Autos durch die Straßen. Nicht weit entfernt ragten die Spitzen des Kölner Doms zwischen vereinzelten Hochhausriesen und dem Fernsehturm auf. In der Stadt quirlte die Geschäftigkeit. Thea ließ den Blick in die Ferne schweifen. Von hier aus konnte sie bis zum Siebengebirge schauen. Durch ihren Kopf purzelten die Erinnerungen an die Ausflüge, bei denen sie mit ihren Söhnen den Drachenfels erklommen hatte. Doch das war schon lange her. So lange, dass selbst die Schwarzweißfotos verblasst waren.

Plötzlich ließ Jan den Rollstuhl los, setzte sich auf die Mauer und brach in Tränen aus.

»Was ist denn jetzt los? Jetzt sag nicht, dich hat der Mut verlassen. Mensch, Jan, nur ein kleiner Schubs, und du bist all deine Geldsorgen los.« Thea beugte sich so weit nach vorn, bis sie aus dem Rollstuhl fiel. Auf Ellenbogen und Knien schleppte sie sich zu der Mauer.

»Ich bin nicht wegen Ihrem Geld hier«, schluchzte Jan.

»Weswegen denn sonst?« Mit letzter Kraft zog Thea sich an dem Vorsprung hoch und setzte sich neben das heulende Elend. So langsam wurde ihr Jans depressiver Ausbruch unheimlich.

»Ich … ich will auch nicht mehr. Lassen Sie uns zusammen in den Tod springen. Hand in Hand«, brach es aus ihm heraus.

Verstört blickte Thea ihn an. »Wie, du willst auch nicht

mehr? Du bist doch noch so jung. Was soll es in deinem Leben geben, das nicht geregelt werden kann?«

»Ich will nicht darüber reden. Lassen Sie uns einfach vom Dach springen.« Jan putzte sich mit dem Handrücken die Nase und erhob sich todesmutig.

»Lass mich raten, Bursche. Du bist homosexuell«, sagte Thea, als er schon ein Bein auf dem Sims stehen hatte.

Jans verweinte Augen weiteten sich. »Wie kommen Sie denn darauf?«

»Ich bin doch nicht dumm, und gut sehen kann ich auch noch. Außerdem weiß das doch jeder auf der Station.«

Jan fiel die Kinnlade runter. Er sank zurück auf die Mauer und legte ein Bein über das andere. »Wie? Jeder weiß das?«

»Na ja. Manche von deinen engen weißen Hosen sind ziemlich transparent. Oft sitzen sie dir aber auch so tief auf dem Hintern, dass man die Farbe deiner Ritzenfeger nicht nur erahnt, sondern auch sieht.«

Schützend griff Jan sich in den Schritt. Sein Gesicht leuchtete fast so rot wie die Slips, die er gern trug. »Aber das heißt doch nichts«, stieß er heiser aus.

»Und deine gezupften Augenbrauen?«, schmunzelte Thea.

»Ich mag sie halt nicht so buschig. Das ist doch nichts Verwerfliches.«

»Dazu gehst du, als hättest du einen Stock im Hintern.«

Nun verfinsterte sich Jans Blick. »Sie sind ganz schön unverschämt, wissen Sie das?«

»Mit hundert darf man das sein. Und wenn man gleich das Zeitliche segnet, erst recht.«

Erneut füllten sich Jans Augen mit Tränen.

Thea setzte noch eins drauf. »Sich wegen so etwas in den Tod zu stürzen, ist ziemlich armselig. Oder soll ich sagen: feige?«

»Das ist es nicht allein.«

»Was sonst noch? Außer, dass du gern Damenunterwäsche trägst?«

Jan verschränkte die Arme vor der Brust und schaute finster drein. »Ich trage bei der Arbeit nur Slips und keinen BH.«

Obwohl das hier auf dem Dach eine traurige Angelegenheit war, konnte sich Thea ein Lachen nicht verkneifen. »Aber zu Hause in deinem stillen Kämmerlein trägst du BH.«

»Was wissen Sie denn schon?«, rief Jan plötzlich. »Gar nichts. Sie wissen doch nicht, wie es ist, im falschen Körper gefangen zu sein.«

Mittlerweile hatte Thea in dem dünnen Hochzeitskleid zu frieren begonnen. Zeit, dem Elend ein Ende zu setzen. »Wo ist dein Problem? In meinem Schranktresor liegt genug Geld, damit kannst du deinen Unterleib in den einer Frau verwandeln lassen. Sei nicht so dumm, und nimm es.« Thea konnte den Gedanken nicht ertragen, einen so jungen Menschen mit in den Tod zu nehmen. Verdammt, sie hätte schon längst da unten liegen können.

»Damit werden meine Probleme nicht gelöst sein.« Jan sah sie wieder mit den Welpenaugen an. »Kommen Sie, lassen Sie uns an die Wiedergeburt glauben und es hinter uns bringen.«

»Was?« Thea hoffte, sich verhört zu haben. Wenn sie eines nicht wollte, dann war es, wiedergeboren zu werden! »O nein, komm mir bloß nicht mit so einem Blödsinn.«

»Ach, das wäre so schön.« Jans Blick schweifte verträumt in die Ferne. Er nahm eine seiner Locken und zwirbelte sie zwischen Daumen und Zeigefinger. »Stellen Sie sich vor, ich als kleines Mädchen. Dann könnte ich mit Puppen spielen, wie ich es früher nie durfte.«

»Wieder hundert Jahre leben«, stöhnte Thea. »Nein, dazu fehlen mir die Nerven.«

»Wollen wir?« In Jans Augen lag ein irrer Glanz, als er ihr die Hand reichte.

Etwas zögerlich streckte Thea ihm die eisigen Finger entgegen. Er war alt genug, um zu entscheiden, woran er glaubte und wann er sein Leben beendete. Hauptsache, mit ihrem Dasein würde bald Schluss sein. Plötzlich knirschten Schritte über den Kies.

Thea verdrehte den Hals und sah eine Frau im mittleren Alter mit kurzen roten Haaren, die ebenfalls das Dach betreten hatte. Unter ihren Augen zeichneten sich dicke Tränensäcke ab.

»O Mist. Ich hätte die Tür abschließen sollen«, sagte Jan leise.

Die Frau mit dem Kurzhaarschnitt schien jedoch in Trance zu sein oder starke Medikamente genommen zu haben. Als wandele sie auf Wolken, steuerte sie auf das andere Ende des Daches zu.

»He, Sie!«, rief Thea, als die Erscheinung bereits einen Fuß auf das Mäuerchen gestellt hatte.

Jan legte ihr die Hand auf den Arm. »Heute ist wohl der Tag der Lebensmüden«, sagte er, ohne den Blick von der Frau zu wenden.

»He!«, rief Thea etwas lauter.

Die Rothaarige stellte sich nun ganz auf den Sims.

»Verdammt, Jan. Hol sie da runter!« Unsanft zog Thea am Saum seines Pullis. »Das hier ist mein Dach und mein Tag!«

Die Frau streckte die Arme gen Himmel. Ihr offener Trenchcoat flatterte im Wind. »Herrgott!«, rief sie. »Warum? Warum?«

Jan näherte sich ihr vorsichtig. »Warten Sie einen Augenblick«, sagte er, als er direkt hinter ihr stand.

Die Lebensmüde warf einen vorsichtigen Blick über die Schulter. »Gehen Sie! Ich brauche keine Zuschauer.«

»Tja«, sagte Jan. »Ich bin auch nicht hier, um zuzuschauen. Hier wollen nämlich gerade noch mehr Leute vom Dach springen. Es wäre nett, wenn Sie sich hinten anstellen würden.«

Die Frau drehte sich zu ihm um. »Junger Mann, mir ist nicht zum Scherzen zumute.«

»Immer schön der Reihe nach!«, rief Thea ihr zu und erntete dafür einen verständnislosen Blick. Inzwischen fror Thea erbärmlich. Schnatternd vor Kälte schlang sie die Arme um ihren Leib. Erst hielt Jan sie auf, und dann kam auch noch diese Frau dazu. Dabei hätte schon längst alles vorbei sein können.

»Kommen Sie morgen wieder. Mir ist kalt!«, rief sie.

Plötzlich flog die Eisentür abermals auf. Eine mittelschlanke Frau im Alter von ungefähr 30 Jahren torkelte auf das Dach. Thea glaubte, in ihr die Enkelin der verstorbenen Frau Schmidt zu erkennen. Ihr blondiertes Haar hing ihr in fettigen Strähnen bis auf die Schultern. Nach einem Ausfallschritt blieb sie kurz stehen und nahm einen kräftigen Schluck aus der Jägermeisterflasche, die sie in der Hand hielt. Dann erst entdeckte sie die anderen.

»He, ihr da!«, schrie sie über das Dach. »Verschwindet!«

»Das wird ja immer doller«, keuchte Thea. Mittlerweile waren ihre Arme taub vor Kälte. »Jan, geh bitte, und hol mir meinen Mantel. Wie es aussieht, wird das so schnell nichts mit meiner Reise ins Jenseits.«

»Wir sollten sie alle davonjagen«, flüsterte Jan ihr zu.

»Bis wir die los sind, bin ich erfroren. Und wie ich gehört habe, soll man dabei Halluzinationen bekommen. Nee, ich bin froh, hundert Jahre meine Gedanken beieinandergehabt zu haben. Da will ich auch mit klarem Kopf in den Tod gehen. Nun hol mir meinen Mantel. Und beeil dich.«

Seufzend entfernte sich Jan. Währenddessen schwankte die Frau mit der Jägermeisterflasche auf Thea zu. Die Rothaarige auf dem Sims musterte sie verwirrt. Wie es schien, war sie für den Moment von ihrem Vorhaben abgelenkt.

Die junge Frau setzte sich zu Thea. »Ich will nicht mehr«, lamentierte sie, »ich stürz mich vom Dach.« Ihr scharfer Atem schlug Thea entgegen, so dass diese befürchtete, allein davon einen Schwips zu bekommen.

»Das habe ich auch vor. Und ich wäre dabei gern allein.« Thea blickte hinüber zu der Rothaarigen. »Ganz allein.«

Die Rothaarige funkelte sie verärgert an und wirkte dabei wie eine Vollbluthausfrau, der jemand mit dreckigen Schuhen über den frischgesaugten Teppich gelaufen war. Sie stieg von dem Mäuerchen und stapfte zu Thea und der Betrunkenen. »Was wollen Sie eigentlich? Sind Sie nicht die Hundertjährige? Sie sterben doch eh bald.«

Thea schnaufte vor Wut. »Was geht Sie das denn an, Sie Schnepfe?«

»Echt? Hundert? Da musst du aber 'nen Schluck nehmen.« Die Blonde reichte Thea die Flasche. Ihre aufgedunsenen Wangen schimmerten wächsern in der Sonne.

Den Alkohol konnte Thea jetzt wirklich gebrauchen. Nicht nur wegen der Kälte … Der Jägermeister rann scharf ihre Kehle hinab. Viele Jahre war es her, dass sie das letzte Mal Alkohol getrunken hatte. Gierig saugte sie sich am Flaschenhals fest.

»He, Oma, das reicht! Von Leersaufen war keine Rede.«
Die Blonde riss ihr die Flasche weg. »Ich brauch auch noch
was, bevor ich springe.«

Jan kehrte zurück und schloss die Eisentür gewissenhaft
hinter sich ab.

»Was hast du vor?« Thea warf einen mürrischen Blick auf
den Stoffbeutel und die Decke in seinen Händen.

Fürsorglich legte Jan ihr den Mantel um die Schultern.
Dann breitete er die Decke über ihren Knien aus, holte eine
Thermoskanne und Tassen aus dem Stoffbeutel und
schenkte allen Kaffee ein. »Wird ja wahrscheinlich länger
dauern. Oder?« Er blickte in die Runde der Lebensmüden.

Die Blonde mit dem Jägermeister schüttelte den Kopf und
verzog das tränenverschmierte Gesicht. »Ich bin schuld an
Omas Tod!«, heulte sie erneut.

Die Rothaarige nahm Jan dankend den dampfenden Kaf-
feebecher aus der Hand. Ihr Gesicht wirkte immer noch wie
in Marmor geschlagen.

Thea schüttelte fassungslos den Kopf. »Kannst du mir mal
sagen, warum du jetzt hier einen Kaffeeklatsch veranstaltest?«, zischte sie Jan zu. »Die sollen alle verschwinden. Und
du am besten mit. Ich kann mich auch allein vom Sims stürzen.«

»Nur wegen mir ist Oma jetzt tot«, leierte die Blonde. Sie
sprang auf und drehte sich um. »Oma, ich komme!«, schrie
sie und stand dabei mit einem Fuß auf Theas Decke.

Jan riss sie am Arm zurück. »Du liebe Güte, sollte man für
solch einen Schritt nicht nüchtern sein?«

»Lass mich los!«, schimpfte sie. »Ich bin nüchtern.«

»Aber sicher doch«, warf Thea ein. »Hör mal, warum lässt
du deine Oma nicht in Frieden tot sein?« Mittlerweile hatte

Thea sich auf einen längeren Aufenthalt auf dem Dach eingerichtet. Vielleicht sollte sie ihren eigenen Abgang auf morgen verschieben, wenn wieder Ruhe eingekehrt war. Andererseits hatte sie auch keine Lust zuzusehen, wie sich die anderen grundlos in den Tod stürzten. Nie und nimmer hatte eine von denen einen triftigen Grund oder gar ein Problem, das sich nicht lösen ließ. Thea musterte die betrunkene Enkelin der Schmidt.

»Was lamentierst du eigentlich die ganze Zeit? Deine Oma kann froh sein, es hinter sich zu haben.«

Die Enkelin sank förmlich in sich zusammen und setzte sich wieder. »Na hör mal, wie kannst du so etwas sagen?«, erwiderte sie vorwurfsvoll.

Thea blieb die Ruhe selbst. »Was hätte sie denn noch für ein Leben gehabt? Sieh mich an.«

Nun musterte die junge Frau sie mit rotgeränderten Augen. »Bin die Susanna.« Sie stieß mit der Schnapsflasche gegen Theas Tasse. »Bist ganz in Ordnung für dein Alter. Kannst mich auch Sue Ellen nennen, wie alle anderen.«

»Die von *Dallas*?«, fragte die Rothaarige.

»Kann schon sein.« Sue Ellen zuckte mit den Schultern.

Wohltuend rann der Kaffee durch Friedelies' Kehle. Immer noch zitterten ihr die Beine von dem Beinahe-Sturz. Doch hatte sie sich zuerst von den anderen gestört gefühlt, war sie nun froh, diese Menschen um sich zu haben. Der Tod war ja doch ein einsamer Gefährte.

»Und wer bist du?«, fragte Sue Ellen in ihre Richtung.

»Ich heiße Friedelies«, sagte sie und setzte sich neben die alte Frau auf die Mauer. Diese nickte ihr zu.

»Mein Name ist Thea. Und nun sag mal – warum bist du

hier oben? Scheinst doch ein gestandenes Weibsbild zu sein.« Ein Geflecht von unzähligen Falten umspielte die klaren Augen der Hundertjährigen.

»Mein Mann Horst behandelt mich wie den letzten Dreck und steckt in Gottes Mühlen fest.«

»Also, wenn du auf Gott vertraust, kann das schon mal dauern.« Thea strich mit ihrer blaugeäderten Hand über die Decke. »Lass dir das von mir gesagt sein.«

»Mach ich schon lange nicht mehr«, sagte Friedelies. »Seit Jahren sorge ich vor. Ganz nahe war ich meinem Ziel, bis ich jetzt diesen Brief vom Sozialamt bekommen habe. Die Rente meines Mannes reicht nicht für die Heimkosten und meinen Unterhalt, deshalb habe ich einen Antrag auf Unterstützung gestellt. Doch das Sozialamt hat sich beim Bundeszentralamt für Steuern nach möglichen Zinseinkünften erkundigt. Jetzt wissen sie alles über mein Erspartes, das ich mir seit ewigen Zeiten heimlich vom Haushaltsgeld abgeknapst habe.« Sie spürte, wie ihr wieder die Tränen aufstiegen. »Womöglich muss ich demnächst an der Tafel anstehen.«

»Ist immer noch besser, als aus der Mülltonne zu leben«, sagte Sue Ellen darauf.

»Jetzt sag nicht, du hast dein Geld aufs Sparbuch gepackt. Schön dumm.« Thea presste die verschrumpelten Lippen aufeinander.

Friedelies sah sie verständnislos an. »Mir blieb doch gar nichts anderes übrig. Bei uns in der Siedlung wird dauernd eingebrochen. Aber nun ist alles vorbei. Mein Erspartes wird für die Heimkosten draufgehen.«

»Noch ein Käffchen?« Der Altenpfleger hielt ihr die blaue Thermoskanne hin. »Ich heiße übrigens Jan.«

Friedelies nickte und ließ sich von ihm die Tasse auffüllen.

33

Thea bekam ebenfalls noch einen Schluck nachgeschenkt. Gleichzeitig nippte Sue Ellen an ihrem Jägermeister. In diesem Augenblick fühlte sich Friedelies das erste Mal in ihrem Leben einer Gemeinschaft zugehörig. Sie alle hier waren des Lebens überdrüssig. Obwohl … Friedelies fragte sich, ob der Pfleger mit dem schwulen Touch auch dazugehörte oder ob er der alten Frau nur Sterbehilfe leistete.

Leider blieb es nicht lange bei dem geselligen Beisammensein, denn Sue Ellen erhob sich von der Mauer. »Macht's gut, Leute. Für mich war es das hier.« Mit mehreren Ausfallschritten begab sie sich ans andere Ende des Daches.

»Wir sollten sie aufhalten.« Friedelies war nicht wohl bei der Sache. Die junge Frau würde mit Sicherheit springen.

Jan fackelte nicht lange und lief Sue Ellen hinterher. Als er sie zurückhielt, tobte sie lauthals und steigerte sich dermaßen in ihre Hysterie hinein, dass nur noch eine schallende Ohrfeige half. Erst danach kehrte wieder Ruhe ein. Leise weinend ließ sie sich von Jan zu den anderen zurückbringen und setzte sich wieder zu Thea auf die Mauer. Die Alte nahm ihr den Jägermeister ab und drückte ihr einen Kaffee in die Hand. Sue Ellen ließ es widerstandslos geschehen. Wie es schien, war ihr eben das letzte Fünkchen Kraft abhandengekommen. So saßen sie eine Weile schweigend beieinander, während gut 50 Meter unter ihnen das Großstadtleben tobte.

Kapitel 3

Auch gegen Mittag gewann die Sonne nur wenig an Kraft. Zum Glück hatte der Wind nachgelassen, also froren sie nicht mehr so sehr. Sue Ellen schlief mittlerweile auf dem Dach ihren Rausch aus, deshalb hatten Thea, Jan und Friedelies beschlossen, bei der jungen Frau zu bleiben, damit kein Unheil geschah. Friedelies hätte gern gewusst, was für ein Problem Sue Ellen aufs Dach getrieben hatte. Der Tod der Oma allein konnte doch nicht der Grund ein.

Nach einer Weile brach Thea das Schweigen. »Wollt ihr beide wirklich euer Leben wegwerfen?« Wachsam schauten ihre alten Augen zu Friedelies und Jan.

»Das habe ich Ihnen doch schon erklärt«, sagte der Pfleger.

»Stimmt. Für mich ist das aber kein Grund, sich vom Dach zu stürzen. Eher eine Kurzschlussreaktion. Was hältst du davon, wenn du dir noch eine Woche Zeit lässt? Ich glaube, es gibt noch einiges für dich zu erledigen.«

Friedelies schaute Jan neugierig an. »Ist es, weil du schwul bist?«

Der Pfleger verdrehte die Augen. »Ach Gott, müssen wir jetzt hier mein Leben diskutieren? Außerdem will ich keine Woche mehr warten.«

Friedelies hingegen fand eine Karenzzeit plötzlich ziemlich verlockend. Vielleicht sollte sie ihren Tod auch um eine

Woche verschieben. Dreizehn Stockwerke waren doch ganz schön schwindelerregend. »Also, ich würde mit warten.«

»Und was würdest du in der Woche tun?«, wollte Thea wissen.

Friedelies dachte für einen Augenblick nach. Sie fand es auf einmal nicht mehr richtig, sang- und klanglos aus dem Leben zu scheiden. Horst hatte Schlimmeres verdient als einen Schwall Wasser im Gesicht. Sie nickte, als wollte sie ihren Gedanken bekräftigen. »Einmal möchte ich Horst so demütigen, wie er mich mein ganzes Leben lang gedemütigt hat. Ihm mal so richtig weh tun.«

»Ist er fremdgegangen?«, fragte Jan.

»Ja, ständig. Er hat immer eine andere neben mir gehabt. Die hat er verwöhnt, während er mich nur herumkommandierte.«

Um Theas Lippen zuckte es. »Wie du mir, so ich dir. Such dir doch einen Geliebten, und dann zeigst du es Horst.«

Friedelies' Herzschlag setzte für einen Augenblick aus. Das könnte sie nie! Und wer sollte es auch sein? Sie schüttelte den Kopf. »Nein, das ist unmöglich. Wie soll das gehen? Horst liegt doch nur noch im Bett.«

»Na, du bist aber einfallslos. Die Zimmer lassen sich doch abschließen.« Thea grinste.

Neben ihr regte sich nun Sue Ellen und schlug die Augen auf. Desorientiert irrte ihr Blick über das Dach.

»Wir überlegen gerade, ob wir unser Vorhaben um eine Woche verschieben«, sagte Thea zu ihr. »Bist du dabei?«

»Ich versteh nicht ganz«, nuschelte Sue Ellen. Dabei tastete sie nach der Flasche Jägermeister, die jedoch nichts mehr hergab.

Friedelies bot ihr den letzten Rest Kaffee aus der Thermoskanne an. »Na, wir wollen erst nächste Woche vom Dach springen.«

Erneut überfiel Sue Ellen ein Heulkrampf. »Ich bin schuld an Omas Tod!«

Friedelies überhörte ihr Gejammer. Sie musste an das denken, was Thea gesagt hatte. Die Idee war so abenteuerlich, dass sie ihr fast schon gefiel. Und wenn sie sowieso bald aus dem Leben schied, konnte sie sich diese Ungeniertheit auch leisten. Es musste nur noch ein potentieller Kandidat gefunden werden. Horst würde schäumen vor Wut. »Ich glaube, ich mache das wirklich«, sagte sie zu Thea, nachdem sie den ersten Schock verdaut hatte.

»Meine liebe Oma!«, heulte Sue Ellen dazwischen.

»Hör mit der Jammerei auf«, fuhr Thea sie an. Dann wandte sie sich an die gesamte Runde. »Passt auf! Einer nach dem anderen erzählt nun, warum er genau vom Dach springen will. Und ob es etwas gibt, das er gern vorher noch erledigen möchte.«

Friedelies nickte begeistert. »Was mich anbelangt, wisst ihr ja schon Bescheid. Nun du, Thea.«

Thea begann zu erklären, wie sehr sie das Leben satthatte. Diesen klapprigen Leib, der von Tag zu Tag mehr schmerzte. Und die Sehnsucht nach ihren Liebsten, die sich schon allesamt aus dem Leben verabschiedet hatten. Dann erhellten sich jedoch ihre alten Augen ein wenig. »Aber wisst ihr, was ich gern noch machen würde?«

Die anderen schüttelten den Kopf.

»Sagen Sie es uns«, forderte Jan sie auf.

»Achterbahn fahren. Mein Leben lang habe ich mich das nie getraut, weil ich immer Angst hatte, einen Herzinfarkt zu bekommen. Aber nun soll es mir recht sein, wenn ich dabei den Löffel abgebe.«

»Das dürfte hier wohl das kleinste Problem sein.« Friedelies dachte an Theas Vorschlag, der ihr abverlangte, ihr Schamgefühl völlig zu verdrängen. Sie war froh, dass die alte Frau das Ruder in die Hand nahm. In ihrem ganzen Leben hatte sie nur eine einzige Entscheidung selbst getroffen, und zwar die, nun endlich nach Mallorca zu gehen.

Thea war noch nicht fertig mit ihren Plänen.

»Ihr alle werdet mich begleiten, und Jan trägt dabei Frauenkleider.«

Der Pfleger starrte sie mit offenem Mund an. »Ich will aber nicht. Und ich will auch keine Woche mehr warten. Gerade jetzt, wo ich endlich den Mut dazu aufgebracht habe. Da können Sie nicht einfach kommen und mir vorschreiben, was ich tun soll.«

»Springen werden wir nächste Woche – gemeinsam, wenn du dann noch willst.« Thea streckte ihm die blaugeäderte Hand entgegen. Ein dünner Goldring zierte ihren Finger, der an einen knorrigen kleinen Ast erinnerte. Ansonsten trug sie keinen Schmuck. »Außerdem steht mein Angebot noch.« Sie zwinkerte ihm zu.

Jan senkte den Blick und biss sich auf die Unterlippe.

»Was für ein Angebot?«, fragte Friedelies.

»Ach, nichts.« Jan warf Thea einen mahnenden Blick zu und nickte leicht in Sue Ellens Richtung.

Die heulte immer noch leise vor sich hin.

»Was ist denn nun genau mit dir? Warum gibst du dir die Schuld am Tod deiner Oma?« Thea schien von Jans Mimik unbeeindruckt und tippte mit ihrem Zeigefinger auf Sue Ellens Oberschenkel.

»Die ganze Familie gibt mir die Schuld. Omas Herz hat die Aufregung nicht verkraftet.«

»Womit hast du sie denn aufgeregt?«

»Hab ich ja gar nicht.« Sue Ellen griff sich in das fettige Haar und entwirrte die Strähnen mit nervösen Fingern.

»Dann brauchst du auch nicht vom Dach zu springen«, sagte Thea.

Jan schüttelte den Kopf und sah Sue Ellen genervt an. »Jetzt tu doch nicht so. Fast jeder hier im Heim weiß, wie du mit deiner Oma umgesprungen bist. Du hast sie oft genug angeschrien, wenn sie dir kein Geld mehr geben wollte. Das war auf der ganzen Station zu hören. Und wofür du das Geld gebraucht hast, ist ja wohl kaum zu übersehen.«

»Du bist dem Alkohol verfallen«, warf Thea ein.

Sue Ellen tat Friedelies beinahe leid. Andererseits war es gut, dass hier niemand ein Blatt vor den Mund nahm. Sie selbst hatte viel zu lange gekuscht und geschwiegen. »Deine Oma muss sich sehr aufgeregt haben. Ich kann verstehen, wenn ihr Herz das nicht mehr mitgemacht hat.«

»Ja, gebt mir ruhig die volle Breitseite«, heulte Sue Ellen nun auf. »Genau wie meine Familie. Ihr könnt mich alle mal.« Sie stand auf. »Von wegen, eine Woche warten. Ich spring jetzt!«

Als sie an Jan vorbeiging, streckte er spontan den Fuß aus. Prompt stolperte Sue Ellen darüber.

»Du bist feige, weißt du das?«, sagte er mit hochgezogenen Augenbrauen, als sie auf der Nase lag.

»Hey, was soll das?« Sue Ellen rappelte sich mühselig wieder auf und trat ihn gegen das Schienbein.

Das sagt der Richtige, dachte Friedelies im Stillen. Jan war doch auch zu feige, sich seinem Problem zu stellen. Und sie selbst? Nein, mit Feigheit hatten ihre Absichten nicht viel zu tun. Eher mit Überdruss.

Sue Ellen sank erneut schluchzend zusammen. »Wie soll ich mit der Schuld leben? Kann mir das mal jemand sagen?«

»Indem du versuchst, dich zu bessern. Das würde deine Oma auch wollen«, riet ihr Thea. »Hast du nicht den Wunsch, mit dem Trinken aufzuhören?«

»Ich kann jeden Tag damit aufhören. Aber wozu? Von der Familie will doch sowieso keiner mehr was mit mir zu tun haben.«

»Natürlich nicht, wenn du nur noch lallst. Wann haben sie dich das letzte Mal nüchtern gesehen?«, fragte Thea nach.

Sue Ellen schaute sie böse an. »Was soll das denn bedeuten?«

»Du hast mich schon verstanden. Wie wäre es, wenn du in dieser Woche mal den Alkohol aus dem Leib lässt?«

»Was soll das bringen?«

»Vielleicht könntest du deiner Familie etwas beweisen. Oder noch einmal erleben, wie es ohne trinken sein kann«, schlug Friedelies vor, obwohl sie nicht wusste, wie tief Sue Ellen schon im Sumpf steckte. Vielleicht würde sie ohne Alkohol ja weiße Mäuse sehen.

»Ich vermisse meine Familie. Vor allem meine Zwillingsschwester und …« Sue Ellen senkte den Blick und knibbelte an dem Etikett der Jägermeisterflasche.

»Nun, dann nutz die nächste Woche, und zeig es allen.« Nach diesen Worten schaute Thea zu Jan. »Du weißt ebenfalls, was du zu tun hast.«

»Und ich auch«, sagte Friedelies und dachte dabei plötzlich an ihren Jugendfreund Willi, den sie vor knapp dreißig Jahren wegen Horst hatte sitzenlassen. Trotz allem schickte er ihr jedes Jahr zum Geburtstag eine Karte. Wie er ihr beim letzten Mal geschrieben hatte, war gerade seine dritte Frau verstorben. Besonders traurig hatten seine Zeilen allerdings nicht gewirkt. Vielleicht konnte er ihr ja bei der Umsetzung ihres Vorhabens behilflich sein. Allein bei der Vorstellung brannten Friedelies die Ohren.

Thea kniff Jan in die Wange, weil er noch ein wenig schmollte. »Gut, dann gehen wir jetzt langsam wieder vom Dach. Ich hab nämlich Hunger. Wir treffen uns morgen fruh um acht und fahren in den Freizeitpark.«

»Ich hab aber Dienst«, widersprach Jan.

»Normalerweise wärst du jetzt tot, vergiss das nicht. Und nun hilf mir in den Rollstuhl.«

Kapitel 4

Nachdem Jan und Thea fort waren, fragte sich Friedelies, was sie als Nächstes tun sollte. Sie schaute zu Sue Ellen, die ziemlich labil wirkte. Wenn sie sie jetzt allein ließ, konnte weiß Gott was passieren. In Friedelies regten sich Muttergefühle – kein Wunder, denn Sue Ellen war im gleichen Alter wie ihre Sabine.

»Trinken wir noch einen?« Sue Ellen erwachte aus ihrer Lethargie und steckte die Hände in die Taschen ihrer Kapuzenjacke.

»Hör mal, es ist gerade erst Mittag, und du hast bereits eine Flasche Jägermeister intus. Meinst du nicht, das ist mehr als genug?« Friedelies mochte nicht darüber nachdenken, was Sue Ellen jeden Tag konsumierte.

»Das war nur wegen Oma.« Den Blick gesenkt, hob Sue Ellen einen Kiesel auf und warf ihn quer über das Dach.

»Klar, irgendeinen Grund gibt es immer. Und du siehst nicht gerade aus, als würdest du erst seit heute trinken.«

Sue Ellen hob den Blick und kniff die Augen zusammen. »Was geht dich das an, *Mutti*?« Noch etwas wackelig auf den Beinen erhob sie sich. Ihr grimmiger Blick glitt über die Dächer unter ihnen.

»Soll ich dich nach Hause fahren?« Besorgt stand Friedelies ebenfalls auf. Wenn Sue Ellen wirklich springen wollte, konnte sie die junge Frau schnell an der Kapuze packen. Doch wie es schien, hatte Sue Ellen das gar nicht mehr vor.

»Lass mal, ich treff mich noch mit ein paar Jungs im Park.«

»Du machst aber keinen Blödsinn, oder? Wir haben Thea versprochen, noch eine Woche zu warten.«

»Hey, die Olle kann mich mal! Nur weil die noch eine Runde Achterbahn fahren will, dürfen wir nicht ins Jenseits hopsen?«

»Theas Idee ist gar nicht so verkehrt. Ich kann mir vorstellen, dass die Woche sehr interessant wird.«

»Klar, du willst ja auch mit einem Kerl vögeln. Aber ich wüsste nicht, was an meiner Auflage lustig sein soll.«

»Es ist freiwillig, vergiss das nicht. Und war es nicht dein Wunsch?«

Sue Ellen zuckte mit den Schultern. »Ich brauch jetzt erst mal was zu trinken.«

»Wir sehen uns dann morgen früh?« Friedelies strich ihr kurz über den Ärmel.

»Vielleicht, vielleicht aber auch nicht. Es gibt viele Möglichkeiten, sich umzubringen. Mach's gut.« Sue Ellen ließ sie stehen und verließ das Dach durch die Eisentür.

Nun war sie die Letzte hier oben. Friedelies schaute über das Häusermeer hinweg zu den Fabriken, die am Rand der Stadt ihre grauen Wolken in den Himmel pusteten. Eigentlich konnte sie nun in Ruhe springen, und alles wäre vorbei. Doch dann hätte sie es Horst nicht heimgezahlt. Friedelies ballte beide Hände zu Fäusten und steckte sie in die Taschen ihres Trenchcoats, als wollte sie ihren Mut darin festhalten. Dann verließ sie ebenfalls das Dach.

Sie setzte sich ins Auto. Ihre Gedanken kreisten wieder

um Sue Ellen, und ein schlechtes Gefühl beschlich sie. Eine Flasche hatte die junge Frau schon getrunken. Bestimmt würde sie noch mehr Alkohol zu sich nehmen. Krampfhaft überlegte Friedelies, welchen Park Sue Ellen gemeint haben könnte. Doch in Köln gab es viele Grünflächen. Sie zog den Schlüssel aus dem Zündschloss und stieg wieder aus. Vielleicht konnte sie bei der Heimverwaltung Sue Ellens Adresse ausfindig machen.

Natürlich rückte der zuständige Mitarbeiter die Adresse nicht heraus. Jedes dritte Wort, das seine Fischlippen verließ, lautete *Datenschutz*. Hier kam Friedelies nicht weiter. Doch plötzlich fiel ihr ein, dass Jan ja auch Zugang zu den Daten haben musste.

Jans Hände umklammerten die hellblaue Kaffeetasse mit den weißen Wölkchen. Er hatte Friedelies ins Schwesternzimmer gelassen, wo das Personal die Pausen verbrachte, und ihr gerade erzählt, dass er sich von der Wohnbereichsleitung eine Ermahnung hatte anhören müssen, weil er so lange mit Thea unterwegs gewesen war. Nun schob er Friedelies den Teller mit den Spritzgebäckkringeln hin. »Ich weiß nicht, warum ich mich noch aufrege. In einer Woche bin ich auf der Station eh Geschichte.«

»Genau. Deshalb solltest du das Ganze etwas lockerer sehen. Theoretisch könntest du deiner Chefin auf den Schreibtisch pinkeln. Mit den Konsequenzen bräuchtest du nicht mehr zu leben.«

Nun musste Jan doch lächeln. »Ja, die Vorstellung hat was.«

Friedelies wurde wieder ernst. »Sag mal, könntest du für mich im Computer nachschauen, wo Sue Ellen wohnt? Ich mache mir Sorgen um sie.«

»Klar, kann ich.« Jan erhob sich und ging zum PC. Innerhalb weniger Sekunden hatte er eine Adresse gefunden und schrieb sie Friedelies auf einen kleinen Zettel. »Hier, sie wohnt in Vogelsang.«

»Gibt es da einen Park?«

»Sicher. Hier, ich zeig ihn dir.«

Dank Internet hatte Friedelies schnell einen Plan, wo sich der Park befand. Sie verabschiedete sich von Jan, setzte sich ins Auto und fuhr hin.

An den unteren Ästen der Bäume zeigte sich bereits das erste Grün, und in den Büschen zankten sich die Spatzen. Lila und weiße Krokusse überzogen die Wiesen in dem kleinen Park. Das Erwachen der Natur erschien Friedelies wie Hohn. Für sie gab es nur einen dunklen Tunnel, und nein, an seinem Ende strahlte kein helles Licht. Nachdenklich steckte Friedelies die Hände in die Taschen ihres Trenchcoats und hielt Ausschau nach den Trinkern, die hier herumlungern sollten. Noch bevor sie diese sehen konnte, hörte sie schon ihr Grölen. Dann erspähte sie die versammelte Mannschaft. An einer Parkbank tummelten sich ungefähr zehn Leute. Als sie sich näherte, erkannte sie Sue Ellen, die auf der Bank lag. Ihr Kopf ruhte auf dem Schoß eines Mannes, der gut zehn Jahre jünger war als sie. In der einen Hand hielt er eine Dose Bier, und mit der anderen kraulte er Sue Ellens Haar. Von einem flauen Gefühl getrieben, schritt Friedelies auf die Gruppe zu.

»Oh, seht mal. Wessen Mutti kommt denn da?«, rief der Mann in die Runde. Sue Ellen blieb regungslos liegen.

Friedelies deutete mit dem Finger auf sie. »Was ist mit ihr?«

»Die pennt 'ne Runde. Siehste doch«, antwortete ein Typ mit Rastalocken.

Friedelies beugte sich zu Sue Ellen hinab. »Was hat sie getrunken?«

Der Mann hob eine leere Wodkaflasche vom Boden auf. »Nur das hier. Aber was interessiert dich das, Mutti?«

Panik überkam Friedelies. Heftig rüttelte sie an Sue Ellens Schulter. Doch diese reagierte nicht darauf. Aus ihren halbgeöffneten Lippen zog sich der Speichel in Fäden. Friedelies zögerte nicht lange, kramte ihr Handy hervor und rief den Rettungswagen.

»Hey, Mutti, was machste denn für ein Fass auf?«, sagte der Mann. »Lass die doch in Ruhe pennen.«

»Merkst du es nicht? Sue Ellen ist bewusstlos.« In Friedelies' Bauch grummelte die Angst.

»Ach, Quatsch«, griente der Obdachlose. Dann hob er Sue Ellen an den Schultern hoch und schüttelte sie wie eine Lumpenpuppe.

»He! Was soll'n das?«, keifte Sue Ellen plötzlich und schlug um sich, als würde sie von einem Schwarm Hornissen angegriffen.

»Siehste, Unkraut vergeht nicht«, grinste der Mann, nachdem er von der Bank aufgesprungen war, um sich vor Sue Ellens Attacke zu retten.

»Dennoch, sie sollte ins Krankenhaus. Nicht, dass ihr Kreislauf versagt.«

Besorgt schaute Friedelies auf die Betrunkene, die in sich zusammengesunken wieder einschlief.

»Och Mutti. Mach dir doch keinen Kopf. Der geht's gleich wieder gut. Hier, trink mal 'nen Schluck, damit du was lockerer wirst.«

Angeekelt starrte Friedelies auf den verkrusteten Hals der Bierflasche. Morgen würde bestimmt der Herpes in voller

Blüte auf ihren Lippen stehen. Im nächsten Moment heulten die Sirenen auf.

Sue Ellen bekam gar nicht mit, dass die Sanitäter sie in den Rettungswagen verfrachteten. Friedelies erkundigte sich, in welches Krankenhaus sie Sue Ellen bringen würden, und folgte dem Wagen.

Nachdem sie gut zwanzig Minuten später dort angekommen war, musste Friedelies leider erfahren, dass Sue Ellen auf der Intensivstation lag. Über ihren Zustand erfuhr sie natürlich nichts, da sie keine Angehörige war.

Voller Sorge machte sich Friedelies auf den Heimweg. Dort leuchtete bereits der sechste Anruf auf dem Anrufbeantworter. Mit äußerst hysterischer Stimme bat Sabine um Rückruf.

Friedelies schaltete erst einmal die Kaffeemaschine an, und erst als sie eine dampfende Tasse in der Hand hielt, rief sie Sabine zurück.

»Wo warst du den ganzen Tag? Hast du eine Ahnung, was ich mir für Sorgen gemacht habe?«, polterte ihre Tochter sofort los.

Friedelies hätte sie am liebsten weggedrückt. Doch sie blieb am Telefon, denn sie wusste, dass Sabine keine Ruhe geben würde. »Ich hatte einiges zu erledigen.«

»Ich war bei Papa. Dein Auto stand auf dem Parkplatz, aber von dir fehlte jede Spur. Außerdem hat Papa so komische Andeutungen gemacht. Du hättest ihm ein Glas Wasser ins Gesicht geschüttet und gesagt, du würdest ihn nie wieder besuchen. Was soll das alles?«

»Papa redet Unsinn. Ich war nur spazieren.«

»Mama, ganz ehrlich, du benimmst dich echt komisch. Was ist los?«

»Nichts.« Friedelies rührte in ihrer Kaffeetasse und leckte den Löffel ab.

»Hast du das Heim bezahlt?«

»Ja, hab ich«, log Friedelies.

»Bist du morgen zu Hause?«

»Nein, ich habe etwas vor.«

»Was denn?«

»Ich fahre in den Freizeitpark.«

»Sag mal, Mama, willst du mich veräppeln?«

»Ich muss mal etwas anderes sehen als das stinkende Zimmer deines Vaters. Kannst du das nicht verstehen?«

»Papa braucht dich aber. Der arme Kerl hat einen schweren Schlaganfall gehabt. Ist dir das etwa völlig egal?«

»Sabine, es reicht. Die Kosten für das Heim bringen mich an den Bettelstab. Ich kann mich doch nur noch aufhängen.« Bevor Sabine etwas erwidern konnte, legte Friedelies den Hörer auf.

Natürlich klingelte das Telefon sofort wieder. Friedelies zog den Stecker raus und schaltete ihr Handy ab. Sabines Kommentare waren in diesem Augenblick einfach zu viel für sie.

Theas neugewonnener Lebensmut fühlte sich merkwürdig an und ließ sie die Schmerzen in ihren Knochen vergessen. Dafür kribbelte es nun in ihrem Bauch, wenn sie an die Achterbahnfahrt dachte. Es war gut gewesen, dass Sue Ellen und Friedelies sie gestört hatten. Jan durfte noch nicht sterben, und die beiden Frauen auch nicht. Deren Probleme ließen sich lösen, da war Thea sicher. Gut, bei Friedelies konnte nur mit Geld nachgeholfen werden. Zu dumm, dass sie nun alles Jan versprochen hatte. Andererseits sah Thea es nicht ein, für diesen Horst auch nur einen Euro zu opfern. Friedelies steckte wirklich in einer blöden Situation. Und Sue Ellen? Der Schnapsdrossel fehlte der Wille zum Entzug. Dazu bräuchte sie ein positives Erlebnis mit ihrer Familie. Aber vielleicht klappte das ja in dieser Woche. Auf jeden Fall gab es noch genug zu tun. Und wenn alles gut lief, würde Thea am Ende mit Jans Hilfe allein und ganz in Ruhe vom Dach springen. Ja, der Gedanke gefiel ihr.

Kapitel 5

Heftiges Herzrasen ließ Jan immer wieder aus dem Schlaf schrecken. Jedes Mal, wenn ihm die Augen zufielen, stolperte er und fiel in ein tiefes Loch, an dessen Grund ihn Schneemassen verschlangen. In seinem dünnen Satinnachthemd fror er erbärmlich – und das nicht nur im Traum. Seit Tagen funktionierte die Heizung nicht, und ihm fehlte der Mut, seinen Vater, der auch sein Vermieter war, in die Wohnung zu lassen, weil dieser für die Einrichtung sicherlich kein Verständnis gehabt hätte.

Jan stand aus dem Bett auf, kuschelte sich in seinen Bademantel und setzte sich vor den Fernseher, um auf andere Gedanken zu kommen. Doch die Angst ließ sich nicht einfach so verjagen. Niemals würde er sich mit Frauenkleidern auf die Straße wagen. Wie sollte er denn die höhnischen Blicke der Leute ertragen? Jan dachte an Micks brüllendes Gelächter, als er den Slip gesehen hatte. Eine glühende Klinge stach in sein Herz. Wie kam Frau Holzapfel eigentlich dazu, sich dermaßen in sein Leben einzumischen? Und warum glaubte sie, dass er ohne Murren alles mitmachen würde? Sollte sie ihre alberne Achterbahnfahrt doch allein machen. Eine Woche auf den Tod zu warten und sich dazu mit den Problemen der anderen herumzuschlagen schien Jan in diesem Augenblick unmöglich – schließlich hatte er genug eigene. Er griff nach dem Bilderrahmen auf dem Beistelltisch und strich mit den Fingerspitzen über Micks Gesicht, das ihn anlachte. Vielleicht sollte er hier in seiner Wohnung still und heimlich aus dem Leben scheiden. Wieder überfiel ihn ein Herzrasen, das ihm fast die Brust sprengte. Immer noch war die Angst vor dem Sterben größer als die vor dem Leben – doch beides war gleichermaßen unerträglich. Er konnte sich inzwischen nur schwer vorstellen, dass er heute wirklich vom Dach hatte springen wollen. Nun fragte er sich das erste Mal, ob es weh tat, wenn man unten aufschlug. Vielleicht sollte er doch lieber eine Überdosis Tabletten nehmen. Oder sich die Pulsadern aufschneiden?

Jan schaltete den Laptop ein und googelte nach schmerzfreien Selbstmordmöglichkeiten. Nachdem er einige Seiten gelesen hatte, war seine Angst noch größer. Offenbar gab es gar keine schmerzfreien Methoden. Gerade eine Überdosis Tabletten konnte zu einer qualvollen Angelegenheit werden. Die Schienen kamen auch nicht in Frage. Das wollte er weder dem Lokführer noch den Sanitätern zumuten. Dann doch lieber der Sprung vom Dach. Obwohl – auch dabei konnten zufällige Zeugen ein schweres Trauma erleiden und seinetwegen in der Psychiatrie landen. Was hatte er sich eigentlich dabei gedacht, mit Thea aufs Dach zu gehen? Nichts, denn der Kummer hatte ihn betäubt. Auch jetzt konnte er nicht klar denken und glaubte, Ratten wurden ihm Löcher ins Herz nagen. Dabei wollte er doch nur die sein, die er immer gewesen war …

Jan ließ den Mauszeiger ziellos kreisen. Dann googelte er nach einem Frauenforum und meldete sich als Chantal an, obwohl er diesen Namen nicht ausstehen konnte. Sofort stieß er auf Themen wie Liebe und Hochzeit, so dass ihm wieder die Tränen in die Augen stiegen. Da die meisten Unterhaltungen für ihn nur schwer zu ertragen waren, klickte er auf den Küchen-Thread. Seine eigene bestand aus einem Zwei-Platten-Herd, einem Mini-Kühlschrank und einer Arbeitsplatte, auf der gerade mal die Kaffeemaschine Platz fand – eine typische Junggesellenküche, total unweiblich. Da er darin unmöglich ein südamerikanisches Sechs-Gänge-Menü zaubern konnte, klickte er weiter auf das Thema »Beauty und Wellness«. Das Bad in flüssiger Schokolade würde ihm bestimmt das Herz leichter werden lassen. Doch blöderweise hatten die Geschäfte bereits geschlossen, und er hatte keine zwanzig Kilo Schokolade zu Hause.

Als fühlte er sich beobachtet, schaute Jan sich in seinem Apartment um. Dann führte er mit zittrigen Fingern den Mauszeiger auf das Thema »Sexualität«. Kurz darauf versank er in die Diskussion über die erogenen Zonen der Frau und spürte, wie der Neid in ihm aufstieg. Jan kämpfte eine Weile mit sich selbst, dann traute er sich endlich und stellte eine pikante Frage über die lustempfindlichste Stelle der Frau. Sofort wurde er als perverser Typ hingestellt, der sich unter falschem Namen angemeldet hätte, um sich aufzugeilen. Mit hochrotem Kopf knallte Jan den Deckel des Laptops zu.

Am nächsten Morgen rief Friedelies als Erstes auf der Intensivstation an und gab sich als besorgte Mutter der Patientin Susanna Schmidt aus. Und sie hatte Glück, denn die Schwester gab ihr die Auskunft, dass diese über den Berg sei und heute auf die Station verlegt werden sollte, wo sie noch einen Tag zur Beobachtung bleiben würde.

Erleichtert legte Friedelies den Hörer auf und briet sich Spiegeleier. Nun konnte sie beruhigt mit Jan und Thea in den

Freizeitpark fahren. Als sie die Eier auf den Teller gab, stellte sie fest, dass sie gar nicht mehr so intensiv an ihre eigenen Sorgen gedacht hatte. Doch dann fiel ihr Blick auf den Laptop, und die Bauchkrämpfe stellten sich wieder ein. Sollte sie nicht doch einfach das Flugzeug nehmen und abhauen? Aber das war Unsinn. Mallorca war nicht das Ende der Welt. Das Amt würde sie finden, und dann hätte sie einen Haufen Ärger am Hals.

Friedelies nahm den Teller und setzte sich an den Esstisch. Nachdem sie gegessen hatte, fuhr sie zum Seniorenheim, um die letzte Woche ihres Lebens in Angriff zu nehmen.

Vor dem Haupteingang wartete Thea bereits in ihrem Rollstuhl. Sie trug eine grüne Pudelmütze, und über ihren Knien lag eine Karodecke mit Fransen. Ihr Gesichtsausdruck verriet Ungeduld, dabei war es doch erst Viertel vor acht. Bevor Friedelies auf den Parkplatz fuhr, drückte sie auf die Hupe und winkte der Alten. Nur kurz schaute Thea auf. Ihre Tasche hielt sie weiterhin fest im Arm. Als Friedelies den Wagen abgestellt hatte, fragte sie sich, ob Thea immer so launisch war oder ob es an den Umständen gestern lag.

»Wurde auch langsam Zeit«, knurrte Thea. »Von Jan und Sue Ellen fehlt jede Spur. War wohl alles nur Gewäsch gestern.«

»Guten Morgen erst einmal«, sagte Friedelies. »Sue Ellen wird nicht kommen können.«

»Warum nicht? Hat sie sich doch vom Dach gestürzt?«

»Nein, sie hat sich ins Koma getrunken und liegt im Krankenhaus.« Friedelies schob Thea zu einer Parkbank und ließ sich dort nieder.

»Aber Jan könnte langsam kommen«, meinte Thea.

»Es ist noch nicht acht Uhr. Ich hab Sue Ellen übrigens

gestern im Park aufgegabelt. Wenn ich nicht den Rettungswagen gerufen hätte, wäre sie jetzt wohl tot.«

»Das wäre dann ihre Entscheidung gewesen. Ich glaube nicht, dass wir sie in dieser Woche noch einmal sehen. Sie wird die Trinkerei nicht aufgeben.«

»Vielleicht waschen ihr die Ärzte den Kopf. Das wäre schön. Auf jeden Fall soll sie heute noch zur Beobachtung im Krankenhaus bleiben.«

»Wir werden sehen«, murrte Thea.

»Sie ist noch zu jung, um zu sterben.«

»Das bist du auch.«

»Vielleicht, wenn ich ein schönes Leben hätte. Aber so? Soll ich die nächsten Jahre Tag für Tag neben Horst in dem stinkigen Zimmer sitzen und mit ihm auf die Mahlzeiten warten?«

»Musst du ja nicht.«

»Im Winter schon, weil ich es mir dann nicht mehr werde leisten können, zu Hause die Heizung aufzudrehen. Außerdem kennst du meine Tochter Sabine nicht. Das Talent zum Herumkommandieren hat sie voll und ganz von ihrem Vater geerbt.«

»Es gibt immer eine Lösung«, sagte Thea. Den Blick hielt sie weiterhin fest auf die Straße gerichtet.

Friedelies wurde es langsam zu bunt. »Pass auf, du hast deine Entscheidung getroffen und ich meine. Ich denke, das sollten wir gegenseitig respektieren.«

»Ja, da hast du recht. Aber die Woche werden wir noch gemeinsam verbringen. Mir gefällt der Gedanke, wie du Horst seine Gemeinheiten heimzahlen willst.«

Ein schwerer Seufzer entwich Friedelies. »Mir bereitet der Gedanke eher Angst.«

»Warum? Er ist doch ans Bett gefesselt und kann dir nichts mehr tun.« Thea blickte auf ihre goldene Armbanduhr und verzog den Mund.

»Nein, davor hab ich auch keine Angst. Aber es ist ein ziemlich befremdlicher Gedanke, mit einem anderen Mann zu schlafen. Und erst recht vor Horsts Augen.«

»Ach was. Augen zu und durch. Hast du denn schon einen passenden Kandidaten?«

Friedelies dachte nach. Wieder kam ihr Willi in den Sinn. Doch wollte sie das wirklich? »Ich weiß noch nicht genau«, sagte sie und schaute beschämt zu Boden.

Erneut warf Thea einen Blick auf ihre Armbanduhr. »Zehn nach. Jan kommt nicht mehr.«

Die ersten Krankentransportwagen fuhren vor, um einige der Bewohner zur Dialyse zu bringen.

»Dann werden eben nur wir zwei fahren.« Friedelies spielte mit dem Autoschlüssel in ihrer Hand.

»Kommt gar nicht in Frage. Jan muss mit. Oder willst du mich auf die Toilette begleiten? Du musst wissen, ich kann mich nicht mehr selbst abputzen.«

Nein, das wollte Friedelies gewiss nicht. »Dann verschieben wir den Ausflug halt.«

»Bestimmt nicht!«, protestierte Thea mit fester Stimme. »Wir fahren jetzt zu Jan und holen ihn aus seiner Wohnung. Ich weiß genau, dass er zu feige ist und sich die Bettdecke über den Kopf gezogen hat.«

Zum Glück war Thea ein zierliches Persönchen. So konnte Friedelies sie ohne Mühe auf den Beifahrersitz bugsieren. Unterwegs kannte die alte Frau sich dann erstaunlich gut aus. Wie sie erzählte, lag es daran, dass sie selbst früher in der Gegend gewohnt hatte. Kurze Zeit später bogen sie in eine Seitenstraße ein. Hinter gepflegten Vorgärten reihten sich dreistöckige Mietshäuser aneinander, deren Balkone mit kobaltblauer Farbe gestrichen waren.

»Da, das vierte Haus ist es.«

Friedelies fuhr in eine der Parkbuchten, und Thea schnallte sich ab. »Los, hol den Rollstuhl aus dem Kofferraum«, kommandierte sie in einem Ton, der eher zu einem Feldwebel als zu einer Hundertjährigen passte.

Kurz darauf schob Friedelies Thea zum Hauseingang und hoffte, dass es einen Aufzug gab, falls Jan in einem der oberen Stockwerke wohnte. Doch leider zerschlug sich diese Hoffnung, sobald sie das Treppenhaus betraten. Natürlich wohnte Jan unter dem Dach – ohne Aufzug.

»Und nun?« Friedelies schaute die Treppen hinauf.

»Ich warte hier unten, und du gehst hoch und holst Jan. Aber denk dran, er fährt nur mit, wenn er Frauenkleider trägt.«

Das hatte Friedelies gerade noch gefehlt. Mit ihrem mangelnden Durchsetzungsvermögen schaffte sie das im Leben nicht. Doch Thea ließ ihr keine andere Wahl. »Gut, ich versuche es.«

»Du versuchst es nicht nur, du bringst Jan mit. Sonst kannst du mich auf dem Buckel hochtragen.«

Kurz darauf schleppte sich Friedelies schnaufend die letzten Stufen hoch und drückte den Klingelknopf neben Jans Tür. Sie wartete eine ganze Weile, bis geöffnet wurde.

Friedelies wollte sich schon bei der jungen Frau für die Störung entschuldigen, doch dann erkannte sie Jans Gesicht unter der blondgelockten Perücke. Mit den rotgeränderten Augen und der bleichen Haut hätte er sich für eine Rolle als Vampirlady bewerben können. Allerdings hätte er dann den

türkisfarbenen Bademantel und die Glitzerpantoffeln ablegen müssen.

»Ich bin so gut wie tot. Lassen Sie mich in Frieden sterben.«

»Und ich bin Friedelies. Kannst ruhig *du* zu mir sagen.«

»Gut, dann lass *du* mich in Frieden sterben.«

Friedelies befürchtete, dass sich Thea wohl auf eine län-
gere Wartezeit einstellen musste. »Darf ich reinkommen?«

Jan verdrehte die Augen, als wollte sie ihm einen Staub-
sauger andrehen. »Ich hab keinen Bock zu reden.«

»Ich will auch nicht lange reden, denn Thea wartet unten
auf uns. Sie hat mir angedroht, dass ich sie die Treppe hin-
auftragen muss, falls du nicht mitkommst.« Über die Frauenkleider sagte Friedelies erst einmal nichts. Immer schön
eins nach dem anderen.

Jan wandte sich ab und verschwand in seinem Apartment.
Die Tür ließ er jedoch offen, und so folgte Friedelies ihm. Sie
stand sofort im Wohnzimmer, wo Jan sich auf ein mit lilafar-
benen Plüschkissen dekoriertes Sofa setzte. Der Raum erinnerte Friedelies an das Barbie-Haus, mit dem Sabine so gern
gespielt hatte. Die apricotfarbenen Vorhänge, die rosafarbene
Tapete und der quittengelbe Flokati hätten jedes Kleinmäd-
chenherz höherschlagen lassen. Und zwischen einem Haufen benutzter Papiertücher kauerte die Jan-Barbie mit den
goldenen Locken. Eine leere Kleenex-Schachtel auf dem
Tisch erzählte von Leid.

»Sue Ellen fährt nicht mit. Sie liegt im Krankenhaus. Al-
koholvergiftung«, brach Friedelies das Schweigen.

Jan zuckte nur mit den Schultern.

»Mit mir allein hat Thea keine Lust. Sie will unbedingt,
dass du dabei bist.«

»So verheult, wie ich ausschaue, kann ich doch nicht unter die Leute.« Jan hob eines der benutzten Papiertücher auf und schneuzte sich.

»Das kannst du doch wegschminken.«

Entsetzt sah er sie an. »Ich geh nicht geschminkt auf die Straße.«

»War nicht sogar die Rede von Frauenkleidern? Die Perücke steht dir übrigens – sehr feminin.«

»Findest du?« Jan zupfte an einer Locke.

»Ja, jetzt noch ein hübsches Kleid dazu, und jeder wird dich für eine Frau halten.«

»Ehrlich?« Jans Gesichtsausdruck erhellte sich kurz. Doch dann fiel wieder ein grauer Vorhang darüber. »Mir ist nicht nach Freizeitpark.«

»Was ist geschehen?«

Jan zerrupfte das Kleenex in seiner Hand. »Das erscheint mir alles wie ein schlechter Witz. Eine Woche lang unsere Wünsche und Träume leben? Mein Traum kann niemals wahr werden. Mein Vater hasst Transgender, und Mick wird niemals etwas mit mir anfangen.« Mit weinerlicher Stimme erzählte er von dem Erlebnis in der Werkstatt.

»Meinen Mann vor seinen Augen zu betrügen war auch niemals mein Traum. Das war ein ganz anderer, der auch nicht wahr werden kann.« Friedelies krampfte sich bei dem Gedanken daran der Magen zusammen. Sie versuchte, den Schmerz wegzuatmen. »Es geht doch gar nicht um unseren Traum. Es geht eher darum, einen bleibenden Eindruck bei den anderen zu hinterlassen.

»Besser gesagt: uns lächerlich zu machen.«

»Das ist egal. Hauptsache, wir bleiben in Erinnerung. Komm, Jan, was haben wir schon zu verlieren? Die Würde hat man uns doch schon längst genommen.«

»Soll ich mich anziehen?«

»Aber klar doch. Und vergiss nicht, dir die Schatten unter den Augen wegzuschminken«, ermunterte Friedelies ihn mit einem Lächeln.

Gut eine halbe Stunde später verließ Jan das Badezimmer. Er trug ein hautenges Kleid mit Zebramuster, dazu perlmuttglänzende Strümpfe und Pumps, die ihn gut acht Zentimeter größer machten. Mit den Smokey Eyes, dem erdbeerroten Lippenstift und der blonden Perücke würde er in dem Freizeitpark wohl auffallen wie ein Papagei in einer Tropfsteinhöhle. Aber das sprach Friedelies nicht aus.

»Ich hab nur dieses eine Outfit.«

»Das ist doch toll«, ermunterte sie ihn.

»Bisher hab ich das nur hier zu Hause getragen. So hat mich noch niemand gesehen.«

»Herzlichen Glückwunsch zur Premiere.« Friedelies erhob sich vom Sofa. »Sollen wir?«

»Ich habe noch eine Bitte, bevor wir gehen.«

»Was denn?«

»Könntet ihr mich Jana nennen?« Verlegen knabberte Jan auf seiner Erdbeerlippe.

»Das ist ein schöner Name. Er passt perfekt zu dir.« Friedelies lächelte. »Aber nun komm, liebe Jana, Thea wartet schon lange genug.«

Jan stieg die Treppen hinab, als hätte er nie andere Schuhe getragen. Friedelies dachte daran, wie einsam er gewesen sein musste, als er das Laufen in den Pumps heimlich in seiner Wohnung geübt hatte.

Thea regte sich nicht. Sie hatte die Augen geschlossen, und der Kopf war ihr in den Nacken gefallen. Ihr Mund stand offen. Die obere Gebissleiste ruhte auf der unteren und offenbarte das rosige Zahnfleisch.

Friedelies befürchtete das Schlimmste. »Du liebe Güte, sie wird doch nicht tot sein?«

Jan-Jana kniete sich vor den Rollstuhl und rüttelte sanft an ihrem Knie. »Thea? Thea, leben Sie noch?«

Die Lider der Alten begannen zu flattern. Sie kaute ihr Gebiss in die richtige Position und öffnete die Augen, die sich sofort weiteten. »Wusste ich es doch: Der Himmel ist ein Freudenhaus.« Dann verengten sich ihre Lider wieder. »Wo ist mein Erwin?«, fauchte sie.

Friedelies stieß ein erleichtertes Lachen aus. »Da kannst du mal sehen, Jana, selbst eine Hundertjährige wird zur eifersüchtigen Furie, wenn sie dich sieht.«

»Sehe ich wirklich wie eine Nutte aus?« Entsetzt klimperte Jana mit den falschen Wimpern.

Friedelies hüstelte. »Nein, nein, natürlich nicht.« Dann legte sie die Hand auf Theas Schulter. »Darf ich vorstellen? Jana alias Jan. Sie möchte mit uns in den Freizeitpark fahren.«

»Was? Freizeitpark?« Thea kniff dreimal hintereinander die Augen zusammen. Dann war sie wieder in der Wirklichkeit angekommen. »Ach, ja, richtig.« Eingehend musterte sie Jana.

»Und?« Jana drehte sich hin und her.

»Du siehst wunderschön aus«, lächelte Thea, als sähe sie in das Gesicht eines Engels.

»Echt?« Leuchtende Barbie-Augen erhellten das Treppenhaus. »Na dann: Worauf warten wir?« Jana schnappte sich die Griffe des Rollstuhls. »Auf in den Freizeitpark.« Kurz darauf klackerten ihre Absätze durch das Treppenhaus.

Währenddessen bewunderte Friedelies Theas Händchen für Seelenstreicheleinheiten. Mit wenigen Worten hatte sie Jana dazu gebracht, sich wohl zu fühlen. In diesem Augenblick wünschte sich Friedelies, dass Thea dies auch bei ihr schaffen würde. Aber das war wohl unmöglich.

Als sie kurz darauf an einem Kiosk vorbeifuhren, glaubte Friedelies an ein Trugbild. Verfolgte Sue Ellen sie etwa dermaßen, dass sie schon Doppelgängerinnen von ihr herumlaufen sah? Friedelies fuhr langsamer, drehte sich noch einmal um und parkte dann den Wagen. Sie stieg aus. Wie sich schnell herausstellte, war die Frau, die sich gerade am Kiosk eine Flasche Schnaps kaufte, wirklich Sue Ellen. Ihr Haar hatte immer noch keine Bürste gesehen und war am Hinterkopf platt gelegen.

»Was machst du hier? Warum bist du nicht mehr im Krankenhaus?«, sprach Friedelies sie von hinten an.

Sue Ellen fuhr erschrocken herum. »Du liebe Güte, jetzt hätte ich fast einen Herzkasper bekommen.«

»Den bekommst du sowieso bald.«

Sue Ellen drehte sich wieder um und bezahlte mit zittrigen Fingern die Flasche. »Na und?«

»Du solltest doch noch einen Tag unter Beobachtung bleiben. Kind, was machst du denn? Ich hab dich gestern in letzter Sekunde gerettet. Und nun das?«

»Ich hab mich selbst entlassen. Außerdem ist es nicht dein Problem, wenn ich hopsgehe. Lass mich demnächst einfach in Ruhe sterben.«

Darauf wusste Friedelies nichts zu sagen und wechselte das Thema. »Wenn du nicht mehr im Krankenhaus bist, kannst du auch mit in den Freizeitpark fahren. Wir waren gerade auf dem Weg dorthin.«

»Ach ja, die Alte wollte ja noch einmal Achterbahn fahren.« Sue Ellen verstaute die Schnapsflasche in ihrer Kapuzenjacke. Der Geruch von altem Fisch wehte zu Friedelies herüber.

»Wir wollten die Woche zusammen durchstehen. Das weißt du doch noch, oder?«

»Ja, aber ich hab keinen Bock.«

Plötzlich hupte es, und Friedelies fuhr zusammen. Hinter der Scheibe ihres Wagens winkte Thea mit mürrischem Gesichtsausdruck.

»Komm, lassen wir sie nicht warten. Mach einfach mit. Was hast du schon zu verlieren?«

»Ich hab aber keine Kohle.«

»Die Eintrittskarte bezahle ich dir.« Friedelies fasste sie am Arm und zog sie zum Auto.

Sue Ellen setzte sich zu Jan auf die Rückbank. »Hey, scharf! Haste dich also doch noch getraut.«

»Jan heißt nun Jana.« Friedelies startete den Motor. Im Rückspiegel sah sie, wie Sue Ellen einen kräftigen Schluck aus der Schnapsflasche nahm. Nachdem sie die Flasche abgesetzt hatte, sagte sie glucksend zu Jana: »Könntest glatt auf der Reeperbahn anfangen.«

Janas Gesicht verhärtete sich, und ihre Kiefermuskeln zuckten.

»Die Reeperbahn kenne ich aus dem Fernsehen«, mischte sich Thea ein. »Mir gefällt sie. So schön bunt und schrill mit den ganzen blinkenden Lichtern.«

»Und den Nutten«, ergänzte Sue Ellen.

Jana blähte die Nasenlöcher auf. »Halt den Mund.«

»Das mein ich aber auch«, fauchte Thea.

»Ihr wolltet mich doch dabeihaben.«

»Ja, aber Zank wollen wir nicht. Und jetzt lass Jana in Frieden. Sie sieht hübsch aus – und außerdem riecht sie gut«, setzte Thea noch eins drauf.

Friedelies zuckte zusammen. Hoffentlich war Sue Ellen jetzt nicht beleidigt. Diese verzog allerdings keine Miene. Anscheinend war ihr gar nicht bewusst, wie sehr sie eine Dusche benötigte.

»Ist ja schon gut. Hauptsache, er benimmt sich nicht übertrieben schwul. So mit Eiteitei, weißt du.« Sue Ellen winkelte den Ellenbogen an und tätschelte Janas Oberarm.

»Mach ich doch gar nicht.« Janas Stimme klang auf einmal wieder männlich.

Friedelies fuhr los, bevor einer der beiden Streithähne aussteigen konnte. Aber so richtig wohl fühlte sie sich nicht dabei. Jana war sensibel und Sue Ellen ein Elefant im Porzellanladen – das konnte doch nur schiefgehen.

»Ist ja schon gut.« Sue Ellen grinste mit schmalen Lippen und hielt Jana die Flasche hin. »Brüderschaft?«

Gespannt schaute Friedelies in den Rückspiegel.

Jana nickte und wischte mit dem Handrücken den Flaschenhals ab. Nachdem sie einen kräftigen Schluck genommen hatte, hielt Sue Ellen ihr die gespitzten Lippen hin, doch Jana wandte das Gesicht ab.

»Hast du Angst vor Frauen?«

»Nee, vor Lippenherpes. Aber wenn du willst …«

Sue Ellen verzog das Gesicht. »Lass mal lieber.« Wieder nuckelte sie an ihrer Flasche.

Kurz vor dem Ziel hatte sie sie schon zur Hälfte geleert.

Kapitel 6

Die Schulklasse vor dem Eingang des Freizeitparks gackerte wie ein Hühnerhaufen. Wegen des Gedränges schob Jana den Rollstuhl ein wenig an die Seite.

Ungeduldig klopfte Thea mit den Fingern auf die Karodecke und wünschte sich eine Trillerpfeife, um die Bagage zur Ordnung zu rufen. »Gott, das wird ja ewig dauern, bis wir drin sind.«

»Ach was, das geht ganz schnell«, widersprach Jana mit hoher Stimme.

Thea lächelte zufrieden. Auch wenn sich Jana unsicher und beschämt umschaute, war ihr die Verwandlung schon nach kurzer Zeit in Fleisch und Blut übergegangen. Gewiss würde sie die Scham bald auch noch ablegen und ganz schnell glücklich sein.

Plötzlich kreischte ein pickelgesichtiger Junge aus dem Hühnerhaufen: »He, guckt mal! Ne Transe!«

Sofort drehten sich ungefähr dreißig Köpfe um, und dreißig Augenpaare glotzten Jana an. Schallendes Gelächter hallte durch den Kassenbereich.

Thea verrenkte sich fast den Hals, weil sie sehen wollte, wie ihr Schützling darauf reagierte. Mit zitternder Unterlippe kämpfte Jana gegen die Tränen.

Thea schaute wieder zu der wilden Horde, die sich immer

noch nicht einkriegte. »He, hört auf zu gackern, und macht voran! Wir wollen auch noch rein.« Hinter ihr zog Jana die Nase hoch. Thea befürchtete das Schlimmste.

Sue Ellen trat vor die Schulklasse. »Was seid ihr? Landeier? Bei euch wird wohl jede Frau mit Lippenstift für 'ne Transe gehalten.«

Mittlerweile hatte Friedelies sich bei Jana untergehakt. »Gib nichts um das Geschwätz von einem Haufen Pubertierender.«

»Ich will nach Hause«, jammerte Jana.

Thea drehte wieder den Kopf. Wenn das so weiterging, würde sie bald Genickstarre haben. »Nichts da! Du bleibst bei mir.«

»Ich kann das nicht.«

»Hallo? Geht's noch?« Mit bösem Blick machte Sue Ellen eine Scheibenwischerbewegung vor ihrem Gesicht. »Nennst du das etwa Frauenpower?«

Vor ihnen wurde die Schulklasse vom Lehrer durch das Drehkreuz geschleust.

»Siehst du, die haben dich schon wieder abgehakt«, sagte Friedelies.

Nachdem der Hühnerhaufen endlich im Freizeitpark war, konnten auch Friedelies und Jana ihre Eintrittskarten kaufen. Als Rollstuhlfahrerin hatte Thea freien Eintritt, was ihr schon ein wenig merkwürdig vorkam. Kurz darauf schoben sie sich mit den anderen Besuchern über den Platz mit dem Dampfkarussell in der Mitte. Der Duft von frischgebackenen Waffeln stieg Thea in die Nase und weckte ihren Appetit. Später, nach der Fahrt mit der Achterbahn, würde sie sich eine Waffel mit heißen Kirschen und ganz viel Sahne gönnen.

»So, wo müssen wir denn nun hin?«, fragte Jana in die Runde.

»Da hinten. Siehst du?« Thea zeigte mit dem Finger auf die Schienen einer Achterbahn, die sich durch gelbe und orangefarbene Gebäude schlängelten.

Jana schaute etwas ängstlich. »Wollen Sie etwa mit dieser Bahn fahren? Da gibt es Loopings während der Fahrt.«

»Aber natürlich will ich damit fahren! Wenn schon, denn schon. Oder traust du dich das nicht?« In Theas Bauch kribbelte es, als würden sich darin zehn Vitamintabletten auf einmal auflösen.

»Doch, klar«, sagte Jana fast schon ein wenig beleidigt.

»Ich fahr aber nicht mit.« Friedelies wirkte ein wenig blass um die Nase.

»Musst du ja auch nicht. Es reicht, wenn Jana mich begleitet.« Voller Vorfreude rieb sich Thea die Hände. Endlich konnte sie die Angst ablegen, die sie ihr ganzes Leben lang vor solch einer Fahrt gehabt hatte. »Was ist mit dir, Sue Ellen?«

»Nee, da wird mir schlecht. Nicht, dass ich noch alles vollkotze. Ich hol mir gleich erst mal ein Bier.«

Kurze Zeit später fanden sie sich in Afrika wieder. Bananenbäume und afrikanische Skulpturen säumten die Wege zwischen den Lehmhütten. Eine Gruppe schwarzer Tänzer, mit Federschmuck und Fellen behangen, bewegte sich zu Trommelschlägen. Es gab sogar einen Shop, in dem man afrikanische Souvenirs kaufen konnte. Thea fühlte sich in eine andere Welt versetzt. Nur der wolkenverhangene Himmel und die empfindlichen Temperaturen passten nicht. Dann erreichten sie endlich den Eingang der Achterbahn, der vor einem großen Felsen lag. Friedelies und Sue Ellen setzten sich auf eine Bank, um dort auf die beiden zu warten. Als Thea und Jana den Zugang passieren wollten, stellte sich ihnen ein Angestellter in den Weg.

Sein Blick fixierte Thea. »Hier geht es zur Achterbahn.«

»Dann sind wir ja richtig«, entgegnete Thea zuversichtlich.

Der Mann räusperte sich. »Ähem, Sie sind aber Rollstuhlfahrerin.«

»Das weiß ich. Und?«

»Ist nicht erlaubt.«

»Was meinen Sie damit?«

»Blinde und Rollstuhlfahrer dürfen hier nicht Achterbahn fahren.«

»Wie? Was soll das denn bedeuten? Das ist doch behindertenfeindlich.«

»Nein, es geht allein um Ihre Sicherheit. Außerdem führen nur Treppen zum Fahrgeschäft. Sie kommen also gar nicht dorthin.«

So schnell gab Thea nicht auf. »Ach, kein Problem, Jana kann mich tragen.«

Der Angestellte schaute kurz zu ihrer Begleitung. »Es tut mir leid. Anordnung von oben. Ich kann nichts machen.«

»So ein Quatsch. Es ist immer etwas zu machen. Soll auch nicht zu Ihrem Nachteil sein.« Thea öffnete den Reißverschluss ihrer Handtasche und hielt ihm ein Bündel Scheine hin.

Der Mann bekam große Augen, doch dann schüttelte er den Kopf. »Selbst wenn ich Sie durchlasse, wird der nächste Kollege Sie aufhalten.«

»Dann bekommt der eben auch Geld«, konterte Thea.

»Tut mir leid. Ich brauche den Job hier. Und meine Kollegen auch. Wenn das rauskommt, sind wir geliefert.«

Hinter Thea gab Jana ein genervtes Schnauben von sich. »Sie hören doch, Thea, es geht nicht.«

Wahrscheinlich hatte sie die Hosen voll. Thea drehte den Kopf und schaute sie grimmig an. »Mit gutem Willen geht alles.« Dann blickte sie wieder zu dem Mann. »Schreiben Sie mir Ihre Kontonummer auf, und ich überweise Ihnen zehntausend Euro.«

Der Angestellte schluckte schwer. Wie es schien, ratterte in seinem Kopf gerade eine Registrierkasse. Doch dann schüttelte er erneut den Kopf. »Nein. Es ist zu gefährlich. Auch für Ihre Gesundheit.«

»Ob mein Herz das aushält oder nicht, lassen Sie mal ruhig meine Sorge sein.«

»Bitte gehen Sie wieder«, flehte der Mann nun mit dünner Stimme. Bestimmt kämpfte er mit seinem inneren Schweinehund.

Thea hoffte, dieser würde gewinnen, und ließ nicht locker. »Haben Sie Kinder?«

Der Mann nickte. »Vier.«

»Gut, dann überweise ich Ihnen für jedes noch mal tausend Euro extra.«

»Nein, bitte. Nein, nein, nein. Wenn etwas geschieht, muss ich bis an mein Lebensende zahlen. Bitte gehen Sie.«

»Thea, nun machen Sie den Mann doch nicht unglücklich«, ermahnte Jana sie und schob in Eigenregie den Rollstuhl vom Eingang fort.

»He, was soll das?«, protestierte Thea. »Ich bin es leid, bevormundet zu werden. Außerdem war ich noch nicht fertig mit der Verhandlung. Oder hast du Angst, dir geht das Geld flöten?«

»Nun seien Sie nicht albern. Es gibt noch mehr Achterbahnen. Es muss ja nicht gerade ein Freizeitpark sein. Wir könnten es auf einer Kirmes probieren. In der Nähe von Bonn ist doch gerade eine.«

Das passte Thea gar nicht. Sie wollte hier und jetzt Achterbahn fahren. Doch an dem Wachhund mit dem Gewissen eines Friedensnobelpreisträgers kamen sie wohl nicht vorbei.

Als Jana sie zu Friedelies und Sue Ellen schob, schauten diese ihnen fragend entgegen.

»Was ist? Hat dich der Mut verlassen?«, fragte Sue Ellen grinsend.

»Pah, der Blödmann hat uns nicht reingelassen, weil ich im Rollstuhl sitze. Diskriminierend ist das.«

»Er hat sich nur an die Vorschriften gehalten«, kommentierte Jana.

»Ja, und nun?« Ratlos hob Friedelies die Schultern.

Über ihnen donnerten die Waggons der Achterbahn vorüber. Kurz darauf hallte das Geschrei der Fahrgäste durch eine Höhle.

Enttäuscht verdrehte Thea die Augen. »Jetzt fahren wir zur Kirmes nach Bonn. Ich hoffe nur, dass es dort eine Achterbahn gibt.«

»Jetzt sofort?« In Friedelies' Stimme schwang Enttäuschung mit.

»Was hast du denn gedacht? Hier in diesem behindertenfeindlichen Park bleibe ich keine Minute länger.«

»Thea, es gibt nun einmal Sicherheitsvorschriften. Und jetzt hören Sie auf zu meckern«, stöhnte Jana.

»Und du sagst jetzt endlich mal du zu mir«, blaffte Thea zurück.

Jana nickte mit dem Kopf und lächelte.

»Aber wir haben doch so viel Geld für den Eintritt bezahlt. Können wir nicht noch ein bisschen bleiben?« Sehnsüchtig schaute Friedelies sich um.

»Nix da. Wir fahren. Los jetzt«, befahl Thea.

»Ich gehe überall mit hin, wo es was zu trinken gibt.« Sue Ellen warf den leeren Bierbecher in den Papierkorb und erhob sich von der Bank.

Etwa eine Stunde später parkte Friedelies ihren Wagen mit säuerlicher Miene auf dem Parkplatz vor der Kirmes. Thea schaute gespannt aus dem Fenster. Ein Riesenrad war zu sehen und dahinter das Eisengerüst einer Achterbahn. Enttäuscht presste sie die Lippen aufeinander. Diese Bahn war lange nicht so spektakulär wie die im Freizeitpark.

Auf dem Festplatz bimmelte, blinkte und dudelte es an jeder Ecke. Thea wusste nicht, wo sie zuerst hinschauen sollte. Kinder kreischten in den sich immer schneller drehenden Fahrgeschäften. Der Duft von Popcorn, Zuckerwatte und gebrannten Mandeln erinnerte sie an ihren Hunger. Doch zum Essen war sie viel zu aufgeregt. Als sie sich dann der Achterbahn näherten, wurde aus Theas Enttäuschung Wut. »Wilde Hummel heißt die? Hört mal, das ist doch was für Kinder.«

Jana blickte sie finster an. »Quatsch, die geht ganz schön hoch. Schau doch mal genau hin.«

»Hm, geht so.« Thea befürchtete, hier keine Befriedigung zu finden. »Außerdem hat die keine – wie heißen die noch mal, wenn man auf dem Kopf steht?«

»Loopings. Aber dafür ist die Wahrscheinlichkeit größer, dass man dich überhaupt fahren lässt.«

»Das würde ich denen auch raten!« Thea schaute skeptisch zu dem Häuschen, in dem die Karten verkauft wurden. Eine rauchige Frauenstimme kündigte die nächste Fahrt an.

Als Jana zwei Fahrchips verlangte, blickte die blonde Frau in dem Kassenhäuschen irritiert zu Thea.

»Will die alte Dame etwa mitfahren?«

»Ja.« Jana nickte.

»Das geht aber nicht. Das ist viel zu gefährlich.«

»Ich helfe ihr beim Einsteigen, das ist kein Problem.«

»Aber ihr Herz hält die Fahrt bestimmt nicht aus. In dem Alter fährt man doch keine Achterbahn mehr.«

Thea reckte den Hals. »Hören Sie mal, mein Herz hat so viel ausgehalten, da ist die Fahrt gar nichts gegen.«

»Nein, tut mir leid. Das kann ich nicht verantworten.« Die Kassenfrau legte den Chip wieder zurück.

Erneut öffnete Thea ihre Handtasche, holte das Bündel Euroscheine heraus und hielt es Jana hin. »Hier, gib ihr das.«

Als sie die Scheine über den Tresen schob, reckten die Wartenden hinter ihnen die Hälse. Thea sollte es egal sein.

Die Frau stierte schweigend auf das Geld.

»Was ist denn nun?« Langsam wurde Thea ungeduldig.

»Äh, ja … Ich weiß nicht recht. Wenn aber was passiert?«

»Dann steht das für einen Tag in der Zeitung, und gut ist's.«

»Gibt's Probleme?«, schrie Sue Ellen von hinten. Keine Sekunde später stand sie neben ihnen. »Will die Tussi dich nicht mitfahren lassen?«

»Ist schon gut, Sue Ellen. Wir regeln das.« Jana versuchte, mit ihrem Oberkörper die Sicht auf die Geldscheine zu verdecken.

Doch es war wohl zu spät, denn Sue Ellen bekam bereits Stielaugen.

»Sie müssen selbst wissen, was Sie tun.« Der Kassenfrau entging Sue Ellens gieriger Blick wohl auch nicht, denn sie steckte rasch den Eurosegen ein und händigte Jana die beiden Chips aus. Dann deutete sie auf ein Schild. »Benutzen auf eigene Gefahr.«

»Lesen kann ich selbst«, grummelte Thea. »Komm, Jana. Jetzt geht's los.« Ihr Herz schlug nun doch schneller als gewohnt. Aber so sollte es auch sein, wenn man noch ein letztes Mal das Leben in sich spüren wollte.

Mit geschultem Griff hob Jana Thea aus dem Rollstuhl und verfrachtete sie in den Waggon. Als sie sich neben sie setzte und den Bügel schloss, zitterten Thea herrlich die Beine. Sie schaute nach vorn, wo die Schienen in den Himmel führten. Ruckelnd wurden die Waggons hinaufgezogen. Nach einer Weile befand sich der Wagen am obersten Punkt der Achterbahn. Thea umklammerte mit feuchten Händen den Griff. Vor ihr gab es nur noch die tiefhängenden Wolken. Schwindel überfiel sie und ließ die umliegenden Wälder vor ihren Augen schaukeln. Ihr Magen drehte eine Pirouette, dann sauste sie auch schon in die Tiefe. Thea hüpfte das Herz gegen die Kehle. In ihrem Bauch verknotete sich der Darm mit dem Magen. Schreie waren zu hören. Ihre spitzen Laute mischten sich darunter, als der Fahrtwind ihr heftig ins Gesicht blies. In der darauffolgenden Kurve verlangsamte sich die Fahrt, und Thea traute sich wieder zu atmen. Lange hatte sie sich nicht mehr so lebendig gefühlt. Das Gefälle kam unerwartet, und Thea schnappte nach Luft. Die Waggons nahmen wieder an Fahrt zu. Thea glaubte, ein Stromkabel verschluckt zu haben, so sehr kribbelte und zog es überall. Ihr Herz tanzte Samba. In diesem See voller Glück schien nichts mehr wichtig zu sein. Wenn sie jetzt und hier starb, dann musste es so sein. Überglücklich schloss sie die Augen. Bergauf, bergab flitzten die Wagen über die Schienen. Glitzernde

Sterne tanzten vor ihren Lidern. Thea riss den Mund auf und lachte laut. In einer Kurve lösten sich plötzlich ihre Zähne. Und ehe sie es sich versah, hatte der Wind die obere Gebissreihe mitgenommen. Aber das war egal. Kurz darauf verloren die Waggons an Fahrt und kamen schließlich zum Stehen. Thea hielt die Augen geschlossen. Sie wollte den Moment nicht loslassen. Ganz tief sollte er sich in ihr Herz brennen. Dann spürte sie eine Hand auf ihrer Schulter.

»Ist alles in Ordnung?« Janas Stimme klang wie die von Kermit aus der Muppet Show.

Atemlos vor Glück öffnete Thea die Augen. »Jetzt kann ich in Ruhe sterben«, lachte sie.

»Dir sind die Zähne aus dem Mund gefallen. Hoffentlich finden wir sie wieder.«

Thea fuhr sich mit der Zunge über das nackte Zahnfleisch. »Ach, egal. Die eine Woche komme ich auch ohne aus.«

Ein Angestellter des Fahrgeschäftes öffnete ihren Bügel. Kurz darauf trug Jana Thea aus dem Waggon und setzte sie in den Rollstuhl. Ein zweiter Angestellter kam angelaufen. In der Hand hielt er Theas Gebiss. Dankend nahm sie es entgegen, wischte mit dem Ärmel darüber und setzte es sich wieder ein.

Friedelies schaute sie neugierig an. »Und? Wie war es?«

»Herrlich!«, lachte Thea. Ein Glücksgefühl durchströmte ihren Körper. Arthrose und Gicht hatten erst einmal Sendepause.

»Du siehst toll aus. Um Jahre jünger.« Friedelies legte ihr die Karodecke über die Beine. »Willst du noch einmal fahren?«

»Nein«, sagte Thea. »Ein zweites Mal würde den Zauber zerstören.«

Jana trat von einem Bein auf das andere. »Sollen wir weiter? Ich müsste nämlich mal für kleine Mädchen.«

»Und ich für große Jungs.« In Theas Därmen grummelte es. Wie gut, dass sich während der Fahrt nicht die Schleusen geöffnet hatten.

Es war schon Nachmittag, als sie sich Zuckerwatte kauften. Die torkelnde Sue Ellen wich Thea nicht von der Seite. Immer wieder fragte sie Thea nach ihrem Wohlbefinden und ging ihr damit schon auf die Nerven.

Langsam spürte Thea die Anstrengung des Tages in den Knochen und freute sich auf ihr Bett. Vor dem Seniorenheim verabredeten sich die vier Lebensmüden für den nächsten Tag zum Kaffee, um die weiteren Tage zu besprechen. Weil sich Jana nicht traute, mit dem Outfit den Arbeitskollegen zu begegnen, brachte Sue Ellen Thea in ihr Zimmer.

»Das war ein schöner Tag. So kann das Leben enden. Meinst du nicht?«, brach Thea das Schweigen zwischen ihnen.

Sue Ellen zuckte mit den Schultern und hängte den Mantel in den Schrank.

»Wann willst du vor deine Familie treten?«, fragte Thea.

»Vielleicht übermorgen oder in drei Tagen. Vielleicht aber auch gar nicht. Weiß nicht so genau.« Sue Ellens Atem verlieh dem Zimmer eine gewisse Kneipenatmosphäre.

»Gib dir einen Ruck. Den einen Tag ohne Suff wirst du schon überstehen. Dann kannst du wenigstens ehrenvoll in den Tod gehen.«

»Ich scheiß auf die Ehre.« Sue Ellen sah sie mit glasigen Augen an. »Kannst du mir fünfzig Euro leihen? Ich hab nichts mehr zu essen.«

»Erzähl mir nichts. Du willst dir nur Schnaps kaufen.«

»Blödsinn.« Sue Ellens Gesicht nahm einen rötlichen Schimmer an.

»Vergiss es. Von mir bekommst du nichts.« Thea streckte ein Bein in ihre Richtung. »Ziehst du mir die Schuhe aus?«

»Warum gibst du mir die Kohle nicht? Hast doch genug davon.« Sue Ellens Blick verfinsterte sich.

»Willst du hier jetzt genauso ein Theater wie bei deiner Oma machen?« Thea griff nach dem Notrufmelder. »Beim Personal bist du nicht gerade beliebt. Sie werden ganz schnell die Polizei rufen.«

»O Mann, reg dich doch nicht sofort auf. Hab doch gar nichts gesagt.« Ohne sich zu verabschieden, verschwand Sue Ellen aus dem Zimmer.

Thea schüttelte den Kopf. Na, das konnte ja noch heiter werden.

Kapitel 7

Friedelies und Jana warteten im Wagen auf Sue Ellen. Insgeheim hoffte Friedelies, sie würde auf den Vorschlag eingehen, den sie sich gerade zurechtgelegt hatte.

Im Autoradio lief ein flottes Lied, und Jana wippte im Takt dazu. Dazu schien schwach die Abendsonne durch das Seitenfenster.

Friedelies kurbelte es ein wenig hinunter, um die Strahlen zu spüren. »Du hast dich wacker geschlagen. Wie fandest du deinen ersten Tag in Frauenkleidern? Hast du dich wohl gefühlt?«

Jana nickte im Takt. »Bis auf die Zwischenfälle mit Sue Ellen und der Schulklasse schon. Aber im Freizeitpark und auf der Kirmes kannte mich ja auch niemand.«

»Ich kann mir vorstellen, dass es dich Überwindung kosten muss. Man weiß ja nie wirklich, wie die anderen reagieren.«

»Mick fand meine Unterwäsche zum Brüllen. Und mein Vater natürlich auch.« Eine dunkle Wolke schob sich vor Janas gute Laune.

»Kannst du nicht verstehen, dass es ein Schock für ihn ist? Gib ihm einfach etwas Zeit.«

»Es war nur ein Damenslip. Was glaubst du, wie er reagieren wird, wenn er mich *so* sieht? Als ich in die Altenpflege gegangen bin, hat er ein halbes Jahr nicht mehr mit mir gesprochen. Jetzt wird er wohl nie mehr mit mir reden.«

»Der scheint ja wirklich ein harter Hund zu sein.« Die Sonne verschwand hinter den Dächern in der Seitenstraße, und Friedelies kurbelte die Scheibe wieder hoch. »Was ist mit deiner Mutter?«

»Die hat nichts zu sagen – außer Ja und Amen. Ich kann mich nicht erinnern, dass sie jemals zu mir gestanden hat.«

»Aber du willst es trotzdem versuchen? Ich meine, ihnen so vor die Augen treten?«

Jana blickte ins Leere. »Ich glaube eher nicht. Was soll das bringen?«

»Ehrlichkeit. Mit einer Lüge auf dem Gewissen lebt es sich nicht gut – und stirbt es sich noch schlechter.«

Bevor Jana dazu etwas sagen konnte, riss Sue Ellen die Beifahrertür auf und ließ sich auf den Sitz fallen.

»Die Alte ist versorgt. Was steht jetzt an? Gehen wir einen trinken?«

Friedelies kniff die Augen zusammen. »Ein bisschen mehr Respekt vor dem Alter wäre nicht schlecht. Und nein, wir gehen keinen mehr trinken. Ich denke, du hast heute genug gebechert.«

»Ob ich genug hab oder nicht, hast du gar nicht zu beurteilen.«

»Ich kann mir ein Urteil bilden, wie ich will.« Friedelies startete den Wagen und lenkte ihn aus der Parklücke. »Jetzt bringen wir erst einmal Jana nach Hause.«

Die restliche Fahrt über blieb es so still im Wagen, dass Sue Ellen einnickte. Selbst als Jana mit Friedelies die Telefonnummern tauschte und sich verabschiedete, wurde sie nicht wach.

Friedelies fuhr nicht nach Vogelsang, sondern ohne Umschweife zu sich nach Hause. Erst als sie den Wagen geparkt hatte, rüttelte sie an Sue Ellens Schulter.

»Aufwachen, wir sind da«, sagte sie leise.

Sue Ellen drückte den Rücken durch und öffnete die Augen. »Wo sind wir?«

»In der Straße, in der ich wohne.« Friedelies griff nach ihrer Handtasche, die zu Sue Ellens Füßen lag. Hast du Lust, noch einen Kaffee mit mir zu trinken?«

Sue Ellen zog eine Schnute. »Kaffee? Nee, ich will nach Hause. Die Jungs im Park machen sich bestimmt schon Sorgen um mich.«

Das hatte Friedelies sich schon gedacht. Es würde nicht einfach werden, Sue Ellen vom Alkohol fernzuhalten. Vielleicht sollte sie es erst einmal mit kontrolliertem Trinken versuchen. »Ach, nun komm. Du bekommst auch Kaffee mit Schuss. Ich hab noch Amaretto im Haus.

»Überredet.« Grinsend stieg Sue Ellen aus dem Wagen.

Doch als sie dann zusammen in Friedelies Wohnzimmer saßen, trank Sue Ellen nur den Schuss. Friedelies sagte dazu nichts. Es würde eh nichts bringen, außer vielleicht, dass die junge Frau das Weite suchte. Mit Schrecken dachte Friedelies an den gestrigen Vorfall im Park und fühlte sich irgendwie verantwortlich.

»Wenn du willst, kannst du heute Abend hier schlafen. Ich hab genug Platz.«

Sue Ellen schaute sich um. »Meinst du?«

»Ja klar. Sabines ehemaliges Zimmer steht doch leer.«

»Ist das deine Tochter?«

Friedelies holte ein gerahmtes Bild von dem Regal über dem Fernseher und zeigte es ihr.

»Hübsch. Ist bestimmt erfolgreich in ihrem Beruf, hat Kinder und einen supertollen Ehemann.«

»Erfolgreich ist sie, ja. Kinder und Ehemann hat sie nicht.« Friedelies legte das Bild zur Seite. Eigentlich hatte sie keine große Lust, über Sabine zu reden. Obwohl es sie schon ein wenig wunderte, dass sie nicht anrief. Ob sie sich Sorgen machen musste? Ach, Sabine kam schon klar – das tat sie immer.

Sue Ellen stand auf und schaute sich die anderen Bilder auf dem Regal an, die hauptsächlich Sabine zeigten. Als Kind mit Schultüte, beim Abiball und als Baby. »Deinen Alten hast du hier aber nicht stehen.«

Friedelies schüttelte den Kopf. »Nicht mehr. Ich hab ihn verbannt. Ich wünschte nur, er wäre ganz aus meinem Leben verschwunden.«

Sue Ellen ließ sich wieder auf die Couch fallen und füllte ihr Glas mit Amaretto. »Hättest ihm besser mal ein Pilzgericht gekocht.«

»Wenn ich das alles vorher gewusst hätte, dann wäre es eine Überlegung wert gewesen. Apropos Pilzgericht, hast du Hunger?«

»Nein, eigentlich nicht. Hast du eine Badewanne?«

»Ja klar. Willst du baden? Kein Problem. Ich hab auch noch Sachen von Sabine da. Dann kannst du was Frisches anziehen. Ich wasch dir deine Sachen, wenn du magst.«

»Das wäre super. Ich hab das Gefühl, es ist eine Ewigkeit her, dass ich gebadet habe.«

»Viele Wohnungen haben heutzutage nur noch eine Dusche. Das finde ich eine Schande.« Friedelies erhob sich, um ins Bad zu gehen und dort Wasser in die Wanne zu lassen.

»Wenn ich duschen will, muss ich ins Schwimmbad.« Verschämt senkte Sue Ellen den Blick.

»Wie? Sag bloß, du lebst auf der Straße? Aber Jan hat doch eine Adresse von dir gehabt.«

»Da wohne ich schon lange nicht mehr. Zwangsräumung wegen Mietrückstand.«

»Ach du liebe Güte.« Friedelies zog es die Brust zusammen. Wie gut, dass sie auf ihr Gefühl gehört hatte. Während sie den Badezusatz in die Wanne goss, fragte sie sich, warum Sue Ellens Familie ihr nicht half. Es konnte doch nicht sein, dass sie einfach so zusah, wie die junge Frau vor die Hunde ging. Der Gedanke, das eigene Kind derart verkommen zu lassen, ging über Friedelies' Vorstellungskraft. Wen wunderte es da, wenn Sue Ellen sich dem Suff ergab? Friedelies ging in Sabines ehemaliges Zimmer und holte frische Unterwäsche, Jeans und eine Bluse aus dem Schrank. Dann legte sie den Stapel auf den Toilettendeckel und kehrte ins Wohnzimmer zurück.

Sue Ellen trank gerade den restlichen Amaretto und hatte bereits wieder glasige Augen. »Meine Oma war die Einzige, die immer zu mir gehalten hat«, jammerte sie.

Schlimm genug, dachte Friedelies. Doch dann schalt sie sich, da sie nicht wusste, was wirklich vorgefallen war. Sein eigen Fleisch und Blut verbannte man nicht einfach so aus dem Leben.

»Die Wanne müsste gleich voll sein«, versuchte sie Sue Ellen auf andere Gedanken zu bringen.

Schwankend begab sich die junge Frau ins Bad. Währenddessen schaltete Friedelies den Fernseher ein und lehnte sich zurück.

Sie musste wohl eingeschlafen sein, denn als sie nach einiger Zeit wieder auf den Bildschirm schaute, lief bereits der Spätfilm. Friedelies erschrak. Ob Sue Ellen schon zu Bett gegangen war? Auf leisen Sohlen schlich sie durch den Flur zu Sabines Zimmer, wo sie ein leeres Bett vorfand. Sie schaute zur Tür des Badezimmers. Der Lichtstrahl unter der Tür verriet, dass Sue Ellen darin sein musste. Aber wenn sie immer noch in der Badewanne lag, hatte sie bestimmt langsam Schwimmhäute zwischen den Fingern.

Friedelies klopfte an der Tür, doch im Bad blieb es still. Gruselige Gedanken schossen ihr durch den Kopf, denn im Spiegelschrank lagen Ersatzklingen für den Hornhauthobel. Nicht, dass Sue Ellen auf dumme Gedanken gekommen war! Friedelies klopfte energischer an die Tür und rief nach ihr. Nichts. Sicher lag Sue Ellen in einem Blutbad. Panisch rüttelte Friedelies an der Klinke. Dabei flog die Tür auf und sie ins Badezimmer. Unsanft landete sie auf den Knien. Handtücher sowie Sue Ellens Kleidung lagen auf dem Boden verstreut. Von Sue Ellen selbst fehlte jede Spur.

Friedelies zog sich am Waschbecken hoch. Im erkalteten Badewasser schwamm eine leere Shampooflasche. Ein dunkler Streifen zog sich unterhalb des Wannenrands her. Sue Ellen hatte also gebadet und dann das Weite gesucht. Es wäre schön gewesen, wenn sie wenigstens Bescheid gesagt hätte. Verärgert zog Friedelies den Stöpsel aus der Wanne und desinfizierte sich die Hände. Dann räumte sie das Badezimmer auf. Während sie anschließend die Wanne putzte, versuchte sie, Sue Ellen aus ihren Gedanken zu vertreiben. Doch so einfach gelang ihr das nicht. Bestimmt war sie bei den Obdachlosen im Park und gab sich wieder die Kante. Sie hatte doch keine Schlafgelegenheit! Seufzend räumte Friedelies die Putzutensilien in die Kammer. Sie sollte an sich denken, an ihr eigenes Vorhaben. Bisher war Sue Ellen ja auch ohne sie klargekommen – mehr oder weniger. Besser gesagt: weniger, wie sich gezeigt hatte. Verdammter Mist! Was sollte sie denn nun tun? Sie konnte doch nicht schon wieder zum Park fahren. Friedelies versuchte, nicht an das Schlimmste zu denken und sich stattdessen abzulenken. Deshalb dachte sie an Willi und was sie mit ihm vorhatte. Hatte sie überhaupt seine Telefonnummer? Friedelies glaubte, sich zu erinnern, sie irgendwann mal in ihr Adressbuch geschrieben zu haben. Sie ging zur Garderobe, um in ihrer Handtasche nachzusehen. Als sie den Reißverschluss aufzog, bemerkte sie sofort, dass etwas nicht stimmte. Stets achtete sie darauf, ihre Geldbörse sicher im Seitenfach zu verstauen, doch nun lag diese mitten in der Tasche. Sogar der Druckknopf war nicht richtig verschlossen. Mit zittrigen Fingern fischte Friedelies sie heraus. Sie ahnte Schreckliches, und es bestätigte sich. Der Fünfziger fehlte! So ein abgebrühtes Biest! Enttäuscht von Sue Ellen ließ sie die Tasche in ihrer Hand sinken. Sie sollte wohl zur Polizei gehen und Anzeige erstatten. Doch nicht, ohne Sue Ellen vorher den Kopf gewaschen zu haben.

Obwohl es mitten in der Nacht war, schnappte sich Friedelies den Autoschlüssel und fuhr zu dem Park in Vogelsang.

Als sie ankam, schob sich gerade eine Wolke vor den Mond. Nun konnte Friedelies fast nicht mehr die Hand vor Augen sehen. Unter ihren Füßen knackten kleine Äste. Raschelte da nicht etwas im Gebüsch? Friedelies beschleunigte ihren Schritt. Müssten an der nächsten Weggabelung nicht schon die Obdachlosen-Bänke auftauchen? Mittlerweile befürchtete Friedelies, den falschen Weg eingeschlagen zu haben. Außerdem biss ihr der eisige Wind in die Wangen. Der Mond kämpfte sich aus den Wolken und warf sein silbriges Licht auf die Wiese zu ihrer rechten Seite. Endlich entdeckte Friedelies die Bänke und eilte hinüber. Drei Männer lagen dort in lumpige Decken eingehüllt. Einer von ihnen schnarchte, die anderen stöhnten. In einer kleinen Eisentonne züngelten Flammen um Äste. Daneben saß Sue Ellen auf dem Boden und drückte ein Bündel an ihre Brust. Eine traurige Melodie summend, wiegte sie ihren Oberkörper hin und her. Ihre Unterlippe hatte der Rotwein dunkel gefärbt. Selbst als Friedelies sich direkt vor sie stellte, schaute sie nicht auf.

»Kriegst den Fuffi wieder. Hab ihn mir nur geliehen«, sagte Sue Ellen mit gedämpfter Stimme.

»Das glaubst du doch wohl selbst nicht. Soll ich dir mal was sagen: Ich bin so enttäuscht von dir!«

»Scht, nicht so laut.«

»Ist mir doch egal, wenn die hier wach werden. Und damit du es weißt, ich werde zur Polizei gehen und Anzeige gegen dich erstatten. Hast du deine Familie auch beklaut? Kein Wunder, wenn sie nichts mehr mit dir zu tun haben wollen.«

»Schrei hier nicht so rum. Sie wird noch wach«, zischte Sue Ellen und deutete mit dem Kinn auf das Bündel an ihrer Brust.

»Wer *sie*?«

»Das Baby.«

Friedelies glaubte an einen schlechten Scherz. Gehörte das Kind etwa Sue Ellen? Oder hatte sie das Kleine aus irgendeinem Kinderwagen geklaut?

»Wo hast du das her?«

»Es ist meins. Niemand nimmt es mir weg.« Sue Ellen drückte die Decken mit dem Kind fest an ihre Brust.

»Wo hast du es denn die letzten zwei Tage gehabt? Das ist bestimmt nicht deins. Lass mal sehen.«

»Hau ab! Niemand nimmt sie mir weg.«

Friedelies war fassungslos. Hier taten sich Abgründe auf,

als hätte ein Meteorit eingeschlagen. »Du kannst doch nicht mit dem Baby hier draußen schlafen. Wie verantwortungslos bist du eigentlich?«

»Ich bin nicht verantwortungslos. Ich liebe sie.«

»Los, steh auf!« Friedelies fasste nach ihrem Arm. »Du kommst sofort mit zu mir. Wo sind deine Sachen?«

Sue Ellen deutete mit dem Blick auf einen Müllsack unter der Parkbank. »Mehr hab ich nicht.«

Bemüht, den Obdachlosen auf der Bank nicht zu berühren, zog Friedelies den Sack hervor. »Nun mach voran, und komm.«

Sue Ellen versuchte aufzustehen, schwankte aber so sehr, dass sie sofort wieder auf den Hintern fiel. Doch das Bündel hielt sie sicher an ihre Brust gedrückt.

»Komm, ich nehme es dir ab, damit du aufstehen kannst.«

»Nein!« Sue Ellen nahm einen erneuten Anlauf und schaffte es, auf beiden Beinen stehen zu bleiben.

»Ich tu deinem Kind schon nichts.« Friedelies hakte sich fest bei ihr ein.

Sue Ellen fand keinen sicheren Schritt, und Friedelies hatte Mühe, sie zu halten. Mittlerweile schmerzte ihr die Schulter. Als sie den Parkplatz erreichten, hatte sich das Baby in Sue Ellens Armen immer noch nicht gerührt. Wahrscheinlich stillte Sue Ellen, und der Alkohol betäubte es.

Auf der Fahrt nach Hause herrschte Schweigen im Wagen, weil Friedelies immer noch die Worte fehlten. Sue Ellen sagte eh nichts mehr, sondern döste im Halbschlaf vor sich hin. Dafür schossen tausend Fragen durch Friedelies' Kopf. Wie alt mochte das Kind sein? Wusste das Jugendamt nichts von diesen Umständen? Das konnte doch alles nicht sein. Warum wollte Sue Ellen vom Dach springen, wenn sie doch für ein Kind zu sorgen hatte? Oder vielleicht gerade deswegen?

Sie würde es herausfinden. Doch erst einmal war es wichtig, dass die beiden ins Warme kamen. Die Antworten würde die Zeit mit sich bringen.

Pünktlich, als Friedelies den Wagen parkte, schlug Sue Ellen die Augen auf. Wortlos stieg sie aus und ließ sich von ihr in die Wohnung führen. Dort ging sie in Sabines Zimmer und legte das Bündel aufs Bett. Die Decke verrutschte, und Friedelies glaubte, ihren Augen nicht zu trauen.

Dann schrillte auch noch das Telefon im Wohnzimmer. Um diese Uhrzeit? Da musste was passiert sein! In Sekundenschnelle malten sich vor Friedelies' innerem Auge Bilder von einem Verkehrsunfall ab – und mittendrin Sabine. Mit zittrigen Knien eilte Friedelies zum Telefon, drückte den Knopf und meldete sich mit atemloser Stimme.

»Hallo? Friedelies?«, tönte es in den Hörer.

»Ja, am Telefon. Wer ist denn da?«

»Thea hier.«

Friedelies stieß den Atem aus und ließ sich auf dem Sessel nieder. In ihren Ohren klopfte der Puls. Gott sei Dank war es nicht irgendein Krankenhaus oder die Polizei. »Was gibt es denn so spät in der Nacht?«

»Ich hab nachgedacht. Und zwar über unsere Jana. Also ich finde ja, die Perücke muss nicht sein. Damit sieht sie wirklich aus wie eine Bordsteinschwalbe. Jan, ich meine Jana hat doch so wunderschöne braune Locken. Meinst du nicht, daraus könnte man eine etwas weiblichere Frisur machen?«

Friedelies starrte vor sich hin. »Das ist jetzt nicht dein Ernst, oder? Weißt du eigentlich, wie spät es ist?«

»Hab ich dich geweckt?«

»Nein, ich war noch wach. Sue Ellen braucht meine Hilfe.«

»Was ist denn mit ihr?«

»Stockbesoffen ist sie«, sagte Friedelies nur. Das andere musste sie erst einmal verdauen.

»Das ist doch nichts Neues.« Theas Stimme klang fast schon ein wenig enttäuscht. »Was ist denn nun mit Jana? Meinst du, wir könnten ihr das mit der Perücke schonend beibringen?«

»Hör zu, Thea. Lass uns das morgen besprechen. Ich hab jetzt keinen Kopf dafür. Schlaf gut.« Friedelies drückte den Anruf weg. Die hatte ja wohl Nerven, um diese Uhrzeit wegen so einem Mist anzurufen. Doch nun musste sie erst einmal Sue Ellen zur Rede stellen. Friedelies ging zurück in Sabines Zimmer. Die junge Frau lag auf dem Bett und schnarchte wie ein Holzfäller.

Friedelies rüttelte an ihrer Schulter. »Komm, Mädchen. Aufwachen. Du hast mir was zu erklären.«

»Lass mich. Bin müde«, nuschelte Sue Ellen ins Kissen.

»Nein, erklär mir das hier!« Friedelies wurde laut. »Was soll das?«

»War nur Spaß.«

»Sag mal, willst du mich veräppeln? Ich hab mir die größten Sorgen gemacht … und das um eine Puppe!« Friedelies nahm das dreckige Ding vom Bett. Die Puppe trug einen roten Häkelpulli, der genauso verfilzt war wie ihr braunes Haar. Außerdem fehlte ihr ein Auge. Das Teil konnte Sue Ellen nur im Müll gefunden haben.

Die regte sich im Schlaf und öffnete halb die Augen. »Hab Durst.«

Friedelies holte ihr eine Flasche Wasser. »Wir reden morgen früh, wenn du deinen Rausch ausgeschlafen hast. Und dann erklärst du mir, was es mit der Puppe auf sich hat.«

In einem Zug leerte Sue Ellen die Flasche bis zur Hälfte. Dann fiel sie wie ein nasser Sack zur Seite und schlief sofort wieder ein.

Friedelies schloss die Tür hinter sich und ging zu Bett. Was für ein Elend! Vielleicht wäre sie doch besser sofort vom Dach gesprungen. Wenn das so weiterging, würde sie diese Woche nicht mehr dazu kommen, es Horst heimzuzahlen. Ihr Magen zog sich zusammen, als sie an die Umsetzung dachte. Horst hatte sie immer als frigide bezeichnet, weil sie seine Begeisterung für Schmuddelfilme nicht teilen konnte. Und weil es ihr widerstrebte, das für ihn zu tun, was die Frauen in den Pornos trieben, holte er es sich eben bei anderen. Einmal hatte sie sogar eine Rechnung von einem sogenannten Saunaclub in seiner Jacke gefunden. Von da an war ihr Schlafanzug bis oben hin zugeknöpft geblieben.

Friedelies drehte sich auf die Seite und starrte die grünen Ziffern des Weckers an. Gleich würde der Morgen grauen, ohne dass sie eine einzige Sekunde geschlafen hatte. Plötzlich spukte Willi durch ihren Kopf. Sie dachte daran, wie er Horst mit den Fäusten bearbeitet hatte. Damals hatte sie Angst gehabt, er würde ihn totschlagen, heute würde sie hoffen, er träfe die richtige Stelle.

Kapitel 8

Als Jan unter der Dusche halbwegs wach wurde, krampfte sich sofort sein Magen zusammen. Gestern Abend hatte er sich noch fest vorgenommen, heute als Frau zur Arbeit zu gehen. Und sei es nur, um sich von dem Gedanken an Mick abzulenken. Doch nun wusste er nicht, ob er sich wirklich traute. Aber wenn er in normalen Klamotten antanzte, würde Thea bestimmt sauer sein. Dabei wollte er sie auf keinen Fall enttäuschen. Denn nur durch sie hatte er seine Hemmungen abgelegt, wenn auch nur vorübergehend. Außerdem hatte er sich noch nie so wohl gefühlt wie gestern. Er musste sich einen Ruck geben. Andererseits – er konnte sich auch krankmelden und die Frauenkleider erst einmal bei einem Bummel durch die Stadt anziehen. Aber nicht in Köln. Dann lieber in Frechen, da kannte er wenigstens niemanden. Jan gefiel die Idee, und so kleidete er sich in dasselbe Outfit wie am Tag zuvor. Augenblicklich begann die Wohlfühltherapie zu wirken. In seinen Adern kribbelte es warm. Als er im Heim anrief, um sich krankzumelden, musste er sogar aufpassen, dass er mit seiner männlichen Stimme sprach.

Kurz darauf setzte Jana sich in den Bus und fuhr zum Shoppen nach Frechen. Schließlich brauchte sie für die Woche ja noch neue Klamotten, denn keine normale Frau lief länger als zwei Tage in denselben Sachen durch die Gegend.

Hier und da gab es ein paar verstohlene Blicke der anderen Fahrgäste. Zwei Mädchen im Teenageralter kicherten. Jana brannten die Wangen vor Verlegenheit. Doch nach einer Weile musste sie feststellen, dass nicht mehr als das geschah. Allmählich ließ das Brennen in den Wangen nach, und sie genoss es, einfach nur Frau zu sein. Entspannt schlug Jana die Beine übereinander.

Auf der Frechener Hauptstraße stöberte sie in einer Boutique, die elegante Damenmode anbot. Genau das Richtige, wie Jana fand, denn sie wollte nicht billig wirken – und schon gar nicht wie eine Nutte. Sie kombinierte eine Marlene-Hose mit weißer Bluse und einem farbigen Tuch um den Hals. Doch als Jana in den Spiegel schaute, fand sie sich zu altbacken. Außerdem kniff ihr der enge Schritt in die Hoden. Vielleicht sollte sie doch einen anderen Stil wählen und einen Laden aufsuchen, der zu ihrem Alter passte.

Nach einiger Zeit wurde Jana endlich fündig. Der Laden mit den bunten Neonlampen sagte ihr auf jeden Fall mehr zu als die Boutique für Businessfrauen. Am Ende entschied sie sich für eine dunkle Jeans und ein T-Shirt mit Glitzeraufschrift. Die kurze schwarze Lederjacke und die hochhackigen Stiefel, die sie dazu kaufte, rundeten das Outfit ab. Damit würde sie sich vielleicht sogar auf die Arbeit trauen. An der Kasse zückte sie arglos die EC-Karte.

Die Augenbrauen der Kassiererin zogen sich zusammen, als sie die Karte prüfte. Argwöhnisch schaute sie Jana an. »Ähem, ich glaube, es gibt ein Problem.«

»Wie? Was soll denn nicht stimmen?«

»Die Karte gehört einem Jan.«

»Ja, richtig. Jan Heinemann. Das bin ich.« Jana spürte die Hitze in ihre Wangen steigen.

Der Blick der Verkäuferin wanderte von Janas Gesicht hinunter und blieb an ihrem Schritt kleben. Dann bebte ein Lachen in ihrer Kehle. »Ach so.« Leise prustend zog sie die Karte durch das Gerät.

Ihre Ohren brannten immer noch heiß, als Jana den Laden verließ. An den verhassten Namen auf ihrer EC-Karte hatte sie vor dem Bezahlen gar nicht gedacht. So etwas würde ihr gewiss nicht noch einmal passieren.

Die Einkaufstaschen in der Hand schlenderte sie nun die Shoppingmeile entlang – den Blick fest auf die Schaufenster gerichtet. Es waren jedoch nicht die Auslagen, die ihre Aufmerksamkeit auf sich zogen, sondern ihr Spiegelbild. Jana wackelte ein wenig mehr mit dem Hintern und beobachtete sich dabei. Nein, das wirkte wirklich tuntig. Dann dachte sie an die Laufstege der Welt und versuchte, wie die Models zu gehen. Doch ihr Gang sah wohl eher so aus wie der eines Storchs, der durch den Salat wanderte. Jana ließ es bleiben. Stattdessen blieb sie vor einem Café stehen, bei dem bereits die ersten Stühle und Tische vor der Tür aufgestellt worden waren. Vielleicht sollte sie die vorbeigehenden Frauen beobachten. Jana ließ sich auf einem der Korbsessel nieder und bestellte einen Latte Macchiato. Dann richtete sie den Blick auf die Vorbeischlendernden und verglich Männlein mit Weiblein. Die Männer ließen die Schultern hängen, während die Frauen den Rücken durchdrückten. Ihre Schritte waren kleiner und nicht so breitbeinig wie die der Kerle. Eher trippelten sie über die Straße – elegant und weiblich eben. Rasch trank Jana ihren Latte aus, weil sie kaum erwarten konnte, das Gelernte umzusetzen.

Als sie kurz darauf zur Bahn schlenderte, hielt sie den Kopf so gerade, als balancierte sie ein Buch darauf. Mit kleinen Schritten ging sie über das Pflaster und konzentrierte sich ganz darauf, dabei leicht die Hüften zu schwingen. Gerade als sie glaubte, das richtige Maß gefunden zu haben, hing plötzlich irgendwie ihr Fuß fest. Sie geriet ins Straucheln und verdrehte sich dabei den Knöchel. Nur mühsam fing sie sich auf. Ihr linker Absatz hatte sich in dem Schlitz eines Gullydeckels verkeilt. Als Jana versuchte, ihn herauszuziehen, brach er ganz ab. Ein Pärchen blieb stehen und lachte. Sauer auf sich selbst, zog Jana die Pumps aus und warf sie in die nächste Mülltonne. Dann zog sie die neuen Stiefel an und fuhr zurück nach Köln.

In ihrer Wohnung fiel ihr Blick auf den Anrufbeantworter, der zwei neue Nachrichten anzeigte. Die erste war von Thea, die irgendetwas von einer neuen Frisur faselte und dass sie sich auf den Nachmittag freute. Beim zweiten Anruf schallte Jana die Stimme ihres Vaters entgegen. Er wolle am Mittag kommen, um den Schlüssel zum Apartment abzuholen. Wollte er sie etwa auf die Straße setzen? Jana konnte es nicht glauben. Klar, das Apartment gehörte ihrem Vater, doch sie bezahlte immerhin Miete. Gerade als der Piepton die Ansage beendete, klingelte es auch schon an der Tür. Augenblicklich begannen Janas Beine zu zittern. Das Coming-out vor ihrem Vater hatte sie sich eigentlich anders vorgestellt – wenigstens mit Beistand von Thea. Sie spielte mit dem Gedanken, die Tür einfach nicht zu öffnen. Aber wie sie ihren Vater kannte, würde er nicht davor zurückschrecken, sie aufzubrechen. Also, Augen zu und durch! Bevor ihr Herzschlag vor Angst aussetzen konnte, riss Jana die Tür auf und fiel fast in Ohnmacht.

Mick glotzte, als stünde E. T. vor ihm.

Jana versuchte, die Fassung zu bewahren, doch ihre Kniescheiben schienen zu schmelzen wie Wachs in der Sonne.

Mick fand schnell sein Zahnpasta-Grinsen wieder. »Wusste gar nicht, dass Jan so eine hübsche Schwester hat«, frotzelte er.

»Tu mir einen Gefallen, und lass die dummen Sprüche.«

Die Arme vor der Brust verschränkt, lehnte Mick sich gegen den Türrahmen und heftete den Blick auf Janas ausgestopfte Brust. »Geile Titten.«

»Was willst du?«

»Dein Vater schickt mich, um den Schlüssel zu holen. Bis heute Abend sollst du aus der Bude sein.«

»Wie stellt er sich das vor? Wo soll ich denn hin?« Nervös zupfte Jana an ihrer Perücke. Nie hatte sie gewollt, dass Mick sie so sah.

»Was weiß ich? Hast du keinen Lover? So heiß, wie du bist, müssen die Gays sich doch die Finger nach dir lecken.«

In Janas Nacken sammelte sich die Hitze. So absurd die Situation auch war, spürte sie ein leichtes Kribbeln im Unterleib. Wäre Mick ihr Lover, hätte sie sich nie aufs Dach gestellt. Die Welt konnte schön sein, wenn das Leben es wollte – ihres weigerte sich jedoch. Jana sperrte sich gegen weitere schmerzliche Gedanken. Die konnte sie sich für nächste Woche aufbewahren, wenn sie wieder auf dem Dach stand. »Mach's gut«, sagte sie und wollte schon die Tür schließen. Doch Mick stellte den Fuß dazwischen.

»He, warte. Was ist mit dem Schlüssel?«

»Ich bringe ihn meinem Vater heute Nachmittag nach Hause.«

»In *dem* Outfit?« Mick starrte sie mit großen Augen an.

»Das geht dich nichts an. Und Mick, es wäre schön, wenn du meinem Vater erst einmal nichts davon erzählst.«

»Ach, haben wir die Hosen voll? Kannst du nicht mehr deinen Mann stehen?«

Jana packte die Tür und knallte sie ein paarmal gegen Micks Fuß, bis dieser ihn endlich fortzog. »Mach dich vom Acker!«

Krachend flog die Tür ins Schloss.

Obwohl es bereits Mittag war, schlief Sue Ellen immer noch. Seit Stunden starrte Friedelies nun Willis Nummer an. Ungefähr zehnmal hatte sie die ersten Zahlen ins Telefon getippt – und sie wieder weggedrückt. Was sollte sie ihm denn sagen? Mit der Tür ins Haus fallen? Das würde Willi wohl in seinem Stolz verletzen. Vielleicht bandelte sie besser erst einmal mit ihm an. Alles andere würde sich bestimmt ergeben. Friedelies dachte an ihre Jugendzeit, die sie mit ihm verbracht hatte. Sie war erst sechzehn gewesen, als er sie das erste Mal geküsst hatte. Drei Monate später hatte sie sich von ihm die Unschuld nehmen lassen und dabei gar nicht richtig gewusst, was mit ihr geschah. Doch dann trat Horst in ihr Leben, und Friedelies glaubte zu wissen, was es hieß, wirklich verliebt zu sein. Vom einen auf den anderen Tag trennte sie sich von Willi. Der ließ sich jedoch nicht so leicht aufs Abstellgleis schieben und kämpfte sogar mit Fäusten um sie. Was war sie bloß für eine blöde Kuh gewesen? Mit Willi wäre ihr Leben bestimmt anders verlaufen, denn er hatte sie wirklich geliebt.

Angetrieben von dem warmen Gefühl in ihrem Bauch, tippte Friedelies endlich seine Nummer ins Telefon. Die Freizeichen zogen sich wie Schneckenschleim durch das Netz. Doch dann klickte es endlich.

»Sauer am Apparat.« Bereits in den drei Worten war Willis rheinischer Akzent zu vernehmen, der ihr so vertraut klang.

»Hallo, Willi, hier ist Friedelies. Wie geht es dir?«

»Ja, sag mal, Mädchen! Wie kommst du denn dazu, mich anzurufen?«, stieß Willi freudig erregt aus.

»Ich hab gerade an dich gedacht. Komisch, oder?«

»Hast du? Das kann doch nicht sein.« Willi schickte ein herzerfrischendes Lachen durch das Telefon. »Das mache ich jeden Augenblick am Tag, Liebchen.«

Friedelies verdrehte die Augen. »Hör auf, du alter Charmeur.«

»Glaubst du nicht? Ist aber wahr. Aber jetzt sag mal, Liebchen, warum rufst du an? Das mit dem *an mich denken* nehme ich dir nicht ab.«

Friedelies hätte es wissen müssen. Als Taxifahrer besaß er mehr Menschenkenntnis als ein Psychotherapeut.

»Ach, Willi«, seufzte sie.

»Dir geht es nicht gut, oder? Aber das ging es die ganzen Jahre nicht.«

»Horst hatte einen Schlaganfall und lebt nun im Altenheim.«

»Das ist bitter. Wenn du jemanden zum Reden brauchst – du weißt doch, ich bin immer für dich da.«

»Ja, ich würde mir gern mal die Last von der Seele reden.«

»Was ist mit heute Abend? Also, ich hab Zeit. Sollen wir essen gehen? Ich lad dich ein.«

»Gern, Willi.« Friedelies fuhr mit dem Finger über den Rand ihrer Kaffeetasse. Aus Sabines Zimmer hallte ein trockener Husten. Augenblicklich kehrte sie in die Wirklichkeit zurück. »Wo? Welche Uhrzeit?«

»Beim Kroaten in der Severinstraße? Um sieben?«

»Ich werde da sein. Bis dahin, Willi.« Rasch legte Friedelies auf und lauschte. Die Badezimmertür fiel ins Schloss. Dahinter bellte weiterhin Sue Ellens Husten. Sie würde sich doch nicht erkältet haben? Die Toilettenspülung rauschte, und die Tür öffnete sich quietschend. Mit zu Berge stehenden Haaren schlurfte Sue Ellen in die Küche und setzte sich an den Tisch.

»Ausgeschlafen?« Friedelies schenkte ihr einen Kaffee ein.

Sue Ellen zuckte wortkarg mit den Schultern. Dann umfasste sie mit beiden Händen die Tasse und versuchte, sie hochzuheben. Dabei zitterten ihre Hände jedoch so sehr, dass sie sie sofort wieder absetzte.

Besorgt schaute Friedelies sie an. »Hast du Hunger? Soll ich dir ein Spiegelei braten?«

»Nein danke. Ich mag nichts.«

»Was sollte das gestern mit der Puppe? Ehrlich gesagt, finde ich es nicht gerade lustig, dermaßen veralbert zu werden.«

»Warum stellst du dich so an? War doch nur ein Spaß.« Sue Ellen senkte den Blick. »Dein Geld kriegst du auch wieder, wenn ich die Kohle vom Amt habe.«

»Das war ein ziemlich makabrer Spaß. Außerdem bietest du einen jämmerlichen Anblick, wenn du gesoffen hast. Das wollte ich dir mal sagen. Und was das Geld betrifft: Am nächsten Ersten liegen wir längst in der Kiste. Vergiss also die fünfzig Euro.«

Sue Ellen sagte darauf nichts, sondern kämpfte erneut mit ihrem Kaffee. Diesmal führte sie eher ihre Lippen zu der Tasse als umgekehrt und nahm einen schlürfenden Schluck.

»Willst du nicht mal darüber nachdenken, einen Entzug zu machen?«

»Brauch ich nicht. Ich kann jederzeit mit dem Trinken aufhören.«

»Dann tu es doch«, drängelte Friedelies.

»Wozu?«

»Um dein Leben in geregelte Bahnen zu lenken. Überleg mal, du bist noch so jung. Was würde dir nicht alles offenstehen!«

»Mit neunundzwanzig ist man nicht mehr jung. Außerdem würde mir gar nichts offenstehen. Was ich will, bekomme ich niemals.«

»Was willst du denn?«

»Das geht dich nichts an.« Mit mürrischer Miene erhob sich Sue Ellen von ihrem Stuhl und ging zurück in Sabines Zimmer.

Friedelies folgte ihr und sah, wie sie die Puppe in den Sack mit ihren Habseligkeiten legte. Dann zog sie Sabines Sachen aus und ihre verdreckten an.

»Du kannst diese Woche hierbleiben.« Friedelies wusste nicht, wie sie dazu kam, sich für die letzten Tage ihres Lebens eine solche Bürde aufzuerlegen. Doch wurde sie das Gefühl nicht los, dass hinter Sue Ellens Alkoholproblem mehr steckte als nur der Tod ihrer Oma. Jemand musste sich doch um sie kümmern, wenn es ihre eigene Familie schon nicht tat.

»Du willst mich doch nur kontrollieren. Kannst du mich nicht einfach in Ruhe lassen?«

»Ich will dich nicht kontrollieren. Wozu auch? Du musst selbst wissen, ob du trinkst oder nicht. Ich meinte nur, dann hättest du für den Rest der Woche ein warmes Plätzchen. Ist ja doch noch ziemlich kalt nachts.«

Sue Ellens Blick verriet, wie sie mit der Versuchung kämpfte, ihren Sack auszupacken.

»Als Erstes könnte ich wirklich deine Sachen waschen. Was meinst du?«

»Ich kann dir nichts dafür geben.« Fahrig strich sich Sue Ellen das Haar aus der Stirn.

»Das brauchst du auch nicht. Wir verjubeln einfach die Rente meines Mannes. Nächste Woche kann mir eh keiner mehr was.«

Ein Lächeln huschte über Sue Ellens Lippen. »Meinst du das ernst?«

Voller Tatendrang griff Friedelies nach dem Sack. »Klar. Und jetzt bin ich erst einmal im Waschkeller.«

»Warte.« Sue Ellen riss ihr den Sack aus der Hand und steckte den Kopf hinein. Kurz darauf zog sie die Puppe hervor und legte sie wieder ins Bett.

»Wo hast du sie her? Sie sieht ziemlich verhunzt aus.«

»Gefunden. Sie war genau so einsam wie ich.«

»Aha.« Friedelies verstand zwar nicht ganz, gab sich aber vorerst mit dieser Antwort zufrieden. »Ich will in einer Stunde zu Thea fahren. Kommst du mit?«

»Ich weiß noch nicht. Mir ist nicht gut.«

»An der frischen Luft wird es dir bessergehen. So, ich bin jetzt im Waschkeller. Scheu dich nicht, an den Kühlschrank zu gehen, wenn du Hunger hast.«

Im Keller traf Friedelies auf die Plaudertasche aus dem dritten Stock, die ihr wieder einmal den neuesten Klatsch aus der Nachbarschaft erzählte. Obwohl Friedelies im Augenblick gar kein Interesse daran hatte, hörte sie ihr eine Viertelstunde lang zu und verabschiedete sich dann.

Oben in ihrer Wohnung traf sie auf eine verwandelte Sue Ellen. Sie hatte sich das Haar gekämmt und trank gerade den Rest ihres Kaffees, ohne dabei zu zittern. Auch wirkte ihr

Gesichtsausdruck etwas entspannter als eben noch. Allerdings verriet ihre Alkoholfahne, dass sie wohl einen guten Schluck genommen hatte. Wahrscheinlich hatte sie sich am Barfach im Wohnzimmerschrank bedient. Friedelies sagte jedoch nichts dazu und setzte sich zu ihr an den Küchentisch.

»Hast du etwas gegessen?«, fragte sie stattdessen.

»Ist noch zu früh am Tag.«

Friedelies dachte sich ihren Teil. Doch es sollte ihr wirklich egal sein, ob Sue Ellen lieber trank als aß. Hauptsache, sie randalierte hier nicht.

»Sag mal, wie hoch ist denn die Rente von deinem Alten?«

»Geht so. Auf jeden Fall zu wenig, um im Seniorenheim zu leben und noch eine Frau zu unterhalten.«

»Und was ist mit der Kohle, die du gespart hast?«

Oha, Sue Ellen hatte also aufgepasst, als sie auf dem Dach davon gesprochen hatte. »Die ist für meine Beerdigung. Weshalb fragst du?«

»Ich dachte, du könntest mir etwas geben. Ich kann ja jetzt nicht auf der Straße schnorren. Verstehst du?«

»Klar.« Friedelies erhob sich und holte die Kaffeedose aus der Küche, in der sie ihr Geld aufbewahrte. »Hier hast du noch mal fünfzig Euro.« Freizügig gab sie ihr den Schein. Wozu sollte sie auch sparsam sein? Außerdem war es schön, wieder jemanden zu haben, um den sie sich kümmern konnte.

Sue Ellen nahm den letzten Schluck Kaffee und erhob sich. »Ich geh nur noch mal kurz zum Klo, und dann können wir zu Thea fahren.«

Während Sue Ellen auf der Toilette war, eilte Friedelies ins

Wohnzimmer und öffnete das Barfach. Merkwürdigerweise waren alle Flaschen voll, sogar die, die es vorher nicht gewesen waren.

Dann klingelte es plötzlich an der Tür, und Friedelies wunderte sich. Als sie öffnete, sah sie eine vor Wut schnaubende Sabine vor sich stehen. Das schulterlange blonde Haar wie immer perfekt in Form geglättet, schob sie sich an Friedelies vorbei in die Wohnung.

»Ich hab gerade mit dem Heim telefoniert. Kannst du mir mal sagen, warum du das Geld immer noch nicht überwiesen hast?«

»Hab ich doch«, log Friedelies munter. Was interessierte sie noch das Heim?

»Dann zeig mir mal bitte den Durchschlag des Überweisungsträgers.«

»Du führst dich auf, als wäre ich eine dumme Gans, die nicht mit Geld umgehen kann.« Friedelies kam das alles sehr bekannt vor. Horst hatte auch immer Belege sehen wollen. Das Ersparte zur Seite zu schaffen war wirklich nicht einfach gewesen.

»Kannst du auch nicht. Sonst würden dir nicht die Mahnungen ins Haus flattern.«

Wenn Friedelies ehrlich war, wusste sie noch nicht einmal, wie ein Überweisungsschein aussah. Alle regelmäßigen Zahlungen wurden vom Konto abgebucht. Und wenn sie im Internet etwas kaufte, erteilte sie immer eine Einzugsermächtigung. Vor dem Schlaganfall hatte Horst sie nie an das Konto gelassen. Friedelies hatte ja immer vermutet, dass er ein Vermögen besaß, weil er so geheimnisvoll getan hatte. Doch leider war dem nicht so. Wahrscheinlich hatte er das ganze Geld in den Puff getragen.

»Was ist denn nun? Wo ist der Beleg?« Sabines Blick hätte selbst Essig eingefroren.

»Hab ich weggeschmissen. Was soll ich mit dem ganzen Papierkram?«

»Was für ein Beleg?«, fragte Sue Ellen, die in diesem Augenblick von der Toilette kam.

Wäre einer der sieben Zwerge ins Zimmer getreten, hätte Sabine wahrscheinlich genauso blöd geguckt wie jetzt. »Was macht denn die Pennerin hier?«

»Kennt ihr euch?«, fragte Friedelies wenig eingeschüchtert. Horst konnte ihr nichts mehr, und Sabine erst recht nicht.

»Ich? Woher soll ich *die* denn kennen?« Ihre Tochter fletschte die Zähne.

»Woher willst du dann wissen, dass sie eine Pennerin ist?«

»Das sieht und riecht man. Deine ganze Wohnung stinkt schon.«

»Alle, die nicht in deine Schablone passen, behandelst du von oben herab oder greifst sie an. Also meine Erziehung ist das nicht. Du schlägst mehr nach deinem Vater, als mir lieb ist.« So, nun hatte sie Sabine endlich mal gesagt, was ihr schon lange auf dem Herzen lag.

Ihre Tochter schnappte nicht nur nach Luft, sondern auch gleich über. »Kannst du mir mal sagen, was mit dir los ist? Ich erkenne dich nicht wieder. Wenn Papa dich so sähe!«

Nun kam Sue Ellen näher und baute sich bedrohlich vor Sabine auf. »Was bist du eigentlich für eine? Willst du Ärger, oder was?«

Sabine versteifte sich.

Gespannt wartete Friedelies darauf, was als Nächstes passieren würde.

Sabines Fassade bröckelte sichtlich, dann rauschte der Putz plötzlich mit einem Schlag herunter. »Ihr könnt mich mal, und zwar alle beide! Und eines sag ich dir …« Sabine versprühte solche Funken, dass Friedelies befürchtete, ihre Haare würden sich gleich statisch aufladen. »Wenn du nicht gezahlt hast, hole ich Papa aus dem Heim und setze ihn dir vor die Tür.«

Friedelies ging zur Tür und öffnete sie weit. »Geh jetzt, Sabine.« In ihrem Herz tobte unvermittelt der Schmerz um die verlorene Tochter. Ob Sabine um sie trauern würde? Mittlerweile war Friedelies sich da nicht mehr sicher.

»Erst gibst du mir deine EC-Karte. Von heute an werde ich mich um die Finanzen kümmern.« Fordernd hielt Sabine die Hand auf.

»Wie bitte?« Friedelies starrte sie fassungslos an.

Im Gegensatz zu ihr rührte Sue Ellen sich jetzt. Sie packte Sabine am Kragen und warf sie aus der Wohnung. Dann schlug sie die Tür zu.

»So, das hätten wir erledigt. Was für eine Schnepfe!«

Aus Friedelies' Leib wich die ganze Kraft. Nur mit Mühe schleppte sie sich zum Küchentisch und sank schluchzend auf den Stuhl. »Ich war immer gut zu ihr. Mein Leben lang.« Sie schneuzte sich in ein Taschentuch und wischte die Tränen von ihren Wangen.

»Undank ist der Lohn der Welt. Mach dir nichts draus.«

»Das sagst du so einfach. Ich hab sie auf die Welt gebracht. Sie ist doch mein Kind!«

Sue Ellen erwiderte nichts und ging ins Wohnzimmer. Kurz darauf kehrte sie mit einer Flasche Obstler zurück, holte zwei Wassergläser aus dem Küchenschrank und stellte sie auf den Tisch.

Friedelies schob das Glas von sich. »Für mich bitte nicht.«

Großzügig schüttete Sue Ellen sich selbst bis zum Rand ein. »Mit Alkohol wird das Leben nicht leichter, aber die Sichtweise ändert sich. Und manchmal hilft er zu vergessen. Prost!« Sie leerte das Glas in einem Zug.

»Und wenn du am nächsten Morgen mit einem Kater wach wirst, ist alles noch viel schlimmer.«

»Dagegen hilft dann eine neue Flasche.« Sue Ellen goss sich ein weiteres Glas ein. »Ist dein Alter eigentlich immer eklig zu dir gewesen? Oder gab es auch andere Zeiten?«

»Natürlich gab es die. Sonst hätte ich ihn nicht geheiratet.« Friedelies erinnerte sich an die ersten Monate und erzählte, wie er sie umworben hatte. »Er konnte richtig romantisch sein, weißt du? Bei seinem Heiratsantrag hat mir sogar die Kapelle der freiwilligen Feuerwehr ein Ständchen gebracht. An den Bäumen im Garten meines Elternhauses hingen unzählige rote Luftballons. Selbst mein Vater sah danach großzügig darüber hinweg, dass er fünfzehn Jahre älter ist als ich. Sein Charme war einfach umwerfend. Das hat sich jedoch schlagartig geändert, als ich während der Schwangerschaft zugenommen habe. Danach war ich für ihn nur noch die fette Kuh. Ich glaube, er hat nur eine junge Frau gesucht, die an seiner Seite wie ein Schmuckstück glänzte.«

Sue Ellen sah sie angewidert an. »Fünfzehn Jahre älter als du? Für ein junges Mädchen muss das doch ein Alptraum sein.«

»Man hat es ihm nicht angesehen, glaube mir.« Friedelies malte mit dem Zeigefinger die Mohnblumen auf der Wachstischdecke nach. Doch dann vertrieb sie den Gedanken an die alten Zeiten. Vorbei war vorbei. »Die letzten Jahre waren die Hölle. Und jetzt werde ich wieder gestraft, indem ich an der Armutsgrenze leben muss.« Sie hob den Blick und sah, wie Sue Ellen das dritte Glas leerte. »Wir wollten doch noch zu Thea.«

»Können wir doch. Wo ist das Problem?«

»Wenn du so weitertrinkst, kannst du gleich nicht mehr stehen.«

»Ich weiß schon, wann ich genug habe.« Sue Ellen drehte das Glas in ihrer Hand. Wahrscheinlich spielte sie mit dem Gedanken, noch einmal nachzuschenken.

»Gut, dann komm. Thea wartet bestimmt schon.« Friedelies erhob sich, doch ihre Beine fühlten sich so schwer an, als hingen Bleigewichte an ihren Füßen. Eigentlich wollte sie sich lieber auf die Couch legen, als ins Seniorenheim zu fahren. Doch sie brach nur ungern ein Versprechen.

Nur weil sie glaubte, die anderen würden nicht mehr kommen, hatte Thea sich von der Sozialarbeiterin überreden lassen, an dem Nachmittagsangebot teilzunehmen. Jan-Jana hatte sich heute Morgen schon krankgemeldet, wie ihr die Schwester verraten hatte. Das verwunderte Thea nicht besonders, da sie inzwischen wusste, wie schnell seine Euphorie umschlagen konnte.

Der Alleinunterhalter nahm seinen Platz an der Heimorgel ein und schlug das Notenbuch auf. Nach einer freundlichen Begrüßung klang ein schiefer Ton durch den Aufenthaltsraum. Der Musiker räusperte sich und setzte zum Orgelspiel an. Thea schaute zu ihrer Zimmernachbarin, die ihre Plüschmaus fest im Arm hielt und mit glasigen Augen ins Leere starrte. Rechts von ihr schlief ein Bewohner von der Fünf mit dem Kinn auf der Brust. Thea überlegte, konnte sich aber nicht an seinen Namen erinnern. Irgendein Gemüse oder so. In regelmäßigen Abständen zuckte seine Oberlippe unter dem weißen Schnauzbart und ließ einen Schnarcher austreten. Die Sozialarbeiterin ging mit einer Tüte Chips durch die Reihen und verteilte das Knabberzeug in kleine Schälchen. Ziemlich schief sang der Alleinunterhalter nun von Spuren im Sand. Eine Tortur für die Ohren, wie Thea fand.

Sogar der schlafende Herr erwachte davon und schaute erst unwirsch drein und dann der Sozialarbeiterin auf den ausladenden Hintern. Wie jeden Tag trug er unter seinem grauen Anzug sein dunkelblaues Schlafanzugoberteil mit den grünen Karos. Seine faltige Haut stank nach billigen Zigarillos.

»Eine Stimmung wie auf dem Friedhof«, knurrte er. »Ist ja kaum auszuhalten mit den verwelkten Frauenzimmern hier.«

Thea hob eine Augenbraue. »Haben Sie vergessen, wo wir hier sind? Warum gehen Sie nicht ins Bordell, wenn Ihnen nach etwas Jüngerem zumute ist?«

Der Herr, an dessen Namen sich Thea immer noch nicht erinnern konnte, grinste. »Ja, da sind die Mädels wenigstens noch knackig.« Dann verzog er angesäuert den Mund. Sein Blick klebte wieder auf dem Hintern der Sozialarbeiterin. »Wenn ich nur genug Geld hätte …«

Neben ihm legte Theas Zimmernachbarin die Plüschmaus auf das Tablett ihres Rollators. Dann zog sie sich in Zeitlupe an dem Gefährt hoch und schlurfte an ihnen vorbei. Der Herr schaute ihr hinterher und schüttelte abfällig den Kopf.

Thea tippte ihm mit spitzen Fingern auf die Schulter. »Wissen Sie was? Die Prostituierten würden davonlaufen, wenn sie Sie bedienen müssten.«

Er kniff die Augen zusammen. »Was wollen Sie denn von mir? Sie sind doch schon scheintot.«

»Da mögen Sie recht haben. Aber besser das, als noch zu wollen und nicht mehr zu können. Außerdem könnte ich mir von meinem Geld ein ganzes Freudenhaus kaufen.« Sie legte die Hände um die Reifen ihres Rollstuhls und ließ die nun einsetzende Schimpftirade hinter sich. In diesem Augenblick fiel ihr wieder sein Name ein. Hartmut Rettich hieß er, der Lustmolch von der Fünf.

Als Thea kurz darauf aus dem Aufzug rollte, sah sie Friedelies, die mit Sue Ellen im Schlepptau vor ihrem Zimmer wartete.

»Ich hab schon gedacht, die Damen kämen nicht mehr«, knurrte sie zur Begrüßung.

»Es gab einen Zwischenfall mit meiner Tochter«, entschuldigte sich Friedelies. Ihre geschwollenen Augen erinnerten an einen Frosch mit Heuschnupfen.

»War wohl nicht so erfreulich.« Thea zog die Kette mit dem Schlüssel unter ihrem Wollpullover hervor.

»So eine Bitch hab ich lange nicht mehr gesehen.« Lässig kaute Sue Ellen auf einem Kaugummi.

»Eine was?« Thea schaute verwundert auf.

»Sie meint eine Hexe. Das ist Englisch«, erklärte Friedelies. Von Fremdsprachen hatte Thea nie viel Ahnung gehabt. Als sie jung gewesen war, hatte man so etwas in der Schule nicht gelernt. Und bisher war sie auch ganz gut ohne ausgekommen.

»Hast du was von Jana gehört?« Friedelies stieß die Tür auf und schob Thea in das Zimmer.

»Hat sich krankgemeldet. Hilfst du mir mal in den Mantel?«

Sue Ellen nahm den Mantel vom Haken hinter der Tür und fummelte einen der Ärmel über Theas Hand. Auch heute roch sie wie eine offene Schnapsflasche. Da half auch der Pfefferminzkaugummi nicht.

»Wir könnten uns ja bei Jana zum Kaffee einladen«, schlug Friedelies vor.

»Wenn du mich die Treppen hochträgst? Oder hast du den fehlenden Aufzug vergessen?« Thea stieß einen Schmerzenslaut aus, denn Sue Ellen hatte ihr aus Versehen den Arm verdreht. »Lass es, Mädchen. Ich will wenigstens noch mit den Armen rudern können, wenn ich vom Dach springe. Friedelies, mach du das lieber.« Thea war es schon ganz schlecht von der Schnapsfahne.

»Soll ich Jana anrufen? Ich fände es schön, wenn sie auch käme.« Mit geschickten Fingern knöpfte Friedelies den Mantel zu.

»Natürlich rufst du sie an.« Thea band sich ein rotes Seidentuch um den Hals. Dann schaute sie gebannt zu Friedelies, die schon das Handy am Ohr hatte.

»Wie, dir ist nicht gut? Das ist aber schade«, sagte Friedelies, nachdem sie Jana das Café genannt hatte, in dem sie sich treffen wollten. Schulterzuckend schaute sie zu Thea.

»Gib mir mal den Apparat.« Wenn Jan sein Waschlappengehabe an den Tag legte, brauchte er klare Worte. »In einer halben Stunde bist du im Café. Und keine Sekunde später.«

Jan sprach mit tiefer Stimme von einem Schlüssel, den er seinem Vater bringen sollte. Jana hatte er wohl in die Klamottenkiste gesteckt.

»Das kannst du danach noch tun. Und denk an die Frauenkleider. Den Jan gibt es nicht mehr.« Thea reichte Friedelies das Handy zurück.

Diese hielt es sich wieder ans Ohr. »Jan, bist du noch da?«
Kurze Pause. »Er hat aufgelegt. Hoffentlich kommt er auch«,
sagte sie zu Thea.

»*Er* kann zu Hause bleiben. Hauptsache, Jana kommt,
und das wird sie. Das sagt mir mein Hühnerauge.«

Kapitel 9

Kurze Zeit später saßen sie in Friedelies' Auto und fuhren zum Café eines nahegelegenen Gartencenters. Friedelies schob Thea durch die Pflanzenwelt bis zu den Tischen und Stühlen unter der Glaskuppel. In einer Voliere zwischen Palmen sangen Kanarienvögel – Balsam für Theas Ohren. Beim Anblick der Torten in der Auslage lief ihr das Wasser im Mund zusammen. Wenn sie an die staubtrockenen Fertigküchlein im Heim dachte, schien es ihr, als sei sie im Paradies gelandet. Thea entschied sich für ein Stück Schwarzwälder Kirsch, ein Stück Eierlikörtorte und einen Cappuccino mit Sahne.

Auch Friedelies betrachtete die Torten mit großen Augen. Neben ihr studierte Sue Ellen die Getränkekarte.

»Ich lade euch ein. Also schlagt ruhig zu«, sagte Thea wohlwollend.

»Dann nehme ich ein Stück Erdbeertorte.« Friedelies leckte sich über die Lippen.

»Ich einen Wodka-Red Bull.« Sue Ellen legte die Karte auf den Tisch.

»Torte im Glas also.« Thea presste die Lippen aufeinander.

»Das bisschen, was ich esse, kann ich auch trinken.«

Die Kellnerin brachte die Bestellung, und Sue Ellen blickte

auf Theas beladenen Teller. »Tja, der eine frisst, und der andere säuft sich zu Tode. Unterm Strich kommt dabei dasselbe raus.«

Womit Sue Ellen wohl recht hatte. Doch Thea wollte das nicht auf sich sitzen lassen. »Ich habe mein Leben lang auf meine Figur und meine Cholesterinwerte geachtet. Aber jetzt brauch ich das nicht mehr.«

»Und bist mit hundert Jahren immer noch nicht kaputt zu kriegen. Na toll. Das ist nicht gerade erstrebenswert.« Sue Ellen nippte an ihrem Glas.

Mit Bedauern in den Augen schob Friedelies den Teller von sich und strich über ihren molligen Bauch. »Also, ich glaube, hier wird das eine Extrem gegen das andere aufgewogen. Ihr solltet ein bisschen toleranter sein.«

»Bin ich ja.« Thea stopfte sich eine Gabel voll der Eierlikörköstlichkeit in den Mund. Während die Sahne auf ihrer Zunge schmolz, blickte sie zu Friedelies' Teller. »Nun hab dich nicht so, und iss. Bei der einen setzt es an und bei der anderen nicht.«

Das Klappern von Absätzen hallte durch das Café. Alle Augen richteten sich auf Jana, die mit wallender Perücke und enganliegender Jeans auf sie zueilte.

»Da bin ich, meine Lieben.«

»Prima, Jana weilt wieder unter den Lebenden.« Thea strahlte vor Freude. »Gut siehst du aus. Nur über deine Frisur müssen wir uns mal unterhalten.«

»Wieso, was ist denn damit?« Jana ließ sich auf den freien Stuhl zwischen Sue Ellen und Thea fallen.

»Du hast so schöne braune Locken. Daraus könnte ein guter Friseur doch etwas zaubern.«

»Du meinst Extensions?«

»Was soll das denn sein?« Thea löffelte die Sahne aus ihrem Cappuccino.

»Haarverlängerung«, erklärte Sue Ellen.

»Ach, daran hab ich gar nicht gedacht. Das machen wir schon. Übrigens, Jana, ich bin froh, dass du Jan zu Hause gelassen hast. Er ist nämlich ein richtiger Jammerlappen. Du dagegen bist eine kecke Frau.« Nachdem die Sahne vom Cappuccino verschwunden war, schlürfte Thea einen Schluck. »Was ist das für ein Schlüssel, von dem du geredet hast?«

Janas Blick glich wieder dem eines Dackelwelpen. »Mein Vater hat mich aus dem Apartment geworfen. Er will heute noch den Schlüssel haben.«

»Und wo willst du jetzt bleiben?« Mittlerweile schaufelte Friedelies hemmungslos die Erdbeertorte in sich hinein.

»Keine Ahnung. Mir bleibt eigentlich nur die Brücke.«

»Ich kenn da ein nettes Plätzchen im Park.«

»Sue Ellen, bitte! Das ist nicht lustig«, warf Friedelies ein.

»Hab ich auch nicht behauptet.«

»Dann gehst du die letzten Tage halt ins Hotel«, sagte Thea, bevor Sue Ellen eine Diskussion entfachen konnte.

»Quatsch, er … ich meine *sie* bleibt bei mir. Du kannst auf der Couch schlafen.« Friedelies' Augen glänzten wie die eines Kindes zu Weihnachten.

»Warum hat der Alte dich denn aus deiner Wohnung geschmissen? Und wie geht das überhaupt?«, fragte Sue Ellen mit einer Leidenschaft, als hätte sie endlich eine Genossin gefunden.

»Wegen des Damenslips. Außerdem gehört ihm das Apartment.« Nach diesen Worten knabberte sich Jana fast die Unterlippe blutig.

»So ein Arsch«, meinte Sue Ellen und schüttelte den Kopf.

Das schrie nach Genugtuung, wie Thea fand. »Du wirst ihm heute die Schlüssel bringen – und zwar als Jana.«

»Bitte verlang das nicht von mir.« Janas Blick morste SOS.

»Was kann dir schon geschehen? Wir sind bei dir, und wenn er dich schlagen will, rufen wir die Polizei.« Selbstzufrieden schlürfte Thea den restlichen Cappuccino aus der Tasse.

Die Kellnerin kam an den Tisch. Jana bestellte nur einen doppelten Espresso.

»Auf deine Figur brauchst du jetzt aber auch nicht mehr zu achten«, meinte Friedelies und pickte die letzten Krümel mit dem Finger von ihrem Teller. »Also, ich nehme noch ein Stück Tarte au Chocolat. Und du?«

»Lass mal«, winkte Jana mit spitzen Fingern ab.

»Bist du eigentlich auch schwul?«, fragte Sue Ellen, nachdem sie sich noch einen Wodka-Red Bull bestellt hatte.

»Nein, ich bin nicht homosexuell. Wäre ich das, stünde ich auf Frauen.«

»Hä? Verstehe ich nicht.«

Thea schüttelte den Kopf. Wahrscheinlich hatte der Alkohol schon etliche von Sue Ellens Gehirnzellen in Mitleidenschaft gezogen. »Was ist daran so schwer zu verstehen? Jan ist nur im falschen Körper geboren. Er ist in Wirklichkeit eine Frau, also Jana. Kannst du mir folgen?«

Sue Ellen schaute interessiert und nickte.

»Und da er eine Frau ist, liebt er Männer. Die Liebe zu einer Frau wäre dann gleichgeschlechtlich und somit homosexuell. Er kann genauso wenig schwul sein wie du. Höchstens lesbisch.« In diesem Augenblick war Thea froh, die letzten

Jahre vor dem Fernseher verbracht zu haben. Einiges hatte sie ja selbst in ihrem hohen Alter dazugelernt.

»Also, vergessen wir Jan und stoßen auf Jana an.« Zum Glück brachte die Kellnerin gerade den Wodka, und Sue Ellen hob das Glas.

Sie sprachen noch ein wenig über Belanglosigkeiten, bis Thea genug hatte. Sie war viel zu gespannt, wie die Begegnung zwischen Jana und ihren Eltern verlaufen würde. Deshalb bezahlte sie die Rechnung und wies Friedelies an, ihr den Mantel anzuziehen.

In der Neubausiedlung wechselten sich Einfamilienhäuser und Baustellen ab. Lehmspuren von Lkw überzogen die Straße, die an einem Einkaufscenter vorbeiführte. Jana beschrieb Friedelies den Weg und strich sich dabei immer wieder mit zittrigen Fingern durch die blonde Perücke.

»Da ist es«, sagte sie schließlich in einem Tonfall, als würde sie zum Schafott geführt.

In dem Vorgarten des Häuschens blühten lilafarbene Krokusse zwischen Osterglocken. In einem steinernen Kübel auf der Mülltonnenbox reckten Stiefmütterchen die gelben Köpfe.

Seufzend stieg Jana aus dem Wagen und half Thea in den Rollstuhl. Dann trottete sie im Schutz ihrer Gefährtinnen den mit Kopfstein gepflasterten Weg entlang. Vor der Haustür machte sie Anstalten umzukehren, doch Thea hielt sie am Ärmel fest.

»Ich kann das nicht.«

»Du bist so kurz davor. Jetzt stehst du das auch durch.« Thea sah, wie ein rotblonder Schopf durch das Küchenfenster lugte.

Kurz darauf öffnete eine sportliche Frau im mittleren Alter die Tür und musterte die Besucher. »Was kann ich für Sie tun?«, fragte sie. Dann fiel ihr Blick auf Jana. Entsetzt weiteten sich ihre Augen. »Das ist ein schlechter Scherz, oder?

»Ist es nicht«, antwortete Thea stellvertretend. »Jan ist nun Jana. Und wird es auch bleiben.«

»Wer sind diese Leute?«, fragte Janas Mutter und schaute in die Runde.

»Wir sind Janas Freundinnen. Ich bin Friedelies. Die alte Dame heißt Thea, und das hier ist Sue Ellen. Jan, ich meine Jana, möchte Ihrem Mann den Wohnungsschlüssel bringen. Dürfen wir eintreten?«

Die Frau beachtete Friedelies gar nicht und starrte weiterhin Jana an. »Geh wieder, bevor dein Vater dich so sieht. Er regt sich schon genug auf.«

Doch gerade als Jana ihr den Schlüssel geben wollte, erschien der Hausherr in der Tür. Sein volles Haar war an den Schläfen bereits ergraut, genau wie sein Oberlippenbart. Seine blauen Augen verdunkelten sich. »Was ist hier los?«

»Reg dich nicht auf, Matthes. Denk an dein Herz.« Beschwichtigend legte Janas Mutter die Hand auf seinen Arm. »Jan macht nur Spaß.«

»Macht er nicht«, fuhr Thea dazwischen und freute sich diebisch, dass dieser Ignorant nun das bekam, was er verdient hatte.

»Seien Sie doch endlich still«, zischte die Frau.

Der Vater bekam den Mund nicht mehr zu. »Bist du jetzt komplett übergeschnappt?«, schnauzte er in Janas Richtung.

Thea stach ihm den Zeigefinger in die Hüfte. »Ihr Sohn ist im falschen Körper geboren. Eine Laune der Natur. Haben Sie nicht gemerkt, wie unglücklich er all die Jahre war?«

»Ach ja, war er das? Was wissen Sie denn schon? Wer sind Sie überhaupt? Methusalems Gattin?«

»Nein, aber eine Frau, die mit Ihrem Sohn sehr viel gemeinsam hat.«

Janas Vater schüttelte den Kopf. »Wo bin ich hier? Bei *Verstehen Sie Spaß*?« Er sah sich um, als erwartete er jeden Augenblick das Auftreten von Guido Cantz.

»Nein, da muss ich Sie enttäuschen. Sie werden nicht im Fernsehen zu sehen sein.« In ihrem langen Leben hatte Thea schon viele Menschen kennengelernt. Deshalb vermochte die ignorante Arroganz des Mannes sie nicht aus der Ruhe zu bringen. »Ist es eigentlich so unmöglich für Sie, mal über den Tellerrand zu schauen?«

Statt Thea zu antworten, griff sich Janas Vater ans Herz und begann zu keuchen. Seine Frau rüttelte an seinem Arm und rief panisch seinen Namen.

Jana riss die Augen auf. »Papa, was ist denn mit dir?«

»Sein Herz! Ruf einen Rettungswagen!«, schrie die Mutter.

Zur Salzsäule erstarrt, schaute Jana zu, wie ihr Vater das Bewusstsein verlor und zu Boden glitt. Rasch holte Friedelies ihr Handy aus der Tasche und wählte den Notruf.

Jana löste sich aus ihrer Schockstarre, stürzte zu ihrem Vater und suchte nach seinem Puls. Thea starrte auf das Szenario. Als sie sah, dass sich seine Brust hob und senkte, war sie erleichtert. Doch es kam ihr wie eine Ewigkeit vor, bis der Notarzt eintraf.

Als die Rettungssanitäter den Patienten kurze Zeit später in den Wagen schoben, wollte Jana einsteigen, doch ihre Mutter schrie sie an, *er* solle sich zum Teufel scheren. So blieb sie mit Thea, Friedelies und Sue Ellen in der offenen Haustür zurück.

Wie in Trance ging Jana hinein und hängte den Schlüssel an einen der Haken neben der Tür. Dann verließ sie das Haus und zog die Tür hinter sich zu.

»Mach dich nicht verrückt«, sagte Thea.

Jana sah sie stirnrunzelnd an. »Das ist alles deine Schuld. Nur wegen deiner Sensationslust hast du mich gezwungen, so vor meinen Vater zu treten.« Jan riss sich die Perücke vom Kopf und warf sie Thea vor die Füße. »Ich wollte das alles nicht.« Mit einem Schluchzen auf den Lippen rannte er die Straße entlang und verschwand hinter der nächsten Baustelle.

Thea schaute reumütig zu Friedelies und Sue Ellen, die stumm geworden waren. »Woher sollte ich wissen, dass sein Vater ein schwaches Herz hat?«

»Mach dir keine Vorwürfe«, sagte Friedelies und drückte ihr aufmunternd die Schulter.

Thea schimpfte trotzdem mit sich selbst. In ihrem »Wir haben nur noch eine Woche zu leben und können uns alles erlauben«-Wahn war sie offenbar zu weit gegangen. Vielleicht sollte sie sich in den nächsten Tagen etwas zurückhalten, damit nicht noch ein Unglück geschah. Sie machte sich große Sorgen um Jan-Jana. Nicht, dass es noch zu einer Kurzschlussreaktion kam.

»Ach Gott, die arme Jana. Ihr muss schrecklich zumute sein«, warf Friedelies ein.

Sue Ellen verzog den Mund. »Was kann sie denn dafür, wenn sich ihr Alter so aufregt? Der muss doch ein ganz persönliches Problem mit der Sache haben, wenn er sofort einen Herzkasper bekommt.«

»Red nicht so«, wandte Friedelies ein. »Der Mann kämpft jetzt wahrscheinlich um sein Leben.«

»Um das kämpfe ich auch. Können wir nun nach Hause?«
Ungeduldig wippte Sue Ellen mit dem Fuß.

Thea vermutete, dass ihr Alkoholpegel sank. Aber auch sie würde froh sein, wenn sie endlich ihre alten Glieder ausstrecken konnte. Und weil sie wusste, dass sie sich die ganze Nacht Sorgen um Jan-Jana machen würde, fragte sie Friedelies nach seiner Telefonnummer.

Friedelies notierte die Nummer auf einem Zettel, gab ihn Thea und hob Jans-Janas Perücke auf. »Soll ich mich nicht besser um ihn kümmern? Er wird wahrscheinlich auflegen, wenn du ihn anrufst.«

»Mag sein, aber ich will es trotzdem versuchen. Und es wäre schön, wenn du mich auf dem Laufenden hältst. Du kannst mich auch mitten in der Nacht anrufen.«

Nachdem Friedelies Thea zurück ins Seniorenheim gebracht hatte, fuhr sie mit Sue Ellen nach Hause. Unterwegs merkte sie schon, dass diese immer fahriger wurde. Wenn sie jetzt nichts zu trinken bekam, würde sie wohl heute Abend ausbüxen. Um dies zu verhindern, hielt Friedelies an einem Kiosk an und kaufte eine Flasche Wodka. Sue Ellens Laune hellte sich schlagartig auf. Plötzlich plapperte sie wie ein Wasserfall, leider aber nur über Belangloses wie die Musik, die sie gern hörte. So erfuhr Friedelies wieder einmal nicht viel von ihr selbst.

Als sie zu Hause waren, setzte sich Sue Ellen nebst Flasche und Glas ins Wohnzimmer und schaltete den Fernseher ein.

Friedelies nutzte die Gelegenheit, um Jan anzurufen. Vielleicht hatte er sich in der Zwischenzeit ja ein wenig beruhigt. Sie wählte seine Nummer, doch niemand meldete sich. Verzweifelt schaute sie den Hörer an. Dann ging sie zu Sue Ellen ins Wohnzimmer.

»Und? Hast du Jan erreicht?« Sue Ellen hatte sich ein Kissen in den Rücken gestopft und die Füße mit den löchrigen Strümpfen hochgelegt.

»Nein, er geht nicht ran. Da stimmt etwas nicht.«

»Ach, Friedelies, ob er nun heute oder nächste Woche vom Dach springt, was spielt das schon für eine Rolle?«

»Ich begreife nicht, wie du das alles so locker sehen kannst. Er ist noch zu jung zum Sterben. Genau wie du auch. Es ist leichtfertig von euch, euer Leben einfach so wegzuwerfen.«

Beim Anblick von Sue Ellen mit dem Schnapsglas regte sich Groll in Friedelies.

»Das kann doch jeder halten, wie er will. Ich bin mein eigener Herr, und Jan ist es auch. Du solltest mal dieses Herumgeglucke ablegen.« Mit diesen Worten kippte sich Sue Ellen den Wodka in die Kehle.

»Es liegt nicht in meiner Natur, einfach wegzuschauen, wenn jemand in Not ist.«

»Und wer schaut hin, wenn du in Not bist? Mal von uns abgesehen, warst du auf dem Dach ziemlich allein. Was ist eigentlich mit deinem Lover?«

Friedelies zuckte zusammen. Willi! Ihn hatte sie ganz vergessen. Aber wie konnte sie sich mit ihm treffen, wenn sie nicht wusste, was mit Jan los war? Sie tippte auf die Wahlwiederholung. Wieder ertönte nur das Freizeichen. Nicht einmal die Mailbox meldete sich. Sie musste die Polizei verständigen!

»Ich fahr zur Wache«, stieß sie aus und schnappte sich ihren Mantel.

Sue Ellen verdrehte die Augen. »Tu, was du nicht lassen kannst. Aber bis die mal aus den Puschen kommen, ist Jan längst über die Wupper. Und wenn nicht, stecken sie ihn in die geschlossene Anstalt. Der Ärmste.«

Friedelies war kaum unterwegs, da klingelte ihr Handy. Sie schaltete rasch die Freisprechanlage an. Leider war es nur Thea, die sich nach Jan erkundigte. Aber auch diese fand es eine gute Idee, die Polizei einzuschalten, schließlich ging es hier um eine Gefahr für Leib und Leben.

Auf der Wache nahm ein junger Polizist die Vermissten-anzeige auf. Friedelies erzählte ihm von dem Treffen auf dem Dach und konnte ihm so glaubhaft versichern, dass Jan-Jana suizidgefährdet war. Der Polizist versprach, alle Streifenwa-gen zu informieren und Friedelies in Kenntnis zu setzen, falls es Neuigkeiten gab.

Kein bisschen beruhigter verließ sie kurz darauf die Poli-zeiwache. Nach Hause zu fahren und dort untätig herumzu-sitzen kam für sie nicht in Frage. Also wollte sie die Rhein-brücken absuchen, da trieben sich doch immer wieder mal Lebensmüde herum.

Als sie auf die Zoobrücke fahren wollte, stand Friedelies erst einmal im Stau. Neben ihr stiegen die Seilbahngondeln auf, um über den Rhein zu pendeln. Gedankenverloren schaute Friedelies ihnen hinterher. Plötzlich traute sie ihren Augen nicht. Da saß doch Jan in einer der Gondeln! Friede-lies sprang aus dem Auto, kniff die Lider zusammen und fi-xierte die gelbe Kabine. Um Himmels willen, die Seilbahn musste gestoppt werden! Von einem Adrenalinstoß ge-peitscht, rannte Friedelies zu der Ausfahrt, die zum Zoo führte. Als sie über die Straße lief, quietschten Bremsen. Fast hätte ein Auto sie auf die Kühlerhaube genommen. Der Fahrer starrte sie böse an und schüttelte den Kopf. Friedelies lief weiter, bis sie unter der Zoobrücke das Kassenhäuschen der Seilbahn erreichte.

Wild winkte sie mit den Armen dem Mitarbeiter zu, der gerade eine Kabine verschloss. »Stopp! Halten Sie die Seilbahn an! Sie müssen die Seilbahn anhalten!«

Der Mann ließ von der Kabine ab und schritt auf sie zu. »Irgendetwas nicht in Ordnung?«, sagte er und legte dabei eine ihr völlig unverständliche Ruhe an den Tag.

»In einer der Kabinen sitzt jemand, der sich das Leben nehmen will!«, keuchte Friedelies außer Atem.

»Die sind fest verschlossen, da kommt keiner raus.«

»Nun hören Sie doch auf! Ein Ruck, und so ein Ding ist offen.« In Gedanken sah Friedelies die gelbe Gondel über den Rhein gleiten. Bestimmt befand Jan sich schon an einem günstigen Punkt, um in die Tiefe zu springen.

»Na gut, Sie rufen die Feuerwehr, und ich halte die Bahn an.« Der Mann setzte sich in Bewegung.

Friedelies wählte die 112 und schilderte mit schriller Stimme den Notstand. Kurz darauf stoppten die Zahnräder mit einem hässlichen Geräusch. Ohne auf den Mann zu warten, rannte Friedelies zurück zu ihrem Wagen. Hinter ihrem Auto fädelten sich die Fahrzeuge im Reißverschlussverfahren auf die mittlere Fahrbahn ein. Dabei veranstalteten sie ein Hupkonzert. Friedelies suchte nach der gelben Gondel, erspähte sie fast am Ende der Brücke und lief weiter, heftig mit den Armen rudernd. Ein braungelockter Mann schaute interessiert aus dem Fenster. In der Ferne hörte Friedelies die Sirenen der Feuerwehr. Es dauerte nicht lange, bis sich das Einsatzfahrzeug mit Blaulicht näherte. Es blieb in Höhe ihres Wagens stehen. Wieder hupten Autos.

»Nicht springen!«, schrie sie panisch und starrte hinauf zu der Kabine.

Der Lockenkopf starrte sie an. Neben ihm turnten Kinder hinter der kleinen Scheibe. In Friedelies' Ohren begann es zu rauschen. Das war gar nicht Jan!

Ein Feuerwehrmann trat neben sie, nahm seinen Helm ab und schaute zu der Gondel. »Ist das die suizidgefährdete Person?«

»Nein«, sagte Friedelies leise. »Nein, falscher Alarm. Ich habe den Mann verwechselt.«

»Bitte was?«, sagte der Polizeibeamte, den Friedelies gar nicht hatte kommen sehen.

»Ich dachte, es sei ein Bekannter. Ich bin auf der Suche nach ihm, weil ich befürchte, er könnte sich etwas antun. Ihre Kollegen suchen auch schon nach ihm.«

Der Feuerwehrmann klemmte sich den Helm unter den Arm. »Tja, gute Frau, das könnte teuer werden.«

Verzweifelt schaute Friedelies zu ihm auf. »Muss ich den Einsatz bezahlen?«

»Ja, das werden Sie wohl müssen. Der Kollege von der Polizei nimmt dann Ihre Personalien auf. Schönen Abend noch.« Der Mann stapfte davon, und Friedelies begleitete den Polizisten zu ihrem Wagen, wo sie ihm die Papiere reichte. In diesem Augenblick waren ihr die Kosten egal. Sie musste unbedingt Jan finden!

Als hätte ein Instinkt sie geleitet, fand sie Jan eine halbe Stunde später auf der Deutzer Brücke, wo er den Fußweg entlangschlenderte. Friedelies fuhr rechts ran und kurbelte das Fenster hinunter.

»Gott, bin ich froh, dich gefunden zu haben. Komm, steig ein!«, rief sie.

Jan schüttelte den Kopf. »Lass mich. Ich will nicht mehr.«

Friedelies sprang aus dem Wagen. »Hör mit dem Blödsinn auf. Hast du etwas von deinem Vater gehört?«

»Nein, wie denn?«

»Dann hast du keinen Grund zu springen.«

Jan gab ein verzweifeltes Lachen von sich. »Keinen Grund? Ich habe tausende!«

»Ja, ich weiß. Die habe ich auch. Aber hier und jetzt ist nicht der richtige Zeitpunkt. Außerdem sucht die Polizei nach dir. Wenn sie dich jetzt finden, stecken sie dich in die Psychiatrie.«

Jan zuckte mit den Schultern.

»Da hinten kommen sie schon.« Mit diesen Worten riss Friedelies die hintere Tür des Wagens auf und schubste Jan ins Auto. Dieser war so verdutzt, dass er sich sofort auf die Bank legte und in Deckung ging.

Natürlich gab es kein Polizeiauto, das sich näherte, doch der Trick hatte geholfen. Schnell startete Friedelies den Wagen und brachte Jan erst einmal zu sich nach Hause.

In Sabines Zimmer schnarchte Sue Ellen wie ein Bauarbeiter. Friedelies schob Jan ins Wohnzimmer und meldete der Polizei, dass keine Gefahr mehr bestand. Dann rief sie Thea an und berichtete ihr alles. Gerade als sie aufgelegt hatte, klingelte das Telefon. Da das Display anzeigte, dass es sich nicht um Sabines Nummer handelte, hob Friedelies ab.

»Hör mal, Liebchen, ich warte hier seit einer geschlagenen Stunde auf dich. Wird das noch was, oder hast du mich versetzt?«

»Ach Gott, Willi. Du glaubst gar nicht, was hier los ist. Meine Freundin wollte sich gerade das Leben nehmen.«

»Ach herrjemine. Brauchst du Hilfe? Soll ich vorbeikommen?«

Das fehlte Friedelies gerade noch. Eine Alkoholikerin und ein Suizidgefährdeter reichten vollkommen, um ihre Nerven zu strapazieren. »Das ist wirklich lieb von dir. Aber ich glaube, meine Freundin braucht jetzt erst einmal ein Gespräch unter Frauen. Können wir uns nicht morgen Abend treffen? Hast du Zeit?«

»Für dich doch immer, Liebchen. Gleiche Zeit, gleicher Ort?«

Friedelies versprach felsenfest zu kommen und legte auf. Dann machte sie Jan einen Kaffee. »Gibt es denn niemanden, den du anrufen könntest? Irgendwelche Verwandte? Oder vielleicht Freunde deiner Eltern?«

Jan schüttelte den Kopf und starrte mit leeren Augen die Wand an.

»Was ist mit diesem Mick? Er ist doch ein Angestellter deines Vaters. Vielleicht weiß er ja etwas.«

»Lass mich bloß mit diesem Scheißkerl in Ruhe!«, fuhr Jan sie an.

»Ich weiß, dass du Stress mit ihm hast. Aber hier geht es nicht um euch, sondern um deinen Vater. Wenn du willst, kann ich auch für dich anrufen.«

»Würdest du das tun?«

»Klar, wenn du mir seine Nummer gibst.«

Jan suchte in der Handtasche nach seinem Handy, tippte kurz darauf herum und gab es dann Friedelies. »Brauchst nur noch den grünen Hörer zu drücken.«

Während Friedelies auf Micks Stimme wartete, kaute Jan nervös an seinen Fingernägeln.

Mick meldete sich mit einem ruppigen »Ja?«.

»Guten Tag, mein Name ist Friedelies Werner. Ich bin eine Freundin von Jan. Wissen Sie, wie es seinem Vater geht?«

»Warum ruft Jan nicht selbst an?«

»Weil er ziemlich fertig ist. Wissen Sie, er macht sich ganz schreckliche Vorwürfe. Denkt sogar an Selbstmord.«

Mit seinem Blick feuerte Jan Granaten auf Friedelies, doch davon ließ sie sich nicht aus der Ruhe bringen.

»Der soll bloß keinen Scheiß machen. Ist er in der Nähe?«

»Ja, er sitzt neben mir. Soll ich Sie weiterreichen?«

Jan sprang auf, fuchtelte wild mit den Händen und rannte ins Badezimmer.

»Ich weiß ja nicht, was zwischen Ihnen beiden vorgefallen ist, aber ich glaube, Sie haben ihn ziemlich verletzt. Er ist nämlich gerade aus dem Zimmer gelaufen.«

»Wirklich? Was erwartet er denn, wenn er plötzlich in Frauenkleidern rumrennt?«

»Es hat ihn einiges an Überwindung gekostet, können Sie sich das nicht vorstellen? Aber das klären Sie bitte unter sich. Ich habe nur den Auftrag, nach dem Gesundheitszustand seines Vaters zu fragen.«

»Er hatte zum Glück nur einen Schwächeanfall. Die Ärzte machen noch ein paar Untersuchungen, dann kann er wieder nach Hause. Sie können Jan sagen, er soll es nicht persönlich nehmen. Ich kann mir vorstellen, dass Matthes aus den Latschen gekippt ist, als er Jan als Frau gesehen hat. Wen wundert das?«

»Was meinen Sie damit?«

»Ach nichts, vergessen Sie es. Ich hab Matthes versprochen, den Mund zu halten. Und das werde ich auch tun.«

Plötzlich dachte Friedelies wieder an die Hornhauthobelklingen, die sie im Badezimmerschrank aufbewahrte. »Ich

muss jetzt mal nach Jan sehen. Vielen Dank für das Gespräch.«
Sie drückte Mick weg und eilte zur Badezimmertür. »Jan, es
gibt gute Nachrichten. Machst du bitte die Tür auf?«

Zu ihrer Erleichterung drehte sich sofort der Schlüssel im
Schloss. Abermals hatte ihr Instinkt ganze Arbeit geleistet,
denn Jan hielt bereits das Briefchen mit den Klingen in der
Hand.

»Die kannst du wieder wegräumen. Deinem Vater geht es
gut. Es war nur ein Schwächeanfall.«

Jan sank in sich zusammen und begann zu schluchzen.
Tröstend schloss Friedelies ihn in die Arme und strich ihm
über die braunen Locken. »Lass es ruhig heraus. Das ist gut
so.«

Arm in Arm gingen sie kurz darauf hinüber ins Wohnzimmer.

»Hat Mick mit meinem Vater gesprochen?«, fragte Jan,
während er sich in den Fernsehsessel fallen ließ.

»Das weiß ich nicht. Er hat nur so eine seltsame Andeu-
tung gemacht. Du sollst es nicht persönlich nehmen, dass
dein Vater aus den Latschen gekippt ist. Kannst du damit etwas anfangen?«

Jan hob die Schultern und schüttelte den Kopf. »Natürlich
nehme ich das persönlich. Ich bin sein Sohn.«

»Mick meint sicherlich seine Abneigung gegenüber Transsexuellen. Vielleicht hatte er ja mal ein einschlägiges Erlebnis.«

»Wer hatte ein Erlebnis?« Mit vom Schlaf verquollenem
Gesicht gesellte sich Sue Ellen zu ihnen.

»Ich hab keine Ahnung. Ich weiß nur, dass er Schwule
hasst.« Jan schaute Friedelies nachdenklich an. »Was soll ich
denn jetzt tun?«

»Vielleicht hat er mal von einem Schwulen eins aufs Maul bekommen«, bemerkte Sue Ellen.

Friedelies ging zum Wohnzimmerschrank, holte eine Dose Erdnüsse heraus und stellte sie auf den Tisch. »Leb dein Leben so, wie du es für richtig hältst. Dein Vater muss lernen, nicht alle Homosexuellen in einen Sack zu stecken und mit dem Knüppel draufzuhauen. Er muss seine Einstellung ändern. Nicht du.«

Sue Ellen nahm die Knabberei an sich und schüttete sich die Hälfte des Inhalts in die hohle Hand.

»Ich sag's noch mal: Ich bin nicht schwul!«, protestierte Jan.

»Mann, du weißt doch ganz genau, was sie meint.« Sue Ellen warf sich die Handvoll Erdnüsse in den Mund. Sie kaute geräuschvoll, schluckte und fügte dann hinzu: »Statt uns hier anzuraunzen, sollten wir lieber überlegen, wie es diese Woche weitergehen soll.«

Fragend schaute Friedelies in die Runde, obwohl sie die Antwort bereits kannte. Nachdem Thea und Jan ihre Vorhaben in die Tat umgesetzt hatten, lag es nun an Sue Ellen und ihr, die restlichen Tage zu gestalten.

Jan lehnte sich zurück und schaute an die Decke. »Ich hab von dieser Woche bereits mehr als genug. Ich weiß nicht, ob ich den Rest noch durchhalte.«

»Ich hab auch die Schnauze voll, aber ich halte durch.« Sue Ellen hob die Flasche auf dem Tisch an und prüfte den verbliebenen Inhalt, der in einen Fingerhut passte.

»Klar, du betäubst dich ja auch ständig. Vielleicht sollte ich das ebenfalls tun.«

»Hör mit dem Quatsch auf.« Gleich zwei alkoholisierte Suizidgefährdete waren eindeutig zu viel für Friedelies. »Außerdem hat Sue Ellen vor, einen ganzen Tag lang nüchtern zu bleiben.«

»Weißt du, worauf die meisten Frauen schwören, wenn sie Frust haben?« Sue Ellen stellte die Flasche zurück auf den Tisch.

»Nein, worauf denn?« Jan schaute sie interessiert an.

»Auf einen Besuch beim Friseur.«

Friedelies warf einen skeptischen Blick auf Sue Ellens zotteligen Schopf, bei dem schon lange die blonden Strähnen herausgewachsen waren. Wie es schien, hielt sie selbst nicht viel von diesem Antifrustprogramm. »Woher weißt du das?«, fragte sie beiläufig.

»Ich bin Friseurin.«

»Wie?« Friedelies riss erstaunt die Augen auf.

Ein ganz klein wenig erhellte sich Jans Blick. »Ehrlich?«

»Ja, wirklich. Aber ich arbeite schon eine ganze Weile nicht mehr.« Sue Ellen schaute auf ihre Hände mit den schwarzgeränderten Fingernägeln.

Friedelies ahnte schon, weshalb. »Lass mich raten – sie haben dich wegen deiner Fahne entlassen.«

»Nein, ich habe selbst gekündigt. Das war, bevor ich angefangen habe zu trinken.«

»Warum hast du gekündigt?«, fragte Friedelies.

»Bestimmt, weil sie zu wenig verdient hat«, warf Jan ein.

»Na, als Altenpfleger wirst du aber auch nicht gut bezahlt«, konterte Friedelies. »Als Friseurin, Altenpfleger oder Krankenschwester hast du nicht einfach nur einen Job, sondern eine Berufung.«

»Das stimmt«, gab Jan zu. Dann schaute er zu Sue Ellen, die stumm geworden war. »Hättest du Lust, mir die Haare zu machen? Vielleicht hilft es ja ein wenig.«

»Jetzt sofort?« Sue Ellen nahm die Flasche vom Tisch und schraubte den Deckel auf. Dann schaute sie zu Friedelies. »Hast du eine Haarschere und Lockenbürsten da?«

»Lockenbürsten ja, eine Haarschere nicht.«

»Macht nichts. Notfalls kann ich die Spitzen auch mit einer Haushaltsschere kürzen.« Der Rest aus der Flasche floss in Sue Ellens Glas.

Als der Abend in die Nacht überging, hatte Sue Ellen Jan eine voluminöse Frisur gezaubert, die auch ohne Extensions ziemlich feminin aussah. Und tatsächlich hatte er wohl seinen Kummer erst einmal vergessen, denn seine Augen glänzten. Nun war Jana wieder erwacht, denn er sprach mit hoher Stimme.

»Am liebsten würde ich heute Nacht im Sitzen schlafen«, sagte sie beim Blick in den Badezimmerspiegel.

Wäre Friedelies nicht zum Umfallen müde gewesen, hätte sie vielleicht noch eine Flasche Sekt geköpft. Lange war sie nicht mehr so glücklich gewesen. Doch wenn sie Jana nicht bald das Bett auf der Couch machte, würden sie wohl alle im Sitzen schlafen.

Kapitel 10

Am nächsten Morgen fühlte sich Jana wie gerädert. In einer Endlosschleife hatte sie von ihrem Vater geträumt, der von einer Horde Dragqueens mit wallendem roten Haar gejagt wurde. Sie alle waren mit Lockenbürsten in sämtlichen Größen bewaffnet. Doch immer, wenn sie ihn fast am Kragen hatten, verblasste sein Bild und verschwand. Dann erschien Papa wieder, und die Hatz begann von neuem.

Jana warf einen Blick auf die eichenholzgerahmte Wohnzimmeruhr über dem Fernseher. In zwei Stunden würde ihre Frühschicht beginnen. Sie dachte an Thea und an ihre Wut, die schon lange verraucht war. Laut Mick ging es Papa gut, und Jana war erleichtert. Hier und jetzt begannen die letzten Tage ihres Lebens – ohne Papa und seine Probleme. Wenn es wirklich eine Wiedergeburt gab, dann konnte sie die Tage auch nutzen, um ihr neues Leben schon mal zu proben.

Weil die anderen noch schliefen, schlich Jana ins Bad und gab sich dort mit einer Katzenwäsche zufrieden. Leider war die Frisur nicht mehr ganz so schön wie am Abend zuvor, doch immer noch besser als die auffällige Perücke. Jana legte nur etwas Rouge auf und betonte ihre Augen mit Kajal, schließlich wollte sie es an ihrem ersten Arbeitstag nicht übertreiben. In ihrem Bauch kribbelte die Angst vor den nächsten Stunden. Wie würden ihre Kollegen reagieren? Wie die Bewohner? Doch wenn sie es nicht wagte, würde sie es nie erfahren.

Jana räumte den Kajalstift sowie die Puderdose in ihre Schminkrolle und verließ leise das Badezimmer. Im Wohnzimmer schlüpfte sie in ihre Jeans und das T-Shirt mit der Glitzerschrift. Nun war sie froh, dass sie sich die neuen Kleidungsstücke geleistet hatte. In dem Outfit, das sie im Freizeitpark getragen hatte, hätte sie unmöglich im Heim erscheinen können.

Als sie aus dem Haus trat, zwitscherten bereits die Vögel. Mit einem Mal fühlte sich Jana trotz der Alpträume wie neugeboren. Vielleicht brauchte sie sich ja gar nicht umzubringen, wenn sie bei der Arbeit so akzeptiert wurde, wie sie sein wollte. Doch dann dachte sie wieder an ihren Vater, und der Schmerz durchfuhr sie. Warum reagierte er bloß so heftig? Was hatte Mick gemeint? Es konnte keinen anderen Grund geben. Es musste daran liegen, dass er so enttäuscht von Jan war und sich für Jana schämte. Ihr Vater galt im Bekanntenkreis als ganzer Kerl. Er rührte keinen Finger im Haushalt und fand, dass Männer einen Beruf haben sollten, in dem man dreckige Hände bekam. Frauen gehörten für ihn an den Herd. Jungs spielten mit Autos, Mädchen mit Puppen. Für Papa gab es nur das eine *oder* das andere und nichts dazwischen. Es fühlte sich furchtbar an, ihn derart zu enttäuschen. Jan hatte seinen Vater immer gebraucht, und Jana brauchte ihn heute umso mehr. Sie würde es nicht ertragen, ständig mit ihm im Streit zu liegen.

Im Bus saßen einige Gestalten, die wirkten, als seien sie schon gestorben. Ihre Gesichter waren leer und trostlos. Jana betrachtete ihr Spiegelbild in der Fensterscheibe. Auch wenn sie immer noch Sehnsucht nach dem Tod verspürte, strahlten ihre Augen ein wenig mehr als vorher, weil sie sich hier und jetzt als Frau fühlen durfte.

Vor dem Seniorenheim blieb Jana stehen und holte noch einmal tief Luft. Die ersten Kollegen liefen bereits an ihr vorbei und beachteten sie überhaupt nicht. Entweder waren sie noch müde oder erkannten auf den ersten Blick nicht, wer sie war. Jana betrachtete die Fassade mit den unzähligen Fenstern. Oben auf dem Dach hatte sie das Gefühl gehabt, als sei sie dem Himmel ganz nah. Hatte den Duft der Freiheit geschnuppert. Doch nun spürte sie wieder diese Enge in der Brust. Ihr Körper war eben doch noch nicht der einer Frau, auch wenn sie diese Kleider, Make-up und die neue Frisur trug. Plötzlich fühlte sie sich, als sei sie eine Fremde in einer Stadt, in der sie niemanden kannte. Doch wurde nicht alles Fremde mit der Zeit vertraut?

Jana fasste sich ein Herz und trat durch die Schiebetür in das Gebäude. Um diese Uhrzeit war der Empfangstresen noch verwaist. Nur eine Putzfrau wedelte mit dem Wischer über den Boden. Als Jana in den Aufzug stieg, begann ihr Puls zu rasen. Die Eins der Etagenanzeige leuchtete auf, dann die Zwei, die Drei, die Vier, und schon war sie auf der Fünf – die Station, auf der sie heute eine kranke Kollegin vertreten sollte. Dabei hätte sie viel lieber Thea gepflegt, und zwar ausschließlich. Aber vielleicht war es gut, dass ihr hier die Kollegen nicht so vertraut waren wie auf ihrer eigenen Station. Das Licht aus den Neonröhren spiegelte sich in dem gebohnerten Linoleumboden, als sie den Flur zu den Personalräumen entlangschritt. Am anderen Ende des Ganges piepte ein Notruf, den irgendeine arme Seele in einem der Zimmer betätigt hatte.

Jana schloss ihre Handtasche in den Spind. Dann suchte

sie die Toilette auf, um noch einmal Make-up und Frisur zu prüfen. Alles perfekt! Mit zittrigen Beinen ging sie zum Schwesternzimmer, wo eine Kollegin aus der Nachtschicht mit graugesträhnter Kurzhaarfrisur am Schreibtisch saß und Schokolade futterte. Jana glaubte, sich an den Namen Elli zu erinnern. Um ihre Nervosität zu überspielen, flötete sie: »Guten Morgen!« In ihren Ohren donnerte der eigene Herzschlag.

Die Kollegin schaute auf. Während sie zurückgrüßte, bildeten sich freundliche Lachfältchen um ihre froschgrünen Augen. »Bist du von der Personalleihfirma?«

Wie es schien, erkannte Elli sie nicht. Sollte sie glücklich darüber sein oder mit der Wahrheit herausrücken? Jana entschied sich erst einmal fürs Glücklichsein. Dann hörte sie die Stimmen der anderen Kollegen, die zur Frühschicht eintrudelten. Mit einem Mal begann ihr Magen, fürchterlich zu grummeln, und sie legte die Hand auf den Bauch.

Elli schaute sie belustigt an. »Nicht gefrühstückt?«

Ein »Morgen zusammen« ertönte, als Annemarie und Heidi das Schwesternzimmer betraten.

Jana senkte den Blick, doch sie konnte sich nicht mehr verstecken, denn Heidi erkannte sie sofort.

»Hä? Was ist denn mit dir passiert?« Irritiert blickte sie Jana an.

Annemarie verzog den Mund. »Hast du eine Wette verloren, oder ist bei dir noch Karneval?«

»Weder noch. Ich bin jetzt Jana.« Ihr war so schlecht, dass sie befürchtete, sich jeden Augenblick übergeben zu müssen.

Elli musterte sie vom Scheitel bis zu den Fußsohlen. »Ach, du bist der Jan von der Zwei. Ich hab dich gar nicht erkannt. Bist du jetzt ein Transvestit?«

»Nein, ich bin transsexuell.« Zu gern wäre Jana einfach davongelaufen, doch sie riss sich zusammen.

»Du bist also im falschen Körper geboren?«, fragte Annemarie, als sie den Mund wieder zubekommen hatte.

»Ja, genau so ist es.« Allmählich ließ das Flattern in Janas Nervenbahnen nach.

Elli räumte das Schokoladenpapier vom Schreibtisch. Dann erhob sie sich und zupfte an Janas Locken. »Hast du dich umoperieren lassen?«

»Nein, noch nicht.« Sie dachte daran, dass es dazu auch nie kommen würde. Anders als sonst schmerzte sie auf einmal der Gedanke an den Tod. Es wäre schön zu wissen, wie es sich anfühlte, auch die letzte Hürde genommen zu haben. Wie es sein würde, sich endlich ohne Ekel im Spiegel zu betrachten, sich an den Stellen zu berühren, die sie bisher nur widerwillig anfasste.

»Wirst du das denn tun?« Elli ließ nicht locker.

»Vielleicht«, erwiderte Jana und zuckte mit den Schultern.

Annemarie strich sich das rote Haar hinters Ohr. »Also, wenn du Tipps brauchst, ich meine, Make-up oder so, kannst du mich gern fragen.«

»Mich auch«, pflichtete Heidi ihr bei, obwohl in ihrem Gesicht jegliche Spur von Make-up fehlte.

Jana schenkte ihnen ein gequältes Lächeln. Sobald sie außer Reichweite war, würden sich die drei das Maul zerreißen, das wusste sie genau. Aber das konnte ihr eigentlich egal sein, denn über irgendjemanden wurde im Haus immer getratscht. Dazu reichte meist schon eine neue Frisur oder ein paar Kilo zu viel.

»Wir sollten jetzt mit der Übergabe beginnen«, schlug sie vor.

Herr Rettich war in einem Bordell aufgefunden worden, und Herr Werner hatte Heidi auf das Übelste beleidigt. Ansonsten war in der Nacht nichts weiter vorgefallen.

Als Jana kurze Zeit später das erste Bewohnerzimmer betrat, fühlte sie sich wie befreit. Die alte Dame, die sie weckte und dann wusch, freute sich, von einer netten jungen Frau aus dem Schlaf geholt worden zu sein. Jana spürte Glück in sich aufsteigen. Fast schon beflügelt ging sie in das nächste Zimmer. Erst als sie vor dem Bett stand, wurde ihr klar, dass es Friedelies' Mann war, den sie jetzt pflegen musste. Schlagartig sank ihre Laune in den Keller. Dieser Typ hatte es gar nicht verdient, freundlich behandelt zu werden. Doch Jana war Profi genug, ihn das nicht spüren zu lassen. Sie weckte ihn mit einem sanften Rütteln an der Schulter.

Herr Werner schlug sofort die Augen auf. Als er Jana sah, verzogen sich seine Lippen zu einem schmierigen Lächeln. »Wen haben wir denn da Hübsches?«

»Guten Morgen, Herr Werner. Haben Sie gut geschlafen?«

»Ging so.« Er heftete den Blick auf ihre vermeintlichen Brüste.

Zum ersten Mal erlebte Jana, wie es sich anfühlte, ein Sexobjekt zu sein. Aber da musste sie nun durch. Mit einem Ruck schlug sie die Bettdecke zurück, um den alten Mann zu waschen, und versuchte, nicht hinzusehen.

»Bitte schön gründlich, junge Dame«, sagte Herr Werner grinsend.

Jana wurde es zu bunt. Sie dachte daran, was die arme Friedelies mit diesem Kerl hatte mitmachen müssen. »Wie ich sehe, gefalle ich Ihnen als Frau.«

»Und ob«, erwiderte Herr Werner und zeigte dabei eine Menge Zahnfleisch.

»Das freut mich, wo ich doch früher mal ein Mann war.«

Dem Alten fiel das Grinsen aus dem Gesicht. Schlagartig bedeckte er sich den Unterleib. »Was?«, rief er. »Du schwuler Hund! Wolltest du mich etwa begrapschen?« Er griff nach der Wasserflasche auf dem Nachttisch.

Jana nahm sie ihm aus den Händen, bevor er sie nach ihr werfen konnte. »Wollte ich das?«

»Ich schwör dir, ich zeig dich an.«

»Tun Sie, was Sie nicht lassen können. Möchten Sie nun gewaschen werden oder nicht?« Jana versuchte, ruhig und gelassen zu bleiben, doch innerlich zitterte sie.

Herr Werner betätigte den Notruf. »Lass bloß deine schwulen Finger von mir, sonst passiert was! Was sind das bloß für verlotterte Zeiten heute?«, schrie er mit hochrotem Kopf.

Jana konnte die Beleidigungen nicht länger ertragen. Sie schüttete Horst Werner das Waschwasser über den Kopf und lief aus dem Zimmer.

Auf dem Flur stellte sich Heidi ihr in den Weg und versuchte, sie zu bremsen. »Was ist passiert?«

Doch Jana stieß die Kollegin wortlos zur Seite und rannte weiter bis zum Treppenhaus. Dort nahm sie drei Stufen auf einmal abwärts. In der zweiten Etage lief sie zu Theas Zimmer und stieß die Tür auf.

Schlagartig ruckte Theas Kopf aus dem Schlaf. »Brennt es?«, stieß sie erschrocken aus.

Nach Atem ringend, ließ Jana sich in den Sessel am Fenster fallen. Hinter ihren Augen drückte eine Tränenflut, die sie nicht mehr zurückhalten konnte.

»Es brennt also nicht«, sagte Thea und ließ den Kopf wieder zurück ins Kissen sinken. »Was ist los? Haben deine Kollegen dich ausgelacht?«

»Nein«, stieß Jana weinend hervor. »Der Mann von Friedelies … er hat mich angeschrien.« Von Schluchzern geschüttelt, erzählte sie, was vorgefallen war.

»So ein Idiot!«, schimpfte Thea. Sie hob den Zeigefinger. »Abwarten. Der bekommt noch, was er verdient!«

Jana riss ein Stück der Klopapierrolle ab, die neben ihr auf dem Tisch stand, und schneuzte sich. »Mit solchen Anfeindungen kann ich nicht leben.«

»Brauchst du ja auch nicht mehr lange. Und nun wisch dir erst mal die verlaufene Wimperntusche aus dem Gesicht. Nicht alle Leute benehmen sich wie dieser Horst.«

Damit hatte Thea recht, doch ein verletzendes Wort wog für Jana hundertmal schwerer als ein freundliches. »Ich könnte wetten, dieser Idiot wird mich bei allen anderen Bewohnern in den Dreck ziehen.«

»Dann beschwer dich bei der Heimleitung. Vielleicht werfen sie ihn ja hinaus.«

»Das glaube ich nicht. Und wenn, hätte die arme Friedelies ihn wieder an der Backe. Der Typ macht nur Probleme.«

»Wir können ihn ja mal fragen, ob er nicht auch vom Dach springen möchte.« Thea schlug die Bettdecke zurück. »Hilfst du mir auf die Toilette?«

»Ja sicher.« Jana hob Thea aus dem Bett und setzte sie auf den Toilettenstuhl. Während sie wartete, dachte sie über ihr Leben nach. Warum konnten die anderen sie nicht einfach in Ruhe lassen? Dann wäre alles gut. Aber wenigstens hatte sie es Friedelies' Mann gezeigt. So schnell würde der bestimmt nicht mehr zudringlich werden.

Kapitel 11

Friedelies verabschiedete sich von Willi, stellte den Hörer in die Ladestation und kehrte in die Küche zurück. Willi hatte nicht bis zum Abend warten wollen, seine Sehnsucht nach ihr sei viel zu groß, hatte er gesagt und sie prompt zum Frühstück eingeladen. Während die Kaffeemaschine gluckerte, dachte sie darüber nach, ob sie seine Einladung nicht zu voreilig angenommen hatte. Konnte sie Sue Ellen wirklich allein lassen? Musste man bei ihr nicht immer befürchten, dass sie Dummheiten machte? Und dabei ging es nicht nur um Alkohol. Immer noch blickte sie bei dem Mädchen nicht hinter die Fassade. Aber eins wusste Friedelies genau: Irgendwann einmal musste ihr etwas Schreckliches zugestoßen sein. Obwohl sie Jana gern hier gehabt hätte, war sie erleichtert, dass diese doch zur Arbeit gegangen war. Bestimmt würde sie dort die Erfahrung machen, dass die Leute sie schnell als Frau akzeptierten. Das wäre ein wichtiger Schritt, um vom Selbstmord abzukommen. Friedelies strich über den Zettel, den Jana an die Pinnwand geheftet hatte. Sie war wirklich ein lieber Mensch, und von denen gab es nicht genug auf dieser Erde.

Kurze Zeit später hatte sich Friedelies ein schlichtes Kleid übergezogen und sah noch schnell nach Sue Ellen. Die Puppe im Arm haltend, schlief sie tief und fest. Friedelies entschied, ihr eine Nachricht und zehn Euro für Schnaps zu hinterlassen, damit sich ihre Depression nicht vertiefte.

Willi hatte sie in ein Café mit Blick auf den Rhein eingeladen. Ein wenig kribbelte es in ihrem Bauch, obwohl sie eigentlich ganz sicher gewesen war, nichts mehr für Willi zu empfinden. Vielleicht lag es ja an der anrüchigen Bitte, mit der sie an ihn herantreten wollte.

Willi wartete bereits an einem der Tische vor dem Panoramafenster. Sein volles graues Haar wellte sich am Hinterkopf und lag eine Handbreit auf dem Kragen seines veilchenblauen Anzugs. Für sein Alter sah er noch umwerfend aus. Als Friedelies auf ihn zutrat, erhob er sich sofort und half ihr aus dem Mantel. Sie schaute zu ihm auf, und plötzlich flatterten Schmetterlinge in ihrem Bauch. Sie hatte ihn jahrelang nicht mehr gesehen und fast schon vergessen, was für ein imposanter Mann er war.

Willi küsste sie links und rechts auf die Wange. »Lass dich angucken, Liebchen. Mensch, was siehst du toll aus.« Ein verschmitztes Lächeln lag auf seinen Lippen.

Friedelies bekam heiße Ohren. Beschämt schaute sie zu Boden. Um Himmels willen, sie benahm sich ja wie ein verliebter Teenager!

Willi zog den Stuhl ein wenig vor, damit sie sich setzen konnte. »Ich hab schon das Champagnerfrühstück bestellt.«

»Aber das muss doch ein Vermögen kosten.« Angespannt spielte Friedelies mit ihrer Serviette, die zu einer Blume gefaltet war. Als sie in Willis braune Augen sah, bekam sie plötzlich ein schlechtes Gewissen. Sollte sie ihm wirklich Hoffnung machen? Wie würde er ihren Sprung vom Dach dann verkraften? Willi hatte sie immer geliebt, daran gab es keinen Zweifel. All die Jahre hatte er sie nicht vergessen. Vor ihrem inneren Auge sah Friedelies Thea verständnislos den Kopf schütteln. Schließlich ging es hier nur darum, Horst eins auszuwischen, und nicht um Willi.

Die Kellnerin fuhr einen Servierwagen vor und platzierte den Champagnerkübel in der Mitte des Tisches. Dann trug sie eine Obstschale, Lachs, Käse und eine Wurstplatte sowie Brot und Brötchen auf.

Willi schob seine kleine Herrentasche an den Tischrand, griff nach der Flasche und ließ den Korken knallen. Erst als er die Gläser füllte, wandte er kurz den Blick von Friedelies ab. »Das ist der schönste Tag in meinem Leben. Was bin ich froh, dich endlich wiederzusehen.« Er gab ihr das Glas in die Hand und strich dabei wie zufällig mit dem Daumen über ihre Finger. »Aber nun erzähl, wie geht es dir?«

Friedelies berichtete ihm offen von ihrem Leben mit Horst, ihrer finanziellen Situation und dem Traum, den sie hatte begraben müssen. »Glaub mir, Willi, ich bin bestimmt kein geldgieriger Mensch. Aber die Hoffnung war das Einzige, wofür es sich noch zu leben gelohnt hat. Selbst Sabine hält nicht zu mir. Und jetzt stehe ich vor dem Nichts. Auch die Lebensversicherung muss ich kündigen, wenn mein Erspartes aufgebraucht ist. So vermiest Horst mir weiterhin das Leben.«

»Diese Drissfliege!«, sagte Willi und belegte eine Brötchenhälfte mit Lachs. »Der hatte dich noch nie verdient. Wundert mich, dass er dich überhaupt mit einer Lebensversicherung versorgt hat.«

»Die ist gewiss nur auf Sabine ausgestellt. Ach, ich bin ja selbst schuld, weil ich mich nie gewehrt habe.« Der Kaffee, an dem Friedelies nippte, schmeckte nach frischgemahlenen Bohnen. So hätte sie ihn auch in ihrem eigenen Café auf

Mallorca serviert. »Nach Sabines Geburt hat er mich nur noch betrogen und herumkommandiert.«

Willi legte das Lachsbrötchen auf seinen Teller und griff nach ihrer Hand. »Das Schwein. Ich schwör dir, hätte ich das gewusst, dann hätte ich ihm ein paar auf die Schnüss gegeben. Mensch, Liebchen, warum hast du denn nie was gesagt?«

Willis Wärme spendete ihr so viel Trost, wie sie ihn noch nie zuvor in ihrem Leben erfahren hatte. »Wie hätte ich mit dir darüber sprechen können? Schließlich habe ich dich damals wegen ihm sitzenlassen.«

»Überleg mal, wie lang das her ist. Ich hab dir längst verziehen.«

Tränen brannten in ihren Augen. Nein, sie durfte sich nicht aufs Neue in Willi verlieben. Dann würde aus ihrem Plan nie etwas werden. Außerdem wollte sie keinem Mann mehr vertrauen. Friedelies spürte ein Stechen in ihrer Brust. »Lass uns über etwas anderes reden. Bring mich zum Lachen. Wie früher, weißt du noch?«

Willi strich mit der Hand über ihre Wange. »Du hast noch gar nichts gegessen.«

Friedelies hatte das Gefühl, nie wieder etwas essen zu können. Ihr war speiübel. Traurig blickte sie auf das Frühstück.

»Ich sehe schon, du kriegst nichts runter. Weißt du, was wir jetzt machen?« Willi putzte sich mit der Serviette über die Lippen. »Wir lassen alles einpacken und machen ein Picknick.«

»Meinst du denn, es ist warm genug?« Besorgt schaute Friedelies aus dem Fenster. Ein Wolkenschleier verdeckte die Sonne und gab ihr keine Chance, die Luft zu erwärmen.

Dann fiel Friedelies ein, dass sie Sue Ellen doch gar nicht so lange allein lassen wollte.

Willi küsste ihre Fingerspitzen. »Wir könnten in meinem Wintergarten picknicken. Was meinst du?«

Friedelies nickte. »Es wäre schade um die guten Sachen.« Sie konnte Willi jetzt nicht vor den Kopf stoßen, auch wenn Sue Ellen vielleicht Dummheiten machte. Verstohlen blickte sie zur Uhr hinter dem Tresen des Cafés. Es war bereits halb elf, aber vielleicht schlief Sue Ellen ja auch bis in die späten Mittagsstunden. Dann wäre auf jeden Fall Jana wieder bei ihr.

Willi rief nach der Kellnerin und äußerte seinen Wunsch.

Betreten schaute die junge Frau ihn an und fragte, ob etwas nicht stimmte.

»Nein, Schätzchen, hier ist alles wunderbar. Aber es gibt einen Platz, an dem ich mit meiner Begleitung jetzt lieber den Champagner schlürfen würde. Nur wir zwei, wenn Sie verstehen.« Er zwinkerte und lachte dabei wie ein junger Mann.

Friedelies wurde es heiß und kalt zugleich. Hatte sie gerade richtig gehört?

»Ja sicher, der Herr.« Die Kellnerin lächelte. Dann räumte sie den Champagner und die Platten auf den Servierwagen.

Das ging Friedelies nun eindeutig zu schnell. Was bildete Willi sich eigentlich ein? Das Tempo bestimmte noch immer sie. Und zum Vergnügen schlief sie schon gar nicht mit ihm. Als die Kellnerin mit dem Wagen in der Küche verschwand, wandte sie sich stirnrunzelnd an Willi. »Sag mal, war das gerade dein Ernst?«

»Ach, Quatsch. Aber was hätte ich dem Kind denn sonst sagen sollen?«

»Das ist so peinlich! Was soll sie denn nun von uns denken?«

Willi schob die Unterlippe vor. »Früher hättest du darüber gelacht.«

»Niemals!«, protestierte Friedelies.

»Und ob. Weißt du noch, wie wir deinem Bruder weisge-
macht haben, wir wären verheiratet?«

»Du liebe Güte. Heinz war damals vier und hat überhaupt
nichts verstanden.« Nun musste Friedelies doch schmun-
zeln, als sie daran dachte, wie Willi sie in die alten Gardinen
ihrer Oma eingewickelt hatte.

»Das war das letzte Mal, dass ich dich lachen gesehen hab.
Einen Tag später hast du Horst kennengelernt.« Willi wandte
den Blick von ihr ab und schaute aus dem Fenster.

»Ja, ich weiß«, flüsterte Friedelies. »Der Teufel muss ihn
mir auf den Hals gehetzt haben. Anders kann ich mir meine
Vernarrtheit nicht erklären.« In diesem Augenblick versuchte sie, sich wieder vorzustellen, wie ihr Leben ausgese-
hen hätte, wenn sie bei Willi geblieben wäre. Friedelies zer-
knüllte die Serviette in ihrer Hand. »Wärst du mir sehr böse,
wenn ich jetzt nach Hause fahre?«

Willi strich ihr über den Arm. »Ich hab das ehrlich nicht
so gemeint.«

»Ist schon gut. Es ist auch nicht deswegen. Ich habe Gäste
zu Hause, entfernte Verwandtschaft, die bei mir übernach-
tet.«

»Aber wir sehen uns doch wieder?«

»Ja, wenn du willst, wie vereinbart gleich heute Abend«,
erwiderte Friedelies. »Beim Kroaten?«

»Aber nur, wenn du ein bisschen mehr Hunger mit-
bringst.« Willi lächelte wieder.

»Das werde ich. Und dann reden wir über etwas anderes
als über Horst, ja?«

»Sicher, Liebchen. Alles, was du willst.« Willi erhob sich und holte Friedelies den Mantel.

Friedelies konnte kaum glauben, wie unkompliziert und friedfertig Willi war. Hätte sie so mit Horst gesprochen, wäre der Tag im Eimer gewesen.

Für den Rest des Morgens war Jana nicht mehr in der Lage, auch nur ein einziges Bewohnerzimmer zu betreten. So verließ sie einfach das Heim, nachdem sie sich bei Thea ausgeheult hatte. Diesen Ort würde sie nur noch einmal in ihrem Leben aufsuchen, nämlich dann, wenn sie vom Dach sprang. Und die Kündigung konnten sie dann einer Toten schicken. Die letzten Tage ihres Lebens verbrachte sie bestimmt nicht im Seniorenheim und ließ sich beleidigen. Herr Werners Worte hatten sie nicht nur verletzt, sondern ihr regelrecht Angst eingejagt. Wenn er noch mobil wäre, hätte er ihr wahrscheinlich körperlichen Schaden zugefügt.

Dann dachte Jana plötzlich an ihren Vater. Wie es ihm wohl gehen mochte? Als sie an der Haltestelle auf den Bus wartete, holte sie ihr Handy aus der Tasche und drückte auf den Kontakt *Zu Hause*. Es klingelte dreimal, dann wurde der Anruf weggedrückt. Jana versuchte es erneut und bekam nur die Nachricht, dass der Anschluss besetzt sei. In Gedanken sah sie ihre Mutter, wie sie mit zornigem Blick den Hörer anstarrte. Und im geschwächten Herz ihres Vaters war ein weißer Fleck, wo einmal ein Sohn seinen Platz gehabt hatte.

Seufzend steckte Jana das Handy zurück in die Tasche, nur um es kurz darauf wieder hervorzukramen. Vielleicht sollte sie Mick anrufen, um zu fragen, wie es ihrem Vater ging. Augenblicklich begannen ihre Finger zu zittern. Nein, Häme war das Letzte, was sie jetzt noch gebrauchen konnte.

Der Bus bog in die Haltebucht. Jana stieg ein. Was Friedelies wohl zu dem Vorfall sagen würde? Wahrscheinlich würde das Verhalten ihres Mannes sie gar nicht wundern.

Als der Bus in Friedelies' Straße einbog, sah Jana, wie diese gerade ihren roten Kleinwagen parkte und ausstieg. Ihrem Gesichtsausdruck nach zu urteilen, hatte sie großen Kummer. Jana ging zu ihr und legte ihr freundschaftlich den Arm um die Schultern. »Wo bist du gewesen?«

»Ich war mit Willi frühstücken.« Friedelies schloss den Wagen ab.

»Scheint nicht so gut gelaufen zu sein, oder?«

»Doch, doch. Willi war sehr nett. Aber komm, lass uns erst einmal reingehen. Du siehst aus, als hättest du ein Gespenst gesehen. Erzähl mir in der Wohnung, was geschehen ist.«

Als sie vor der Tür standen, vernahm Jana von drinnen eine laute Stimme. »Ist das Sue Ellen?«

»Was ist denn da los?« Friedelies schloss die Tür auf und trat ein.

Jana folgte ihr. Tatsächlich saß Sue Ellen im Wohnzimmer und telefonierte lautstark. Friedelies schloss die Tür und zog Jana in die Küche.

»Was ist denn? Willst du etwa nicht wissen, was mit ihr los ist?«

»Doch, aber sie soll es uns selbst erzählen. Vielleicht spricht sie sich ja gerade mit ihrer Familie aus. Da wollen wir doch nicht stören, oder?«

»Bei mir hast du aber nicht so viel Rücksicht genommen«, protestierte Jana. »Warum reagierst du bei Sue Ellen anders?«

Friedelies holte eine Flasche Wasser aus dem Kühlschrank und setzte sich an den Tisch. »Du bist viel offener als sie. Ich glaube, sie würde sich endgültig verschließen, wenn wir ihr zu sehr auf den Pelz rücken.«

»Mag schon sein.« Jana hatte keine Lust mehr, über Sue Ellen zu reden. Sie begann, an ihren Fingernägeln zu knabbern.

»Was ist passiert?« Friedelies goss ihr ein Glas Wasser ein.

»Dein Mann ist … ziemlich ausfallend geworden.«

»Horst?« Friedelies kniff die Augen zusammen. »Was hat er getan?«

Mit einem dicken Kloß im Hals berichtete Jana ihr von dem Vorfall.

»Ach, du liebe Güte!« Friedelies' Augen füllten sich mit Tränen. Dann legte sie die Hand auf Janas Schulter. »Wie man andere fertigmacht, das wusste er immer schon.«

»Ich kann mir nicht vorstellen, wie du es all die Jahre mit ihm ausgehalten hast.«

»Ich auch nicht.« Friedelies senkte den Blick. »Aber er wird bekommen, was er verdient.«

Jana wollte nur eines: diesen Kerl nie wiedersehen. Ihren Vater auch nicht und Mick erst recht nicht. Sie hatte das Gefühl, dass von allen Seiten an ihr gezerrt wurde, und das musste so schnell wie möglich ein Ende haben, sonst würde sie noch in Stücke gerissen. »Sei mir nicht böse, aber ich kann nicht mehr«, sagte sie zu Friedelies und erhob sich.

Friedelies hielt ihren Arm fest. »Nicht doch, Jana. Wir müssen zusammenhalten. Mir fällt das auch alles nicht leicht, und allein schaffe ich es bestimmt nicht. Ich brauche dich. Bleib bei uns. Bitte!«

Das hatte noch nie jemand zu ihr gesagt. Jana schluckte und kämpfte mit den Tränen. Dann hörte sie, wie die Wohnzimmertür geöffnet wurde. Kurz darauf polterte Sue Ellen in die Küche. Ihre Wangen waren tränenverschmiert.

»Mit wem hast du telefoniert?«, fragte Friedelies und zog einen Stuhl zurück, damit Sue Ellen sich setzen konnte.

»Mit meiner Zwillingsschwester. Ich hab sie angerufen.« Sue Ellens Schnapsfahne wehte durch die Küche. Dann überfiel sie ein Heulkrampf.

»Was hat sie denn gesagt?«, erkundigte sich Friedelies.

Sue Ellen legte die Arme auf den Tisch und versteckte schluchzend ihr Gesicht. »Alex ist so eine blöde Mistkuh.«

Jana verdrehte die Augen. »Wie sollen wir dir helfen, wenn du nicht sagst, was los ist?«

Friedelies erhob sich und öffnete das Fenster. »Herumzu weinen bringt auch nichts. Hör auf, in Selbstmitleid zu zerfließen, und tu etwas.«

Sue Ellen hob den Kopf. »Ja, ich weiß auch schon, was.« Sie sprang vom Stuhl auf und schwankte aus der Küche.

Friedelies hätte sich ohrfeigen können. Sie wusste doch, wie empfindlich Sue Ellen war. Doch die junge Frau stürmte gar nicht aus der Wohnung, sondern kehrte mit einer Schnapsflasche zurück in die Küche. Sie setzte sie an die Lippen und trank einen großen Schluck.

»Willst du dich jetzt wieder bis zur Besinnungslosigkeit betrinken?« Friedelies schaute sie besorgt an.

»Jawoll.« Sue Ellen nickte und wischte sich mit dem Ärmel über den Mund.

»Du bist nicht die Einzige, die hier Kummer hat«, sagte Jana.

»Hast du auch Kummer? Hier, dann nimm einen Schluck. Aber nicht leer saufen.« Sue Ellen schob die Flasche über den Tisch.

In diesem Augenblick hätte Friedelies sie am liebsten gepackt und durchgeschüttelt. Sie war wirklich verschlossener als ein Tresor.

»Ich mag nicht.« Jana schob die Flasche zurück und erhob sich von ihrem Stuhl. »Ich verzieh mich jetzt.«

»Nein, bitte bleib. Lass mich nicht allein«, bat Friedelies.

»Ich ertrage das Geheule dieser Alkoholikerin nicht. Mach's gut, Friedelies. Und danke für alles.« Jana griff nach ihrer Handtasche.

»Du kannst jetzt nicht gehen, du musst mir helfen.« Friedelies trat ihr in den Weg.

»Wobei denn, bitte schön? Sue Ellen ins Bett zu verfrachten, wenn sie nicht mehr gehen kann?«

»Nein, das meine ich nicht. Du musst mir helfen, mich an Horst zu rächen. Auch für das, was er dir angetan hat.«

Sue Ellen starrte mit glasigen Augen vor sich hin. Dann begann sie erneut zu weinen.

»Wie soll ich dir denn dabei helfen? Du bist doch alt genug, um zu wissen, wie man mit einem Mann schläft.«

»Ich kann das nicht.«

»Zipfel rein, Zipfel raus«, kommentierte Sue Ellen zwischen zwei Schluchzern.

»Weißt du was? Tu mir einen Gefallen, und leg dich eine Stunde hin.« Friedelies nahm ihr die Flasche weg. »Die bekommst du erst zurück, wenn du ein wenig geschlafen hast.«

Sue Ellen kniff die Augen zusammen. »Das ist nicht dein Ernst.«

»Doch, ist es. Horst hat es nämlich heute auf die Spitze getrieben, und wir haben weder die Zeit noch die Nerven, dich in eine Klinik zu fahren, wenn du dich ins Koma trinkst.«

»Was hat er denn gemacht?«, lallte Sue Ellen.

»Das erzähle ich dir, wenn du einigermaßen nüchtern bist.« Friedelies stellte die Flasche oben auf den Küchenschrank. »Also? Was ist jetzt?«

»Ja, ist ja gut.« Als Sue Ellen versuchte, vom Stuhl aufzustehen, verlor sie das Gleichgewicht und plumpste auf den Hintern.

Jana und Friedelies halfen ihr auf die Beine und brachten sie zu Bett. Nachdem Friedelies ihr die Decke übergelegt hatte, griff Sue Ellen nach der Puppe und drückte sie fest an sich. Ein Seufzer bebte in ihrer Brust. Dann schlief sie ein.

»Danke für deine Hilfe«, flüsterte Friedelies in Janas Ohr.

Jana warf noch einen kurzen Blick auf Sue Ellen und verließ wortlos das Zimmer. Gerade als Friedelies ihr folgen wollte, klingelte es an der Tür. Vor Schreck blieb ihr fast das Herz stehen. Dann eilte sie an Jana vorbei und öffnete. Vor ihr stand ein Bote mit einem riesigen Strauß roter Rosen.

Kapitel 12

Thea schaute gebannt aus dem Fenster und wartete darauf, dass die Bestatter den Sarg zum Leichenwagen trugen. Bald würde auch sie in solch einer Kiste auf weißen Satinkissen liegen. Thea zündete erneut eine ihrer Kerzen an. Nur noch drei Stück. Unten erschienen die Bestatter mit dem Sarg aus Kiefernholz. Theas eigener würde mehr hermachen, der war wenigstens aus Nussbaum mit polierter Oberfläche. Für einen Augenblick stellte sich Thea vor, wie sie darin lag – umgeben von Kerzen und schwarzen Rosen. Niemand, aber auch wirklich niemand würde um sie trauern. Oder doch? Wenn Friedelies, Sue Ellen und Jana noch lebten, wovon Thea ausging, konnten sie ja zur Beerdigung kommen. Sie mussten nicht trauern, es würde reichen, wenn sie da waren, dann würde es nicht ganz so armselig leer auf den Bänken aussehen.

Der Leichenwagen verließ den Parkplatz, und Thea blies die Kerze aus, bevor die neue Pflegerin ins Zimmer platzte. Sie wartete einen Augenblick und schüttete sich das warme Wachs in die Hand. Dann formte sie eine kleine Kugel und legte sie zu den anderen in ein Körbchen. Das hatte sie immer schon so gemacht, um aus den Kugeln wieder neue Kerzen ziehen zu können. Doch heute durfte sie das nicht mehr tun. Hier im Haus war es nicht erlaubt, den Herd in der Etagenküche für eigene Zwecke zu benutzen. Als sie damals im

Heim aufgenommen worden war, hatte die Sozialarbeiterin sie nach ihren Hobbys gefragt. Aber leider wurde das Kerzenziehen nicht im Beschäftigungsprogramm angeboten.

Thea schaute auf die Uhr und wunderte sich. Noch hatte sie nichts von Friedelies gehört. Dabei wollten sie sich doch täglich treffen. Ob etwas mit Jana war? Hoch und heilig hatte sie Thea versprochen, keine Dummheiten zu machen. Doch was zählte schon ein Wort, wenn es bald schon keine Bedeutung mehr hatte? In ihrem Nachttisch suchte Thea nach dem Adressbuch, in dem sie die Nummern von Friedelies und Jana aufbewahrte. Jede Seite blätterte sie um, doch die Zettel fehlten. Ob sie auf den Boden gefallen waren? Aber da lag nichts. Leider konnte Thea vom Rollstuhl aus nicht unter das Bett schauen. Ohne lange nachzudenken, griff sie nach dem Telefonhörer und bestellte ein Taxi. Dann schnappte sie sich Mantel sowie Schuhe und rollte ins Schwesternzimmer, wo sie die anwesende Schwester anwies, ihr die Sachen anzuziehen.

Diese schaute sie verwundert an. »Aber Frau Holzapfel, Sie können doch nicht ganz allein aus dem Haus.«

»Und warum nicht? Soweit ich weiß, ist das hier keine geschlossene Anstalt. Und vorgestern hat sich ja auch niemand darum geschert.« Thea dachte an ihren Ausflug in den Freizeitpark.

»Wo wollen Sie überhaupt hin?«, fragte die Pflegerin gewissenhaft.

»Bin ich hier im Kindergarten? Was soll die Fragerei? Ich komme schon wieder, keine Sorge. Und nun ziehen Sie mich endlich an.«

»Wann sind Sie denn wieder zurück? Das müssen wir doch wegen des Abendessens wissen.«

Was interessierte Thea die vertrocknete Scheibe Brot?

Entweder würde sie zurück sein oder eben nicht. »Vermutlich bin ich dann wieder da«, erwiderte sie.

Die Pflegerin stemmte die Hände in die Hüften. »Wir müssen schon genau wissen, wann Sie zurück sein werden.«

»Nein, müssen Sie nicht.« Rückwärts rollte Thea aus dem Schwesternzimmer. Sollte der Taxifahrer ihr doch Mantel und Schuhe anziehen.

Unten musste sie eine geschlagene halbe Stunde auf den Wagen warten. Als der Fahrer aus dem Taxi stieg, waren ihre Füße bereits taub vor Kälte.

»Haben Sie ein Taxi bestellt?«, fragte der dunkelhaarige Mann.

Thea nickte. »Ja, hab ich. Könnten Sie mir bitte in Schuhe und Mantel helfen?«

»Ich kann und darf Sie aber nicht mitnehmen. Sie müssen einen Behindertentransport rufen.«

»Bitte was?«

»Einen Behindertentransport!«, schrie der Fahrer in ihr Ohr.

»Was schreien Sie denn so? Mit meinem Hörgerät verstehe ich Sie ganz gut.«

»Passen Sie auf, junge Frau. Ich rufe Ihnen einen anderen Wagen. Das kann aber dauern. Besser, Sie gehen wieder rein ins Warme.«

Thea konnte es nicht fassen. Sie durfte noch nicht einmal mehr mit dem Taxi schnell irgendwohin fahren. Was war das nur für ein jämmerliches Dasein. Dennoch entschied sie, auf den Behindertentransporter zu warten. Wenn die Jünger nicht zum Berg kamen, musste der Berg halt zu ihnen fahren. So oder ähnlich stand es schließlich schon in der Bibel.

Friedelies schaute entzückt auf den Strauß, der nun in einer Kristallvase mitten auf dem Küchentisch stand. Sie konnte sich nicht daran erinnern, wann sie zum letzten Mal rote Rosen geschenkt bekommen hatte. Unwillkürlich fuhr sie mit der Hand über die Blütenköpfe.

Als sie Willis Karte las, kribbelte es in ihrem Bauch. Er schrieb, sie sei die Liebe seines Lebens. Nie habe er sie vergessen können. Jeden Tag der vergangenen Jahre habe er sich danach gesehnt, noch einmal ihre samtweiche Haut berühren zu dürfen. Die Wangen heiß, als hätte sie zu viel Sekt getrunken, legte Friedelies die Karte in die Schublade. Dann setzte sie sich zu Jana an den Tisch. Der Blumenstrauß hatte sich als Glücksbote im richtigen Augenblick herausgestellt, denn als Jana ihn sah, war es um sie geschehen. Die Neugierde hatte sie offenbar ihren Kummer vergessen lassen. »Ach, ist das romantisch«, seufzte sie nun mit glänzenden Augen.

»Meine Knie sind schon ganz weich«, gab Friedelies zu. »Aber ich darf mich nicht in ihn verlieben.« Mit aller Gewalt versuchte sie, sich auf den Boden der Tatsachen zurückzuholen.

»Warum eigentlich nicht?« Jana steckte die Nase in den Strauß und atmete tief ein.

»Du weißt doch, ich will Horst nur seine Demütigungen heimzahlen, bevor ich vom Dach springe. Dabei haben Gefühle nichts zu suchen.«

»Wenn ich so geliebt würde, bräuchte ich nicht vom Dach zu springen.«

Friedelies griff nach Janas Hand und drückte sie. »Du wirst schon jemanden finden. Ganz sicher.«

»Nicht den, den ich will. Versuch gar nicht erst, mir weiszumachen, dass man sich mehr als einmal im Leben so verlieben kann. Es gibt nur die eine große Liebe.«

»Du bist doch erst fünfundzwanzig. Woher willst du das wissen?«

»Das sagt mir mein Herz. Und was sagt deins?«

»Damals glaubte ich, Willi sei meine große Liebe. Aber als ich dann Horst traf, änderte sich das schlagartig.« Friedelies stand auf, um die Kaffeemaschine anzustellen. »Und heute weiß ich es nicht mehr. Lange Zeit habe ich geglaubt, ich sei der Liebe überhaupt nicht begegnet. Und jetzt will mir mein Herz etwas anderes erzählen.« Sie winkte ab. »Ach was. Das ist nur ein Strohfeuer.«

»Das glaube ich nicht«, sagte Jana.

»Es tut mir nur um Willi leid. Der arme Kerl hat es nicht verdient, ein weiteres Mal enttäuscht zu werden. Das bringe ich nicht übers Herz.«

»Gibt es wirklich keinen anderen Kandidaten? Wie wäre es denn mit einem Callboy?«

Friedelies verschluckte sich und begann zu husten. Jana klopfte ihr mit der Hand auf den Rücken und gab ihr einen Schluck Wasser.

»Bei so einem wären garantiert keine Gefühle im Spiel«, meinte Jana und bekam plötzlich einen hochroten Kopf.

»Sieht aus, als hättest du Erfahrungen damit.«

»Nein … nun ja …«

»Ja, was denn nun? Hast du oder hast du nicht?«

»Ich bin noch Jungfrau. Ich hab weder mit einer Frau noch mit einem Mann geschlafen.«

»Ehrlich? Und warum bekommst du einen roten Kopf?«

»Na ja, ich meine, nicht so richtig. Nur über …« Jana biss sich auf die Unterlippe.

»Meinst du Telefonsex?«

»Nein, via Bildschirm«, spuckte Jana die Kröte aus.

»Brauchst dich nicht zu schämen.« Friedelies schenkte ihr Kaffee ein. »Irgendwie ist doch alles egal, was man mal getan hat, solange man niemanden damit verletzt hat.«

»Ich habe meinen Vater verletzt.« Wiederholt bekam Jana einen feuchten Blick.

Da klingelte es erneut. Froh, diesem Thema entfliehen zu können, sprang Friedelies auf und öffnete die Tür. Vor ihr stand ein Mann, neben ihm Thea im Rollstuhl. Verwundert schaute Friedelies sie an.

»Haben wir nicht gesagt, wir verbringen jeden Tag der Woche zusammen?«, giftete Thea sie zur Begrüßung an. »Vierzig Euro nehmen die Halsabschneider hier für eine Fahrt. Eins kann ich dir sagen: Wenn du im Rollstuhl sitzt, bist du mehr als genug bestraft.«

»Ach Gott, wir haben dich doch nicht vergessen.« Friedelies spürte, wie das schlechte Gewissen seine Krallen in ihr Genick schlug.

»Du kannst mich ruhig weiterhin Thea nennen. Hast du noch einen Kaffee für mich übrig?« Sie schnupperte in Richtung Küche.

»Ja sicher, Thea. Aber komm erst einmal rein.«

»Ein Stück Kuchen wäre auch nicht schlecht.«

Während der Fahrer Thea in die Wohnung schob, überlegte Friedelies krampfhaft, was ihre Vorräte noch hergaben. »Kuchen hab ich nicht, aber Eis.«

»Auch gut«, knurrte Thea und bezahlte den Mann. »Das hätte ich mir sparen können, wenn ihr zu mir gekommen wärt.«

»Wozu sparen? Du brauchst das Geld doch sowieso bald

nicht mehr«, erwiderte Friedelies und dachte an die teure Achterbahnfahrt.

»Da hast du auch wieder recht.« Thea verstaute die Geldbörse in ihrer Handtasche. »So, und nun brauch ich einen starken Kaffee. Die ganze Warterei hat mir das Blut in die Füße sinken lassen.«

Kurze Zeit darauf saßen sie zu dritt am Küchentisch und löffelten Vanilleeis mit heißen Kirschen. Es dauerte natürlich nicht lange, bis Thea Friedelies auf das Thema »Horst« ansprach. »Jana hat mir schon erzählt, was er sich geleistet hat.«

»Du kannst dir gar nicht vorstellen, wie ich mich für ihn schäme.«

»Kannst ja nichts dafür. Aber jetzt sag doch mal, wie es mit deinem Plan aussieht.« Thea betrachtete die Rosen. »Sind die von deinem Kandidaten? Mein lieber Schwan, da hast du dich aber rangehalten.«

»Ich kann das nicht. Ich meine, Willi hat es nicht verdient, so benutzt zu werden. Sieh dir doch nur den Strauß an.«

»Ich hab ihr schon vorgeschlagen, einen Callboy zu engagieren«, warf Jana ein.

»Ja genau. Dann nimm doch so einen.« Theas Augen leuchteten.

»Das ist widerlich. Horst hat mich die ganze Zeit mit Prostituierten betrogen.«

»Ebendarum. Wenn das kein Grund ist, es ihm gleichzutun, weiß ich es nicht«, sagte Thea.

»Bah, allein bei dem Gedanken dreht sich mir der Magen um. Nein, das kommt gar nicht in Frage.« Friedelies schüttelte den Kopf.

»Willst du Horst denn jetzt einfach so davonkommen lassen?« Jana runzelte die Stirn. »Denk doch daran, was er dir angetan hat.«

»Ja, und was er zu Jana gesagt hat«, setzte Thea hinzu. »Der soll leiden wie ein Hund an der Kette bei vierzig Grad Hitze!«

Friedelies hörte die Badezimmertür ins Schloss fallen. Offenbar war Sue Ellen wieder wach geworden. Ob sie ihnen nun erzählen würde, was am Telefon vorgefallen war, oder besser noch, in ihrem Leben? Friedelies stellte ihr schon einmal eine Tasse auf den Tisch und löste dazu ein Aspirin in Wasser auf. Dabei fiel ihr Blick auf die Küchenuhr, und sie erschrak ein wenig. In knapp zwei Stunden wollte sie sich mit Willi treffen!

»Ich hab die Zeit vergessen«, murmelte sie und räumte den Tisch ab.

»Was ist denn jetzt los?«, fragte Thea.

»Willi. Ich bin um sieben mit ihm verabredet.«

»Aha!«, sagte Thea. »Das Schicksal nimmt seinen Lauf.«

»Ich hoffe nur, in die richtige Richtung.« Friedelies räumte Tassen und Eisschalen in die Spülmaschine und wandte sich wieder an Thea. »Soll ich dich auf dem Weg ins Heim bringen?«

»Ja sicher, noch mal bezahle ich nicht so viel Geld für eine Fahrt. Und nun geh, und mach dich fein.«

Friedelies beschlich wieder das ungute Gefühl. Mit leichten Magenschmerzen stützte sie beide Hände auf der Tischplatte ab und schaute Jana an. »Was ist mit dir? Ich lasse dich wirklich ungern allein. Von Sue Ellen ganz zu schweigen.«

»Jana und ich könnten uns gemeinsam vom Dach stürzen«, sagte Sue Ellen, die plötzlich im Türrahmen stand. Ihre Augen waren so rot, als hätten sie ein Blutbad genommen. Dazu stand ihr das Haar wirr vom Kopf ab. Die Hauptrolle in einem Zombiefilm wäre ihr sicher gewesen.

»Jetzt hör endlich mal mit dem Mist auf«, fuhr Thea sie an. »Wir springen noch früh genug. Hilf lieber Friedelies dabei, ihren Racheakt auszuführen. Und bis das erledigt ist, will ich weder von dir« – sie schaute zu Jana – »noch von dir« – ihr Blick glitt zu Sue Ellen – »irgendeinen Ton über Selbstmord hören. Haben wir uns verstanden?«

Jana nickte erschrocken.

Sue Ellen hingegen grinste. »Ist gebongt, Chefin.« Dann griff sie nach dem Aspirintrunk und spülte ihn hinunter.

Friedelies hätte sie gern nach dem Telefonat mit ihrer Zwillingsschwester gefragt, doch die Zeit drängte, also ging sie ins Schlafzimmer, um sich zurechtzumachen. Als sie vor ihrem Schrank stand, konnte sie sich nicht entscheiden, was sie anziehen sollte. Das fing schon bei der Unterwäsche an. Friedelies holte einen hautfarbenen Liebestöter nach dem anderen hervor. Reizwäsche hatte sie noch nie besessen. Wozu auch? Horst war genug von seinen Schmuddelfilmchen angetörnt gewesen. Da hatte sie nicht noch eins draufsetzen müssen. Die BHs, die sie trug, glichen einem Schildkrötenpanzer, und die Miederhosen erfüllten nur einen Zweck: den Bauch zu kaschieren. Das musste sich ändern, wenn sie es Horst wirklich heimzahlen wollte. Die Augen sollten dem Mistkerl aus dem Kopf fallen. Andererseits war es nicht ihre Absicht, Willi schon heute Abend zu irgendetwas zu animieren. Nein, sie ging doch nicht am ersten Abend mit einem Mann ins Bett!

In ihren Bademantel gekleidet, legte Friedelies nach dem

Duschen die Unterwäsche auf das Bett und holte eine neue Strumpfhose aus der Schublade – perlmuttfarben und blickdicht. Wenigstens kaschierte sie die Krampfadern, auch wenn sie ein unerotisches Bein machte. Dann ging Friedelies einen Kleiderbügel nach dem anderen durch. Als sie am Ende angelangt war, begann sie wieder von vorn. Alle ihre Kleider sahen aus, als hätte sie sie in einem Versandhaus für Seniorenmode bestellt – geblümt, hochgeschlossen und wadenlang. Doch was nutzte es, zu lamentieren? Friedelies entschied sich für einen Hosenanzug in Marineblau mit Goldknöpfen, dazu eine weiße Bluse mit Rüschenkragen. Vielleicht strahlte diese Kombination ja eleganten Sexappeal aus. Bei dem Blick in den Spiegel musste sie sich jedoch eines Besseren belehren lassen. Vor ihr stand eine Schuldirektorin, die den Abschlussball ihrer Schüler besuchte. Kurz darauf hingen die Sachen wieder säuberlich auf den Kleiderbügeln, und Friedelies stand in Unterwäsche vor dem alten Rätsel. Der Zeiger ihrer Armbanduhr zog in großen Schritten vorwärts. Wenn sie noch lange ratlos hier herumstand, würde ihr die Zeit für das Make-up fehlen. Also zog sie den Bademantel über und lief in die Küche. Dort bat sie Jana, sich um die Garderobe zu kümmern.

»Ich?«

»Ja, bitte. Ich weiß, dass du einen guten Geschmack hast. Mir rennt die Zeit davon, und ich muss mich noch schminken.«

Thea hob ihre kaum sichtbaren Augenbrauen. »Hilfe, der Mann hat es dir aber angetan.«

»Hat er nicht«, widersprach Friedelies und fühlte sich dabei wie ein verknallter Teenager. »Komm, Jana. Ich muss mich wirklich beeilen.« Sie lief ins Badezimmer, wo sie den silberfarbenen Schminkkoffer aus dem Schrank holte. Sabine hatte ihn ihr vor einigen Jahren zu Weihnachten geschenkt. Mit nervösen Fingern entfernte Friedelies die Folie. Als sie den Deckel öffnete, sprang ihr eine farbenfrohe Vielfalt von Lidschatten und Lippenstiften entgegen. Bisher hatte sie ihre Lider höchstens mit etwas Blau und ihre Lippen zartrosa geschminkt – und das auch nur zu besonderen Anlässen.

Seufzend setzte sich Friedelies auf den Toilettendeckel. Heute Morgen vor dem Frühstück hatte sie längst nicht so ein Theater gemacht. Aber da hatte sie ja auch noch nicht in Willis Augen geschaut. Immer noch ohne einen Klecks Farbe im Gesicht rannte sie ins Schlafzimmer, um nachzusehen, ob Jana das Garderobenrätsel gelöst hatte.

Diese stand wie eine Künstlerin vor ihrem unfertigen Werk und rieb sich das Kinn. »Sag mal, wann warst du das letzte Mal shoppen? Kurz nach dem Zweiten Weltkrieg?«

»Ach, Quatsch«, sagte Friedelies verlegen, konnte sich jedoch wirklich nicht erinnern, wann sie sich das letzte Mal etwas gekauft hatte. Jeder Cent, der vom Haushaltsgeld übriggeblieben war, war doch in ihren Traum geflossen. Sie hätte sich stattdessen wohl besser feine Kleider gekauft, denn die könnte ihr das Sozialamt jetzt nicht nehmen.

Die Uhr zeigte mittlerweile halb sieben. Friedelies zog das Kleid vom Morgen an, verzichtete auf die Schminke und brachte Thea den Mantel in die Küche.

Sue Ellen heulte sich wieder einmal die Augen aus dem Kopf.

»Was ist denn los?« Friedelies schaute sie besorgt an.

Thea zuckte mit den Schultern. »Ich weiß es auch nicht. Sie sagt immer nur: die bekloppte Kuh, die bekloppte Kuh.«

»Damit meint sie ihre Zwillingsschwester«, erklärte Jana.

Seufzend hängte Friedelies Theas Mantel über die Stuhllehne. »Ich kann nicht gehen. Was, wenn sie durchdreht?«

»Doch, du gehst«, widersprach Thea energisch. »Wenn du willst, bleibe ich hier und kümmere mich um sie.«

»Du willst hierbleiben?« Friedelies fragte sich, wo sie noch einen Schlafplatz hernehmen sollte.

»Ist dir das nicht recht?« Thea kniff die Augen zusammen.

»Doch, doch, aber ich weiß nicht, wo ich dich unterbringen soll. Sabines Zimmer und die Couch sind ja schon belegt.

»Ich räume gern meinen Platz«, wandte Jana ein.

Friedelies schüttelte den Kopf. »Kommt gar nicht in Frage.«

»Meine Schwester ist so eine bekloppte Kuh«, stieß Sue Ellen hervor.

»Ich könnte doch bei dir im Ehebett schlafen. Keine Angst, ich schnarche auch nicht«, sagte Thea.

Sie konnte wirklich hartnäckig sein – und Friedelies kannte sich selbst gut genug, um zu wissen, dass sie noch nie gut hatte nein sagen können. Also versuchte sie es auf eine andere Tour. »Du hast doch gar nichts bei dir.«

»Ich kann ein Nachthemd von dir anziehen.«

»Und die Medikamente, die du nehmen musst?« Friedelies schaute auf ihre Uhr. Das schaffte sie nie bis sieben.

»Die Herztabletten brauche ich nicht, schließlich habe ich nicht vor, noch lange zu leben.«

»Ich hab aber keine Ersatzzahnbürste mehr.«

»Meine Zähne schlafen neben mir im Glas. Da reicht etwas Haushaltsreiniger.« Thea klopfte mit dem Finger auf ihre Armbanduhr. »Wenn du weiter hier herumstehst, kommst du noch zu spät zu deiner Verabredung.« Dann schaute sie zu Jana. »Würdest du mir bitte die Schuhe ausziehen?«

Friedelies gab sich geschlagen. Sie verabschiedete sich und eilte aus der Wohnung.

Kapitel 13

Auf der Inneren Kanalstraße stand der Verkehr. In Gedanken war Friedelies bei den dreien in ihrer Wohnung. Ob Thea es wirklich schaffte, Sue Ellen im Zaum zu halten? Was, wenn diese durchdrehte und zu randalieren begann? Jana war nicht die Kräftigste, von Thea ganz zu schweigen. Friedelies schaute auf die Uhr des Armaturenbretts. Viertel nach sieben. Verdammt, Willi würde bestimmt nicht so lange warten. Fahrig fischte sie ihr Handy aus der Tasche und wählte ihre eigene Festnetznummer. Die Freizeichen wiederholten sich. Wahrscheinlich traute sich niemand, ans Telefon zu gehen. Doch dann ertönte plötzlich Janas Stimme. »Hier bei Werner.«

»Ich bin es, Friedelies. Wie läuft es?«

»Du bist doch gerade erst weg. Was soll schon sein?«

»Was macht Sue Ellen?«

»Hat aufgehört zu heulen und lacht nun über Theas Witze.«

»Niemals. Das sagst du doch nur, um mich zu beruhigen.«

»Stimmt. Sie flennt immer noch.«

»Passt auf sie auf, ja?«

»Müssen wir wohl.«

»Danke, Jana. Bis später.«

»Viel Spaß noch.«

Als Friedelies aufgelegt hatte, fiel ihr der eigentliche Grund des Anrufs wieder ein. Eigentlich hatte sie nach Willis Handynummer fragen wollen, weil sie ihr Adressbuch zu Hause vergessen hatte. Friedelies drückte auf Wahlwiederholung und ließ sich von Jana die Nummer durchgeben. Kaum hatte sie beim nächsten Stillstand der Autos Willis Nummer gewählt, klopfte es an ihre Scheibe. Ein Polizist winkte ihr zu. Friedelies kurbelte das Fenster hinunter.

»Schönen guten Abend. Ihren Führerschein und Fahrzeugschein, bitte.«

»Warum?«

»Telefonieren am Steuer.« Der Polizist zeigte grinsend seine Zahnlücke zwischen den oberen Schneidezähnen.

»Aber der Verkehr steht doch.«

»Zwischendurch rollt er auch. Also, Papiere bitte.«

Aus dem Handy rief Willis Stimme mehrmals: »Hallo?«.

Friedelies zeigte dem Beamten ihre Papiere und zahlte auch gleich das Bußgeld. Kurz darauf löste sich der Stau auf. Vorsichtshalber schaltete Friedelies die Freisprechanlage auf ihrem Handy ein und rief Willi erneut an. Wie sie erfuhr, harrte er immer noch brav beim Kroaten aus. Für ein Abendessen mit ihr sei er sogar bereit, sein ganzes Leben auf sie zu warten. Mit heißen Ohren vergaß Friedelies auf der weiteren Fahrt das Drama in ihrer Wohnung.

Als sie kurze Zeit später das Restaurant betrat, strahlte Willi wie ein Silvesterfeuerwerk. Sofort sprang er von seinem Platz und half ihr aus dem Mantel.

»Du bist schöner als die Venus.«

Beschämt schaute Friedelies an sich hinab. Ihr Kleid konnte er bestimmt nicht meinen. Aber vielleicht sprach er ja von ihrer inneren Schönheit. Wie auch immer – es war einfach nur aufregend, so umschmeichelt zu werden. Willi küsste ihren Handrücken und geleitete sie zum Tisch. Diesmal trug er einen beigefarbenen Zweireiher und sah auch darin umwerfend aus. Friedelies kam es so vor, als würden ihrem Herzen Flügel wachsen.

Nachdem der Kellner ihnen die Speisekarte gebracht hatte, versuchte sie, sich auf die Buchstaben zu konzentrieren, was ihr jedoch nicht gelang.

»Kannst du mir etwas empfehlen?«, fragte sie Willi und klappte die Karte wieder zu.

»Für den Lustigen Bosniak würde ich zu Fuß nach Kölle gehen. Das ist ein Steak mit Käse und Schinken gefüllt.«

Friedelies nickte. »Das hört sich gut an.«

»Zur Vorspeise vielleicht den Garnelensalat?«

»Ja, lecker.«

»Und als Nachtisch die Eisbombe mit heißen Himbeeren.«

Friedelies' Herz schlug mit den neuen Flügeln. Doch dann fiel ihr plötzlich ihr Vorhaben wieder ein, und sie versuchte, Gelassenheit zu bewahren. Doch Willis wunderschöne Augen und sein Blick hinderten sie gewaltig daran. Als sie den ersten Schluck Kir Royal trank, schaltete sich ihr Verstand endgültig ab. Sie schaute auf Willis Hände und malte sich aus, wie sie sich auf ihrer Haut anfühlen würden.

Weil sie die Nachrichten schauen wollte, schlug Thea vor, die Runde ins Wohnzimmer zu verlagern. Mittlerweile hatte Sue Ellen aufgehört zu weinen und trank nun Friedelies' Whiskeyvorrat leer. Thea sollte es egal sein. Was konnte sie schon ausrichten?

Jana schob sie ins Wohnzimmer, und Sue Ellen folgte samt Flasche. Sie stellte sie dort auf den Tisch und verzog sich in Sabines Zimmer.

»Was macht sie denn nun?«, fragte Thea Jana, die gerade den Fernseher einschaltete. Immer noch blickte sie so traurig drein, dass es Thea ins Herz schnitt.

»Was weiß ich?« Jana zuckte mit den Schultern. »Ist mir auch egal. Ehrlich gesagt, habe ich keine Lust, hier den Babysitter zu spielen.«

»Sondern?«

»Was *sondern*?«

»Was würdest du lieber tun?« Thea beachtete den Nachrichtenmoderator im Fernsehen nicht, plötzlich hatte sie nur noch Augen für Jana und ihre Nöte.

»Mich vom Dach stürzen. Bitte Thea, lass uns das Ganze hier abbrechen. Ich kann nicht mehr.«

»So ein Unsinn. Natürlich kannst du noch. Hier geschieht dir doch nichts.«

»Ich halte diese Traurigkeit aber nicht mehr aus.« Jana setzte sich in den Sessel und legte die Hand auf ihre Brust. »Hier drinnen brennt ein Feuer, das mich schier auffrisst.«

»Das Leid gehört zum Leben genau wie das Glück. Aber das Ganze hält sich auf Dauer meist die Waage, glaube mir.«

Sue Ellen kehrte ins Wohnzimmer zurück. Im Arm hielt sie eine Puppe, die auch schon bessere Tage gesehen hatte.

»Nanu?«, sagte Thea verblüfft. »Was hast du denn da?«

Sue Ellen torkelte zum Sofa und setzte sich behutsam hin. »Das ist meine Kleine. Niemand nimmt sie mir weg.«

In Anbetracht des schmuddeligen Dings verzog Thea den Mund. »Wer will das schon?«

»Die bekloppte Kuh.«

»Deine Zwillingsschwester?«, fragte nun Jana nach. Anscheinend hatte sie doch ein wenig Interesse an Sue Ellens Geschichte.

In Theas Kopf arbeitete es. »Sag mal, hat man dir etwa dein Kind weggenommen?«

»Niemand nimmt sie mir weg«, fauchte Sue Ellen in ihre Richtung.

»Jetzt bleib aber mal auf dem Teppich. Ich habe gar kein Interesse an deiner Puppe.« Thea schaute zu Jana. »Du doch auch nicht, oder?«

Jana sah jedoch unvermittelt sehr interessiert aus und starrte die Puppe an.

Sue Ellen drückte ihre Lippen in das verfilzte Haar. »Ich tu ihr nicht weh. Ich pass gut auf sie auf.«

»Was ist passiert?«, fragte Thea sie drängend.

Sue Ellen stierte sie mit glasigem Blick an. »Nichts.«

»Das glaube ich nicht. Du sitzt hier mit einer Puppe im Arm und faselst, dass keiner sie dir wegnehmen soll.«

»Es war nicht meine Schuld. Wirklich nicht. Außerdem ist ihr doch nichts passiert. Warum sind nur alle so gemein zu mir?«

»Würdest du nicht in Rätseln reden, könnte ich dir das vielleicht beantworten.«

Thea griff nach der Fernsehzeitung auf dem Tisch und schaute nach, was das Abendprogramm brachte. Auf jeden Fall nichts Tolles, wie sie mit einem kurzen Blick feststellte.

Plötzlich klingelte es in Janas Hosentasche. Sie riss die Augen auf und zuckte zusammen. »Ob Papa etwas passiert ist?«

»Geh dran, dann erfährst du es.« Thea legte die Fernsehzeitung zurück auf den Tisch und faltete die Hände im Schoß.

Jana zitterte so sehr, dass ihr das Handy erst einmal auf den Boden fiel. Der Ton verstummte.

»Jetzt ist es kaputt«, stieß Thea aus.

»Nein, es geht noch«, sagte Jana, nachdem sie es aufgehoben hatte.

»Trotzdem ist der Anruf weg.«

»Ich kann sehen, wer das war. Warte.« Plötzlich erstarrte sie.

»Und?«, fragte Thea nach gefühlten drei Minuten vorsichtig.

»Mick! Es war Mick«, krächzte Jana.

»Dein Herzblatt?«

»Er ist nicht mein Herzblatt.«

Thea gab einen grunzenden Laut von sich.

Sue Ellen nippte an der Whiskeyflasche und wiegte das Puppenkind an der Brust.

»Ob ich zurückrufen soll?« Jana hob fragend die Augenbrauen.

»Wäre vielleicht nicht schlecht, wenn du nicht die ganze Nacht grübeln willst«, erwiderte Thea gelassen.

Jana tippte einmal auf ihr Telefon und zog dann die Hand zurück, als habe sie sich daran verbrannt. An der Unterlippe nagend, schaute sie zu Thea. »Bestimmt ist irgendetwas mit Papa.«

Das Handy klingelte erneut. Jana erschrak und starrte es wie hypnotisiert an.

Thea schnalzte mit der Zunge. »Du liebe Güte, nun geh doch endlich ran.«

Jana tippte auf die Annahmetaste und hielt sich das Telefon ans Ohr. »Ist was passiert?«, rief sie.

Neben Thea schüttelte Sue Ellen den Kopf. »He, nicht so laut, sonst wird meine Kleine wach.«

Thea fasste sich an die Stirn. In einem Irrenhaus konnte es nicht schlimmer sein. Dann schaute sie gebannt auf Janas Gesichtsausdruck. Der war jedoch ein einziges Fragezeichen.

»Wie? Die Polizei?«, keuchte sie atemlos in das Telefon.

Theas Hals wurde länger.

Fahrig strich sich Jana die Locken aus der Stirn und versteifte den Rücken. »Das Altenheim hat in der Werkstatt angerufen? Jetzt verstehe ich gar nichts mehr.«

Mit einem verständnislosen Blick auf die Telefonierende schüttelte Sue Ellen den Kopf und legte die Hand auf das Ohr ihrer Puppe.

»Ach so. Ja, klar, mach ich.« Jana atmete tief durch und schloss für einen Moment die Augen. »Wie geht es meinem Vater?«

Thea seufzte.

»Da bin ich froh. Wirklich. Was sagst du?«

Die Luft im Wohnzimmer knisterte. Thea hatte nur noch Ohren für das Telefonat.

»Das kann ich mir nur schwer vorstellen. Erkläre mir es doch bitte genauer ... Du hast es ihm versprochen, ach so. Ich wurde dich aber nicht verraten, das weißt du doch. Soll ich dir was sagen? Mir geht es richtig scheiße. So scheiße, dass ich nicht mehr leben will.« Eine dicke Träne rollte über Janas Wange. »Danke, Mick. Das wäre toll von dir.« Seufzend nahm sie das Telefon vom Ohr und drückte eine Taste.

»Nun sag schon, was ist passiert?«, wollte Thea ungeduldig wissen.

167

»Die Polizei sucht dich.«

»Mich? Warum das denn?« Für einen kurzen Augenblick dachte Thea an ihre Millionen im Schranktresor, verwarf den Verdacht aber sofort wieder.

»Die Pflegedienstleiterin hat sie eingeschaltet, weil du zum Abendessen noch nicht zurück warst. Und da mich eine Kollegin bei dir im Zimmer gesehen hat, bevor ich abgehauen bin, hat sie gedacht, ich wüsste mehr. Natürlich hat sie mich zu Hause nicht erreicht und dann in der Werkstatt meines Vaters angerufen. Dort hatte sie dann Mick an der Strippe. Keine Ahnung, was er da an einem Sonntag macht …« Jana schnappte kurz nach Luft. »Hast du dich etwa nicht abgemeldet?«, kam sie dann aber wieder auf das eigentliche Thema zurück.

Thea war sich keiner Schuld bewusst. »Natürlich habe ich das. Nur habe ich nicht gesagt, wie lange ich wegbleibe. Die sollen sich nicht so anstellen. Ich bin doch keine Strafgefangene. Aber sag mal, was ist denn jetzt mit deinem Vater?«

»Mick hat nur Andeutungen gemacht. Er wird es mir erzählen, aber nicht am Telefon.«

»Das heißt, ihr trefft euch?«

»Ja.«

Thea rieb sich die Hände. »Oh, wie schön!«

Das Dessert war eine einzige Liebeserklärung an ihren Gaumen. Friedelies kratzte das Schälchen aus und leckte den Löffel ab. Die letzte Himbeere prickelte noch auf ihrer Zunge, da griff Willi auch schon nach ihrer Hand und führte sie an seine Lippen.

»Ach Liebchen, was würd ich jetzt gern mit dir kuscheln.«

»Du gehst aber ganz schön ran«, raunte Friedelies und zwang sich, tief durchzuatmen.

»Hab ich nicht lange genug gewartet?« Willi verzog gespielt schmollend den Mund.

In diesem Augenblick war es um Friedelies geschehen. Ja, auch sie wünschte sich, in seinen Armen zu liegen und all die Jahre, die ohne ihn vergangen waren, einfach zu vergessen.

Willi spürte wohl, wie es um sie stand, denn er rief nach dem Kellner. Nachdem er die Rechnung beglichen hatte, schwebte Friedelies auf einer Wolke aus dem Restaurant.

Willi fuhr sie in seinem schnittigen Sportwagen zu seinem Haus, das in einer der besten Gegenden der Stadt lag. Mit einem Lächeln, das Zuckerwatte hätte schmelzen lassen können, hielt er ihr die bleiverglaste Tür zu seinem Reich auf. Das Wohnzimmer war zweimal so groß wie ihre ganze Wohnung. Die Ebenholzmöbel bestachen durch eine Eleganz, wie Friedelies sie nur aus Zeitschriften kannte. Malvenfarbene Vorhänge zierten die Terrassentüren, die in einen englischen Garten führten. Doch den Mittelpunkt des Wohnraums bildete eine weiße Ledergarnitur, die sich zu einem großen Kuschelplatz zusammenschieben ließ. Spontan schossen Friedelies unanständige Gedanken durch den Kopf.

Willi breitete die Arme aus. »Herzlich willkommen in meinem Reich.«

Bemüht, ihre Gedanken wieder in die richtigen Schubladen zu sortieren, schaute Friedelies zur Galerie hinauf. Berauscht von Kir Royal und Willis Liebesgeflüster, fühlte sie sich wie in einem Märchen aus Tausendundeiner Nacht. Als Willi ihr den schäbigen Trenchcoat abnahm, kehrte sie jedoch wieder auf den steinigen Boden der Tatsachen zurück.

Mit seinem Taxiunternehmen musste Willi ganz schön viel Geld verdienen, wenn er sich solch einen Palast leisten konnte. Friedelies trat an den Kamin, um die Bilderrahmen auf dem Sims zu betrachten. Sie zeigten Willi in einem anderen Sportwagen, beim Angeln und beim Golfen.

»Champagner?« Willi hauchte ihr einen Kuss in den Nacken, der ihr eine Gänsehaut bescherte.

Alles hatte Friedelies in ihrem Leben falsch gemacht. Dümmer als Brot war sie gewesen, als sie Willi damals verlassen hatte. Dabei hätte sie so ein tolles Leben haben können. Gedankenverloren starrte Friedelies die Bilder an und stellte sich vor, wie sie mit dem Sportwagen zum Golfen gefahren wäre. Dann dachte sie an seine drei verblichenen Ehefrauen. Auch Willi hatte viel Leid erfahren müssen. Suchend schaute sie sich in dem Wohnzimmer um, fand jedoch nirgends Bilder der Verstorbenen.

Willi kehrte mit zwei Gläsern und einer Flasche Champagner zurück, deren Korken er kurz darauf knallen ließ. »Wie gefällt dir mein Haus?«

»Es ist traumhaft. Wer hat es eingerichtet?«

»Meine letzte Ehefrau.« Willis Augen blickten plötzlich traurig ins Leere.

»Sie hat ein wunderbares Händchen dafür gehabt.«

»Ja sicher. Doch dich konnte sie nicht ersetzen. Das konnte keine Frau in meinem Leben.«

Gab es deshalb keine Bilder von ihnen? Friedelies mochte das nicht glauben. Zu sehr schnitt es ihr ins Herz, Willi so weh getan zu haben.

»Ich wünschte, ich könnte meinen Fehler von damals rückgängig machen«, sagte sie ehrlich.

»Das geht leider nicht mehr. Aber unser beider Leben ist

noch nicht vorbei. Wir könnten noch einmal von vorn anfangen.«

Friedelies schluckte.

»Ich will dich naturlich nicht drängen.« Sanft strich Willi ihr mit der Hand über das Haar.

Plötzlich vermochte Friedelies die Tränen nicht mehr zurückzuhalten. Weinend warf sie sich in seine Arme.

Die Stationsleitung musste noch warten, bis Thea sich meldete. Schließlich kam im Fernsehen eine Quizsendung, die sie noch nie verpasst hatte. Als der Abspann lief, legte Jana ihr den Hörer hin.

»Nun rufst du aber besser an, sonst heißt es noch, ich hätte dich entführt.«

»So ein Unsinn. Wer soll denn so etwas denken?«

»Vielleicht jemand, der von deinem Vermögen weiß.«

Thea kniff die Augen zusammen. »Glaubst du etwa, ich hätte meinen Reichtum herumposaunt?«

»Hast du das Geld wirklich im Lotto gewonnen?«

»Warum willst du das wissen? Hast du Angst, es ist Falschgeld?« Zu diesem Thema mochte Thea nicht weiter gelöchert werden. Abweisend richtete sie den Blick auf den Fernseher.

»Nein, und eigentlich ist es mir egal. Soll ich dir die Nummer der Station eintippen?«

Thea nahm den Hörer entgegen. Keine zwei Minuten später hatte sie das Telefonat erledigt. Nun saßen sie und Jana da und schauten zu, wie Sue Ellen mit der Puppe im Arm auf der Couch schnarchte.

»Trinken und schlafen. Mehr macht sie den ganzen Tag lang nicht«, sagte Thea nach einer Weile.

»Ich wüsste zu gern, was es mit dieser Puppe auf sich hat.«

»Wahrscheinlich haben sie ihr ein Kind weggenommen.«

»Nicht, dass es gestorben ist?« Wie besessen knibbelte Jana den roten Lack von ihren Nägeln.

»Glaub ich nicht. Aber wir werden es erfahren, da bin ich mir sicher.«

»Ja bestimmt. Weißt du, was ich mich gerade frage?«

»Kann ich Gedanken lesen? Was denn?«

»Ob Friedelies einen schönen Abend hat.«

»Darauf könnte ich wetten.«

Mittlerweile hatte Jana den ganzen Daumennagel vom Lack befreit. »Hast du eigentlich all die Jahre keinen Mann gehabt?«

»Nein. Mit meinen beiden Rackern hatte ich für Liebesgeschnatter keine Zeit. Außerdem wurde nach dem Krieg jede Hand gebraucht, um Köln wieder aufzubauen. Später hatte ich dann eine Stelle bei einem Bestatter und hab dort die Leichen hergerichtet.«

»Aber waren die Nächte nicht manchmal einsam?«

»Da hab ich geschlafen wie ein Stein. Und selbst wenn es nicht so gewesen wäre, kein Mann der Welt hätte meinen Erwin ersetzen können.« Thea seufzte. Auch nach all den Jahren schmerzte die Erinnerung.

»Du musst ihn sehr geliebt haben.« Jana ließ von ihren Nägeln ab und faltete die Hände im Schoß, als wartete sie auf eine romantische Geschichte.

In Theas Augen sammelte sich das Wasser. Rasch blinzelte sie die Tränen fort und schluckte gegen den Kloß in ihrem Hals an. »Er war Marineoffizier. Genau heute vor 70 Jahren erreichte mich die Nachricht von seinem Tod. Russische

Kampfbomber hatten sein Schiff versenkt.« Erneut entfuhr Thea ein Seufzer.

»Gott, wie schrecklich.« Jana reichte ihr ein Taschentuch. »Du hast es wirklich nicht leicht gehabt.«

Thea faltete das Tuch auseinander und schneuzte sich. »Erwins Tod hat mich fast zerrissen. Doch ich hatte meine beiden Jungs, die ich durch den Krieg bringen musste. Zum Trauern fehlte mir die Zeit.«

»Das war bestimmt kein schönes Leben.« Jana schüttelte den Kopf.

»Sag das nicht. Mein Leben war sehr lang, da gab es auch schöne Zeiten. Zum Beispiel die Hochzeiten meiner Söhne. Oder die Reisen, die ich unternommen habe. Und genau wie ich wirst auch du noch schöne Zeiten erleben.«

»Das kannst du doch gar nicht wissen.«

»Dazu muss man nicht hellsehen können. Das ist der Lauf der Welt. Ohne Licht gibt es keinen Schatten und umgekehrt genauso.« Thea blickte auf den Fernseher, wo bereits die Spätnachrichten liefen. Dafür, dass Friedelies erst nicht hatte gehen wollen, blieb sie ganz schön lange bei diesem Willi.

Jana stierte vor sich hin, und Thea fand es an der Zeit, sich von ihr ins Bett bringen zu lassen.

Auf der großen weißen Couch kuschelte sich Friedelies in Willis Arm. Er erzählte von den alten Zeiten, als er sich in sie verliebt hatte. Der Champagner in ihrem Blut berauschte sie, und sie fühlte sich genauso wie damals auf der Kirmes. Willi senkte den Kopf und knabberte an ihrem Ohrläppchen. Genießerisch schloss Friedelies die Augen. Doch dann hielt Willi inne und schob sie sanft von sich fort.

»Warte hier, Liebchen. Ich hab eine Überraschung für

dich. Dauert auch nicht lange.« Er erhob sich und lief die Treppe hinauf.

Friedelies spürte, wie wieder die Kälte in ihr Herz kroch. Dann rauschte in der oberen Etage das Wasser. Ob Willi duschen gegangen war? Auch wenn es schön war, in seinem Arm zu liegen, fühlte es sich falsch an. Friedelies hasste es, unehrlich zu sein.

»Kommst du, Liebchen?«, rief Willi von oben.

Etwas wackelig auf den Beinen kroch Friedelies von der Couch und folgte seinem Ruf. Die Stufen schwankten unter ihren Füßen, als schritte sie über eine Hängebrücke. Was tat sie hier bloß? Als sie den obersten Absatz erreicht hatte, griff Willi nach ihrer Hand und zog sie ins Badezimmer.

»Komm, ich will dir was zeigen.«

Ein riesiger Spiegel reflektierte die Halogenlampen, die in die Decke eingelassen waren. In einem Whirlpool blubberte Wasser, das ein Lichtspiel in viele Farben tauchte. Friedelies spürte den Marmor warm unter ihren Nylonstrümpfen, als hätte die Sonne ihn aufgeheizt.

Willi strich mit den Fingerspitzen über ihren Rücken. Sofort stellten sich ihr die Nackenhaare auf.

»Hast du Lust auf ein Bad?«

Ja!, schrie ihr Herz und bekam von ihrem Verstand dafür eins auf den Deckel.

»Ich … ich habe keinen Badeanzug dabei.« Wie verklemmt war sie eigentlich? Vor kurzem wollte sie es noch mit ihm vor Horsts Augen treiben, und nun traute sie sich noch nicht einmal, nackt in den Whirlpool zu steigen.

Willi strich ihr mit dem Handrücken über die Wange. »Ach Liebchen, dein Eva-Kostüm reicht vollkommen.« Dann wanderten seine Finger hinab zu ihrem Dekolleté, wo er flink den ersten Knopf ihres Kleides öffnete. Der zweite sprang auf. Friedelies hielt die Luft an und spürte ihr Herz gegen den Brustkorb hämmern. Nach dem dritten Knopf kam ihr fleischfarbener Busenpanzer zum Vorschein. Friedelies schämte sich fürchterlich.

Doch Willi schien das Teil nicht abzustoßen. Mit dem Zeigefinger fuhr er den Spalt zwischen ihren Brüsten nach. Friedelies schloss die Augen und versuchte, sich zur Vernunft zu rufen. Doch plötzlich tauchte Horsts verzerrtes Gesicht vor ihrem inneren Auge auf. Ein gequälter Laut entwich seiner Kehle, dann fiel er keuchend mit dem Kopf auf ihre Brust.

Rasch zog Friedelies Willis Hand aus ihrem BH. Mit zittrigen Fingern knöpfte sie sich das Kleid wieder zu.

In Willis Augen stand die pure Enttäuschung geschrieben. »War ich dir zu forsch? Dann entschuldige bitte. Aber ich dachte, du willst es auch.«

Friedelies schüttelte den Kopf. »Es liegt nicht an dir. Du bist ein wunderbarer Mann. Aber Horst spukt mir immer noch im Kopf herum. So schnell kann ich ihn nicht daraus vertreiben. Verzeih mir.«

Willi schaute wie ein Teddybär, dem jemand das Ohr abgerissen hatte. »Aber wir sehen uns doch wieder?«

»Vielleicht«, hauchte Friedelies, da sie es nicht fertigbrachte, ihm eine Abfuhr zu erteilen. Dann eilte sie aus dem Bad.

Zwanzig Minuten später schloss sie leise die Tür zu ihrer Wohnung auf. Von der Straße aus hatte sie das schwache Licht in ihrem Schlafzimmer gesehen, also lag Thea wohl schon in ihrem Bett. Die Vorstellung behagte Friedelies immer noch nicht. Vielleicht wäre sie doch besser bei Willi geblieben. Friedelies lauschte der Stimme aus dem Wohnzimmer. Sue Ellen lamentierte immer noch über die bekloppte Kuh. Langsam könnte sie auch mal eine andere Platte auflegen. Jana war nicht zu hören. Vorsichtig öffnete Friedelies die Tür und wünschte leise einen guten Abend.

Sue Ellen bot einen jämmerlichen Anblick. Friedelies wusste nicht, ob ihre Augen vom Weinen oder vom Alkohol rot gerändert waren. Auf jeden Fall hielt sie wieder die Puppe im Arm und glotzte jetzt teilnahmslos vor sich hin.

Jana zog sich augenblicklich die Kopfhörer von den Ohren. »Schön, dass du zurück bist. Thea ist schon versorgt.« Friedelies zog den Mantel aus und legte ihn über die Sessellehne.

Jana neigte fragend den Kopf. »Du siehst nicht gerade glücklich aus. War der Abend nicht schön?«

»Doch, er war sogar wunderschön. Willi ist wirklich ein Gentleman der alten Schule.«

»Aber?«

»Als wir uns nähergekommen sind, spukte plötzlich Horst in meinem Kopf herum. Warum macht er das? Warum zerstört er mir jeden schönen Augenblick?«

»Horst ist ein Arsch«, polterte Sue Ellen plötzlich. »Er ist genauso ein Arsch wie meine Schwester.« Sie legte die Puppe auf die Couch und sprang auf. »All diese Ärsche verdienen eine Kugel in den Kopf.« Die Hand zu einer Pistole geformt ballerte Sue Ellen lautstark durch das Wohnzimmer.

»Sag mal, geht's noch? Es wohnen auch noch andere Leute im Haus«, rief Jana sie zur Vernunft.

Schwer atmend sank Sue Ellen zurück auf die Couch und griff wieder nach der Puppe. »Ist doch wahr. Sie machen unser Leben kaputt, bis wir nicht mehr können.«

»Was meinst du damit?«, hakte Friedelies nach. »Warum hat deine Schwester dein Leben kaputtgemacht?«

Sue Ellen antwortete nicht.

Jana sah sie wütend an. »Nun sag doch endlich, was los ist. Wir alle hier haben unsere Probleme auf den Tisch gelegt. Nur du schweigst dich aus.«

»Lass sie doch, wenn sie nicht reden will.« Friedelies fühlte sich wie erschlagen und wollte nur noch ins Bett. »Sue Ellen? Wie wäre es, wenn du dich jetzt hinlegst? Jana will bestimmt schlafen.«

»O Mann. Ihr seid so langweilig.«

Jana gab einen grunzenden Laut von sich. »Was man von dir ja nicht behaupten kann.«

»Bin ich auch nicht. Frag mal meine Kumpel aus dem Park.«

»Ja sicher«, erwiderte Friedelies und trat auf sie zu. »Komm jetzt, es ist spät.«

»Ist ja schon gut.« Sue Ellen erhob sich und torkelte an ihr vorbei aus dem Wohnzimmer.

»Sie wird es uns schon noch erzählen«, wandte sich Friedelies an Jana. Dann wünschte sie ihr eine gute Nacht.

Kapitel 14

Trotz Theas Schnarchkonzert hatte Friedelies schnell in den Schlaf gefunden. In ihrem Traum lief sie Hand in Hand mit Willi einen Strand entlang, bis sie atemlos in den Sand sanken. Ihre Lippen berührten sich, und ein leidenschaftlicher Kuss elektrisierte ihr Herz. Dann spürte sie, wie eine Hand an ihrer Schulter rüttelte.

»Ich muss mal aufs Klo«, sagte eine zittrige Stimme.

Erschrocken schlug Friedelies die Augen auf und blickte in Theas zerknautschtes Gesicht.

»Kannst du Jana holen?«

Friedelies schaute auf den Wecker. Gerade mal zwei Stunden hatte sie geschlafen. Erschöpft schlug sie die Bettdecke zurück. »Ich gehe schon.«

»Was?«, brüllte Thea in die Stille des frühen Morgens.

Friedelies klingelten die Ohren.

Thea schrie weiter: »Ich versteh dich nicht. Mein Hörgerät ist draußen.«

»Ich verstehe dich aber. Du brauchst also nicht so zu schreien.« Friedelies holte Jana und wartete im Wohnzimmer, bis diese mit Thea den Toilettengang erledigt hatte.

Eine Viertelstunde später kehrte Jana ins Wohnzimmer zurück. Die Knochen schwer wie Blei, schleppte sich Friedelies wieder ins Bett.

Bis unters Kinn zugedeckt schaute Thea sie mit wachen Augen an. »Wie war der Abend mit Willi? Habt ihr …?«

»Nein, haben wir nicht!«, schrie Friedelies. Mittlerweile löste die Müdigkeit bei ihr eine gewisse Aggressivität aus. Ein Gefühl, das Friedelies bisher vollkommen fremd gewesen war.

Thea zuckte sichtlich zusammen. »Ist ja schon gut. Hab ja nur gefragt.«

Sofort bereute Friedelies ihre Ruppigkeit. In versöhnlichem Ton sagte sie: »Morgen erzähle ich dir alles. Aber jetzt bin ich zu müde. Können wir das Licht ausmachen?«

Thea tippte auf ihr Ohr, um ihr zu zeigen, wie schlecht sie hörte.

Ohne weiter darauf einzugehen, beugte sich Friedelies über sie und knipste die Nachttischlampe aus. Dann mummelte sie sich in das Federbett ein. Doch so müde sie auch war, es gelang ihr nicht, wieder einzuschlafen. Friedelies schaute zur Decke und beobachtete die Lichtkegel, die vorbeifahrende Autos in das Zimmer warfen. In diesem Augenblick wünschte sie sich nichts sehnlicher, als dass dieses ganze Theater bald ein Ende hätte.

Gegen sechs Uhr in der Früh ging Friedelies mit dunklen Ringen unter den Augen in die Küche und schaltete die Kaffeemaschine ein. Kurz darauf setzte sie sich mit einer dampfenden Tasse an den Küchentisch. Das Kinn auf die Handflächen gestützt, dachte sie an Willi. Wie sanft hatten sich doch seine Hände auf ihrer Haut angefühlt!

Plötzlich schallte Theas Stimme durch die Wohnung. »Ich muss mal!«, schrie sie aus dem Schlafzimmer.

Friedelies verdrehte die Augen. Zu gern hätte sie ein wenig Zeit allein und in aller Ruhe verbracht, über Willi nachgedacht und darüber, wie es mit ihm weitergehen sollte. Sie sehnte sich nach ihm, auch wenn sie es sich selbst kaum eingestehen mochte. Vielleicht hatten sie ja doch eine gemeinsame Zukunft. Aber dazu musste sie Horst aus ihrem Kopf verbannen. Doch wie sollte sie von heute auf morgen dreißig Jahre Erinnerung streichen? Vielleicht half Willi ihr ja dabei. Dass er geduldig sein konnte, hatte er bereits mehr als sein halbes Leben lang bewiesen.

»Hallo? Hört mich keiner?«, schrie Thea erneut.

Seufzend ging Friedelies ins Wohnzimmer, um Jana zu wecken. Diese brauchte jedoch erst einmal eine Weile, um sich den Schlaf aus den Augen zu reiben.

Schon wieder schrie Thea aus dem Schlafzimmer.

»Gott, sie kann wirklich eine Nervensäge sein«, stöhnte Friedelies und ging zu Thea, um sie zu beruhigen.

Jana folgte ihr und steckte Thea das Hörgerät in die Ohren. »Tut mir leid, aber ich bin morgens halt etwas langsamer.«

Friedelies wollte bei der Pflege nicht unbedingt zuschauen. »Brauchst du mich noch?«

»Nein, nur eine Schüssel mit warmem Wasser, einen Waschlappen und ein Handtuch.«

Friedelies brachte die Sachen und legte noch ein Stück parfümierte Seife dazu. Dann kehrte sie erst einmal an den Küchentisch zurück, um ihren Kaffee zu trinken. Leider konnte sie nicht mehr an die Gedanken anknüpfen, die ihr eben noch angenehm durch den Kopf geschwirrt waren. Der Anblick von Thea und Jana hatte sie schnell in die Wirklichkeit zurückgeholt. Es ging hier nicht mehr um sie allein. Friedelies schaute in den Kühlschrank, der allerdings außer ein paar Eiern und etwas Schinken nicht viel hergab. Nachher, wenn die Geschäfte geöffnet waren, würde sie einkaufen fahren und

Thea auf dem Weg zurück ins Seniorenheim bringen. Friedelies briet gerade Rührei mit Schinken, als Jana Thea in die Küche schob. Theas Haare waren zurückgekämmt, und ihr Gesicht glänzte von Friedelies' Hautcreme.

»Ich hab das Bett abgezogen«, sagte Jana, während sie sich an den Tisch setzte und Thea Kaffee eingoss.

»Wie war es denn nun mit Willi?«, drängte Thea.

Bevor Friedelies antworten konnte, erschien Sue Ellen wie eine lebende Tote in der Küche und setzte sich an den Tisch.

»Aspirin?«, fragte Friedelies.

Sue Ellen nickte wortlos. Ihre glasigen Augen fixierten einen Punkt auf der Tischdecke.

»Menschenskind, nun sag doch endlich, was du mit Willi angestellt hast.«

Friedelies erzählte Thea von dem Abend und der Erinnerung an Horst, die alles zerstört hatte.

Fassungslos schüttelte Thea den Kopf. »Die wirst du nur los, wenn du es ihm endlich heimzahlst. Ich würde damit nicht mehr lange warten.«

»Ob Willi dabei überhaupt mitmacht, steht noch in den Sternen.«

»Ach, wenn er so verrückt nach dir ist, wie du erzählt hast, dann wird er das. Am besten rufst du ihn gleich an.«

»Lass uns doch erst einmal in Ruhe frühstücken«, bat Friedelies und setzte sich.

Nachdem die Eier und der Schinken gegessen waren, sprach Thea das Thema erneut an. Friedelies gab sich geschlagen.

»Ist gut, ich ruf ihn an. Aber ich werde ihn nicht am Telefon fragen. Das mache ich unter vier Augen.« Allein bei dem Gedanken daran bekam Friedelies weiche Knie.

Jana schaute sie besorgt an. »Du bist ganz blass um die Nase. Ist dir nicht gut?«

»Die Vorstellung, vor Horst ... Das macht mir solche Angst.«

»Das ist gut«, wandte Thea ein, »wo die Angst ist, ist der Weg.«

In diesem Augenblick hätte Friedelies sie würgen können. Warum gab sie nicht einfach mal Ruhe? Nur weil sie ihre alberne Achterbahnfahrt schon hinter sich gebracht hatte, brauchte sie sich jetzt hier nicht als Heldin aufzuspielen. Doch anstatt ihr die Meinung zu sagen, flüchtete Friedelies ins Wohnzimmer, um Willi anzurufen. Nur seine warme Stimme könnte ihr jetzt Mut machen.

Natürlich wollte er sich gern am Nachmittag mit ihr treffen. Er wunderte sich, wie sie das nur in Frage stellen konnte. Felsenfest versprach er, seine Liebe würde sie Horst bald vergessen lassen. Willi, dieser Sonnenschein, konnte ihr wohl nie böse sein – egal, was Friedelies anstellte. Als sie aufgelegt hatte, fühlte sie sich schon ein wenig stärker. Sie kehrte in die Küche zurück und schlug Thea vor, sie auf dem Weg zum Supermarkt am Altenheim abzusetzen. Thea warf ihr einen traurigen Blick zu.

»Es tut mir leid«, sagte Friedelies und spürte, wie ihr das Herz schwer wurde. Sie kam sich vor, als würde sie an Weihnachten einen Hund ins Tierheim bringen.

»Ist schon gut.« Thea winkte ab. »Ich bin halt eine alte Kuh, die nur Arbeit macht.«

Jana sah sie böse an. »Nun reicht es aber, Thea. Willst du Friedelies jetzt ein schlechtes Gewissen einreden?«

»Nein, natürlich nicht.« Thea senkte den Blick. »Aber gestern Abend ist mir klargeworden, wie einsam ich im Heim bin.«

Friedelies atmete tief durch. Statt ihrer gab jedoch Jana eine Antwort. »Du bist selbst schuld, wenn du nicht an den Angeboten dort teilnimmst. Gerade in solch einer Einrichtung muss kein Mensch einsam sein.«

»Ha, das glaubst aber auch nur du! Die meisten stieren doch nur schweigend vor sich hin oder meckern den ganzen Tag.« Thea erzählte von Herrn Rettich, der sich aufführte, als sei er schön wie Adonis.

»Den hat die Pflege übrigens diese Woche aus dem Puff holen müssen. Zum Glück der Prostituierten hatte er keinen Cent in der Tasche«, kicherte Jana.

Friedelies dachte an Horsts Ausflüge ins Bordell, und die Magensäure stieg ihr hoch. Rasch leerte sie ihre Kaffeetasse, um den Geschmack zu vertreiben. Dann holte sie Theas Mantel. Die alte Frau ließ die Mundwinkel hängen, sagte aber nichts mehr.

Während der Fahrt sprach Thea kein einziges Wort, und als Friedelies ihr im Zimmer Schuhe und Mantel auszog, schaute sie so traurig, dass Friedelies sie am liebsten wieder eingepackt hätte. Doch sie musste an ihre Nerven denken, schließlich lag noch eine wichtige Mission vor ihr. Aufmunternd drückte sie Thea die Schulter und versprach, sich am Abend bei ihr zu melden.

Am Nachmittag betrat Friedelies mit zittrigen Beinen Willis Haus. Zu einer weißen Bundfaltenhose trug er ein längsgestreiftes Hemd, dessen Armel er bis zum Ellenbogen aufgerollt hatte. Bei dem Blick in seine Augen überkam Friedelies sofort wieder ein warmes Gefühl.

»Liebchen, was bin ich froh, dich zu sehen. Ich hab gedacht, du wärst mir wieder davongelaufen.«

Er drückte sie so fest an sich, dass ihr fast die Luft weg-blieb. Dennoch wünschte Friedelies, er würde sie nie wieder loslassen. »Es liegt doch nicht an dir, Willi. Es ist wegen Horst.« Sie hob den Blick. »Auch jetzt habe ich wieder das Gefühl, er würde hinter mir stehen und mit den Zähnen knirschen.«

Willi schob sie leicht von sich und runzelte die Stirn. »Aber er kann dir doch nichts mehr anhaben.«

»Es ist die Angst, die sich so tief in meiner Seele verankert hat. Hilf mir, Willi.«

»Setz dich erst einmal hin, Liebchen. Du bist ja ganz fer-tig.« Willi führte sie zu der Sofalandschaft.

Als Friedelies saß, zog er ihr die Schuhe aus und massierte durch die Nylonstrümpfe hindurch ihre Zehen.

»Glaub mir, ich werde dir helfen, Horst zu vergessen.«

»Ich befürchte, solange er nicht unter der Erde liegt, be-komme ich auch meine Rachegedanken nicht aus dem Kopf. Ich will ihm alles heimzahlen, was er mir angetan hat.«

»Was sind das denn für Gedanken? Würdest du ihm gern den Stecker ziehen?«

»Nein.« Friedelies lachte heiser. »Das wäre viel zu gnädig. Er soll leiden. Nicht körperlich, das tut er jetzt schon, son-dern seelisch. Das sind nämlich die schlimmsten Qualen.«

»Wie soll das gehen?« Willi ließ von ihren Zehen ab und setzte sich neben sie.

Friedelies holte tief Luft und nahm all ihren Mut zusam-men. »Weißt du, was ihn am meisten verletzen würde?«

»Sag's mir, und ich mache es.«

Friedelies errötete. »Es ist aber etwas Unanständiges.«

Ein breites Grinsen zog über Willis Gesicht. »Sag!«

Zwischen ihnen knisterte die Luft.

»Horst war immer eifersüchtig auf dich, wusstest du das?«

»Er? Auf mich? Warum das denn? *Er* hatte dich doch, und ich nicht.«

»Aber du warst der erste Mann in meinem Leben. Den vergisst eine Frau nicht so schnell.« Friedelies zwinkerte ihm zu. Sie erkannte sich selbst nicht wieder. Wie schaffte Willi es bloß, dass sie ihre Verklemmtheit so schnell ablegte?

»Woran hast du denn gemerkt, dass er eifersüchtig auf mich war?«

»Ich brauchte nur deinen Namen zu erwähnen, und er ist an die Decke gegangen.«

Willi schwoll vor Stolz die Brust. »Das Würstchen. Der konnte sich noch nie neben mich stellen.«

Friedelies sah Willi fest in die Augen. »Würdest du mit mir schlafen?«

Für einen Augenblick stockte ihm sichtlich der Atem, dann schlang er seine Arme um sie. »Natürlich, Liebchen! Was für eine Frage!«

»Ich meine, vor seinen Augen«, stieß Friedelies hervor.

Willi ließ abrupt von ihr ab und starrte sie an. »Hä? Hab ich das jetzt richtig verstanden?«

Friedelies biss sich auf die Unterlippe. »Ich meine … wenn du nicht willst, verstehe ich das.«

»Was soll das bringen?«

»Er würde dich und mich auf der Stelle töten wollen, wäre aber nicht dazu in der Lage. Ans Bett gefesselt, müsste er zusehen, wie ich ihn betrüge.«

Willi lachte auf. »Ich wusste gar nicht, was du für ein Biest sein kannst.«

»Ich bin mir sicher, wenn wir das tun, verschwindet er auch aus meinem Kopf.«

Sanft strich Willi ihr das Haar aus der Stirn. »Und dann könnten wir zwei endlich glücklich sein?«

»Bestimmt«, log Friedelies. Sie wusste genau, dass sie danach vor lauter Scham nicht mehr in den Spiegel würde schauen können.

»Bestimmt oder sicher?«, hakte Willi nach.

Friedelies stiegen die Tränen in die Augen.

Da sie beschlossen hatte, nach dem Vorfall mit Herr Werner nie wieder zum Dienst zu gehen, war Jana in Friedelies' Wohnung mittlerweile die Zeit lang geworden. Doch dann hatte sie Sue Ellen überreden können, ihr ein paar Schminktipps zu geben. So saßen sie nun im Wohnzimmer vor Friedelies' Kosmetikkoffer. Neben ihnen schlief die Puppe zugedeckt auf dem Sofa. Beim Anblick der Lidschatten, Lippenstifte und Nagellackfläschchen legte sich ein verträumter Ausdruck auf Sue Ellens Gesicht.

Jana beobachtete, wie sie mit ihren ungepflegten Fingern sanft über die Schminkutensilien strich.

»Du hast deinen Beruf geliebt, oder?«

Sue Ellen nickte.

»Was ist passiert?«

»Nichts.«

»Soll ich das wirklich glauben?«

»Musst du nicht, wenn du nicht willst.« Sue Ellen erhob sich, klappte das Barfach des Wohnzimmerschranks auf und öffnete eine Flasche. Nachdem sie kurz daran gerochen hatte, setzte sie sie an die Lippen und trank einen großen Schluck.

»Warum lässt du dich derart gehen? Ich meine, als Friseurin musst du doch Wert auf dein Äußeres gelegt haben. Davon sieht man aber nichts mehr.«

Fahrig fuhr sich Sue Ellen mit der Hand durch das struppige Haar. »Ist mir egal, wie ich aussehe.«

»Warum? Das muss doch einen Grund haben. Außerdem warst du schon lange vor dem Tod deiner Oma nicht mehr in der Spur. Und diese Puppe? Das ist doch nicht normal, wie du die mit dir herumschleppst.«

Sue Ellen nahm einen der Lippenstifte und malte sich einen korallenfarbenen Strich auf den Handrücken.

Jana bekam erneut das Gefühl, gegen eine Wand zu rennen. Sie dachte an Friedelies' Worte und akzeptierte das Schweigen erst einmal. »Was meinst du, würde mir die Farbe stehen?«

Sue Ellen schaute auf und nickte. »Unbedingt. Probier sie mal aus.«

Doch ehe Jana ihr den Lippenstift aus der Hand nehmen konnte, klingelte es an der Tür.

»Ob Friedelies ihren Schlüssel vergessen hat?« Sue Ellen schaute Jana fragend an.

»Glaub ich nicht. Schließlich hängt der an ihrem Autoschlüssel. Meinst du, ich soll mal nachsehen, wer das ist?«

»Klar. Könnte ja wichtig sein.« Sue Ellen legte den Lippenstift zurück in den Koffer.

Als Jana die Tür öffnete, traf sie fast der Schlag. Vor ihr saß Herr Werner in einem Passivrollstuhl. Neben ihm eine junge Frau, die Jana von den Fotos im Wohnzimmer als Friedelies' Tochter Sabine wiedererkannte.

Herr Werner schnappte nach Luft. »Was macht die Schwuchtel in meiner Wohnung?«

Sabine runzelte die Stirn. »Ist meine Mutter da?«

»Nein, sie ist außer Haus.« Jana wünschte sich verzweifelt ein Loch, in das sie sich verkriechen konnte.

»Wer ist denn da?«, rief Sue Ellen aus dem Wohnzimmer.

Sabine setzte eine arrogant-strenge Miene auf. »Wie, außer Haus? Und wer sind Sie?«

»Das ist die Tunte, die sich an mir vergehen wollte«, grunzte Herr Werner. »Los, Sabine, ruf die Polizei!«

»Gehen Sie mal zur Seite.« Mit diesen Worten schob Sabine den Rollstuhl in die Wohnung. Abschätzig ließ sie den Blick über Janas Busen gleiten. »Echt billig.«

Die gesunde Hand zu einer Faust geballt, kniff Herr Werner die Augen zusammen. »Dir zeige ich es noch, du Schwuchtel.«

Sue Ellen erschien in der Diele. »Was wollt ihr denn hier?«, polterte sie sofort los. »Verschwindet!«

»Hat meine Mutter jetzt hier ein Obdachlosenasyl aufgemacht?« Sabine holte ihr Handy aus der Tasche. »Keine Sorge, Papi, ich rufe die Polizei. Die werden sich schon um die Typen hier kümmern.«

Herr Werners schiefer Mund zuckte. »Wo ist deine Mutter? Sie muss sofort herkommen.«

»Schscht«, sagte Sabine und hielt den Hörer an ihr Ohr. Dann meldete sie der Polizei einen Einbruch. Die Täter habe sie auf frischer Tat ertappt.

Jana fasste es nicht. Hinter ihr preschte Sue Ellen hervor, packte Sabine beim Blondschopf und zog sie an den Haaren aus der Tür.

»Raus, du Bitch. Dich will hier keiner haben.«

Sabine schrie wie eine Irre, während Sue Ellen sie in den Hausflur schleifte. Im Rollstuhl tobte Herr Werner, soweit ihm das möglich war. Jana sprang um ihn herum und zog ihn ebenfalls aus der Wohnung. Irgendwie gelang es ihr und Sue Ellen, ohne Sabine wieder durch die Tür zu kommen.

Mit Schwung knallte Jana sie den ungebetenen Gästen vor der Nase zu.

»So ein Pack«, schimpfte Sue Ellen.

Außer Atem vor Aufregung hielt Jana sich die Rippen. »Und was jetzt? Die Polizei wird gleich hier sein.«

»Ja und? Wir haben doch nichts getan.« Sue Ellen verschränkte die Arme vor der Brust und lehnte sich gegen den Wandschrank in der Diele.

Hinter der Tür herrschte verdächtige Stille im Treppenhaus. Und dann heulten schon Sirenen auf.

In Janas Brust polterte die Angst. »Sie werden uns verhaften«, keuchte sie.

»Jetzt stell dich mal nicht so an. Eine Nacht im Knast wirst du schon überleben.«

Die Klingel schrillte. Fäuste hämmerten gegen die Tür. Jana hielt sich die Ohren zu.

Die Ruhe selbst, ging Sue Ellen zurück ins Wohnzimmer und holte ihre Flasche.

»Hallo! Hier ist die Polizei! Öffnen Sie die Tür!«, rief einer der Beamten so laut, dass Jana es trotz Ohrenschutz hören konnte.

Tränen der Angst stiegen ihr in die Augen. »Die knallen uns ab, glaub mir.«

Beruhigend legte Sue Ellen ihr die Hand auf die Schulter. »Ach, Quatsch, du guckst zu viele Krimis.«

Friedelies trat aufs Gas. Als sie in ihre Straße einbog, fuhr sie fast 70 Stundenkilometer. Sabines Telefonanruf hatte sie aus Willis Armen gerissen. Die Polizei sei unterwegs, weil Einbrecher ihre Wohnung belagerten. Damit hatte sie gewiss Sue Ellen und Jana gemeint. Du liebe Güte! Sabine würde den Polizisten alles Mögliche erzählen. Nicht, dass die beiden noch verhaftet wurden!

Hastig sauste Friedelies in eine Parklücke und sprang aus dem Wagen. Vor dem Haus standen zwei Polizeiwagen. Ein Beamter holte gerade eine Brechstange aus dem Kofferraum. Friedelies' Herz hämmerte. Sie rannte in den Hausflur, wo es tumultartig zuging, mittendrin Horst im Rollstuhl. Friedelies glaubte, ihren Augen nicht zu trauen. Warum in Gottes Namen schleppte Sabine ihren Vater hierher?

»Ach, gut, dass du da bist«, zischte ihre Tochter ihr entgegen. Sie sah aus, als würde sie im nächsten Augenblick Feuer speien.

»Kannst du mir mal sagen, was hier los ist?« Friedelies schaute zu den Polizisten, die bereits ihre Waffen zückten. Mutig trat sie ihnen entgegen. »Die Pistolen können Sie getrost zurückstecken. In meiner Wohnung sind keine Einbrecher.« Friedelies schob den Schlüssel ins Schloss.

»Halt!«, rief eine Beamtin. »Treten Sie zurück.« Die Arme ausgestreckt, zielte sie auf die Tür.

Plötzlich überkam Friedelies die Angst, Jana und Sue Ellen könnten auf der Stelle erschossen werden, wenn sie die Tür öffnete.

Mit zittrigen Fingern zog sie den Schlüssel wieder aus dem Schloss. »In meiner Wohnung sind keine Einbrecher. Das sind meine Gäste. Keine Ahnung, was meine Tochter Ihnen für einen Unsinn erzählt hat.«

Die Polizistin schaute zu Sabine. »Wussten Sie das nicht?«

»Natürlich sind das Einbrecher«, zischte sie. »Eine Obdachlose und ein Transvestit. Bestimmt werden sie schon gesucht.«

Horst ballte die Faust. »Los, knallen Sie die Tunte ab!«

»Jetzt aber mal langsam.« Die Beamtin steckte die Pistole zurück in das Holster. »Sind das wirklich Ihre Gäste, Frau Werner?«

»Ja natürlich. Jana und Sue Ellen. Darf ich jetzt die Tür aufschließen?«

»Ja bitte.«

Kurz darauf blickte Friedelies in Janas verängstigtes Gesicht. Die Ärmste kauerte auf dem Boden und zitterte am ganzen Leib. Neben ihr stand Sue Ellen und hielt lässig eine Schnapsflasche in der Hand.

Friedelies ging vor Jana in die Hocke. »Komm, steh auf. Alles ist gut.«

»Unternehmen Sie endlich etwas gegen diese Schwuchtel!«, keifte Horst durch den Hausflur.

Jana schluchzte auf. Dicke Tränen kullerten über ihre Wangen.

Friedelies erhob sich und rannte ins Treppenhaus zu ihrer Tochter. »Verschwinde endlich, und nimm diesen Mistkerl mit!«

»Er wollte dich unbedingt sehen. Warum besuchst du ihn nicht mehr?«, rief Sabine.

Friedelies kniff die Augen zusammen. »Ich werde ihn besuchen. O ja! Gleich morgen.« Sie schaute Horst fest in die Augen. »Verlass dich darauf. Ein ganz besonderer Besuch wird das werden.«

Sabine tippte sich mit dem Finger an die Stirn, dann drehte sie den Rollstuhl um und wandte sich zum Gehen.

Nachdem Sabine, Horst und die Beamten abgerückt waren, kehrte Friedelies in ihre Wohnung zurück und schloss weinend die Tür. Auch Jana schluchzte. Nur Sue Ellen behielt die Ruhe und nahm einen kräftigen Schluck aus der Flasche.

Friedelies griff Jana unter den Arm und zog sie auf die Beine. »Ich verspreche dir, morgen wird Horst sein blaues Wunder erleben.«

»Macht Willi denn mit?«, fragte Sue Ellen.

»Ja, ich habe ihn überredet. Morgen Nachmittag will er mit mir ins Altenheim fahren.« Friedelies wandte den Blick ab. In ihrem Magen zog sich alles zusammen, und plötzlich wurde ihr so übel, dass sie ins Bad lief und sich übergab. Nachdem sie alles von sich gegeben hatte, wusch Friedelies sich das Gesicht und schaute in den Spiegel. Ihre Wangen wirkten blutleer, und ihre Augen lagen tief in den Höhlen. Sie schlurfte zurück ins Wohnzimmer, wo sich Jana gerade die Tränen von den Wangen wischte.

»Ich muss Thea anrufen«, sagte Friedelies.

»Warum denn ausgerechnet jetzt? Beruhige dich doch erst einmal.« Sue Ellen holte ein Glas aus dem Schrank und goss Friedelies einen Schnaps ein.

Das Gesöff brannte in Friedelies' Kehle, wärmte dann aber angenehm ihren Bauch. »Thea wird enttäuscht sein, wenn ich mich nicht bald melde. Sie ist doch so einsam.«

Jana griff nach dem Telefon. »Komm, ich rufe sie an.«

Zwanzig Minuten später hatte sie Thea alles haarklein berichtet und scheinbar nicht nur sich selbst, sondern auch Friedelies die Last von der Seele geredet. Beide lächelten über Theas Worte, die Jana wiederholte. »Sie meint, sie würde ihm ins Zimmer furzen.«

»Ach was«, meldete sich Sue Ellen zu Wort. »Der Typ hat mehr verdient als einen harmlosen Furz, der durchs Zimmer schwebt. Zum Beispiel eine Axt im Rücken.«

»Hör auf, Sue Ellen.« Friedelies wollte nicht, dass Sue Ellen aussprach, woran sie selbst auch immer mal wieder dachte.

»Sue Ellen hat recht«, sagte nun auch noch Jana. »Alles wäre gut, wenn er nicht mehr leben würde. Denk mal, du könntest ganz entspannt dein Café auf Mallorca eröffnen.«

»Sag das nicht«, flehte Friedelies. »Bitte. Sosehr ich ihn auch hasse, ein Menschenleben will ich nicht auf dem Gewissen haben.«

»Gewissen?« Sue Ellen schüttelte den Kopf. »Als ob er selbst auch nur einen Funken von Gewissen hätte. Sieh dich doch an. Was der macht, ist Mord auf Raten. Sonst hättest du nicht auf dem Dach gestanden.«

Sue Ellen hatte den Nagel auf den Kopf getroffen. Deshalb sollte Horst richtig leiden. Die Frage war nur, wessen Herz durch ihren Racheakt am meisten bluten würde. Besonders glücklich hatte Willi nämlich nicht gewirkt, als sie ihn darum gebeten hatte.

Kapitel 15

Wie gerädert erhob sich Friedelies mit dem ersten Vogelge-
zwitscher des nächsten Tages aus dem Bett. Wenn überhaupt,
hatte sie höchstens eine Stunde geschlafen. Doch immerhin
war sie im Laufe der Nacht zu der Erkenntnis gekommen,
dass sie sich unbedingt neue Wäsche kaufen musste. Nicht
nur Horst sollten die Augen aus dem Kopf fallen. Friedelies
verspürte das Bedürfnis, besonders sexy zu sein, wenn sie
sich Willi hingab. Ein letztes Mal noch … Bald hatte sie für
immer Ruhe. Das Dumme war nur, dass ihr diese Vorstellung
gar nicht mehr gefiel. Wenn sie mit Willi zusammen war, verspürte sie echte Leidenschaft. Endlich fühlte sie sich wieder
lebendig.

Friedelies schüttelte die Gedanken ab. Horst würde ihr
Leben lang zwischen ihnen stehen. Und wenn nicht er, dann
Sabine. Wieder schossen ihr die Bilder vom Tag zuvor durch
den Kopf. Sabine hatte sie wohl für immer verloren. Aber
zum Glück gab es für Friedelies bald kein *für immer* mehr.

Leise schloss sie die Badezimmertür hinter sich. Nachdem
sie geduscht hatte, zog sie sich rasch an und verließ ohne
Frühstück die Wohnung. Ihr Weg führte sie in die Innenstadt,
wo sie den Wagen in einem Parkhaus abstellte. Als sie auf den
Bahnhofsvorplatz trat, ging über Köln gerade die Sonne auf
und tauchte den Dom in ein goldenes Licht. Rollgitter ver-

schlossen die Eingänge der umliegenden Geschäfte. Bis sie öffneten, wollte Friedelies in Ruhe einen Kaffee trinken und mit sich selbst allein sein. Sie betrat das Bistro in der Bahnhofsvorhalle. Der Duft von Kaffee und Croissants stieg in ihre Nase. Sie steuerte auf einen der Tische an den Fenstern zu, die den Blick auf den Dom freigaben. Eine Gruppe Reisender kam nach ihr in das Bistro. Die Armbanduhren stets im Blick, schlangen sie belegte Brötchen hinunter und eilten keine drei Minuten später zu den Bahnsteigen. Friedelies wäre ihnen gern gefolgt, egal, wohin. Hauptsache fort. Ein junger Kellner brachte ihr einen Cappuccino und ein Käse-Schinken-Croissant. Friedelies betrachtete den Dom und dachte an Willi. Es war wirklich nicht fair, ihn so zu benutzen. Vielleicht sollte sie die ganze Sache abblasen. Doch dann hatte sie wieder Horsts vor Wut verzerrtes Gesicht vor Augen. Einmal in seinem Leben sollte er erfahren, wie es sich anfühlte, gedemütigt zu werden. Ein wenig Genugtuung schlich jetzt schon in Friedelies' Herz und bestärkte sie in ihrem Vorhaben. Augen zu und durch, hieß die Devise. Um nicht weiter darüber nachzudenken, griff Friedelies nach der Tageszeitung, die jemand am Nebentisch vergessen hatte, und blätterte darin. Doch da klingelte plötzlich ihr Handy. Für einen Augenblick spielte sie mit dem Gedanken, den Anruf einfach wegzudrücken – egal, wer es war. Aber das verbot ihre Neugierde. Außerdem konnte ja etwas passiert sein. Sie schaute auf das Display und sah Theas Nummer. Rasch nahm Friedelies das Gespräch entgegen.

»Guten Morgen, hier ist Thea. Gibt es was Neues?«

»Nein, nichts Neues außer dem Alten.«

»Wo bist du denn? Zu Hause?«

Friedelies drückte mit dem Zeigefinger Dellen in ihr Croissant. »Nein, ich sitze in einem Bistro am Bahnhof.«

»Willst du dich aus dem Staub machen?« Theas Stimme nahm einen missbilligenden Ton an.

»Ach was. Ich warte hier nur, bis die Geschäfte öffnen. Weißt du, ich wollte mir nämlich noch …« – Friedelies schaute sich um und senkte die Stimme – »… für den heutigen Anlass etwas Besonderes kaufen.«

»Was denn?«

»Hier sind noch andere Leute, wenn du verstehst, was ich meine.«

Thea kicherte in den Hörer. »Meinst du etwas Frivoles?«

»Hm, ja.«

»Ach, ich würde zu gern dabei sein. Kannst du mich nicht abholen?«

»Wie, jetzt? Ist das dein Ernst?«

»Das wäre schön. In meinem ganzen Leben war ich noch nie in solch einem Geschäft.«

Friedelies verzog den Mund. Musste Thea denn ausgerechnet jetzt das nachholen, was sie in hundert Jahren verpasst hatte? Wenn sie ihr allerdings einen Korb gab, würde ihr den ganzen Tag das schlechte Gewissen hinterherschleichen. Also versprach Friedelies, in einer Viertelstunde im Seniorenheim zu sein.

Als Friedelies Thea im Rollstuhl in das Geschäft für Damenwäsche schob, fühlte sie sich wie in eine andere Welt versetzt. Der rote Teppich federte ihre Schritte ab. Zwischen den Ständern mit Büstenhaltern, Slips und Bodys in allen erdenklichen Materialien und Farben wuselte eine drahtige Verkäuferin herum und räumte neue Ware ein.

Thea bekam Stielaugen. »Du liebe Güte, ist das alles Reizwäsche?«

Friedelies warf einen Blick auf die Schilder mit den Größen. Etwas unsicher drehte sie einen Ständer, an dem rote Spitzenwäsche auf kleinen Bügeln hing. Als sie eine der Garnituren herauszog, verhedderte sich diese mit den anderen und zog einen Wirrwarr hinter sich her. Prompt fielen die ersten Stücke zu Boden.

Vom Geklapper der Bügel aufgeschreckt, hob die Verkäuferin den Kopf. »Guten Morgen. Kann ich Ihnen helfen? Suchen Sie etwas Bestimmtes?«

»Äh ... nein. Ich weiß nicht so recht.« Hektisch hängte Friedelies die Bügel wieder auf den Ständer.

»Wir schauen uns erst einmal um«, sagte Thea.

Die Verkäuferin trat zu Friedelies und ordnete die Bügel. »Diese Garnituren gibt es leider nicht in Ihrer Größe. Aber ich zeige Ihnen gern etwas anderes, wenn Sie möchten.«

Na toll, wahrscheinlich aus der Abteilung *Zelte und Planen.* Friedelies war bereits die Lust vergangen. Am liebsten hätte sie die Frau stehen gelassen und Thea aus dem Laden geschoben.

»Natürlich möchten wir das. Nicht wahr, Friedelies?«, warf Thea übertrieben freundlich ein.

»Kommen Sie«, sagte die Verkäuferin, nachdem die Wäsche für Modellmaße wieder in Reih und Glied hing. »Ich glaube, Sie waren noch nie bei uns. Kann das sein?«

Friedelies schaute an sich hinab. Besaß die Frau etwa den Röntgenblick? »Stimmt«, gab sie zu, »noch nie.«

»Für schöne Wäsche ist es nie zu spät. Auch in Ihrer Größe.«

Noch so ein blöder Spruch, und Friedelies hätte ihr in den knochigen Hintern getreten. »Und Sie verkaufen wohl nicht jeden Tag einer gutgebauten Frau Wäsche, oder?«

Die Verkäuferin schob ihre Brille hoch und schaute Friedelies pikiert an. »Was meinen Sie denn damit?«

»Wenn *Sie* ein Problem mit meiner Figur haben, bitte schön. Ich habe aber keins, und Sie brauchen mir auch keins einzureden.« Einem Reflex folgend, strich Friedelies sich über den molligen Bauch.

»Entschuldigen Sie bitte, so war das nicht gemeint. Natürlich habe ich kein Problem mit Ihrer Figur. Darf ich Ihnen nun etwas zeigen?«

Friedelies hätte ihr gern ein entschiedenes *Nein* entgegengeschleudert, bekam es jedoch nicht über die Lippen. Stattdessen trottete sie hinter dem Drahtgestell her in die Elefantenabteilung.

»Sie sollten sich ein bisschen mehr Feingefühl aneignen«, blökte nun Thea los. »Können ja nicht alle so eine Kleiderstange wie Sie sein. So vergraulen Sie nur Ihre Kundschaft.«

Die Verkäuferin ignorierte Thea und schaute Friedelies kühl an. »Darf ich fragen, zu welchem Anlass Sie die Wäsche tragen möchten?«

Friedelies schoss die Hitze in die Wangen. Verdattert starrte sie die Verkäuferin an.

Unwirsch schüttelte Thea den Kopf. »Na, zu was will sie das wohl anziehen?«

Friedelies bereute es, Thea mitgenommen zu haben. Andererseits – die alte Frau sprach einfach nur das aus, was sie selbst dachte, und das gefiel Friedelies.

»Ich verstehe schon.« Die Verkäuferin zwinkerte hinter der Brille. Dann huschte sie durch die Ständer und brachte Friedelies drei Straps-Garnituren – eine in Schwarz, eine in rot und eine in nachtblau. Die BHs und Höschen waren ein Traum aus Satin und Spitze.

Ehrfürchtig strich Friedelies mit den Fingerspitzen darüber.

»Dort drüben sind die Umkleidekabinen. Probieren Sie die Wäsche doch einfach an. Ich könnte schwören, Sie werden sich in sich selbst verlieben.«

In Friedelies' Ohren summte es. Sie konnte sich doch nicht halb nackt vor der Verkäuferin präsentieren! Aber diese sah ja den ganzen Tag nichts anderes. Außerdem war das doch ein Klacks gegen das, was Friedelies heute noch bevorstand. Ihr Nervenkostüm glich einem Stromkabel nach der Knabberattacke eines Kaninchens.

»Ja, zieh es an!« Thea klatschte in die Hände.

Friedelies hätte ihr am liebsten ein Pflaster auf den Mund geklebt. »Ich weiß nicht. Das würde ich lieber allein zu Hause anprobieren.«

»Hier schaut dir keiner was weg.« Beherzt griff Thea in den Ständer vor ihr und zog drei Packungen Strümpfe heraus. »Hier, die brauchst du auch noch.«

»Warten Sie, ich habe noch andere.« Die Verkäuferin eilte hinter die Kasse.

Friedelies beugte sich zu Thea und flüsterte: »Ich hab keine Lust, mich vor dem Drahtgestell zu präsentieren. Das ist doch Wasser auf ihre Mühlen. Ich kauf die Dinger jetzt einfach und probiere sie zu Hause an.«

Thea runzelte die Stirn. »Aber nur, wenn ich dabei sein darf. Ich würde schrecklich gern sehen, wie dir die Wäsche steht.«

»Natürlich bist du dabei.« Friedelies fasste nach den Griffen des Rollstuhls und schob Thea zur Kasse.

Als die EC-Karte in dem Bezahlgerät steckte, verließen knapp 400 Euro mit wehenden Fahnen Horsts Konto. Friedelies sollte es eigentlich egal sein, doch sie konnte nicht anders und rechnete den Betrag in Lebensmittel um. Als ihr klar wurde, dass sie damit drei üppige Wocheneinkäufe hätte bezahlen können, schlug sie sich in Gedanken mit der flachen Hand gegen die Stirn. Aber Wocheneinkäufe würde es bald nicht mehr geben. Plötzlich hatte Friedelies eine Vision: Sabine entsorgte nach ihrem Tod den Inhalt des Kleiderschrankes und hielt auf einmal die Wäsche in der Hand. Ja, das gefiel Friedelies. Besonders, weil sie sich nicht mehr dafür würde rechtfertigen müssen. Mit einem Gefühl der Genugtuung fuhr Friedelies mit Thea nach Hause. Dort fanden sie jedoch eine verwaiste Wohnung vor und wunderten sich.

»Wollte sich Jana mit diesem Mick treffen?«, fragte Thea, während Friedelies ihr den Mantel auszog.

»Ist das nicht erst morgen?« Friedelies dachte scharf nach. Doch in den letzten Stunden war so viel geschehen, dass sie sich nicht mehr erinnern konnte.

»Ich weiß es auch nicht mehr genau.« Thea runzelte die Stirn. »Aber es wird wohl heute sein. Wo sollte sie sonst sein?«

Friedelies streifte ihr die Schuhe ab. »Ja, stimmt. Das Treffen ist ihr sehr wichtig. Hoffentlich erzählt Mick ihr nur Gutes. Aber dass Sue Ellen nicht da ist, macht mir Sorgen.«

»Vielleicht prügelt sie sich gerade mit ihrer Zwillingsschwester.«

»Oder sie ist wieder im Park bei ihren Kumpanen.« Friedelies ging in Sabines Zimmer, um nachzuschauen, ob Sue Ellen die Puppe mitgenommen hatte. Das zerfledderte Ding lag liebevoll zugedeckt im Bett, also konnte Sue Ellen nicht weit sein. Bestimmt kaufte sie sich nur eine Flasche Schnaps und kam bald wieder. Friedelies kehrte zu Thea zurück und schob sie ins Wohnzimmer.

Die Alte betrachtete nachdenklich ihre Hände.

Friedelies setzte sich auf die Couch und sah sie an. »Was ist los? Du wirkst so bedrückt.«

»Ich frage mich gerade, warum Jana nicht mein Geld nimmt und sich endlich ihren Traum erfüllt.«

»Dein Geld? Hast du denn so viel?«

Thea nickte und erzählte ihr von den drei Millionen in ihrem Schranktresor.

Ungläubig starrte Friedlies sie an. »Aber wo hast du denn so viel Geld her?«

»Ich habe es mir auf nicht ganz ehrliche Weise beschafft, doch darüber möchte ich nicht reden.«

Friedelies hob die Augenbrauen. »Wir müssen aber nicht befürchten, dass du noch im Gefängnis landest?«

Thea schüttelte den Kopf und lachte. »Nein, nein. Die Geschichte ist längst verjährt. Machen wir jetzt die Modenschau?«

Friedelies akzeptierte vorerst ihr Schweigen. Sicher würde sie noch erzählen, woher sie das Geld hatte. In diesem Augenblick war sie erst einmal froh, mit Thea allein in der Wohnung zu sein. Vor aller Augen hätte sie sich bestimmt nicht in der Reizwäsche präsentiert, doch vor Thea würde es ihr vielleicht sogar Spaß machen. Friedelies verspürte Lust auf ein Glas Sekt, vielleicht auch, um sich von dem abzulenken, was ihr an diesem Tag noch bevorstand. Kurz darauf knallte der Korken. Die Flasche hatte Friedelies irgendwann einmal von einer Nachbarin fürs Blumengießen bekommen. Für sich selbst hatte sie in ihrem ganzen Leben noch keinen Sekt gekauft, denn dazu hatte es nie einen Anlass gegeben. Selbst an ihren Geburtstagen hatte sie immer nur Horsts buckelige Verwandtschaft bekochen dürfen.

Rasch trank Friedelies einen Schluck und verzog sich dann mit ihrer Einkaufstüte ins Schlafzimmer. Es dauerte eine Weile, bis der Traum aus roter Spitze richtig saß. Besondere Probleme bereitete Friedelies ihr Bauch. Sosehr sie sich auch bemühte, der Stoff des Slips reichte nicht, um ihn ganz zu bedecken. Irgendwann gab Friedelies auf und hoffte, die Strapse würden von dem Anblick ablenken. Doch dann stand sie vor einem neuen Problem: Sie hatte die Schuhe vergessen! In ihrem Schrank gab es nur Gesundheitsschuhe mit Korksohle und Fußbett. Höhere Absätze hatte sie das letzte Mal bei Sabines Kommunion getragen. Gleichgültig, dann würde sie halt in Strümpfen vor Horst treten. Bei dem Gedanken drehte sich Friedelies der Magen um.

Thea applaudierte bereits, kaum dass Friedelies schüchtern den Kopf durch den Türspalt schob. Im nächsten Moment begann sie, auf zwei Fingern zu pfeifen. Sehnsüchtig schielte Friedelies zu ihrem Glas Sekt, das auf dem Wohnzimmertisch stand. Ach, was sollte es? Mit Thea war Friedelies so gut wie allein. Also zog sie den Kopf zurück und streckte das bestrumpfte Bein durch den Spalt. Die Pfiffe wurden lauter. Mit kreisenden Hüften trat Friedelies ins Wohnzimmer. Thea klatschte wieder in die Hände und begann plötzlich, das Lied von der Loreley zu singen. Nach drei Tanzschritten konnte Friedelies vor Lachen kaum noch an sich halten und blieb stehen.

»Weiter! Weiter!«, feuerte Thea sie an und pfiff erneut auf den Fingern.

Friedelies leerte ihr Glas in einem Zug und drehte sich im Kreis, bis sie vor Schwindel kaum noch gerade stehen konnte. Dann ließ sie sich keuchend in den Sessel fallen.

»Jetzt die andere Garnitur!« Thea gönnte ihr keine Pause.

In diesem Augenblick fühlte sich Friedelies, als würde die Last der vergangenen Jahre von ihr abfallen. Lange war ihr nicht mehr so leicht ums Herz gewesen. Wie im Rausch erhob sie sich für den Kleiderwechsel.

Nach der Modenschau schmerzte Friedelies der Bauch vor Lachen. Sie konnte sich nicht erinnern, wann sie zuletzt so ausgelassen gewesen war.

Thea gähnte herzhaft. »Ich glaube, du fährst mich nun besser zurück, damit du dich in Ruhe auf dein Treffen mit Willi und Horst vorbereiten kannst.«

Sofort spürte Friedelies wieder den Stein in ihrem Magen. Hilflos schaute sie Thea an und schüttelte den Kopf. »Ich kann das nicht«, stieß sie hervor.

»Ach, jetzt fang nicht schon wieder damit an. Außerdem hast du doch Willi an deiner Seite. Du schaffst das schon.« Theas Blick duldete keine Widerrede.

Friedelies nickte gequält und ging ins Schlafzimmer, um sich ein Kleid überzuziehen. Dann brachte sie Thea ins Seniorenheim.

Kapitel 16

Als Friedelies wieder allein zu Hause war, sank ihre Laune auf einen neuen Tiefpunkt. Bis Willi sie abholen würde, hatte sie noch zwei Stunden Zeit. Sie ließ sich ein Bad ein. Wenn Willi kam, würde sie noch einmal mit ihm über die ganze Sache reden. Vielleicht hielt er sie ja davon ab, es mit ihm vor Horsts Augen zu treiben. Während die Wanne volllief, tigerte Friedelies unruhig durch die Wohnung und fragte sich, wo Sue Ellen blieb. Ob sie wieder im Park herumhing? Und Jana? Nicht, dass das Treffen mit Mick sie endgültig aus der Bahn geworfen hatte … Friedelies zog sich die Kleider aus und stieg in das heiße Wasser. Im Nu wurde sie am ganzen Körper rot wie ein Krebs. Sie schloss die Augen. Vielleicht würde ja gleich ihr Kreislauf versagen. Dann wären alle Probleme mit einem Schlag gelöst.

Nach einer halben Stunde stieg Friedelies aus der Wanne, cremte sich sorgfältig ein und hüllte sich dann in ihren Bademantel. Es blieb immer noch Zeit, bis Willi sie abholen würde. Kurz setzte sie sich vor den Fernseher und überlegte, alles einfach abzublasen. Sie musste das doch nicht tun. Aber dann dachte sie wieder an die Dessous und den Spaß, den sie mit Thea gehabt hatte. Die Spitze hatte sich so gut auf ihrer Haut angefühlt. Friedelies schlenderte ins Schlafzimmer und zog vor dem großen Spiegel die nachtblaue Wäsche an.

Eine Viertelstunde später hatte sich Friedelies noch ein Glas Sekt eingeschenkt und legte gerade blauen Lidschatten auf. In diesem Augenblick klingelte es. Rasch lockerte sie mit den Fingern ihr Haar auf und zog den Bademantel über. Als sie die Tür öffnete, drehte ihr Herz eine Pirouette.

Ein riesiger Strauß weißer Lilien duftete durch das Treppenhaus. Dahinter lugte Willis Kopf hervor. »Eigentlich wollte ich dir die Sterne vom Himmel pflücken, aber meine Leiter ist kaputt.«

»Willi!«, stieß Friedelies atemlos aus und hielt weit die Tür auf. »Du bist ja verrückt. Die müssen ein Vermögen gekostet haben.«

»Ach was. Für dich ist mir nichts zu teuer.«

Friedelies eilte in die Küche und füllte eine Bodenvase mit Wasser. Als sie das schwere Keramikgefäß ins Wohnzimmer schleppte, löste sich der Gürtel ihres Bademantels.

Beim Anblick ihrer Dessous quollen Willi fast die Augen über. Rasch legte er die Lilien auf den Wohnzimmertisch und eilte auf sie zu, um ihr die Vase abzunehmen. Beschämt verknotete Friedelies den Gürtel wieder. So schnell hatte sie sich ihm wirklich nicht offenbaren wollen.

»Nicht doch, Liebchen.« Willi nahm ihre Hände von dem Gürtel und löste ihn wieder. Dann trat er einen Schritt zurück und betrachtete sie. Sein Blick verschleierte sich. Friedelies wusste nicht, wohin mit ihren Händen, eigentlich wusste sie überhaupt nicht, was sie tun sollte. Es fühlte sich an, als stünde sie nackt auf der Domplatte.

»Nicht, Willi. Ich schäme mich.« Mit zittrigen Fingern suchte sie nach den Enden des Gürtels.

»Ach, du bist verrückt, Liebchen.« Willi trat auf sie zu und umfasste ihre Hüften. Dann presste er seine Lippen auf ihre.

Das Wohnzimmer drehte sich um Friedelies, und in ihren Ohren klingelten helle Glocken. Nur waren es nicht die der Glückseligkeit, sondern des Telefons, das plötzlich bimmelte. Friedelies wand sich aus der Umarmung.

»Lass es klingeln«, murmelte Willi und suchte erneut ihre Lippen.

»Nein, ich muss drangehen. Es könnte wichtig sein.« Friedelies stieß ihn ein wenig energischer von sich.

Seufzend ließ Willi die Schultern hängen.

Friedelies schaute auf die Nummer im Display und glaubte Thea am anderen Ende der Leitung. Diese vorwitzige alte Dame wollte sich bestimmt nur vergewissern, ob sie auch brav auf dem Weg zum Heim war. »Es ist gerade ungünstig, aber wir kommen«, hauchte sie aufgewühlt ins Telefon und erkannte dabei ihre eigene Stimme nicht wieder.

»Frau Werner? Hier ist Schwester Heidi.«

Schwester Heidi? Friedelies' Herz begann, schneller zu schlagen. »Äh, entschuldigen Sie. Ist etwas mit Thea? Ich meine, Frau Holzapfel? Geht es ihr nicht gut?«

»Bin ich richtig bei Frau Friedelies Werner?«

»Ja, ja. Das bin ich.«

Die Pflegerin holte tief Luft. In diesem Augenblick spürte Friedelies bereits den Boden unter ihren Füßen schwanken.

»Frau Werner, es tut mir sehr leid. Aber soeben ist Ihr Mann verstorben.«

Vor Friedelies' Augen tanzten Funken. Dann knipste jemand das Licht aus.

Kapitel 17

Lange hatte Jana darüber nachgedacht, ob es die richtige Entscheidung war, sich in Frauenkleidern mit Mick zu treffen. Doch irgendwann musste sie einfach damit beginnen. Mick würde es schon ertragen. Immer noch grübelnd stöckelte Jana durch die Südstadt, wo sie sich in einer Kneipe treffen wollten. Seit Stunden lief sie schon durch die Gegend, und langsam schmerzten ihre Füße in den schokobraunen Pumps, die sie sich unterwegs gekauft hatte. Dann sah sie, wie Mick auf die Kneipe zutrat. Ihr Herz setzte für einen Schlag aus. Wie immer sah Mick in seinem enganliegenden Shirt einfach umwerfend aus. Sein blondgesträhntes, wie von der Sonne aufgehelltes Haar hatte er locker aus der Stirn gegelt. Jana holte tief Luft und folgte ihm. Dann tippte sie ihm auf die Schulter.

Mick drehte sich um. »Ach, du bist das«, sagte er lachend. »Ich glaube, ich werde mich nie an den Anblick gewöhnen.«

»Musst du auch nicht«, erwiderte Jana in Gedanken daran, wie die Woche enden würde.

Mick hielt ihr die Tür auf. Sein Blick wanderte von ihren Brüsten zu ihrer Taille. »Es steht dir gut, eine Frau zu sein. Irgendwie siehst du gar nicht so transenmäßig aus.«

Voller Misstrauen sah Jana ihn an. Das waren ja ganz neue Töne.

Die Lampen über den Tischen tauchten die Kneipe in ein schummriges Licht. Es roch nach abgestandenem Bier und Bratfett. Eine Gruppe Japaner in der hintersten Ecke unterhielt sich laut. Mick setzte sich an den Tisch neben dem Tresen und bestellte zwei Kölsch.

»Wie geht es meinem Vater?«, fragte Jana mit ängstlicher Stimme.

»Ist wieder ganz der Alte. Nur ein wenig cholerischer als vorher. Einen Ton hat der manchmal am Leib, da vergeht dir wirklich die Lust am Arbeiten.«

»Sag bloß, er steht schon wieder in der Werkstatt?«

»Was denkst du denn?«

Jana verspürte einen Anflug von schlechtem Gewissen. »Er sollte sich ausruhen.«

»Du kennst doch deinen Vater. Er ist halt der Meinung, ohne ihn läuft der Betrieb nicht.«

»Hat er irgendetwas über mich gesagt?«

»Nicht ein Wort.«

Das überraschte Jana nicht. Wahrscheinlich hatte er sie komplett aus seinem Leben gestrichen.

»Mach dir keinen Kopf. Sein Hass auf Transen hat nichts mit dir zu tun.«

Jana sah Mick fragend an. »Wieso nicht? Was ist denn passiert?«

»Du musst erst schwören, mich nicht zu verraten. Er würde mich aus der Werkstatt prügeln.« Trotz der eindringlichen Bitte verzog Mick die Lippen zu einem leichten Grinsen.

»Natürlich verrate ich dich nicht. Wie denn auch? Ich darf ihm ja nicht mehr unter die Augen treten.« Nervös fummelte Jana an den Henkeln ihrer Handtasche.

»Und auch kein Wort zu deiner Mutter.«

»Logisch. Aber nun sag doch endlich, was los ist!«

»Wir machen doch einmal im Jahr mit der Thekenmannschaft eine Tour nach Mallorca.«

»Ja, weiß ich.«

»Tja, und da ist deinem Dad wirklich etwas Blödes passiert.« Mick leerte sein Kölsch und bestellte ein neues.

Janas Blick klebte an seinen Lippen. »Was denn?«

Mick grinste erneut. »Auf den Touren lässt dein Vater nichts anbrennen, glaub mir.«

»Und das nicht nur auf Mallorca«, seufzte Jana. Alle wussten darüber Bescheid, auch Mama. Nur behielt die trotzdem ihre rosarote Brille auf.«

»Aber das, was bei der letzten Tour passiert ist, war echt der Knaller. Dein Dad ist doch glatt mit einer Transe im Bett gelandet.«

Jana zuckte zusammen. »Was sagst du da? Im Leben nicht.«

»Unabsichtlich natürlich. War aber auch ein scharfes Teil, mein lieber Scholli. Der hast du kein bisschen angesehen, dass sie ein Kerl ist.«

Jana fuhr mit den Fingerspitzen über ihren Kehlkopf. »Das glaub ich nicht. Mein Vater mit einer Transsexuellen?«

»Na ja. Es kam wohl nur bis zum Ausziehen. Danach gab es ein Gepolter und ein Gebrüll, das hast du noch nicht gehört.« Mick verschluckte sich vor Lachen.

Jana wusste nicht recht, ob sie das lustig finden oder überhaupt glauben sollte. »Warst du etwa dabei, oder was?«

»Nicht ganz. Aber ich hatte das Zimmer nebenan. Bin natürlich sofort in den Flur, weil ich dachte, eine Schlägerei wäre im Gange. Da rannte mich die nackte Transe auch fast schon um. Aber ich hab genau gesehen, dass ihr zwischen den Beinen die Glocken gebimmelt haben. Da konnte dein Vater mir sonst was von Genitalherpes erzählen.« Selbstgefällig lehnte sich Mick zurück und verschränkte die Arme hinter dem Kopf. »Aber wie gesagt, kein Wort darüber«, wiederholte er.

»Das geschieht ihm wirklich mal recht.« Jana trank einen großen Schluck von dem Kölsch. Dann fragte sie sich, warum Mick ihr diese Geschichte überhaupt erzählt hatte.

Plötzlich verfinsterte sich Micks Blick. Er nahm die Arme herunter und schloss die Hände um sein Glas. »Dein Vater ist ein Schwein.«

»Natürlich ist er das. Aber mal ehrlich, hat er dir irgendwas getan? Ich meine, du erzählst mir das doch nicht aus reiner Freundschaft.«

Mick kniff die Augen zusammen. Seine Kiefermuskeln zuckten. »Der Penner ist mit meiner Freundin in die Kiste gestiegen.«

»Sag jetzt nicht, nach seinem Schwächeanfall.«

»Nein, das ist schon ein paar Wochen her. Aber meine Freundin hat sich erst vor ein paar Tagen verplappert.«

»Das tut mir echt leid.« Jana griff nach Micks Hand.

Ruckartig zog Mick sie fort. »He! Lass das.«

»Ist ja schon gut.« Jana krampfte sich der Magen zusammen. Sie hatte Mick in diesem Augenblick bestimmt nicht anbaggern wollen. Verlegen senkte sie den Blick.

»Du stehst doch wohl nicht auf mich, oder?« Micks Stimme klang ein wenig versöhnlicher.

Jana biss sich auf die Unterlippe und schüttelte den Kopf. »Nein, keine Angst.«

»Was machst du jetzt eigentlich?«

»Ich wohne für eine Woche bei Friedelies, einer Bekannten.«

»Und danach?«

Janas Mund wurde trocken. »Vielleicht gibt es kein *Danach* mehr. Ich weiß es nicht.«

»Mach bloß keinen Scheiß. Das ist dein Alter nicht wert.«

Es kostete Jana viel Kraft, nicht in Tränen auszubrechen. Sie hatte das Gefühl, in ein schwarzes Loch zu fallen. Ihre Sehnsucht nach Micks Liebe fraß einfach ihr Herz auf, und ohne den Rückhalt ihrer Familie würde sie sich nie dagegen wehren können. Jana kramte ihre Geldbörse hervor und legte einen Zehner auf den Tisch. Dann lächelte sie Mick mit dünnen Lippen an. »Ich muss los. Das mit deiner Freundin tut mir leid.«

Ehe Mick etwas erwidern konnte, hatte sie ihm auch schon den Rücken zugekehrt.

Kurz darauf irrte Jana durch die Südstadt und wusste nicht, wie sie ihre Gedanken in Reih und Glied bekommen sollte.

Eine Ordensschwester verließ das Zimmer des Toten und nickte Friedelies zu. Sie saß nun schon eine ganze Weile auf dem Flur und kämpfte mit sich. Nein, sie wollte Horst nicht mehr sehen. Die Gefühlsleere, die sie verspürte, sollte ihr die letzten zwei Tage ihres Lebens erhalten bleiben. Da war keine Trauer, da war keine Erleichterung, da war einfach nichts. Friedelies kramte ihr Handy aus der Tasche, um Sabine anzurufen. Als sie ihrer Tochter vom Tod des Vaters berichtete, weinte diese herzzerreißend. Wenig später beendete Friedelies das Gespräch, erhob sich und ging den Flur entlang.

Schwester Heidi eilte ihr hinterher. In der Hand hielt sie

ein Tablett mit Medikamentenbechern. »Frau Werner? Warten Sie doch bitte einen Augenblick.«

Friedelies blieb stehen und drehte sich zu ihr um. »Ja?«

»Geht es Ihnen gut? Sie sehen so blass aus.«

»Was erwarten Sie? Mein Mann ist gerade gestorben.«

»Frau Werner, können wir uns trotzdem kurz unterhalten?«

Unsicher schaute Friedelies auf die Uhr. Sabine würde bestimmt schon auf dem Weg hierher sein. Sie wollte ihr auf keinen Fall begegnen.

»Ich wollte nur fragen, ob Sie bald ein Beerdigungsinstitut mit der Abholung beauftragen.«

»Na, Sie haben es aber eilig. Darf ich vielleicht erst einmal durchatmen?«

»Es ist nur so, wir haben leider keinen Kühlraum …«

Friedelies fuhr ein Schauder über den Rücken. »Machen Sie sich keine Sorgen, ich werde mich gleich darum kümmern.«

»Und an die Frist, in der Sie das Zimmer leer räumen müssen, denken Sie auch?«

Friedelies stieß schwer den Atem aus. Einfühlsamer ging es wohl nicht mehr. »Ja, auch daran denke ich. Kann ich nun gehen?«

»Ja sicher, Frau Werner. Vielen Dank für Ihr Verständnis. Bis bald dann.« Die Pflegerin wandte sich ab.

Auf wackeligen Beinen eilte Friedelies zum Aufzug. Sie hatte das Gefühl, als würde Horsts Geist hinter ihr herschweben. Die Schlinge um ihren Hals zog sich enger zu, und sie glaubte, nicht mehr atmen zu können. Als der Aufzug im Erdgeschoss stoppte, lief Friedelies ins Freie und schnappte nach Luft. In ihren Ohren rauschte es. Sie wollte nur noch weg von

hier. Weg, bevor Horsts Geist sie einholte oder Sabine auf-
kreuzte. So schnell es ihre Kondition zuließ, rannte Friedelies
über den Parkplatz und verschwand in der nächsten Seitenstraße. Dort setzte sie sich schwer atmend auf eine Mauer,
kramte ihr Handy aus der Tasche und rief Willi an, damit er
sie abholte.

Ihr Jugendfreund ließ nicht lange auf sich warten. Schon
kurze Zeit später bog sein Sportwagen in die Straße ein. Sobald Friedelies im Wagen saß, brach sie in Tränen aus.

Mitfühlend blickte Willi ihr in die Augen. »Nimm es doch
nicht so schwer, Liebchen.«

»Nehm ich ja gar nicht«, schluchzte Friedelies.

»Und warum weinst du dann?« Willi wischte ihr mit dem
Daumen über die nasse Wange.

»Ich weiß auch nicht. Es sind wohl meine Nerven, die verrückt spielen.«

»Komm her, Liebchen.« Behutsam legte Willi ihr die
Hand in den Nacken und zog sie in seine Arme.

Friedelies schloss die Augen. Sein Aftershave roch nach
Moos und frischer Seife. Der Duft und seine Arme hüllten sie
in eine Decke aus Geborgenheit.

»Ich bring dich jetzt nach Hause, damit du zur Ruhe
kommst.«

Obwohl Friedelies noch Stunden so hatte sitzen können,
nickte sie. »Ich muss ja den Bestatter anrufen.«

Als Friedelies kurz darauf die Tür zu ihrer Wohnung öffnete, schlug ihr eine bedrückende Stille entgegen.

Willi legte ihr die Hand auf die Schulter. »Ich geh dann
jetzt besser.«

Verständnislos blickte Friedelies ihn an. »Du willst mich
doch nicht allein lassen?«

»Nein, natürlich nicht. Aber ich dachte, es wäre dir lieber.«

»Auf keinen Fall. Wie soll ich denn diese ganzen Angelegenheiten mit dem Bestatter allein regeln? Bitte bleib, und hilf mir. Du kennst dich doch damit aus.« Friedelies dachte an seine Ehefrauen.

»Ja, leider kenne ich mich nur zu gut damit aus.« Willi schaute zu Boden.

Gut anderthalb Stunden und fünf Tassen Kaffee später saß Friedelies mit ihm und einem Herrn vom Beerdigungsinstitut am Küchentisch und schaute sich in einem Katalog Särge an. Die Preise waren ganz schön happig. Unwillkürlich musste sie an ihre eigene Beerdigung denken, die ja auch bald bevorstand. Ob es so etwas wie Mengenrabatt gab, wenn sie ihren eigenen Sarg gleich mitbestellte? Aber warum sollte sie sich jetzt eigentlich noch umbringen? Horst lebte nicht mehr, alles war gut – so lachte das Teufelchen auf ihrer linken Schulter.

Plötzlich klingelte es an der Tür. Friedelies glaubte, Jana und Sue Ellen würden endlich heimkehren. Froh, die beiden in dieser denkwürdigen Stunde ebenfalls um sich zu haben, sprang sie auf und öffnete. Doch es war Sabine. Die Augen rot und das Gesicht voller Tränenschlieren, fiel sie Friedelies um den Hals und schluchzte an ihrer Schulter.

»Warum? Warum, Mama?«

Trotz ihres Streits zerriss es Friedelies das Herz, ihre Tochter weinen zu sehen. »So krank, wie er war, ist es eine Erlösung für ihn.«

»Er wird mir fehlen«, schluchzte Sabine.

»Ja, ich weiß.« Friedelies strich ihr über das Haar. »Aber es ist besser so.«

Ruckartig trat Sabine einen Schritt zurück. »Wie kannst du so etwas nur sagen?«

»Es ist besser für ihn, weil er doch nur noch im Bett liegen oder im Rollstuhl sitzen konnte. Und besser für mich. All die Jahre ist er fremdgegangen und hat mich gedemütigt.«

»Erzähl nicht so einen Mist. Das hätte ich ja wohl mitbekommen.« Sabine presste die Lippen aufeinander.

»Der Bestatter ist da. Wir besprechen gerade die Beerdigung. Willst du dabei sein?«

»Ja«, sagte Sabine, und Friedelies nahm sie mit in die Küche.

»Und wer sind Sie?« Fragend sah Sabine Willi an.

Willi stellte sich als Friedelies' Jugendfreund vor.

Sabine knirschte mit den Zähnen. »Ach! Ein Jugendfreund?« Dann schaute sie zu Friedelies. Ihr Blick sprühte Funken »Papa ist noch nicht mal kalt, und du holst dir schon deinen Lover in die Wohnung? Sag mal, geht's noch?«

»Was redest du da? Willi ist nicht mein Liebhaber.« Friedelies spürte, wie ihr die Röte in die Wangen schoss.

»Nicht? Dann guck doch mal in den Spiegel. Du bist eine schlechte Lügnerin.« Sabine tippte dem Herrn vom Beerdigungsinstitut auf die Schulter. »Sie! Sie kommen mit mir. Ich nehme die Beerdigung in die Hand. Sonst wird die Asche meines Vaters noch anonym im Niemandsland vergraben.«

Der Bestatter sah fragend zu Friedelies und zuckte mit den Schultern.

»Und im Übrigen«, keifte Sabine weiter, »glaub bloß nicht, dass du die Lebensversicherung auf den Kopf hauen kannst. Da hab ich auch noch ein Wörtchen mitzureden.«

Friedelies hielt das alles nicht mehr aus. In ihren Ohren dröhnte es. Sie rannte aus der Küche in ihr Schlafzimmer, verschloss die Tür und warf sich aufs Bett. Dort weinte sie in das Kissen, bis ihr die Augen schmerzten.

Nach einer Weile klopfte es, und Friedelies hörte, wie Willi ihren Namen rief.

»Geh, und lass mich allein!«, schluchzte sie.

Doch Willi ließ nicht locker und rüttelte an der Klinke. »Mach doch endlich auf, Liebchen.«

»Ich will allein sein!«, schrie Friedelies und warf das Kissen gegen die Tür.

Vor dem Schlafzimmer kehrte Ruhe ein, und Friedelies rollte sich in ihrem Bett zusammen. Sabine hatte ja so recht. Sie benahm sich wirklich wie ein Flittchen. Und dann dieses alberne Vorhaben, Horst vor seinen Augen zu betrügen – was hatte sie sich eigentlich dabei gedacht? Getrieben von Rachegelüsten, war sie nicht mehr sie selbst gewesen, sondern zu einer Egoistin geworden. Sogar ihre Tochter hatte sie vor den Kopf gestoßen.

Kapitel 18

Jana klingelte sich fast die Finger wund, doch Friedelies war wohl noch nicht zu Hause. Sie fror, und ihre Füße schmerzten nach dem langen Marsch. Doch den hatte sie gebraucht, um über ihre Lage nachzudenken. Wo sollte sie nun hin, wenn Friedelies nicht zu Hause war? Zu Thea ins Altenheim? Bestimmt war auch Friedelies noch dort. Ob sie es Horst endlich heimgezahlt hatte?

Von Neugierde getrieben, beschloss Jana, mit dem Bus zum Heim zu fahren.

Obwohl Jana den Lieferanteneingang benutzte, traf sie sofort auf zwei Kolleginnen, die davorstanden und rauchten. In der Hoffnung, nicht erkannt zu werden, eilte sie grußlos an ihnen vorbei. In ihren Tratsch vertieft, bemerkten die beiden sie nicht einmal. Jana huschte in den Aufzug und fuhr zu Theas Station. Auf dem Flur herrschte gähnende Leere – vom Personal keine Spur. Kurz klopfte sie an Theas Tür und trat dann ins Zimmer. Die alte Dame saß in ihrem Rollstuhl vor dem Fenster und schenkte Jana nur einen kurzen Blick.

»Was gibt es denn so Interessantes zu sehen?« Jana trat näher und schaute ebenfalls aus dem Fenster.

»Ich warte auf den Leichenwagen.«

»Wen hat es denn diesmal erwischt?«

Thea blickte zu ihr auf und sah sie skeptisch an. »Frag nicht so dumm. Als ob du das nicht wüsstest.«

»Woher soll ich es denn wissen? Ich bin doch nicht mehr zum Dienst erschienen.«

Jana fragte sich, was Thea derart die Laune verhagelt hatte.

»Wann hast du Friedelies das letzte Mal gesehen?«

»Gestern Abend. Wieso?«

Theas scharfer Blick durchbohrte sie. »Ihr Mann ist heute gestorben. Und wenn du mich fragst, hat da einer nachgeholfen.«

Jana glaubte, sich verhört zu haben. »Wie bitte? Das kann doch nicht sein.«

»Ist aber so.« Thea schaute wieder aus dem Fenster. »Siehst du. Recht hab ich. Da kommt die Kripo.«

Jana folgte Theas Blick. »Wo?«

»Der dunkelblaue Wagen. Siehst du die Männer? Die sind von der Kripo. Das erkenne ich auf den ersten Blick.«

»Quatsch, das sind die Söhne einer Bewohnerin.«

»Hier stimmt etwas nicht. Der Leichenwagen müsste längst da sein.«

»Hast du denn eine Ahnung, wo Friedelies ist?«, erkundigte sich Jana. »Ich war bei ihr zu Hause, aber es hat niemand aufgemacht.«

»Bei ihrem Mann ist sie auch nicht. Ich hab sie gesehen, als sie vor Stunden das Altenheim verlassen hat.« Thea spitzte die Lippen. »Soll ich dir was sagen? Sie hätte wenigstens mal bei mir vorbeischauen können. Aber nein, bei so wichtigen Ereignissen sagt mir keiner Bescheid.«

»Sie hat jetzt bestimmt andere Sorgen.« Jana seufzte. Herrn Werners Tod bedauerte sie nicht, aber sie sorgte sich um Friedelies, die nun bestimmt ganz aufgelöst war. Vielleicht stand ihr ja ihre Tochter bei.

»Ist es eigentlich dazu gekommen? Du weißt schon …« Jana konnte sich gut vorstellen, dass Herr Werner dabei einen Herzinfarkt erlitten hatte.

»Du meinst, ob Friedelies ihren Mann wirklich vor seinen Augen mit diesem Willi betrogen hat?«

Jana nickte.

»Glaub ich kaum. Stattdessen hat sie ihn wohl eher ins Jenseits befördert.«

»Was redest du denn da?«

»Mord«, sagte Thea geradeheraus.

»So ein Blödsinn. Du glaubst doch nicht etwa, Friedelies hat ihren Mann umgebracht?«

Thea hob die Schultern. »Wenn nicht Friedelies, dann vielleicht Sue Ellen. Oder du? Ein Motiv hättet ihr alle drei.«

Jana starrte sie an. War Thea verrückt geworden? »Also, das geht jetzt aber zu weit.«

»Dann erzähl doch mal, wo du heute den ganzen Tag gewesen bist.«

»Soll das ein Verhör werden? Das glaube ich einfach nicht.« Gekränkt trat Jana einen Schritt zurück.

»Wenn du ein reines Gewissen hättest, würdest du nicht so ein Theater machen. Vielleicht steckt ihr ja auch alle unter einer Decke, wer weiß das schon? Mich habt ihr die ganze Zeit schön außen vor gelassen. Wie viele Stunden habe ich hier allein gehockt, in denen ihr gemütlich beisammengesessen habt?«

»So, Thea, das reicht.« Jana kehrte ihr den Rücken zu und verließ das Zimmer. Die wilden Verdächtigungen einer altersstarrsinnigen Frau brauchte sie sich nicht anzuhören.

Mit schnellen Schritten lief Jana aus dem Gebäude. Nachdem sie den Parkplatz überquert hatte, wurde sie langsamer und ließ Theas letzte Worte in Gedanken noch einmal Revue passieren. Wie konnte sie so etwas nur denken? Geschweige denn aussprechen? Hatten sie einander nicht vertrauen wollen? Das war doch wohl das mindeste, wenn man vorhatte, gemeinsam in den Tod zu gehen. Jana kramte ihr Handy hervor und wählte Friedelies' Nummer. Leider erklang nur die Ansage, dass der Teilnehmer nicht erreichbar sei. Hoffentlich hatte Friedelies sich nichts angetan. Dazu bestand doch nun eigentlich kein Grund mehr. Ziemlich ratlos blickte Jana die Straße entlang. Sie hatte keine Ahnung, wohin sie gehen sollte. Sie kannte weder die Adresse von Sabine noch die von Willi. Vielleicht sollte sie Sue Ellen in ihrer Parkresidenz besuchen. Was die wohl zu Theas ungeheuren Verdächtigungen sagen würde?

Jana stieg in den Bus und fuhr zu dem Park, in dem sie Sue Ellen vermutete. Alles war besser, als allein durch die Straßen zu irren.

Kurze Zeit später suchte sie bereits in dem Park nach Sue Ellen. Tiefhängende Wolken verdunkelten den Abendhimmel, und bald fielen die ersten Tropfen. Jana eilte durch die Grünanlage, bis sie Stimmen hörte. Zum Schutz vor dem Regen hatten sich die Obdachlosen Müllbeutel übergezogen. Jana versuchte, Sue Ellen unter ihnen auszumachen, doch in der blauen Plastikkleidung sahen sie alle gleich aus.

Jana näherte sich der Gruppe. Erste Pfiffe ertönten. Das hatte ihr gerade noch gefehlt. Ein mulmiges Gefühl breitete sich in ihrer Magengegend aus. Hoffentlich kamen die Typen nicht auf dumme Gedanken! Und hoffentlich war Sue Ellen bei ihnen. Jana blieb erst einmal in sicherer Entfernung stehen. In Gedanken zog sie schon die Schuhe aus, um schneller wegrennen zu können. Doch dann sah sie zu ihrer Erleichterung, wie sich eine Frauengestalt torkelnd von der Gruppe löste. Es war Sue Ellen – ebenfalls in einen blauen Müllsack gekleidet. In der einen Hand hielt sie eine Zigarette, in der anderen eine Flasche Schnaps.

»Was machst denn du hier?«, lallte sie.

»Weißt du, wo Friedelies ist?« Jana bereute es bereits, hergekommen zu sein. Wie sollte Sue Ellen ihr schon helfen können?

»Nö, ich war den ganzen Tag unterwegs. Was ist denn los?«

»Ihr Mann ist heute gestorben.«

Für einen Augenblick schaute Sue Ellen seltsam drein, dann warf sie den Kopf in den Nacken und brach in Gelächter aus. »Halleluja! Soll dieser Arsch doch in der Hölle schmoren.«

»Sag mal, hast du noch alle Tassen im Schrank?« Jana starrte sie entgeistert an. Dann fragte sie sich, was Sue Ellen den ganzen Tag getrieben hatte. Theas Misstrauen war offenbar ansteckend.

Sue Ellen hielt ihr die Schnapsflasche entgegen. »Darauf sollten wir anstoßen.«

»Ich mache mir Sorgen um Friedelies, kapierst du das nicht?«

»Warum das denn? Für die haben sich doch jetzt alle Probleme mit einem Schlag erledigt.«

»Das sagst du. Ich glaube kaum, dass sie glücklich über den Tod ihres Mannes ist. Davon zu träumen ist etwas anderes, als wenn es wirklich passiert. Wie ich sie kenne, plagen sie bestimmt schreckliche Gewissensbisse.«

Sue Ellen zuckte mit den Schultern und nahm einen kräftigen Schluck aus der Flasche. Dann knibbelte sie gedankenverloren an dem Etikett. »Ich hab selbst genug Sorgen«, sagte sie leise.

»Das weiß ich. Die haben wir alle. Aber Friedelies ist nicht auffindbar. Und ohne Schlüssel komm ich nicht in die Wohnung.«

Einer der Obdachlosen näherte sich ihnen. Der Mann blieb neben Sue Ellen stehen und legte ihr den Arm um die Schultern. Breit grinsend schaute er Jana an. »Ich hab bis jetzt noch jede Tür aufbekommen.«

Sue Ellen nickte. »Klar, wir könnten die Tür knacken, dann brauchen wir nicht im Freien zu pennen.« Sie klopfte dem Mann mit der flachen Hand auf den Bauch. »John hat mal beim Schlüsseldienst gearbeitet.«

»Bist du verrückt? Wir können doch nicht einfach in Friedelies' Wohnung einbrechen.«

»Machen wir doch gar nicht. Schließlich wohnen wir bei ihr.«

»Ja, aber wenn sie gewollt hätte, dass wir einen Schlüssel bekommen, hätte sie uns bestimmt einen gegeben.«

»Gut, pennen wir halt im Park.«

Mittlerweile prasselte der Regen vom Himmel. Jana zitterte vor Kälte. Vielleicht hatte Sue Ellen ja recht. Friedelies würde gewiss nicht wollen, dass sie bei diesem Wetter im Park schliefen. Wahrscheinlich war sie inzwischen auch wieder zu Hause.

»Willst du auch einen Plastiksack?«, fragte John.

Trotz des Regens nahm Jana den Müllgeruch wahr, der ihn und Sue Ellen umgab. Die Säcke waren wohl schon einmal in Gebrauch gewesen.

Verneinend schüttelte sie den Kopf. »Lass uns zu Friedelies' Wohnung fahren.«

Friedelies hatte zu Beruhigungsmitteln gegriffen, weil sich das Gedankenkarussell in ihrem Kopf nicht abstellen ließ, und war bald eingeschlafen. Noch ganz benommen erwachte sie nun aus einem Traum, in dem die Polizei Sturm an ihrer Tür geklingelt hatte. Vorher hatte sie Horst gewürgt, bis sein Kopf schlaff zur Seite gefallen war. Mit klopfendem Herzen horchte sie für eine Weile auf den Regen, der gegen das Fenster trommelte. Dann erhob sie sich und ging mit wackeligen Beinen in die Küche, um sich einen Kaffee aufzubrühen. Als sie plötzlich Geräusche an der Tür hörte, zuckte Friedelies zusammen. Jemand versuchte, in ihre Wohnung einzubrechen! Voller Panik schnappte sie sich das größte Messer aus dem Block auf der Anrichte und versteckte sich unter dem Küchentisch. Knarzend öffnete sich die Haustür. Eine fremde Stimme war zu hören, dann ein Lachen. Friedelies schlotterten die Knie. Viel zu holen gab es bei ihr nicht. Doch wenn die Einbrecher sie hier fanden, würden sie sie bestimmt in ihre Gewalt nehmen. Bei diesem Gedanken wurde Friedelies fast ohnmächtig. Sie hörte Schritte auf dem Flur, dann eine andere Stimme, die sich bedankte. Aber halt, die kannte sie doch! Zitternd kroch Friedelies aus ihrem Versteck und spähte in den Flur. Dort sah sie Sue Ellen, die einem Mann eine Flasche überreichte. Beide trugen blaue Müllsäcke um die Schultern. Den Mann kannte sie doch aus dem Park! Neben ihnen stand Jana und schaute sich unsicher um.

Friedelies trat auf sie zu. »He, was macht ihr denn da?«

Jana zuckte zusammen. Abrupt drehte sie sich zu Friede-

223

lies um. »Da bist du ja!«, stieß sie hervor und knabberte dann sichtlich verlegen auf ihrer Unterlippe.

»Ja, da bin ich. Könnt ihr mir mal sagen, was das hier werden soll? Warum brecht ihr in meine Wohnung ein? Könnt ihr nicht einfach klingeln?«

»Haben wir doch. Aber du hast nicht aufgemacht.« Sue Ellen nahm dem Mann die Schnapsflasche ab, trank einen Schluck und verzog das Gesicht. Wahrscheinlich hatte sie eine von den Flaschen erwischt, die sie selbst mit Wasser aufgefüllt hatte.

Jana legte Friedelies die Hand auf den Arm. In ihrem Blick spiegelte sich das schlechte Gewissen. »Wir haben uns schreckliche Sorgen um dich gemacht.«

Friedelies zeigte auf den Mann aus dem Park. »Und was will der hier?«

»John hat uns geholfen, die Tür zu öffnen«, sagte Sue Ellen. »Er ist auch gleich wieder weg.« Sie drückte ihm die Flasche in die Hand und schob ihn aus der Wohnung.

Schwer atmend lehnte sich Friedelies an die Wand, um ihre zitternden Beine zu entlasten. »Das … das könnt ihr nicht mit mir machen. Ihr wisst doch, wie dünn meine Nerven sind.« Dicke Tränen rollten ihr über die Wangen.

Jana nahm sie in den Arm und drückte sie an sich. »Wir wollten dich nicht erschrecken, bestimmt nicht. Aber wir haben befürchtet, du hättest dir etwas angetan.«

Entsetzt blickte Friedelies sie an. »Warum sollte ich? Heute ist noch nicht unser Tag. Glaubst du, wegen Horst würde ich früher springen?«

»Ich weiß nicht.« Jana presste die Lippen aufeinander. »Hast du schon mit Thea gesprochen?«

»Warum? Ist etwas mit ihr?« Seit der Dessous-Modenschau hatte Friedelies kein einziges Mal an die alte Frau gedacht.

Umständlich entledigte sich Sue Ellen des Müllsackes, der dabei seinen unangenehmen Geruch verströmte. »Sie ist ziemlich schräg drauf. Verdächtigt uns alle, deinen Mann um die Ecke gebracht zu haben.«

»Was?« Friedelies sah sie ungläubig an. »Das kann doch nicht wahr sein!«

»Ist aber so«, sagte Jana. »Thea ist wirklich der festen Überzeugung, Horst sei nicht auf natürliche Weise gestorben.«

Friedelies dachte an Sabines Worte. Auch sie hatte so etwas geäußert. Aber das konnte doch nicht sein! Wie mochte jemand von ihr glauben, sie sei zu einem Mord fähig? »Ja, und jetzt?«

»Ich finde, das sind ziemlich schwere Anschuldigungen.« Jana streifte sich die Pumps von den Füßen und seufzte erleichtert. »Ich dachte, wir würden einander vertrauen.«

»Das dachte ich auch.« Friedelies schaute zum Wohnzimmerfenster. Draußen war es bereits völlig dunkel. Am liebsten hätte sie Thea auf der Stelle angerufen und zur Rede gestellt. Doch so aufgewühlt, wie sie war, hielt sie es für besser, damit bis zum nächsten Morgen zu warten.

Kapitel 19

Auch in dieser Nacht tat Friedelies kein Auge zu. Was, wenn Thea ihre Anschuldigungen öffentlich aussprach, vielleicht sogar die Polizei einschaltete? Die würde doch bestimmt denken, dass sie ihren Mann umgebracht hatte. Dann würde sie verhaftet werden und könnte nicht mehr vom Dach springen.

Gegen sechs Uhr kroch Friedelies mit Kopfschmerzen aus dem Bett, um Kaffee aufzubrühen. Sie gab gerade das Pulver in den Filter, da piepste der SMS-Ton ihres Handys.

Willi schrieb: *Hallo, Liebchen! Hab mir die ganze Nacht Sorgen um dich gemacht. Wie geht es dir? Darf ich vorbeikommen?*

Friedelies drückte die Nachricht weg. Sie hatte Willi ausgenutzt und für ihre Zwecke missbraucht. Das hatte er nicht verdient, und sie schämte sich. Erleichtert darüber, dass es nicht zum Äußersten gekommen war, bestrich Friedelies eine Toastscheibe dick mit Butter und Marmelade. Als sie das Erdbeeraroma auf ihrer Zunge schmeckte, musste sie unwillkürlich daran denken, wie gut es sich angefühlt hatte, in Willis Armen zu liegen, und in ihrem Herzen breitete sich Sehnsucht aus. Was sollte es, ein wenig träumen durfte sie ja noch.

Schlaftrunken kam Jana in die Küche getappt und setzte

sich an den Tisch. Friedelies schenkte ihr einen Kaffee ein. Dankend nahm Jana die Tasse entgegen und rührte ungefähr eine Minute lang mit dem Löffel darin herum.

Wieder einmal tat sie Friedelies von Herzen leid. »Warum nimmst du nicht einfach Theas Millionen und lässt dich operieren?«

Jana sah kurz auf. »Woher weißt du davon?«

»Sie hat es mir erzählt. Es wäre ihr wirklich wichtig, wenn du dir damit deinen Traum erfüllst.«

»Einfach nur Brüste in der Bluse zu haben, ist nicht mein einziger Traum, das weißt du doch.«

Seufzend steckte Friedelies zwei Scheiben Brot in den Toaster. »Wie war denn dein Treffen mit Mick?« Jana zuckte kurz zusammen. Dann erwachten ihre Lebensgeister, und sie erzählte, was ihrem Vater auf der Mallorca-Tour passiert war.

»Das geschieht diesem Fremdgänger recht«, sagte Friedelies lachend.

»Klar, dass er rotsieht, wenn ich ihm in Frauenkleidern begegne. Das wird sich wohl auch nie ändern. Aber was ist mit dir? Du willst doch jetzt sicher nicht mehr vom Dach springen, oder?«

Friedelies presste die Lippen aufeinander. Sie wünschte, es wäre so. Aber ihr fehlte einfach die Kraft, um weiterzuleben. Horst hatte sie ausgesaugt wie ein Blutegel. Und Sabine würde in seine Fußstapfen treten. Nicht einmal die Lebensversicherung würde sie ihr lassen. Zwar hatte Friedelies noch ihr Erspartes, doch ihr alter Traum, das Café auf Mallorca, schien ihr nicht mehr erstrebenswert. Vielmehr sehnte sie sich nach Ruhe, vielmehr sogar nach ewigem Frieden. Oder nach Willi? So durcheinander, wie sie im Augenblick war, wusste sie es nicht so genau.

Jana blickte sie an. »Jetzt kannst du dir doch auf Mallorca ein schönes Leben machen.«

Friedelies schüttelte den Kopf. »Ich fühle mich so leer …«

»Das verstehe ich.« Tröstend strich Jana ihr über den Arm. »Hast ja auch genug mitgemacht. Was sagst du denn zu Thea? Ich meine, was sie da behauptet, ist doch der Oberhammer. Ich bin ziemlich enttäuscht von ihr.«

Friedelies hatte keine Lust mehr auf Thea. Auch nicht auf Jana, und auf Sue Ellen schon gar nicht. Doch angesichts von Janas traurigen Kulleraugen brachte sie es nicht übers Herz, ihr das zu sagen.

»Sollen wir das etwa auf uns sitzen lassen?«, fügte Jana empört hinzu.

»Sie ist alt und hat Langeweile. Aber du hast recht, bevor wir gemeinsam vom Dach springen, müssen wir mit ihr reden und einiges klarstellen. Ich finde es auch nicht gerade toll, des Mordes verdächtigt zu werden.«

Erneut piepste Friedelies' Handy. *Ich vermisse dich, Liebchen.*

»Ach, Willi. Lass es bleiben«, seufzte sie und schob das Handy über den Küchentisch.

Jana warf einen Blick auf das Display. »Er hat sich wohl in dich verknallt. Und du?«

»Ich empfinde nichts für ihn«, log Friedelies und schüttete in Gedanken einen Eimer kaltes Wasser über das Gefühl in ihrem Bauch.

»Das glaube ich dir nicht. Vielleicht solltest du es mit ihm versuchen.«

»Sabine würde mir die Hölle heißmachen.«

Jana betrachtete nachdenklich ihre Kaffeetasse. »Wie hat sie eigentlich reagiert?«

Friedelies erzählte ihr von Sabines Auftritt.

»Na, herzlichen Glückwunsch. Hoffentlich erfährst du wenigstens, wann die Beerdigung ist.«

»Wozu? Hast du vergessen, dass wir morgen vom Dach springen wollen?«

»Nein, habe ich nicht. Und ich verstehe dich nur zu gut. Aber was Willi betrifft – ich finde, du hättest ein wenig Glück verdient.«

Friedelies zwang sich ein Lächeln ab. »Das würde ich dir auch gönnen.«

»Ein Ding der Unmöglichkeit. Papa wird nie wieder ein Wort mit mir reden. Und Mick hat mir unmissverständlich klargemacht, dass er nicht auf Transsexuelle steht. Aber das wusste ich ja schon vorher.«

»Ja, es gibt Dinge, die sich nicht ändern lassen. Egal, was du versuchst, manche Sterne sind einfach zu weit weg, als dass man nach ihnen greifen könnte.« Friedelies trank ihren Kaffee aus. »Wir sollten Sue Ellen wecken und zu Thea fahren, um mit ihr Klartext zu reden.«

Eine halbe Stunde später saßen sie schweigend in Friedelies' Wagen. Sue Ellen war über alle Maßen schlecht gelaunt. Friedelies hing ihren Gedanken nach, die jedoch weder Horst noch Theas Anschuldigungen galten. Mit einem warmen Gefühl im Bauch dachte sie an die Stunden mit Willi. Es schnitt ihr ins Herz, dass sie ihn ohne Abschiedsgruß sitzenließ.

Als sie auf den Parkplatz des Seniorenheims bogen, krampfte sich Friedelies' Magen zusammen. Unwillkürlich schaute sie zu dem Fenster, hinter dem Horst gewohnt hatte, und dann weiter hinauf zum Dach, wo sie bald die Erlösung von der Traurigkeit finden würde. Jana sah das wohl genauso, denn als sie ausstiegen, blickte auch sie die Fassade hinauf.

Friedelies verstaute den Autoschlüssel in ihrer Handtasche. »Ich bin froh, dass es bald vorbei ist.«

»Ich auch, die letzten Tage haben mir nicht viel gebracht. Obwohl ich jetzt weiß, warum mein Vater Transsexuelle hasst, ändert das doch nichts an der Situation.« Jana wandte sich an Sue Ellen. »Was ist mit dir? Du hast es nicht geschafft, dein Vorhaben in die Tat umzusetzen.«

»Was weißt du denn schon?«, schnauzte diese zurück.

»Warst du etwa bei deiner Familie? Kann ja nicht sein. Außerdem habe ich dich keinen Tag nüchtern gesehen.«

»Ach, halt einfach die Klappe«, sagte Sue Ellen und ging weiter.

Jana hängte sich ihre Handtasche über den Unterarm. Dann schaute sie sichtlich nervös zum Eingang.

Auf dem Weg zum Aufzug begegnete ihnen eine Frau mit einem flotten Kurzhaarschnitt. Friedelies kannte sie als die Pflegedienstleiterin und grüßte freundlich. Da runzelte die Frau plötzlich die Stirn und musterte Jana eingehend.

»Sag mal, du bist doch der Jan!«

Jana schluckte schwer.

»Was denkst du dir eigentlich? Erst erscheinst du tagelang nicht zum Dienst, und jetzt kreuzt du in dieser Aufmachung auf?«, schimpfte die Leiterin. »Du kannst sofort mit in mein Büro kommen und dir die Kündigung abholen.«

»Dafür haben wir jetzt keine Zeit«, wandte Friedelies ein. »Sie können Jana die Kündigung genauso gut zuschicken.«

»Ach, tatsächlich? Damit ist es aber nicht getan. Wir verlangen Schadensersatz, weil wir Personal leasen mussten.«

Die Leiterin schaute wieder zu Jana. »Und glaub mir, Freundchen, das wird nicht billig.«

Friedelies griff nach Janas eiskalter, zitternder Hand. »Und wenn schon«, blaffte sie die Frau an. »Tun Sie, was Sie nicht lassen können.« Mit einem Ruck zog sie Jana weiter.

»Genau, du Drache. Tu, was du nicht lassen kannst«, keifte Sue Ellen und stolperte hinter Friedelies und Jana in den Aufzug.

Als sich die Tür schloss, ließ Jana den Kopf hängen. »Ich bin so froh, wenn das alles hier vorbei ist.«

Friedelies wusste darauf nichts zu sagen, und auch Sue Ellen gab keinen Kommentar von sich. Nachdem der Aufzug gehalten hatte, gingen sie schweigend zu Theas Zimmer und klopften an die Tür. Kein Laut drang zu ihnen heraus.

Friedelies schüttelte den Kopf und drückte die Türklinke runter. Thea saß vor dem Fenster und starrte geistesabwesend nach draußen. Friedelies tippte ihr mit dem Zeigefinger auf die Schulter. »Wir müssen etwas klären. Wie kannst du uns verdächtigen, wir hätten Horst umgebracht?«

Thea drehte den Kopf und schaute sie an. »Natürlich hat eine von euch ihn auf dem Gewissen!«

»Und wie kommst du darauf?«, wollte Friedelies wissen.

Kopfschüttelnd lehnte sich Jana gegen die Tür und verschränkte die Arme vor der Brust. »Das würde mich auch interessieren.«

»Mich ebenfalls«, sagte Sue Ellen, nahm eine Vase aus dem Regal und besah sich den Boden des Gefäßes.

»Die ist nichts wert«, murmelte Thea automatisch.

Sue Ellen stellte die Vase zurück.

Eindringlich blickte Friedelies Thea an. »Ich glaube es einfach nicht. Wo ist denn dein Vertrauen in uns hin?«

»Ihr alle habt doch ein Motiv.«

»Du siehst zu viele Krimis«, warf Jana ein.

»Ach was.« Thea hob die rechte Hand und winkte ab. Dann wies sie mit ihrem knochigen Zeigefinger auf Sue Ellen. »Fangen wir mit Sue Ellen an. Im Rausch ist sie doch zu allem fähig. Vielleicht wollte sie sich ja bei Friedelies ein warmes Plätzchen sichern.«

»Sag mal, tickst du nicht mehr sauber?«, keifte Sue Ellen. »Ich komm auch allein klar.«

Thea hob die grauen Augenbrauen. »Aber Friedelies zieht dich doch mit durch, oder etwa nicht?«

»Das ist doch verrückt!«, schnaufte Friedelies.

»Die Alte hat Alzheimer.« Sue Ellen zog eine Schnute und schüttelte den Kopf.

»Vielleicht warst *du* es aber auch.« Thea fixierte mit ihrem Blick Friedelies. »Du hattest doch die ganze Zeit Hemmungen, dein pikantes Vorhaben umzusetzen. Also hast du das Problem eben auf eine andere Art gelöst.«

Friedelies blieb die Luft weg. Hier fand offenbar gerade ein Verhör statt – durchgeführt von einer selbsternannten hundertjährigen Kripobeamtin. Oder wollte Thea sie zum Narren halten? Langeweile führte ja bekanntlich zu manchem Blödsinn.

Kopfschüttelnd sah sie Thea an. »Du weißt genau, dass ich zu so etwas nie fähig wäre. Außerdem waren wir beide gestern den ganzen Vormittag über zusammen. Hast du das vergessen?«

»Nein, natürlich nicht. Aber nachdem du mich hier abgesetzt hattest, wäre die Gelegenheit doch günstig gewesen. Vielleicht hast du aber auch eine von den anderen beauftragt, deinen Mann zu töten.«

In Friedelies' Ohren rauschte das Blut. »Horst ist einen natürlichen Tod gestorben! Das hat der Arzt bescheinigt.«

»Ja, ja, der Arzt. Hör doch auf. Glaubst du, bei dem Tod eines Heimbewohners forscht noch jemand nach der Ursache? Oder kannst du mir sagen, woran dein Mann gestorben ist?«

»An den Folgen seines Schlaganfalls natürlich. Horst war ein schwerkranker Mann.«

»Ah ja. Und von welchen Folgen sprichst du?«

Jana bewegte ihre Hand wie einen Scheibenwischer vor Theas Gesicht. »Sag mal, Thea – hast du schlecht geträumt? Jetzt lass doch Friedelies mit diesen wilden Spekulationen in Ruhe!«

»Na gut, Jana, dann kommen wir mal zu dir … Herr Werner hat dich aufs Übelste beleidigt. Du warst sogar kurz davor, dich umzubringen. Kann Herr Werners Tod vielleicht Vergeltung gewesen sein?«

Jana starrte Thea an. »Jetzt drehst du wohl völlig am Rad.«

Friedelies fasste es nicht. »Was haben wir dir getan? Und was hast du jetzt vor? Willst du etwa die Polizei einschalten?«

Mit gesenktem Blick zwirbelte Thea eine der Fransen ihrer Karodecke zwischen den Fingern und zuckte mit den Schultern. »Weiß ich noch nicht. Vielleicht sollte das alles erst einmal geklärt werden, bevor wir vom Dach springen.«

»Willst du etwa noch länger warten? Wozu?« Friedelies wusste nicht, ob sie lachen oder weinen sollte. »Weißt du was, Thea? Du kannst von mir aus die Polizei rufen. Ich habe ein reines Gewissen. Aber eines will ich dir noch sagen: Ich bin sehr enttäuscht von dir.« Sie wandte sich zum Gehen. »Kommt ihr?«

Im Auto packte Sue Ellen die Wut. »Die Alte hat sie doch nicht mehr alle!«, tobte sie. »Wie kann die nur behaupten, wir hätten den Spinner umgebracht? Und warum sollen wir jetzt nicht mehr vom Dach springen?«

»Lass gut sein«, sagte Friedelies. »Thea kommt schon wieder zur Besinnung. Vielleicht wäre es aber wirklich besser, wenn wir noch ein wenig warten. Ich für meinen Teil möchte nicht in den Tod gehen, solange wir zerstritten sind.«

Thea schaute hinunter auf den Parkplatz, wo die drei in Friedelies' Wagen stiegen und davonfuhren. Still lächelte sie vor sich hin.

Kapitel 20

Erschöpft streifte sich Friedelies die Schuhe von den Füßen. Während Sue Ellen erst einmal die Toilette aufsuchte, ging Jana in die Küche und holte eine Schachtel Eis aus dem Gefrierfach. Friedelies ließ sich am Küchentisch nieder und stützte das Kinn in die Handflächen. Sie hatte keine Ahnung, wie es nun weitergehen sollte. Dennoch war sie froh, dass Jana und Sue Ellen morgen noch nicht aufs Dach gehen würden. Über ihren eigenen Tod wollte sie im Augenblick nicht nachdenken. Hauptsache, die beiden kamen zur Besinnung und änderten oder akzeptierten vielleicht ihr Leben. Während Friedelies ihren Gedanken nachhing, klingelte es an der Tür. Vor Schreck zuckte sie zusammen und bat Jana zu öffnen. »Wenn es Willi ist, sag ihm, ich sei nicht da.«

Jana nickte mitleidig und verschwand im Flur. Kurz darauf kehrte sie mit milchweißem Gesicht in die Küche zurück. »Da ... da ist die Kripo an der Tür. Sie wollen dich sprechen.«

Friedelies sprang auf. Sie hätte nicht damit gerechnet, dass Thea so schnell die Polizei rufen würde. Auf wackeligen Beinen stolperte sie aus der Küche zu den beiden Beamten.

»Frau Werner?« Einer von ihnen zeigte ihr seinen Dienstausweis. »Ich bin Kommissar Lutz, und das hier ist mein Kollege Bläser.«

»Was ist denn los?«, krächzte Friedelies.

»Wir müssten uns mit Ihnen unterhalten. Dürfen wir eintreten?«

Ein stechender Schnapsgeruch verriet Friedelies, dass Sue Ellen mittlerweile hinter ihr stand.

»Was wollen denn die Bullen hier? Sag bloß, Thea hat Ernst gemacht.«

Friedelies drehte sich um und warf ihr einen warnenden Blick zu. Dann wandte sie sich wieder an die Beamten und hielt weit die Tür auf. »Ja, natürlich. Kommen Sie herein.« Ihre Stimme klang belegt.

Die Beamten und Sue Ellen folgten ihr in die Küche, wo Jana bleich am Tisch saß.

Kommissar Lutz schaute sich um. »Sind das Ihre Mitbewohnerinnen?«

Friedelies nickte.

Der Beamte ließ sich am Tisch nieder. »Das trifft sich gut. Mit denen möchten wir uns auch unterhalten. Jedoch einzeln. Wenn Sie bitte zunächst die Küche verlassen würden?«

Sein Kollege begleitete Jana und Sue Ellen hinaus und schloss die Tür hinter sich. Friedelies glaubte, ein Stück Stacheldraht geschluckt zu haben. Mit fahrigen Bewegungen fischte sie eine Tasse aus dem Schrank. Diese fiel prompt zu Boden und zerschellte auf den Fliesen.

»Warum so nervös, Frau Werner?« Ein Blick aus eisgrauen Augen durchbohrte sie.

»Ich … ich …« Friedelies ließ die Scherben achtlos auf dem Boden liegen und plumpste auf einen Stuhl. »Ach, Herr Kommissar, wer hat schon gern die Kriminalpolizei im Haus?«

Lutz hob die buschigen Augenbrauen. »Ich hätte da einige Fragen zum Tod Ihres Mannes.«

»Das verstehe ich nicht. Glauben Sie jetzt auch, Horst ist ermordet worden?«

»Ich glaube gar nichts. Ich ermittele nur. Bezüglich des Todes Ihres Mannes wurde Strafanzeige gestellt.«

»Aber der Arzt hat doch einen natürlichen Tod attestiert.« Friedelies faltete ihre zitternden Hände im Schoß.

»Das bedeutet nichts. Die genaue Todesursache kann nur durch eine Obduktion festgestellt werden. Aber das wissen Sie ja bestimmt.«

»Herr Kommissar, bitte sagen Sie mir, wer die Strafanzeige gestellt hat.«

»Ihre Tochter, Frau Werner. Sie behauptet, Sie hätten eine Ankündigung der Tat ausgesprochen.«

Friedelies wurde es heiß und kalt zugleich. »Meine Tochter? Aber … was soll ich denn angekündigt haben? Ich habe Horst nicht umgebracht. Das müssen Sie mir glauben!«

Der Kommissar zog einen Notizblock hervor und las die Sätze ab. »Ich werde ihn besuchen. O ja! Gleich morgen. Verlass dich darauf. Ein ganz besonderer Besuch wird das werden.« Er schaute auf. »Laut Aussage Ihrer Tochter sollen Sie das vorgestern zu ihr und Ihrem Mann gesagt haben.«

Um Friedelies drehte sich die Küche. Wie konnte Sabine nur! Doch Leugnen war zwecklos, und außerdem war sie immer für die Wahrheit gewesen. »Damit habe ich doch nicht gemeint, dass ich Horst umbringen würde!«

»Sondern?« Der Kommissar tippte mit der Spitze des Kugelschreibers auf die Tischplatte.

Sein stechender Blick war unerträglich. Friedelies schaute

zur Deckenlampe. »Das kann ich nicht sagen. Es ist mir zu peinlich.«

»Frau Werner, Sie stehen unter Tatverdacht. Und wenn der sich erhärtet, muss ich Sie leider verhaften.«

»Was?« Friedelies riss die Augen auf.

Der Kommissar tippte weiter mit dem Kuli auf den Tisch und trieb sie damit fast in den Wahnsinn. »Sie haben schon richtig verstanden.«

Friedelies fühlte sich wie eine Maus in der Falle. Fahrig knetete sie ihre eiskalten Finger. »Sie müssen mir aber versprechen, dass dies unter uns bleibt.«

Der Kommissar lächelte ölig. »Das kann ich leider nicht.«

»Ach herrje, was hab ich mir nur bei der ganzen Sache gedacht?« Friedelies raufte sich die Haare.

»Nun reden Sie schon.« Der Kuli tippte weiter auf die Tischplatte.

Stotternd begann Friedelies die Geschichte von den Frauen auf dem Dach zu erzählen. Kommissar Lutz hatte ein Aufnahmegerät auf den Tisch gestellt. Nun stützte er das Kinn auf die Handfläche und hörte ihr aufmerksam zu.

Nachdem Friedelies ihre Beichte mit roten Ohren abgeschlossen hatte, schürzte er seine Lippen und lächelte süffisant. »Recht abenteuerlich, finden Sie nicht?«

Allmählich wurde Friedelies ruhiger. »Ich habe Zeugen, das ist das Gute daran.« Inständig hoffte sie, dass die sich nicht aus falscher Scham in Lügen verstricken würden.

»Dann hoffen wir mal, dass Ihre zwei Mitbewohnerinnen meinem Kollegen die gleiche Geschichte erzählt haben. Wie heißt dieser Willi mit Nachnamen?«

Friedelies antwortete brav und gab auch gleich Willis Adresse an.

»Und die alte Frau? Thea, sagten Sie?«

»Thea Holzapfel.«

»Noch eine Frage, Frau Werner.«

»Ja?«

»Wo waren Sie gestern zwischen dreizehn und fünfzehn Uhr?«

»Hier zu Hause. Ich hatte Thea vorher zurück ins Heim gebracht.«

»Haben Sie dafür Zeugen?«

Friedelies schüttelte den Kopf. »Nein. Willi, ich meine, Herr Sauer, kam erst gegen drei.«

»Also kein Alibi.« Kommissar Lutz erhob sich. »Ich spreche mich kurz mit meinem Kollegen ab. Wenn Sie bitte hier warten würden.«

Als sich die Tür hinter ihm geschlossen hatte, stieß Friedelies heftig den Atem aus. Ihr Herz raste, und sie befürchtete, jeden Augenblick einen Infarkt zu bekommen. Ihr Mund war so trocken wie die Wüste. Was, wenn Jana oder Sue Ellen aus irgendeinem Grund gelogen hatten? Dann würde der Kommissar sie auf der Stelle verhaften. Aber da sie kein Alibi hatte, würde er das bestimmt sowieso tun. Friedelies dachte kurz daran, durch das Küchenfenster zu flüchten, ließ es dann jedoch, denn wo sollte sie sich verstecken?

Der Zeiger der Küchenuhr schritt mit einem leisen Klacken voran. Endlos zogen sich die Minuten, bis der Kommissar wieder die Tür öffnete.

Friedelies sprang vom Stuhl. »Nehmen Sie mich nun mit?«

»Nein«, sagte der Kommissar. »Ihre Mitbewohnerin hat bei meinem Kollegen eine Art Geständnis abgelegt.«

»Was? Nein, das kann nicht sein!« Durch Friedelies' Kopf

tobten die Gedanken. Nie im Leben hatte Jana Horst umgebracht.

»Allerdings steht sie unter Alkoholeinfluss. Wir werden sie morgen früh erneut vernehmen.«

»Sue Ellen?«, kreischte Friedelies. »Sie hat nichts getan, da bin ich mir ganz sicher. Sie ist betrunken, glauben Sie ihr nicht!«

»Ich habe es Ihnen doch schon einmal gesagt: Was ich oder mein Kollege glauben, zählt nicht.« Der Kommissar wandte sich zum Gehen. Dann drehte er sich noch einmal um. »Ach, Frau Werner – bitte bleiben Sie erreichbar. Wir benötigen bestimmt noch eine weitere Aussage von Ihnen.«

Friedelies sackte wieder auf den Stuhl. Doch kaum war der Kommissar aus der Küche, sprang sie erneut auf und lief ihm hinterher. Im Flur sah sie, wie der zweite Kommissar Sue Ellen aus dem Wohnzimmer schob. Dahinter stand Jana, die Wangen mit schwarzen Schlieren verlaufener Wimperntusche überzogen.

»Warten Sie!«, rief Friedelies, während Kommissar Lutz bereits die Haustür öffnete. Unwirsch riss sie Sue Ellen am Arm. »Was hast du gesagt?«

Sue Ellen schaute sie mit blutunterlaufenen Augen an. »Die Wahrheit, Friedelies. Nichts als die Wahrheit«, lallte sie.

»Warum?« Friedelies schüttelte den Kopf.

»Bestimmt hab ich ihn umgebracht. Wer weiß das schon?« Sue Ellen formte Daumen und Zeigefinger zu einer Pistole und richtete sie auf ihre Schläfe. »Peng!«

»Was redest du denn da?« Friedelies schüttelte Sue Ellens Arm.

»Peng hat's gemacht. Ja, peng!« Sue Ellen nickte heftig mit dem Kopf.

Kommissar Lutz löste Friedelies' Griff von Sue Ellens Arm und schob diese durch die Tür. »Kommen Sie. Es wird Zeit.«

»Bringen Sie Sue Ellen jetzt ins Gefängnis?«, fragte Friedelies mit schriller Stimme.

»Nein, erst einmal ins Krankenhaus zur Blutabnahme und Ausnüchterung.« Der andere Kommissar griff Sue Ellen unter den Arm und wünschte noch einen schönen Tag. Dann war der Spuk vorbei.

Friedelies blickte ratlos zu Jana. »Das ist doch jetzt alles nicht wahr, oder?«

»Ich fürchte schon«, schluchzte Jana. »Aber Sue Ellen lügt. Da bin ich mir sicher.«

»Ich mir auch. Wenn sie morgen wieder nüchtern ist, wird sich bestimmt alles aufklären.«

»Falls sie sich erinnern kann. Weißt du was? Ich brauche jetzt einen starken Kaffee für die Nerven.« Jana ging in die Küche, und Friedelies folgte ihr.

Als sich Friedelies an den Tisch setzte, piepste ihr Handy. Sie schaute kurz auf das Display. *Ich vermisse dich so sehr. Dein Willi.*

»Gib endlich Ruhe!«, zischte Friedelies.

»Schon wieder Willi?« Jana füllte die Kaffeetassen.

»Ja, er gibt einfach nicht auf.« Entnervt schüttelte Friedelies den Kopf. »Im Augenblick steht mir der Sinn aber gewiss nicht nach Liebesgesäusel.«

»Dann sag ihm doch, was los ist. Er wird bestimmt Verständnis haben.«

»Wozu soll das gut sein?« Während Friedelies auf Janas Antwort wartete, klingelte ihr Handy. Erschrocken zuckte sie zusammen. Auf dem Display blinkte Sabines Nummer.

»Die kommt mir gerade recht.« Wutentbrannt drückte

Friedelies den Anrufknopf und hielt sich das Telefon ans Ohr. »Was bist du eigentlich für eine Tochter?«, schrie sie. »Hetzt mir die Kripo auf den Hals! Bist du völlig verrückt geworden?«

Ein Schnaufen war zu hören. »Schickst du mir bitte die Unterlagen der Lebensversicherung?«

»Du kannst mich mal, und zwar kreuzweise!« Friedelies warf das Handy gegen den Küchenschrank. Dann brach sie weinend am Tisch zusammen.

Sie schluchzte so lange, bis ihr Hals schmerzte. Die ganze Zeit über strich Jana ihr dabei geduldig über den Rücken. Irgendwann glaubte Friedelies, keine Tränen mehr zu haben, und hob den Kopf.

Jana reichte ihr ein Stück Küchenpapier. An dem Glanz in ihren Augen konnte Friedelies sehen, dass auch sie geweint hatte.

»Was machen wir denn nun?« Ein Schluchzer ließ Friedelies' Brust erbeben. »Ich habe das alles so satt! Vorher war mein Leben schon furchtbar, aber jetzt ist es eine einzige Katastrophe.«

»Lass uns springen. Dann ist alles vorbei. Diese Aufschubwoche war eine schlechte Idee, in den letzten Tagen ist doch alles nur noch schlimmer geworden.« Resigniert schaute Jana sie an.

»Da hast du recht. Aber wir dürfen Sue Ellen jetzt nicht im Stich lassen. Sie braucht unbedingt einen Anwalt.«

»Sue Ellen kann sich nur selbst helfen, indem sie mit der Trinkerei aufhört.«

»Das steht doch auf einem ganz anderen Blatt.« Mit zittrigen Händen hob Friedelies das Handy vom Boden auf. Was auch immer geschehen würde – sie musste Sue Ellen noch einmal helfen. Am oberen Rand des Handys war ein Stück Plastik abgebrochen, doch als Friedelies versuchte, das Telefon zu entsperren, erhellte sich das Display. Erleichtert wählte sie den Nachrichteneingang und antwortete auf Willis SMS. *Komm bitte schnell vorbei. Brauche dich ganz dringend.*

Jana schaute ihr auf die Finger. »Wem hast du geschrieben?«

»Willi. Vielleicht kennt er ja einen guten Anwalt für Sue Ellen.«

»Und wer soll den bezahlen?«

»Ich hab immer noch mein Erspartes.« Friedelies schneuzte sich in das Küchenkrepp.

»Wirf das doch nicht einem Anwalt in den Rachen. Denk daran, wie lange du dafür geknapst hast.«

»Hauptsache, es bleibt noch genug für meine Beerdigung übrig.« Friedelies schoss durch den Kopf, dass Sabine diese organisieren würde. Mit Schrecken fiel ihr ein, dass sie dann womöglich abermals ganz dicht neben Horst landen würde. Sie kümmerte sich also vor ihrem Abgang besser noch um ihre eigene Beerdigung.

Wenig später quietschten auf der Straße Reifen, dann klingelte es Sturm an der Tür. Kurz darauf lag Friedelies in Willis Armen.

»Was ist denn los, Liebchen?«

»Alles ist so schrecklich! Die Kripo war hier und hat Sue Ellen verhaftet«, schluchzte Friedelies an seiner Brust.

Willi fasste ihre Schultern, schob sie leicht von sich und schaute sie verdattert an. »Wie, die Kripo? Jetzt verstehe ich gar nichts mehr.«

Friedelies ließ sich von ihm in die Küche führen, wo sie

Willi alles erzählte. »Kennst du einen guten Anwalt?«, fragte sie zum Schluss.

»Ja, sicher. Aber jetzt ist der nicht mehr in seiner Kanzlei. Ich werde ihn gleich morgen früh anrufen und fragen, ob wir kommen können. Aber was anderes: Hast du mittlerweile mal nachgesehen, ob die Lebensversicherung auf dich ausgestellt ist oder auf Sabine?«

»Daran habe ich gar nicht mehr gedacht.«Friedelies sprang auf. »Warte, ich hole die Police.« Sie ging ins Wohnzimmer und versuchte, die Tür des Schranks zu öffnen, in dem Horst die Aktenordner aufbewahrte. Doch diese war verschlossen – wie stets in all den Jahren. Und wo Horst den Schlüssel versteckt hatte, wusste Friedelies nicht. Mit hängenden Schultern kehrte sie zurück in die Küche.

»Was ist los?«, fragte Willi, während er sich von Jana Kaffee einschenken ließ.

Friedelies entging nicht, wie er dabei Janas Oberweite anstarrte. Willi wusste ja nichts von Jans Verwandlung in Jana. Aber sogar das war ihr im Augenblick egal. »Ich komme nicht an die Unterlagen heran.«

»Warum denn nicht?«

»Sie sind eingeschlossen, und ich habe keine Ahnung, wo der Schlüssel ist.«

»Hatte Horst einen Tresor?«

Friedelies schüttelte den Kopf. »Nein, aber sieh selbst.« Sie nahm Willi mit ins Wohnzimmer und zeigte ihm das verschlossene Fach.

»Das kriegt man doch mit einer Haarnadel oder Nagelfeile auf. Hast du mal eine?«

Friedelies verschwand im Badezimmer und kehrte mit einer Feile zurück. Keine zwei Minuten später hatte Willi das

Fach geöffnet. Zielsicher griff er nach dem Ordner mit der Aufschrift *Versicherungsunterlagen*.

»Hier haben wir das gute Stück.« Sein Blick wanderte kurz über die anderen Ordnerrücken. Dann lehnte er die Tür an und ging wieder in die Küche. Dort holte er eine Lesebrille aus seiner Hemdtasche, setzte sie auf und blätterte die Unterlagen durch. Am Ende schob er die Unterlippe vor und nickte leicht mit dem Kopf. »Ich würde sagen, du hast ausgesorgt. Horst hat sein Leben mit einem ordentlichen Sümmchen versichert.«

»Du meinst doch sicherlich, Sabine hat ausgesorgt.«

»Nee, du stehst da drin. Und zwar gibt es 250 000 Euro.« Willi nahm Friedelies in den Arm und drückte sie fest an sich. »Deine Tochter bekommt das Geld nicht. Da kann die sich anstellen, wie sie will.«

Ein Jubelschrei wollte Friedelies entweichen, blieb ihr aber im Hals stecken. Das Geld interessierte sie doch gar nicht mehr. Von ihr aus konnte sich Sabine ein schönes Leben damit machen.

»Warum guckst du denn jetzt so komisch? Freu dich doch mal.« Lächelnd strich Willi ihr über den Oberarm.

»Wie soll ich mich denn bei all dem Elend noch über das Geld freuen können?«

»Ach Liebchen, nun lass den Kopf nicht hängen. Die Sue Ellen, die kriegen wir schon frei. Und das mit Sabine renkt sich bestimmt bald wieder ein. Außerdem hast du ja noch mich.« Sein Blick wanderte zu Jana. »Und das Frauchen da hast du auch. Allein bist du also nicht.«

Friedelies holte tief Luft. Irgendwie schaffte Willi es immer, die schwarzen Wolken wegzupusten, damit die Sonne hervorblinzeln konnte.

»Und Thea ist ja auch noch da.« Friedelies zog die Nase hoch. »Aber die hat uns ebenfalls in Verdacht.« Friedelies berichtete Willi von Thea und ihren Anschuldigungen. Nur wie sie einander kennengelernt hatten, das verschwieg sie natürlich.

»Ich glaube, du musst mal raus hier. Was hältst du von einer kleinen Reise?« Zärtlich streichelte Willi ihr über die Wange.

Friedelies starrte ihn verständnislos an. »Das geht doch nicht! Erstens muss ich der Kriminalpolizei zur Verfügung stehen, und zweitens lasse ich Sue Ellen jetzt bestimmt nicht im Stich.«

»Wie du meinst, aber wenn das alles vorbei ist, machen wir eine kleine Kreuzfahrt, einverstanden?«

»Ja sicher.« So verlockend die Aussicht war – Friedelies wusste, dass eine Kreuzfahrt die Wunden in ihrem Herzen nicht heilen konnte.

Bis spät in die Nacht saßen sie noch in der Küche zusammen. Willi ließ Essen aus einem Restaurant kommen, doch Friedelies bekam nur wenige Bissen hinunter. Kurz nach Mitternacht verabschiedete er sich, versprach aber, am nächsten Morgen wieder vorbeizuschauen.

Kapitel 21

Jana fand einfach nicht in den Schlaf. Unruhig wälzte sie sich von der einen Seite auf die andere. Der Gedanke an ihre Eltern ließ sie nicht los und höhlte das Loch in ihrem Herzen weiter aus. Nie hätte sie geglaubt, dass die beiden ihr einmal derart fehlen würden. Jana schlug die Decke zurück und knipste die Stehlampe an. Es war erst vier Uhr in der Früh, und da sie den Rest der Nacht nicht mit Grübeln verbringen wollte, holte sie Friedelies' Laptop und schaltete ihn ein. Sie wollte ein wenig im Internet surfen. Vielleicht sollte sie noch einmal in das Forum für Transgender hineinschauen. Sie hatte dort schon oft mitgelesen, es aber nie gewagt, sich anzumelden. Die Offenheit, mit der die Teilnehmer miteinander umgingen, war ihr immer fremd gewesen, auch wenn sie sie darum beneidet hatte. Nun, da sie selbst in Frauenkleidern durch die Gegend lief, sah sie das ein wenig anders. Janas größter Wunsch war es, niemals als verkleideter Mann betrachtet zu werden. Doch es gab noch viel zu viele Merkmale, die sie verrieten. Da war zum einen der dunkle Bartschatten, aber auch der Adamsapfel, der ihrer Meinung nach besonders spitz hervorstach. An manchen Tagen hatte sie ihn am liebsten fest in ihren Hals gedrückt. Bekanntlich ließ sich das alles operativ beheben. Selbst die Wangenknochen konnten rund geschliffen werden.

Jana rief den Thread über die Geschlechtsangleichung auf. Allerdings konnte sie sich nur schlecht auf die Beiträge konzentrieren. Wozu auch? Bei ihr würde es nie so weit kommen. Wieder dachte sie an ihre Eltern. Ob sie doch noch einmal versuchen sollte, mit ihnen Kontakt aufzunehmen? Zumindest mit ihrer Mutter? Womöglich interessierte es sie ja, dass sich ihr »Sohn« vom Dach stürzen wollte, weil er so nicht weiterleben konnte. Nachdenklich blickte Jana zum Fenster. Draußen herrschte Dunkelheit. Um halb neun würde Papa zur Werkstatt fahren, dann wäre ihre Mutter allein zu Hause. Ein Gespräch unter Frauen. Fast hätte Jana bei diesem Gedanken gelächelt. Sie schaute auf die Uhr und beschloss, schon einmal zu duschen.

Nachdem sie sich angezogen hatte, konnte Jana nicht widerstehen und griff noch einmal in Friedelies' Schminkkoffer. Der korallenfarbene Lippenstift hatte es ihr einfach angetan. Als sie ihn auftrug, kribbelte es leicht in ihrem Bauch. Jana knetete ihre Locken, kämmte sie mit den Fingern aus der Stirn und fixierte sie mit Haarspray. Seufzend betrachtete sie ihren Bartschatten, der sich auch durch eine noch so gründliche Rasur nicht entfernen ließ. Also verteilte sie eine gehörige Portion Make-up in ihrem Gesicht. Dann fiel ihr ein, dass sie an Friedelies' Garderobe einen Seidenschal hatte hängen sehen. Darunter ließ sich ihr Adamsapfel gut verstecken, und Friedelies hatte bestimmt nichts dagegen, wenn sie sich ihn für heute auslieh.

Die Reihenhaussiedlung wirkte noch ein wenig verschlafen, als Jana aus dem Bus stieg. Sie war fast zwei Stunden zu früh, aber in Friedelies' Wohnung hatte sie geglaubt, ersticken zu müssen. Alles dort roch nach Angst und Sorge. Über den Dächern ging gerade die Sonne auf und erwärmte langsam die Luft. Jana dachte daran, wie sie als Kind hier auf der Straße halbherzig mit den anderen Jungs Fußball gespielt hatte. Dabei war sie in Gedanken immer bei den Mädchen gewesen, die auf Einrädern umherfuhren oder Seilchen sprangen. Sie hatte ihre Lieder jetzt noch im Ohr.

Aus dem Nachbarhaus trat die alte Frau Schneehuber mit ihrem Zwergpudel. Jana erschrak, doch es war zu spät, um sich hinter einem Busch zu verstecken. Frau Schneehuber warf ihr einen kurzen Blick zu, ging dann aber weiter. Wie es schien, hatte sie Jana nicht erkannt. Gegenüber ihrem Elternhaus gab es einen kleinen Weg, der zu einem Spielplatz führte. Dort suchte sich Jana ein Versteck, von dem aus sie beobachten konnte, wann Papa das Haus verließ. Sie lehnte den Rücken gegen einen Baumstamm und schaute gebannt auf die Eingangstür. Allein der Gedanke an ihren Vater verursachte ihr Herzrasen. Sollte sie doch lieber gleich zum Seniorenheim fahren und ohne Aussprache vom Dach springen? Jana war hin- und hergerissen und malte sich aus, wie ihre Mutter reagieren würde. Sie schaute auf ihre Armbanduhr. Papa hätte schon längst das Haus verlassen müssen. Irgendetwas stimmte nicht.

Plötzlich wurde das Schlafzimmerfenster im oberen Stockwerk aufgerissen. In hohem Bogen flog ein Koffer hinaus, klappte auf, und sein Inhalt verteilte sich über den Vorgarten. Jana erkannte die Hosen, Hemden und Pullover ihres Vaters. Das Fenster schloss sich mit einem Knall, der in der Straße widerhallte.

Stirnrunzelnd trat Jana aus ihrem Versteck. Hatte Mama etwa ihren Vater rausgeschmissen? Das konnte doch nicht sein. Und wo war er überhaupt? Bestimmt schaute er nicht seelenruhig zu, wie sie seine Sachen aus dem Fenster warf.

Jana starrte noch einen Moment lang auf die Kleidersammlung, dann überquerte sie die Straße und drückte zögernd den Klingelknopf. Auf der anderen Seite der Tür blieb alles ruhig. Sie schellte erneut. Dreimal, viermal, da hörte sie endlich Schritte.

»Mama?« Jana schaute in das verweinte Gesicht ihrer Mutter. Die rotblonden Haare, die sie sonst sorgfältig mit dem Glätteisen bearbeitete, standen wirr vom Kopf ab.

»Du?« Ihre Mutter drehte sich um und ging den Flur entlang. Die Tür ließ sie jedoch offen.

Jana folgte ihr ins Wohnzimmer. »Was ist passiert? Wo ist Papa?«

»Er ist heute Nacht nicht nach Hause gekommen.«

Jana setzte sich zu ihr auf das Sofa. »Und wo ist er?«

»Bei seinem Betthäschen natürlich.«

»Woher weißt du das denn?«

»Er hat sein Handy hier liegenlassen. Und ich habe die Gelegenheit genutzt, mal seinen Nachrichteneingang zu kontrollieren.«

»Er betrügt dich doch schon lange, Mama. Sag jetzt nicht, du wusstest das nicht.«

»Natürlich wusste ich davon. Aber bisher ist er nie über Nacht weggeblieben. Außerdem hatten seine Bekanntschaften für mich kein Gesicht.«

»Kennst du die Neue denn?«

»O ja! Und ob ich sie kenne!«

»Eine Freundin von dir?« Jana hatte ihre Mutter noch nie so wütend erlebt.

»Schlimmer! Ihre Tochter. Sie ist in deinem Alter.«

»Ach Mama. Das tut mir so leid.« Jana rutschte näher an ihre Mutter heran und legte ihr den Arm um die Schultern.

Sofort sprang ihre Mutter auf. »Trägst du die Klamotten jetzt regelmäßig?«, fragte sie.

»Ja.« Jana senkte den Blick. »Ich bin kein Mann, bin es noch nie gewesen. Hast du das denn nie gemerkt?«

»Das ist doch Unsinn. Was soll ich denn gemerkt haben? Du warst ein ganz normaler Junge. Würde es nicht reichen, wenn du einfach nur schwul wärst? Musst du unbedingt ein Transsexueller sein? Womit habe ich diese Familie nur verdient?«

»Ich werde nicht mehr lange leben, Mama. Dann hast du eine Sorge weniger.«

Ihre Mutter riss die Augen auf. »Bist du krank?«

»Nicht so, wie du jetzt vielleicht denkst. Meine Seele ist krank.«

»Daran stirbt man nicht«, winkte ihre Mutter ab.

»Doch Mama, wenn man die Liebe zum Leben verliert.« Jana erhob sich. »Ich bin hier, um mich von dir zu verabschieden.«

»Was hast du vor?« Mutters Stimme wurde schrill. »Du willst dir doch nicht etwa das Leben nehmen?«

Jana gab keine Antwort und stöckelte aus dem Wohnzimmer.

Die Mutter folgte ihr und packte sie am Arm. »Reicht es nicht, dass ich genug Sorgen mit deinem Vater habe? Musst du mir jetzt auch noch das Herz schwer machen?«

»Deinen Sohn Jan gibt es nicht mehr. Und weil du und Papa eure Tochter Jana nicht akzeptiert, gibt es sie ebenfalls bald nicht mehr.« Tränen stiegen Jana in die Augen. Warum konnte ihre Mutter sie nicht einfach in den Arm nehmen und ihr sagen, dass alles gut wurde?

»Willst du mich etwa erpressen? Das sind doch leere Drohungen. Niemand bringt sich leichtfertig um.«

»Leichtfertig? Nein, Mama. Ich wäre schon längst nicht mehr hier, ich stand schon auf dem Dach und wollte springen, aber eine alte Dame hat mich davon abgehalten. Sie bat mich, noch eine Woche zu warten. Die Woche ist heute vorbei.«

»Du liebe Güte.« Seufzend setzte sich Janas Mutter auf die Schuhbank im Flur. »Dann trag doch deine Frauenkleider. Deswegen brauchst du dir doch nicht das Leben zu nehmen!«

»Es geht nicht nur um die Frauenkleider. Ich will akzeptiert werden. Vor allem von dir und Papa. Verstehst du das nicht?«

»Doch, aber was ist mit deinem Verständnis für uns? Die Nachbarn werden sich das Maul zerreißen – wenn sie es nicht schon längst tun.«

»Die Nachbarn? Schon klar, Mama.« Jana hatte genug und griff nach der Türklinke.

Ihre Mutter begann zu weinen. »Jan, bitte geh nicht.«

»Mein Name ist Jana.« Sie öffnete die Tür und trat ins Freie.

»Gib mir ein wenig Zeit, mich damit abzufinden. Ich verspreche dir, mit deinem Vater zu reden.«

»Mit dem kannst du nicht darüber reden, das weißt du.« Janas Blick fiel auf eine Hose, die über dem Fliederbusch hing.

»Das werden wir sehen. Bitte versprich mir nur, dass du dir nichts antust.«

»Das kann ich nicht.« Jana ließ sie stehen und ging davon.

»Mach du mir doch nicht auch noch Kummer!«, rief Mama ihr nach.

Jana verspürte wieder diese Leere in ihrer Brust, die sie müde werden ließ. Sie mochte nicht mehr um die Liebe ihrer Eltern kämpfen. Das hatte sie ihr ganzes Leben lang getan. Irgendwann war es genug.

Mit zwei Beruhigungstabletten im Blut hatte Friedelies wie ein Stein geschlafen. Selbst von wirren Träumen war sie verschont geblieben. Als sie erwachte, duftete es nach Kaffee. Sie hielt noch kurz die Augen geschlossen, da klopfte es plötzlich an der Tür, und Willi trat mit einem Tablett beladen ins Schlafzimmer.

Entgeistert starrte Friedelies ihn an. »Wie bist du denn hier hereingekommen? Hat Jana dich in die Wohnung gelassen?«

»Äh ... ja«, stotterte Willi. »Aber sie ist schon lange weg.«

»Wo ist sie denn hin?«

»Keine Ahnung. Hat sie mir nicht gesagt.«

»Aber sie hat doch als Frau das Haus verlassen, oder?«

Willi stellte das Tablett auf das Nachtschränkchen. »Klar, sie trug wieder Rock und hohe Schuhe. Sah ganz nett aus. Auch schön geschminkt und so.«

»Gott sei Dank.« Friedelies seufzte. »Ich finde es übrigens wundervoll von dir, dass du Janas Neigung so selbstverständlich hinnimmst und sie behandelst, als wäre sie schon immer eine Frau gewesen.«

Willi lachte. »Warum sollte ich mich daran stören? Es ist ihre Entscheidung, die jeder zu akzeptieren hat.«

»Wenn das nur so wäre.« Friedelies richtete sich im Bett auf und schaute auf die Uhr. »Wie? Zehn Uhr schon? Normalerweise schlafe ich gar nicht so lange.«

»Ist doch kein Wunder nach dem Stress der letzten Tage.«

Willi reichte ihr die Kaffeetasse. »Komm, Liebchen. Jetzt frühstückst du erst einmal.

»Hast du den Anwalt angerufen?« An Friedelies begannen schon wieder die Sorgen zu nagen.

»Ja, wir haben um eins einen Termin.«

»Ich wüsste zu gern, wie es Sue Ellen geht. Ob ich bei der Polizei anrufen kann?«

»Die werden dir keine Auskunft geben. Aber dafür haben wir ja nun den Anwalt.« Willi bestrich ein Croissant mit Kirschmarmelade und hielt es ihr an die Lippen.

Da Friedelies' Magen wieder einmal rebellierte, biss sie nur ein kleines Stück ab. »Ich würde vorher gern noch einmal zu Thea ins Heim fahren und ihr von Sue Ellen erzählen. Auch wenn das Wasser auf ihre Mühlen sein wird.«

Willi köpfte ein gekochtes Ei und schob es ihr hin. »Ach Liebchen, Thea hat sich diese Räuberpistolen bestimmt nur ausgedacht, weil sie sich im Heim furchtbar langweilt.«

»Das bräuchte sie aber eigentlich gar nicht. So reich, wie sie ist, könnte sie sich noch einen schönen Lebensabend machen.«

»Wie – sie ist reich?«, fragte Willi erstaunt. »Und da lebt sie in diesem städtischen Kasten?«

»Das versteh ich auch nicht.« Friedelies zuckte mit den Schultern. »Sag ihr aber nicht, dass ich dir das erzählt habe.«

»Natürlich nicht, mein Herz.« Willi strich ihr mit dem Daumen über die Unterlippe.

»Drei Millionen bunkert sie in ihrem Schranktresor.«

Willi pfiff durch die Zähne. »Mein lieber Scholli. Da werden sich die Erben aber freuen.«

»Sie hat leider keine. Ihre Söhne sind schon tot und haben ihr keine Enkel hinterlassen.« Friedelies fand das schade. Da

Jana das Geld auch nicht mehr brauchte, würde sich wohl der Staat daran bereichern. Sie selbst würde das Vermögen aus Horsts Lebensversicherung wenigstens Sabine vererben. Aber wenn sie darüber nachdachte, gönnte sie es ihrer Tochter genauso wenig wie dem Staat. Vielleicht sollte sie noch ein Testament aufsetzen und das ganze Geld einer Obdachloseneinrichtung oder einem Waisenhaus vermachen. Ja, das war eine gute Idee. Noch heute würde sie sich darum kümmern. Aber ohne Willi. Der Arme sollte nicht erfahren, dass sie bald aus dem Leben schied.

Willi tunkte eine Erdbeere in das Sahneschälchen und hielt sie ihr hin. »Was hältst du davon, wenn wir Thea heute Nachmittag in den Zoo entführen? Dann kommt sie vielleicht auf andere Gedanken und spielt nicht mehr Miss Marple.«

Die Süße der Sahne breitete sich auf Friedelies' Zunge aus. »Das ist eine wundervolle Idee.« Ihr ging das Herz auf, und plötzlich wünschte sie sich, Willi würde sie in die Arme nehmen.

Als könnte er ihre Gedanken lesen, strich er ihr übers Haar und zog sie an seine Brust. Er hob mit dem Zeigefinger ihr Kinn an und schaute ihr tief in die Augen. »Ich würde dich jetzt gern küssen«, hauchte er.

Friedelies verlor sich in seinem Blick. »Dann tu es doch einfach.«

Die Welt um sie herum verschwand hinter einem Schleier. Es gab nur noch Willi und sie. Nach langer Zeit fühlte sich Friedelies endlich wieder wie eine Frau.

Die Sonne schien so warm, dass Jana ihre Jacke auszog. Auf dem Weg zur Bushaltestelle bekam sie plötzlich Gewissensbisse. Ihre Mutter musste sich schrecklich fühlen, jetzt, da sie alles wusste. Dazu kam noch die Trennung von Papa. Aber warum hatte Mama sie nicht einfach gebeten zu bleiben? Wieder zu Hause einzuziehen? Sie musste doch wissen, dass Jana mehr oder weniger auf der Straße stand. Danach hatte sie jedoch gar nicht gefragt. Jana zuckte mit den Schultern. Offenbar hatte sich Mama keine Gedanken darüber gemacht, wo sie denn nun wohnte. Es war ihr egal. Warum sollte sie selbst also ein schlechtes Gewissen haben?

Gut eine Stunde später stand Jana vor Friedelies' Haustür und klingelte sich wieder einmal die Finger wund. Ob Friedelies mit Willi beim Anwalt war? Wenn ja, konnte es dauern, bis die beiden zurückkamen. Nun, wenigstens war das Wetter schön, und sie brauchte nicht zu frieren. Plötzlich dachte Jana an Mick. Sie setzte sich auf die kleine Mauer rechts vom Hauseingang, holte ihr Handy aus der Tasche und wählte seine Nummer. Vielleicht wusste er etwas über Papa.

Am anderen Ende der Leitung heulte ein Motor auf, dann brüllte Mick: »Ja?«

»Ich bin's, Jana. Hast du einen Augenblick Zeit?«

»Wer? Jana? Ach Jan. Ja, Moment, ich geh mal kurz woandershin. Was gibt's denn?«

»Meine Mutter hat meinen Vater rausgeschmissen. Ist er in der Werkstatt?«

»Ja, er ist hier. Aber – das ist ja ein Ding!«

»Wahrscheinlich weiß er noch gar nichts davon. Vielleicht gibst du ihm mal den guten Tipp, sich in unserem Vorgarten umzuschauen.«

»Was ist denn da?«

»Dort liegen seine Klamotten verstreut.«

Mick lachte laut auf. »Freut mich, dass er endlich das bekommt, was er verdient. Das werde ich ihm gleich mal unter die Nase reiben.«

»Ja, mach das. Und sag ihm, er soll wieder geradebiegen, was er verbockt hat.« Insgeheim hoffte Jana, dass ihre Eltern auch ein klärendes Gespräch über die Geschlechtsangleichung ihres Sohnes führen würden. Während sie sich von Mick verabschiedete, wurde auf einmal Friedelies' Schlafzimmerfenster weit geöffnet. Komisch, dann war sie also doch zu Hause? Ob sie noch geschlafen hatte? Das erschien Jana ungewöhnlich, schließlich war es schon fast Mittag. Sie klingelte erneut. Nach ein paar Minuten summte der Öffner.

Friedelies lugte mit zerzaustem Schopf durch die einen Spaltweit geöffnete Wohnungstür. Als sie Jana erkannte, verschwand sie gleich wieder. Jana folgte ihr in die Wohnung und stellte fest, dass Friedelies noch im Bademantel war. Rote Flecken zierten ihren Hals und ihr Gesicht.

Neugierig musterte Jana sie. »Was ist passiert?«

Ein verliebtes Lächeln huschte über Friedelies' Lippen. Verschwörerisch schaute sie in Richtung Schlafzimmer. »Ich habe heute Morgen gar nicht mitbekommen, dass du ihn hereingelassen hast.«

»Wen soll ich reingelassen haben?«

»Na, Willi. Du kannst dir nicht vorstellen, wie tief und fest ich geschlafen habe. Und dann hat er mich geweckt.«

Jana sah Friedelies genau an, was dann geschehen war. Der Glanz in ihren Augen verriet es. Obwohl sich Jana für sie freute, hätte sie gern gewusst, wie sich Willi Zugang zur Wohnung verschafft hatte.

Plötzlich schaute Friedelies erschrocken auf die Uhr. »Ach, du liebe Güte. Der Termin beim Anwalt! Wir haben die Zeit vergessen. Ich muss mich fertig machen.« Sie huschte an Jana vorbei ins Bad.

Eine Sekunde später trat Willi aus dem Schlafzimmer, wie Gott ihn erschaffen hatte. Beschämt blickte Jana zu Boden.

»Ach, du bist es.« Offenbar hatte Willi kein Problem mit seiner Nacktheit. Unbekümmert brachte er ein Tablett in die Küche und bot Jana nun auch noch einen Blick auf seine Kehrseite.

Sie folgte ihm, versuchte, sich auf das obere Drittel seines Körpers zu konzentrieren, und sprach ihn an. »Willi?«

»Was denn?«

»Ich habe dich nicht in die Wohnung gelassen. Wie bist du also hier reingekommen?«

Willi lachte verschmitzt. »Mit dem Schlüssel natürlich. Ich habe mir gestern einfach Friedelies' Ersatz genommen, der am Schlüsselbrett hing.«

»Wäre es nicht angebracht gewesen, sie vorher zu fragen?«

»Ach, das hole ich nach.« Willi stellte das Tablett ab und ging an Jana vorbei zurück ins Schlafzimmer, wo sie ihn gut gelaunt einen Schlager flöten hörte.

Vielleicht hatte Friedelies ja ihr Glück gefunden. Wenn dieser Willi sie wirklich vom Suizid abbringen konnte, war doch alles wunderbar. Jana setzte sich an den Küchentisch und schenkte sich eine Tasse kalten Kaffee ein.

Kapitel 22

Friedelies musste aufpassen, vor lauter Träumerei nicht die Zeit zu vergessen. Überall, wo Willi sie berührt und geküsst hatte, prickelte und summte ihre Haut. Doch dann dachte sie an Sue Ellen und drehte den Wasserhahn auf kalt, um ihre erhitzten Sinne abzukühlen. Willi verdrehte ihr wirklich den Kopf, dabei musste sie ihre Gedanken doch gerade jetzt beisammenhalten. Sie stieg aus der Wanne, trocknete sich ab und betrachtete sich zum ersten Mal seit langer Zeit wieder mit Wohlwollen im Spiegel. Dabei spürte sie, wie die Sehnsucht nach Willis Zärtlichkeit erneut erwachte. Du liebe Güte! Wie sollte sie das nur aushalten? Es durfte nicht sein. Nicht jetzt, da sie dem Abgrund so nah war. Außerdem musste sie erst einmal Sue Ellen nach Hause holen. Hoffentlich konnte diese heute klar denken und würde ihre Aussage widerrufen.

Jana begleitete Friedelies und Willi zum Anwalt. Da Friedelies viel zu aufgewühlt war und Willi heute mit einem geräumigen Mercedes da war, fuhr er selbst. Der Anwalt, ein Mittsechziger mit schlohweißem Haar, hörte sie an und bat sie dann, im Vorzimmer zu warten, während er seine Kontakte nutzte und einige Telefonate führte. Nach einiger Zeit rief er sie wieder in sein Büro. Sue Ellen hatte sich einverstanden erklärt, im Krankenhaus einen Entzug zu machen. Sobald sie stabil genug wäre, würde die Kripo sie vernehmen.

»Kann ich sie besuchen?«, erkundigte sich Friedelies.

»Nein, das wäre jetzt nicht ratsam.« Der Anwalt faltete die Hände auf den Tisch. »Laut den Ärzten gehört es zur Therapie, Frau Schmidt erst einmal von ihrem Umfeld fernzuhalten.«

»Aber sie braucht uns doch«, wandte Friedelies ein. Der Gedanke, dass Sue Ellen im Krankenhaus ganz allein war, war ihr unerträglich.

»Die Ärzte kümmern sich um sie. Und wenn der körperliche Entzug überstanden ist, kann sie selbst entscheiden, ob sie sich zur weiteren Behandlung in die Landesklinik einweisen lässt. Das hängt natürlich auch von ihrer Aussage ab. Und von ihrem Alibi.«

Friedelies griff nach Willis Hand. Geduld war noch nie ihre Stärke gewesen. Doch mit ihm an ihrer Seite würde sie es bestimmt schaffen. Plötzlich riss sie das Klingeln von Janas Handy aus ihren Gedanken.

»Entschuldigung«, sagte diese und drückte den Anruf weg.

Der Anwalt rückte seine Brille zurecht. »Ich werde einige Tage abwarten und Frau Schmidt dann im Krankenhaus besuchen. Bis dahin lassen wir sie am besten in Ruhe. Im Augenblick braucht sie ihre ganze Kraft, um vom Alkohol loszukommen.« Er griff nach einem Kugelschreiber und kritzelte etwas auf einen Block. Dann erhob er sich und streckte Friedelies die Hand entgegen. »Wenn es Neuigkeiten gibt, werde ich Sie umgehend informieren.«

Nachdem sie aus der Anwaltskanzlei in den Sonnenschein getreten waren, blieb Friedelies etwas ratlos stehen.

Willi spielte mit dem Wagenschlüssel und sah sie besorgt an. »Sollen wir nicht trotzdem mit Thea in den Zoo gehen? Ich glaube, ein wenig Abwechslung könnte uns allen gut-tun.«

Dazu hatte Friedelies eigentlich gar keine Lust. Viel lieber wäre sie mit Willi zurück ins Bett gekrabbelt, um in seinen Armen all ihre Probleme zu vergessen. Doch wieder einmal gelang es ihr nicht, nein zu sagen, also nickte sie einfach.

»Gut. Das Frauchen fährt doch bestimmt auch mit, oder?« Willi zwinkerte Jana zu.

»Ja sicher. Auch wenn ich danach wahrscheinlich Blasen an den Füßen habe.« Jana deutete auf ihre Pumps.

»Willst du dir lieber noch andere Schuhe anziehen?«, fragte Friedelies. Sie konnte sich sehr gut vorstellen, wie Ja-nas Füße am Ende des Tages aussehen würden.

»Um Himmels willen, nein!« Jana winkte ab. »Weißt du, wie lange ich davon geträumt habe, High Heels zu tragen? Wer schön sein will, muss leiden.«

»Alle Achtung. Ganz die Frau«, warf Willi ein. Friedelies schaute auf ihre Gesundheitstreter hinunter und fühlte sich auf einmal wie ein Dorftrampel. Hätte ihr Abgang nicht be-vorgestanden, hätte sie gewiss etwas an ihrer Garderobe ver-ändert, schon allein, damit Willi nicht nach anderen Frauen schielte. Sie spürte einen Stich im Herzen und erschrak. War das etwa Eifersucht?

Willi holte sie aus ihren Gedanken. »Du rufst die alte Dame besser an, um ihr zu sagen, dass wir auf dem Weg zu ihr sind.«

Friedelies dachte wieder an Theas verletzende Verdächti-gungen. Ihr Ärger darüber war noch längst nicht verraucht. Aber vielleicht war es wirklich nur die Langeweile gewesen, die ihr diesen Unfug in den Kopf getrieben hatte. Zähneknirschend holte Friedelies ihr Handy aus der Tasche, um sie anzurufen.

Als sie auf dem Parkplatz des Seniorenheims vorfuhren, wartete Thea bereits in ihrem Rollstuhl vor dem Haupteingang. Obwohl das Wetter frühlingshaft warm war, trug sie ihren Wintermantel sowie Pudelmütze und Schal.

»Meinst du nicht, dass du etwas zu dick angezogen bist?«, fragte Friedelies sie zur Begrüßung.

»In der Sonne vielleicht. Im Schatten nicht. Ich habe keine Lust auf eine Lungenentzündung«, konterte Thea. Dabei ließ sie den Blick nicht von Willi, der hinter dem Lenkrad strahlte, als habe er sich gerade ein neues Gebiss geleistet.

»Warum grinst der denn so dämlich?« Thea kniff die Augen zusammen.

»Er will nur freundlich sein. Was hast du heute bloß schon wieder? Wenn du keine Lust hast, in den Zoo zu gehen, kannst du das ruhig sagen.«

Thea wandte den Blick von dem Wagen und schaute nun zu Friedelies. »Wo ist Sue Ellen?«

»Das erzähl ich dir unterwegs.« Friedelies holte tief Luft und schob sie zu Willis Wagen.

Galant stieg dieser aus und begrüßte Thea mit einem Handkuss. »Junge Frau, es freut mich, Sie kennenzulernen.«

»Pah«, grunzte Thea. »Hör auf, mir Honig ums Maul zu schmieren. Ich weiß, wie alt ich bin.«

Willi hob die Augenbrauen. »Ich hab das zwar schon gehört, aber glauben kann ich es nicht, wenn ich Sie so sehe.«

»Was siehst du denn? Eine klapprige Alte im Rollstuhl.«

Die Haare auf Theas Zähnen wuchsen offenbar im Rekordtempo. Ob das an Willi lag? Hilflos blickte Friedelies zu Jana, die sich ein Lachen verkniff.

Willi scharwenzelte weiter um Thea herum. »Na, hören Sie mal, ich sehe eine Dame, die vielleicht nicht mehr so gut zu Fuß ist, aber dennoch in einem Jungbrunnen gebadet hat.«

Jana begann, hinter vorgehaltener Hand zu kichern.

Thea verdrehte die Augen. »Dann würdest du wohl besser auch mal so ein Bad nehmen, damit sich deine Sehkraft wieder verjüngt.«

»Jetzt hört doch mal auf«, schaltete Friedelies sich ein. »Wenn wir nicht bald fahren, ist der Tag vorbei.«

Thea nickte ihr zu. Dann wandte sie sich an Jana. »Worauf wartest du? Hilf mir doch endlich ins Auto.«

Jana sprang aus dem Wagen, griff Thea fachmännisch unter die Arme und setzte sie auf den Beifahrersitz. Willi klappte den Rollstuhl zusammen und verstaute ihn im Kofferraum.

»Und was ist jetzt mit Sue Ellen?«, fragte Thea, nachdem sie losgefahren waren. »Kann sie nicht gerade gehen, oder warum habt ihr sie zu Hause gelassen?«

»Sue Ellen liegt im Krankenhaus«, sagte Friedelies.

»Habe ich also recht.« Thea schnalzte mit der Zunge.

Friedelies holte tief Luft und erzählte ihr, was geschehen war.

»Vielleicht hat sie deinen Horst umgebracht, vielleicht aber auch nicht. Da bin ich mir nicht ganz sicher«, sagte Thea nach einer kurzen Denkpause.

»Ach, auf einmal? Woher der Sinneswandel?« Friedelies schaute aus dem Fenster, vor dem gerade der Fernsehturm vorbeizog.

»Ich habe nachgedacht. Es könnte immer noch jede von euch gewesen sein.«

Ohne weiter darauf einzugehen, tippte Friedelies ihr von hinten auf die Schulter. »Es war übrigens Willis Idee, mit dir in den Zoo zu fahren. Vielleicht bist du ein klein wenig netter zu ihm.«

»Ach so. Na dann.« Thea warf Willi eine Kusshand zu. »Ich hoffe, ich bekomme am Eingang auch einen Luftballon.«

»Ihr Wunsch ist mir Befehl, gnädige Frau.«

Friedelies betrachtete die Lachfältchen in Willis Gesicht. Wenigstens nahm er Theas Bissigkeit mit Humor. Er war eben ein Mann, dem so schnell nichts die gute Laune verhageln konnte. Trotzdem hätte sie gern gewusst, warum Thea derart schlecht gelaunt war. An mangelnder Aufmerksamkeit konnte es heute doch nicht liegen.

An den Kassen drängten sich die Wartenden in drei langen Schlangen. Offenbar hatte halb Köln die gleiche Idee gehabt wie Willi. Friedelies warf einen Blick auf die Uhr. Wahrscheinlich würde die Sonne untergehen, bis sie endlich im Zoo waren. Aber eigentlich war ihr das egal, denn ihr stand der Sinn ohnehin nicht nach einem lustigen Zoobesuch. Der Lärmpegel um sie herum wirkte plötzlich unerträglich, und Schwindel überkam sie.

»Geht es dir nicht gut, Liebchen?« Willi legte die Hand auf ihre Schulter und sah sie besorgt an.

»Du bist so blass«, sagte nun auch Jana.

Thea verrenkte sich den Hals und warf ein: »Ist sie doch immer.«

»Ach was. So käsig wie jetzt nicht.«

Das Strahlen war Willi aus dem Gesicht verschwunden,

und das beunruhigte Friedelies ein wenig. Sie spürte, wie ihr die Knie langsam weich wurden. »Ich habe wohl nicht genug gegessen. Dazu die Aufregung der letzten Tage … Ach, ich weiß auch nicht.« Vorsichtshalber hielt sie Ausschau nach einer Sitzgelegenheit. Als sie keine entdeckte, überfiel sie plötzlich Panik. Ihr Herz raste, und sie sackte in sich zusammen.

Willi fing sie auf und hielt sie sicher im Arm. »Was machst du denn für Sachen, Liebchen?«

Friedelies klammerte sich an ihn. Ihr war sterbenselend zumute.

»Das liegt bestimmt am Wetter. Gestern kalt, heute warm und morgen nass. Da kann schon mal der Kreislauf versagen. Dagegen hilft übrigens Kölnischwasser«, gab Thea zum Besten.

Willi strich Friedelies über die Wange. »Oder was zu essen. Ich denke, wir verschieben den Ausflug auf einen anderen Tag.« Er schaute zu Thea. »Tut mir leid, gnädige Frau.«

»Das glaub ich dir zwar nicht, aber was soll's.«

Währenddessen versuchte Friedelies, wieder auf die Beine zu kommen, und atmete mehrmals hintereinander tief ein.

»Geht es wieder?« Willi hielt sie immer noch fest im Arm.

»Ich glaube schon.« Friedelies loste sich vorsichtig von ihm.

»Dann lade ich euch jetzt alle zum Essen ein. Ich kenne ein nettes Restaurant mit Terrasse, wo wir bei dem Wetter schön und geschützt draußen sitzen können. Was meint ihr?« Erwartungsvoll schaute Willi in die Runde.

Thea schürzte die Lippen und nickte leicht mit dem Kopf. »Von mir aus.«

»Und was ist mit dir, Frauchen?«

Jana lächelte schief, wie immer, wenn er sie so titulierte. »Klar, warum nicht?«

Die Terrasse des Wald-Restaurants bot einen wunderschönen Blick auf den See. Fröhliche Familien und Pärchen fuhren in Tretbooten umher. Kinder kreischten vor Freude. Trotz des flauen Gefühls in ihrem Magen verspürte Friedelies Hunger. Plötzlich musste sie an Sue Ellen denken und bekam ein schlechtes Gewissen. Während sie hier das schöne Leben genossen, kämpfte die Arme bestimmt mit Entzugserscheinungen. Hoffentlich gaben ihr die Ärzte wenigstens gute Medikamente.

»Ich kann mir nicht vorstellen, dass Sue Ellen schon nach einer Woche ohne Alkohol zurechtkommt. Was meint ihr?«, schnitt sie das Thema an.

»Auf keinen Fall«, bestätigte Thea.

»Ich glaub das auch nicht. Das geht höchstens mit Psychotabletten.« Besorgt sah Willi zu Friedelies.

Jana zuckte mit den Schultern. »Ich frage mich, warum sie überhaupt einen Entzug macht. Ist doch egal, ob sie nüchtern oder betrunken vom Dach springt.«

Friedelies warf Jana einen warnenden Blick zu. »Vielleicht will sie sich ja gar nicht mehr das Leben nehmen.«

»Ach, ist das die Freundin mit dem Selbstmordversuch?«

Friedelies versuchte, sich zu erinnern, woher Willi das haben konnte. Dann fiel ihr ein, dass sie ihn am Samstag wegen ihrer kopflosen Suche nach Jana versetzt und dies als Entschuldigung angebracht hatte. »Richtig, das ist sie.«

»Warum wollte sie sich denn das Leben nehmen?«

»Sie hat Probleme mit ihrer Familie.« Sehr viel mehr wollte und konnte Friedelies nicht erzählen. Was wusste sie schon? Vielleicht hätte sie sich noch besser um Sue Ellen kümmern müssen.

»Ach ja. So schleppt jeder sein Päckchen mit sich herum«, sagte Willi darauf nur. Dann winkte er die Kellnerin herbei und bestellte für alle Champagner.

Vorwurfsvoll sah Friedelies ihn an. »Mir ist aber nicht nach Feiern zumute.«

»Das ist auch mehr für deinen Kreislauf.« Willi zwinkerte ihr zu. Dann stand er auf, nahm seine kleine Ledertasche mit der Handgelenkschlaufe und entschuldigte sich kurz.

Thea nahm ihre Pudelmütze ab und strich sich über das weiße Haar, das ihr wie elektrisiert vom Kopf abstand. »Was hilft es Sue Ellen, wenn wir keinen Champagner trinken? Vielleicht stoßen wir einfach mal darauf an, dass sie sich zum Entzug entschlossen hat.«

»Das ist eine gute Idee«, sagte Jana und lächelte Friedelies aufmunternd zu. Sie wirkte nicht mehr ganz so depressiv wie in den letzten Tagen. Ob sie mit ihrem Vater gesprochen hatte? Friedelies nahm sich vor, am Abend unter vier Augen mit Jana zu sprechen. Und mit Thea ebenfalls. Es musste doch einen Grund geben, warum diese heute derart mürrisch war. Als Willi an den Tisch zurückkehrte, fragte sich Friedelies, was er wohl in dieser Tasche mit sich herumtrug. Die Geldbörse konnte es nicht sein, denn die beulte seine Gesäßtasche aus.

Während des Essens machte Willi so viele Späße, dass Friedelies das Herz ein wenig leichter wurde. Auch Theas Zunge war nicht mehr ganz so spitz ihm gegenüber. Doch als sie Thea nach dem Essen zurück ins Heim brachten, wurde sie wieder mürrisch und beschwerte sich keifend über den viel zu engen Gurt, der ihr die Luft abschnürte.

»Der Wagen hier ist doch bestimmt finanziert«, wetterte sie kurz darauf.

Friedelies spürte, wie ihr die Röte des Fremdschämens ins Gesicht stieg. Wie konnte Thea nur so indiskret sein? Und das, obwohl Willi so großzügig zu ihnen gewesen war!

»Nein, ist er nicht«, erwiderte Willi lachend.

»Seit wann verdient man denn als Taxifahrer so viel Geld?«

»Seit ich mein eigener Chef und der von anderen Fahrern bin.«

»Und deine Frauen? Die hatten doch bestimmt auch Geld.«

»Thea!«, rief Friedelies und konnte im Innenspiegel erkennen, wie sich Willis Gesichtsausdruck verhärtete.

»Nein, hatten sie nicht«, sagte er mit belegter Stimme.

»Hätte ja gut sein können, schließlich scheißt der Teufel nicht auf einen kleinen Haufen.«

Friedelies wünschte sich, sie hätte ihre Ohren auf Durchzug stellen können.

Willi schwieg, aber sein Gesicht sprach Bände. Im Wageninneren breitete sich eine unangenehme Stille aus, die so lange anhielt, bis sie auf dem Parkplatz des Seniorenheims zum Stehen kamen. Friedelies sprang aus dem Auto und riss die Beifahrertür auf. Unwirsch zerrte sie an Theas Arm.

»Au! Du tust mir weh!«, rief die alte Frau.

Jana stieg eilig aus, holte den Rollstuhl aus dem Kofferraum und schob ihn Thea unter den Hintern, bevor Friedelies sie fallen lassen konnte.

Friedelies war schon lange nicht mehr so zornig gewesen. »So, meine Liebe«, herrschte sie Thea an, »ich bringe dich jetzt in dein Zimmer, und dann unterhalten wir uns erst einmal.«

Thea starrte sie verdattert an.

Friedelies waren ihre harschen Worte selbst ein wenig unheimlich. Sie konnte sich nicht daran erinnern, vor der zurückliegenden Woche jemals in diesem Tonfall mit einem Menschen gesprochen zu haben. Und nun war es bereits zum zweiten Mal geschehen. Erst bei Sabine, jetzt bei Thea. Wenn sie ehrlich war, fühlte es sich gar nicht schlecht an.

»Soll ich mitkommen?«, fragte Willi, der ebenfalls aus dem Wagen gestiegen war. An seinem versteinerten Gesichtsausdruck erkannte Friedelies, dass er sehr verärgert sein musste.

»Nein, lass mal. Ich möchte das gern allein mit Thea klären.« Friedelies schob den Rollstuhl in Richtung Eingang.

Im Fahrstuhl herrschte eisiges Schweigen, doch sobald sie in Theas Zimmer waren, holte Friedelies tief Luft und legte los: »Kannst du mir mal sagen, was in dich gefahren ist? Ist das deine Art, zu uns zu stehen?«

Mühselig schälte sich Thea aus dem Mantel und legte ihn auf das Bett. Dann zog sie die Pudelmütze aus und rollte hinüber zum Fenster, wo sie nach einer Kerze griff. Eine große rote Rose verzierte den goldenen Stumpen.

»Die hier soll ganz für mich allein brennen«, sagte sie leise.

»Dann zünde sie doch an. Aber was hat die Kerze mit deinen Anschuldigungen zu tun?« Irritiert starrte Friedelies sie an.

»Alle meine selbstgezogenen Kerzen habe ich mit ins Heim genommen. Bei jedem Leichenwagen, der vorgefahren ist, habe ich eine von ihnen angezündet. Die hier ist die letzte. Ich habe nur noch diese eine.«

»Na und? Dann kaufst du eben neue Kerzen.«

Thea hob den Kopf. Ihre faltenumkränzten Augen glichen dunklen Seen. »Darum geht es nicht, Friedelies. Begreifst du nicht? Dies ist die letzte Kerze, die brennen wird. Und ihr Schein gilt nur mir allein.«

Friedelies wurde es unheimlich zumute. Sie setzte sich auf das Bett und versuchte, Theas Worte zu verstehen. »Was soll das heißen? Willst du nichts mehr mit uns zu tun haben?«

»Ich habe euch alle drei ins Herz geschlossen. Und deshalb will ich nicht, dass ihr mit mir in den Tod geht. Mit meinen Verdächtigungen ist es mir gelungen, euch zumindest vorläufig von euren Selbstmordgedanken abzulenken. Und Sue Ellen will sogar vom Alkohol loskommen. Das ist schon einmal viel wert.« Thea stellte die Kerze zurück auf die Fensterbank und faltete die Hände im Schoß. »Aber ich mache mir Sorgen um dich.«

»Um mich?« Friedelies musste das Gesagte erst einmal verdauen.

»Ja richtig. Du hast mit diesem Willi herumgetollt. Ist doch so, oder?«

»Bitte was?« Friedelies stieg die Hitze in die Wangen.

»Schon gut, ich sehe, dass ich richtigliege.« Thea schnalzte leise mit der Zunge. »Tu mir nur den Gefallen, und verlieb dich nicht in ihn.«

»Ich verstehe nicht ganz, was du meinst. Aber dass du ihn nicht leiden kannst, war kaum zu übersehen.«

»Das hat mit *leiden können* nichts zu tun.«

»Sondern?«

»Glaub mir, Friedelies, der ist nur hinter deinem Geld her. Das rieche ich. Willi ist zu perfekt, um wahr zu sein. Solche Männer gibt es im richtigen Leben nicht.«

Friedelies glaubte, sich verhört zu haben. »Hinter meinem

Geld? Was redest du denn da? Bei den paar Kröten? Und die Lebensversicherung von Horst ist für ihn doch eine lächerliche Summe.« Sie stieß ein heiseres Lachen aus. »Willi hat genug Geld. Du solltest mal sein Haus sehen.«

»Das bedeutet gar nichts. Wahrscheinlich hat er das Haus von einer seiner Frauen geerbt. Und jetzt ist er pleite. Der hat Dreck am Stecken – vielleicht hat er sogar seine Frauen um die Ecke gebracht. Das trau ich ihm zu.«

Friedelies verschluckte sich und bekam einen Hustenanfall.

Kapitel 23

Willi brachte Jana und Friedelies nach Hause. Obwohl Friedelies Thea für verrückt hielt, betrachtete sie ihn plötzlich mit einem gewissen Argwohn und suchte in seinen Worten nach Hinweisen. Während der Fahrt gab er sich wieder witzig und charmant. Selbst Jana lachte mehrmals aus vollem Hals. Nein, Friedelies konnte sich beim besten Willen nicht vorstellen, dass Willi hinter ihrem Geld her war. Er war doch reich, sonst hätte er sich bestimmt nicht das Haus und den schicken Wagen leisten können. Obwohl – bei der Wirtschaftskrise, die zurzeit herrschte, stand ja manches Unternehmen vor der Insolvenz.

Als Jana, Friedelies und Willi kurze Zeit später im Wohnzimmer bei einem Glas Wein saßen, holte er wie selbstverständlich den Ordner mit den Versicherungsunterlagen aus dem Schrank.

»Sag mal, Liebchen, hast du der Versicherung eigentlich schon gemeldet, dass Horst tot ist?«

Friedelies wurde hellhörig. Warum interessierte ihn das denn jetzt auf einmal? »Nein, noch nicht. Das hat doch wohl noch Zeit, oder?«

»Ich würde damit nicht zu lange warten. Soll ich das für dich übernehmen? Ich könnte dir ein Schreiben aufsetzen. Den Totenschein hast du aber, oder?«

Friedelies schüttelte den Kopf. »Nein, Sabine kümmert sich doch um die Beerdigung.«

»Dann muss sie den rausrücken.« Willi überflog noch einmal die Versicherungspolice.

»Lass mich bloß mit Sabine in Ruhe«, zischte Friedelies.

Jana kramte eine Nagelfeile aus ihrer Tasche und begann, ihre Nägel zu bearbeiten. »Zahlt die Versicherung überhaupt, wenn der Verdacht auf Mord besteht?«

»Davon steht doch nichts auf dem Totenschein. Ist es nicht so, Liebchen?«

Friedelies hatte die Nase voll. »Jetzt hör mal mit dem Mist auf. Die Versicherung wird bestimmt genau wissen wollen, was los ist. Glaubst du etwa, ich würde sie betrügen?«

»Aber nein!«, sagte Willi bestürzt. »Was denkst du denn von mir? Ich hab nur gedacht, wenn wir uns beeilen, dann ist das Geld vielleicht da, bevor die Versicherung was gesteckt bekommt. Aber wenn du nicht willst …«

»Nein, ich will nicht.« Friedelies dachte an ihren Nachlass. In Willis Beisein hatte sie den Rechtsanwalt natürlich nicht nach den entsprechenden Vorkehrungen fragen können. Das würde sie alles regeln, wenn Sue Ellen aus dem Krankenhaus kam.

Willi klappte den Ordner zu und schaute auf die Uhr. Auf seiner Stirn glänzten plötzlich Schweißperlen. Er blickte sich unruhig um. »Ich glaube, ich muss los.«

»Warum das denn? Ist dir nicht gut?«, fragte Friedelies, die bemerkte, dass er ziemlich blass um die Nase war.

»Ein Freund wollte noch vorbeikommen.« Willi erhob sich und drückte ihr einen flüchtigen Kuss auf die Wange.

Sein abrupter Aufbruch kam Friedelies merkwürdig vor. Ob an Theas Worten doch etwas Wahres war? Es fiel ihr schwer, das zu glauben. Nachdem Willi aus der Tür war, erzählte sie Jana von Theas Vermutungen.

»Ich weiß nicht recht«, sagte Jana zögerlich. »Es scheint mir nicht so, als sei er auf anderer Leute Geld angewiesen. Seine Klamotten sind nicht gerade billig.«

Dass Willi teure Kleidung trug, war Friedelies schon bei ihrem ersten Treffen aufgefallen – auch wenn sie sich mit Marken und Labels nicht auskannte.

In dem Moment klingelte Janas Handy. Fahrig griff sie danach, nahm den Anruf an und verzog sofort den Mund. »Ja, Mama. Ich verspreche es dir«, sagte sie und legte auf.

»Deine Mutter?«, fragte Friedelies verwundert.

»Ja.« Jana berichtete von ihrem morgendlichen Besuch zu Hause und dem Versprechen ihrer Mutter, mit ihrem Vater zu reden.

»Aber das sind doch tolle Neuigkeiten! Warum hast du das nicht schon längst erzählt?« Friedelies' Stimmung hellte sich auf. Vielleicht gelang es Janas Mutter ja, ihren Mann dazu zu bewegen, Jana als seine Tochter zu akzeptieren.

»Bisher war keine Zeit dazu. Außerdem rechne ich nicht damit, dass Papa je wieder mit mir sprechen wird.«

»Und was wollte deine Mutter gerade?«

»Sie wollte nur wissen, wie es mir geht. Und mir sagen, dass ich mir nichts antun soll.«

»Sie macht sich gewiss schreckliche Sorgen um dich.« Friedelies' Mutterherz regte sich mal wieder.

»Ach was, sie hat doch nicht einmal wissen wollen, wo ich untergekommen bin.«

»Das kann ich allerdings nicht begreifen.« Friedelies seufzte. Wenn es bei ihren Problemen mit Sabine doch auch bloß darum gehen würde, dass diese transsexuell war! Dann hätte sie jetzt einen Sohn. Die Vorstellung gefiel ihr.

Als Friedelies am nächsten Morgen das Frühstück vorbereitete, klingelte das Telefon. Es war der Rechtsanwalt, und er überbrachte ihr eine niederschmetternde Nachricht. Fassungslos trat sie auf den Balkon, verharrte dort für einen Moment und atmete tief durch. Dann weckte sie Jana.

Thea schaute nicht mehr aus dem Fenster, ob ein Leichenwagen vorfuhr. Wozu auch? Ihr Kerzenvorrat war bis auf ihre eigene erschöpft. Gelangweilt stellte sie fest, dass im Fernseher nur Mist lief. Also starrte sie die Decke an. Eine Fliege krabbelte um die Lampe herum. Thea beobachtete sie eine ganze Weile, bis ihr Nacken schmerzte. Früher, als sie noch gearbeitet hatte, war ihr nie langweilig gewesen. Doch nun brachte der Zeiger der Uhr sie fast um den Verstand. Außerdem befürchtete sie, dass Friedelies sie wegen ihrer Bemerkungen über Willi nicht mehr besuchen würde. Aber er hatte es bestimmt tatsächlich nur auf die Lebensversicherung abgesehen. Hoffentlich war Friedelies nicht so blind vor Liebe, dass sie ihm das Geld in den Rachen warf! Thea war drauf und dran, das Telefon in die Hand zu nehmen, ließ es dann aber, denn sie wollte sich nicht schon wieder aufdrängen. Bis zum Mittagessen blieb jedoch noch viel Zeit. Thea überlegte, wie sie diese totschlagen konnte. Vielleicht sollte sie noch einmal die Scheine in ihrem Tresor zählen. Bevor sie jedoch dazu kam, klopfte es an ihrer Tür, und eine der Pflegerinnen trat ein. Das Mädchen war noch blutjung und hatte das Gesicht einer Puppe. Es begrüßte Thea freundlich und fragte sie, ob sie mit zum Sitztanz kommen wollte. Auch wenn sich

Thea jahrelang gegen diese Art von Animation gesträubt hatte, hatte sie jetzt nichts gegen ein wenig Zeitvertreib einzuwenden.

Als Thea jedoch Herrn Rettich von der Fünf im Gruppenraum sitzen sah, verhagelte ihr dies schlagartig die Laune.

»Was wollen Sie denn hier?«, fauchte sie, als sie an ihm vorbeigeschoben wurde.

Der Blick des Alten klebte auf dem Busen der jungen Betreuungskraft. »Na, tanzen«, sagte er grinsend und hob dabei ein Bein. Diesmal trug er zwar ein Hemd unter seinem Jackett, an den Füßen jedoch Badelatschen.

»Im Sitzen? Wo Sie doch so fit sind?«

Das Mädchen schob sie ausgerechnet neben ihn in den Kreis. Thea stieg gleich wieder der Geruch von Zigarillos in die Nase. Die Betreuungskraft verteilte bunte Tücher, während Herr Rettich sie fast mit seinem Blick auszog. Dann erklang Akkordeonmusik aus einem tragbaren CD-Player.

Rettich klatschte in die Hände. »Los, Ladys, lasst die Hüften kreisen!«, grölte er.

Die Mitbewohnerinnen im Kreis beachteten ihn nicht und schwenkten die Tücher zu der Musik.

Plötzlich erhob sich der alte Mann und tanzte die Betreuungskraft an, wobei er das türkisfarbene Tuch in seiner Hand wirbelte. »So geht das, Mädels.«

Abschätzig musterte Thea ihn. »Sie sind wirklich ein armes Würstchen, wissen Sie das?«

Rettich blieb scheinbar ungerührt und tanzte langsam aus dem Saal.

Erleichtert atmete Thea auf. Auch wenn ihr die Lust am Sitztanz vergangen war, blieb sie, bis die halbe Stunde vorbei war. Dann trank sie noch einen Kaffee auf der Terrasse und ließ sich anschließend von einer Pflegekraft zurück zu ihrer Station bringen. Schon vom Ende des Flurs aus sah sie, dass die Tür zu ihrem Zimmer weit offen stand, dabei war sie ganz sicher, sie geschlossen zu haben. Die Putzfrau konnte es auch nicht sein, denn die war schon früh da gewesen.

Voller böser Vorahnungen rollte Thea in ihr Zimmer. Der Kleiderschrank war geöffnet worden, und wo sich einst der Tresor befunden hatte, klaffte nun eine gähnende Leere. Thea blieb fast das Herz stehen. Ihre Millionen! Jemand hatte sie gestohlen! Sie begann zu kreischen.

Innerhalb weniger Minuten füllte sich ihr Zimmer mit Personal und Mitbewohnern. Alle fuchtelten aufgeregt mit den Armen. Das Stimmengewirr ringsum brachte Thea fast um den Verstand. Wie sich rasch herausstellte, war sie offenbar die Einzige, die beraubt worden war.

Während eine halbe Stunde später die Polizei nach Spuren suchte, saß Thea im Schwesternzimmer und ließ sich von der Heimärztin eine Beruhigungsspritze setzen. Wie sollte sie das bloß Jana beibringen? Die ganze Zeit hatte Thea ihre Millionen als Rettungsanker betrachtet. Damit wollte sie Jana eine Zukunft unter den Lebenden ermöglichen. Mit dem Geld hätte Jana die Frau sein können, die sie tief im Inneren war. Und nun war es fort. Was für ein Elend!

Die Beruhigungsspritze machte Thea ganz bald müde. Als die Polizei mit der Spurensuche fertig war, ließ sie sich deshalb von einer Pflegerin ins Bett bringen. Doch kurz darauf klopfte es an der Tür. Benommen sah Thea, wie Friedelies den Kopf durch den Spalt steckte.

»Hallo, Thea. Kommen wir ungelegen?«

»Ich bin ausgeraubt worden«, sagte Thea nur.

»Du bist *was*?« Mit einem Satz stand Friedelies im Zimmer. Jana folgte ihr und starrte fassungslos auf den Schrank.

»Alles ist weg. Das ganze Geld«, nuschelte Thea. Sie hatte das Gefühl, in einer Wolke zu liegen.

»Wie konnte das denn passieren? Du hattest es doch im Safe liegen.«

»Der ist ja auch weg«, sagte Jana und hielt die Schranktür weit auf.

»Das darf doch nicht wahr sein.« Friedelies fasste sich ans Herz und ließ sich in den Sessel fallen.

Traurig wandte sich Thea an Jana. »Es tut mir so leid für dich. Mit dem Geld hättest du die Operationen bezahlen können.«

»Ich wollte dein Geld von Anfang an nicht. Das weißt du. Außerdem brauche ich es nicht mehr.«

»Ach Jana, hör doch endlich auf mit dem Quatsch. Und du auch, Friedelies.« Thea fühlte sich so ausgelaugt, als würde gerade der letzte Lebenssaft aus ihrem Körper fließen. So musste es wohl sein, wenn man starb. Vielleicht starb sie ja in diesem Augenblick. Thea schloss einfach die Augen, um es geschehen zu lassen.

»Thea?« Friedelies rüttelte an den Schultern der alten Frau. »Thea, wach auf! Du kannst doch jetzt nicht einfach so schlafen. Thea?« Verzweifelt schaute Friedelies zu Jana. »Sie rührt sich nicht.«

»Glaubst du, sie ist tot?« Jana trat neben sie, holte Theas dünnen Arm unter der Decke hervor und tastete nach dem Puls. »Nein, sie lebt. Wahrscheinlich hat sie ein starkes Beruhigungsmittel bekommen.«

»Dann sollten wir sie schlafen lassen. Die Ärmste«, seufzte

Friedelies. »Komm, wir rufen sie später an.« Friedelies hatte Thea unbedingt erzählen wollen, dass sie mit ihrer Vermutung recht gehabt hatte. Der Anwalt hatte ihr am Telefon mitgeteilt, dass Horst tatsächlich umgebracht worden war – und zwar durch eine Überdosis Insulin. Als Friedelies daran dachte, wurden ihr die Knie weich. Wer in Gottes Namen konnte das getan haben? Am folgenden Tag sollten sie und Jana bei der Polizei erscheinen. Hoffentlich behielten die Beamten sie nicht gleich da und steckten sie in Untersuchungshaft.

Als sie wieder zu Hause waren, setzte Friedelies Nudelwasser auf. Dann rief sie Willi an, um ihm von dem Raub und von Horst zu erzählen. Leider sprang nur der Anrufbeantworter an. Auch auf dem Handy meldete sich lediglich die Mailbox.

»Komisch, ich kann Willi nicht erreichen«, sagte Friedelies zu Jana, die sich zu ihr an den Küchentisch gesetzt hatte. »Er soll doch auch so schnell wie möglich Bescheid wissen.«

»Vielleicht weiß er ja schon, dass Horst umgebracht wurde.« Jana kaute an ihren Fingernägeln.

»Du meinst, der Anwalt könnte es ihm ebenfalls gesagt haben? Das darf er doch gar nicht.«

»Nein, das meine ich nicht. Mir kommt da ein ganz anderer Verdacht.«

Friedelies brach der Schweiß aus. »Sprich es nicht aus, Jana. Nein, nein, nein! Niemals. Das traue ich ihm nicht zu. Willi ist ein lieber Mensch.«

»Klar, und wo ist er jetzt?«

»Ich weiß es nicht.« Als könnte sie Willi in der Küche finden, ließ sie ihren Blick suchend über die Arbeitsflächen schweifen. Da sah sie seine Herrentasche neben dem Toaster liegen. Er musste sie bei seinem überstürzten Aufbruch dort vergessen haben. Wie unter Hypnose stand sie auf, ergriff die Tasche, öffnete den Reißverschluss und schaute hinein. Beim Anblick des Blutzuckermessgerätes und des Pens traf sie beinahe der Schlag.

Jana starrte ebenfalls auf den Inhalt. »Ich fasse es nicht! Was für ein Blender! Wenn er von Theas Millionen gewusst hätte, würde der Raub wahrscheinlich auch auf sein Konto gehen.«

»O nein«, flüsterte Friedelies tonlos.

»Du liebe Güte, du bist ja ganz blass. Fall bloß nicht wieder um.« Rasch sprang Jana auf und reichte ihr ein Glas Wasser.

Unter Friedelies schwankte der Boden. Sie kippte das Glas in einem Zug hinunter und sank wieder auf den Stuhl. »Er wusste von Theas Millionen«, krächzte sie.

»Was? Wirklich?« Jana starrte sie entsetzt an.

»Ich bin so dämlich!« In Friedelies' Brust zog sich alles schmerzhaft zusammen.

»Aber das sollte doch geheim bleiben. Wie konntest du nur?«

»Ich habe ihm vertraut.« Friedelies schossen die Tränen in die Augen.

»So ein Schwein!« Jana trat an den Herd und drehte die Platte mit dem kochenden Nudelwasser ab. »Wir müssen sofort zur Polizei!«

Friedelies gab ihr recht, doch ihre Knie zitterten so sehr, dass sie nicht aufstehen konnte. »Meine Beine wollen nicht, ich glaube, ich muss erst einmal runterkommen. Könntest du mir aus dem Badezimmer eine Beruhigungstablette holen?«

Sie warteten, bis das Medikament wirkte. Nach einer halben Stunde straffte Friedelies die Schultern und atmete tief durch.

»Können wir?«, fragte Jana.

»Ja, ich komme.« Friedelies erhob sich und holte ihre Handtasche.

Auf der Wache nahm der Polizeibeamte Willis Herrentasche samt Inhalt in Verwahrung und notierte sich Friedelies' und Janas Aussagen.

Mit einem dicken Kloß im Hals verließ Friedelies die Wache kurz darauf wieder. Was hatte sie nur angerichtet! Wegen ihr war Horst umgebracht worden. Und nicht nur das, auch Theas ganzes Geld war weg. Am liebsten hatte sie ihrem Leben sofort ein Ende gemacht. Aber sie konnte Jana und Sue Ellen doch nicht einfach alleinlassen!

»Sollen wir noch einmal zu Thea fahren?« Janas Stimme riss sie aus ihren schwarzen Gedanken. »Ich glaube, sie braucht uns jetzt.«

Friedelies nickte. »Ja, fahren wir zu Thea.«

Kapitel 24

Körperlich fühlte sich Sue Ellen so gut wie lange nicht mehr. Aber der seelische Kummer lastete weiterhin auf ihrem Herzen. Dennoch unterdrückte sie den Drang nach Alkohol. Sie durfte nicht noch einmal so viel trinken, dass sie nicht mehr wusste, was sie redete, und sich damit selbst in den Knast brachte. Was hatte sie sich eigentlich dabei gedacht? Am Morgen danach hatte die Erkenntnis sie wie ein Blitz getroffen. Nun gut, vorerst befand sie sich auf freiem Fuß. Hoffentlich war die Aussage, die sie eben gegenüber den Kripobeamten gemacht hatte, auch glaubwürdig rübergekommen. Trotzdem brauchte sie ein Alibi, und das konnte ihr nur Alex geben. Aber ihre Zwillingsschwester würde im Leben nicht aussagen, dass sie bei ihr gewesen war, als Horst Werner umgebracht wurde. Sue Ellen fragte sich, wer ihn wohl auf dem Gewissen hatte. Friedelies auf keinen Fall, und Jana ebenfalls nicht. So abgebrüht, einen Mord zu begehen, waren die nicht. Vielleicht hatte ja Thea nachgeholfen. Aber warum? Es hätte ihr keinen Nutzen gebracht. Oder doch? Nach Horsts Tod konnte sich Friedelies endlich ein schönes Leben machen. Vielleicht hatte Thea ihr genau das ermöglichen wollen. Andererseits traute sie der alten Frau keinen Mord zu, auch wenn ihre Zunge manchmal schärfer als ein Fleischermesser war.

Entschlossen stand Sue Ellen auf und zog das Kranken-
hausnachthemd aus. Im Schrank hingen nur die Kleidungsstücke, die sie bei ihrer Einlieferung getragen hatte. Sie ro-
chen nach Schweiß, Zigaretten und dem Dreck der Straße.
Es war schon ein wenig merkwürdig, dass Friedelies ihr
noch nicht einmal frische Klamotten und etwas Waschzeug
vorbeigebracht hatte. Ob mit ihr alles in Ordnung war? Auch
wenn sich Sue Ellen an vieles, das Anfang der Woche geschehen war, nicht mehr erinnern konnte, wusste sie, dass Friedelies sich mütterlich um sie gekümmert hatte.

Gerade, als sie sich Jeans und Sweatshirt anzog, trat der
Arzt ins Zimmer. Verwundert schaute er sie durch seine tief-
sitzende Nickelbrille an.

»Was haben Sie denn vor, Frau Schmidt?«

»Ich entlasse mich selbst.«

»Davon kann ich Ihnen nur abraten. Ohne die Medikation
besteht das Risiko eines schnellen Rückfalls. Außerdem brauchen Sie einen Therapieplatz.«

Doch nichts konnte Sue Ellen aufhalten, zumal sie nun
endlich ihr Vorhaben umsetzen und ihrer Zwillingsschwester nüchtern entgegentreten konnte.

»Dann geben Sie mir halt die Pillen mit. Nur deswegen
brauche ich doch nicht hierzubleiben. Mir geht es gut.« Sue
Ellen knüllte das Nachthemd zusammen und legte es unten
in den Schrank.

»Na schön, Frau Schmidt. Ich kann Sie nicht zwingen.
Aber Sie bekommen von mir nur die Tablettendosis für den
heutigen Tag. Ich rate Ihnen dringend, bei Ihrem Hausarzt
vorstellig zu werden. Es könnte zu massiven Entzugserscheinungen kommen.« Der Arzt schob seine Nickelbrille hoch.
Dabei flehten seine himmelblauen Augen sie förmlich an.

»Ist klar.« Sue Ellen juckte es in den Fingern. Sie malte sich unvermittelt aus, wie sie dem Arzt das blonde Haar zerzauste, um ihm anschließend einen anständigen Schnitt zu verpassen. Mit seiner aktuellen Frisur wirkte er wie von einem Plattencover aus den achtziger Jahren.

»Ohne Therapie ist die Rückfallquote erschreckend hoch. Aber darüber wird Ihr Hausarzt mit Ihnen sprechen.« Der Arzt griff nach der Türklinke. »Gedulden Sie sich bitte noch, bis wir den Entlassungsbericht geschrieben haben.«

Sue Ellen nickte und hoffte, nicht noch stundenlang warten zu müssen. Mit den besten Wünschen verabschiedete sich der Arzt und verließ das Zimmer. Sie setzte sich auf das Bett und betrachtete nachdenklich ihre schwarzgeränderten Fingernägel. Früher hatte sie regelmäßig ein Nagelstudio besucht, doch irgendwann war ihr alles egal geworden. Sie atmete tief ein, als wollte sie ihre Lungen mit Mut füllen.

»Sagt mal, wollt ihr mich für dement verkaufen?« Schon vom anderen Ende des Flurs aus hörte Friedelies Thea keifen. Aus ihrer offen stehenden Tür flog ein weißes Fellknäuel, das miauende Töne von sich gab. Friedelies näherte sich ihm vorsichtig und fasste es am Schwanz. Ein verärgertes Fauchen war zu hören. Erschrocken wich Friedelies zurück.

Neben ihr lachte Jana laut auf. »Das ist Mizzi, unsere Stationskatze. Keine Angst, sie ist nicht echt.«

»Wirklich nicht?« Friedelies hob das Knäuel hoch und betrachtete es eingehend. Nun fiel ihr auf, dass sich die Katze recht mechanisch bewegte. Sie streichelte ihr über den Rücken, und die Attrappe begann zu schnurren und das Köpfchen zu neigen. »Und ich dachte schon, Thea würde mittlerweile mit lebenden Tieren um sich werfen.«

Ein junges Mädchen mit Pferdeschwanz hastete aus Theas Zimmer.

Jana nickte ihm mitleidig zu. »Beim nächsten Mal schaust du dir besser vorher die Doku an. Oder fragst die Kolleginnen.«

Das Mädchen presste die Lippen aufeinander. Friedelies vermutete, dass es sich um eine Schülerin handelte, die hier ein Praktikum absolvierte, und sagte tröstend: »Aller Anfang ist schwer. Außerdem hat Frau Holzapfel tatsächlich Grund, miese Laune zu haben.«

»Ich weiß, sie ist heute ausgeraubt worden. Gerade deshalb wollte ich sie mit der Katze aufmuntern. Ist wohl gründlich danebengegangen.« Die Praktikantin zuckte mit den Schultern. Dann nahm sie Friedelies die Katze ab und trollte sich.

Thea saß in ihrem Rollstuhl und starrte an die Decke. Für Friedelies und Jana hatte sie keinen Blick übrig.

»Ach Thea, wie können wir dich bloß aufmuntern?«, fragte Friedelies und legte ihr die Hand auf die Schulter.

»Gar nicht«, knurrte die alte Frau. »Das Geld ist weg und meine Laune im Keller.«

Jana kniete sich vor sie und umfasste ihre faltigen Hände. »Wir wissen wahrscheinlich, wer dahintersteckt. Es kann nur Willi gewesen sein. Erst hat er Horst umgebracht, und als dann die Aussicht auf die Lebensversicherung flöten gegangen ist, hat er dich ausgeraubt.«

Als Thea sie ansah, traten Friedelies Tränen in die Augen.

»Ist das wahr? Aber woher wusste er von den Millionen?«

»Bisher ist es nur eine Vermutung. Aber Willi ist nicht erreichbar. Er wird es wohl gewesen sein.« Friedelies dachte daran, wie schamlos er sie ausgenutzt hatte, und es schmerzte mehr, als sie sich eingestehen wollte. Dann erzählte sie von dem Blutzuckermessgerät und dem Pen in seiner Tasche.

»Aber woher wusste er von den Millionen?«, beharrte Thea.

»Ich habe mich verplappert.« Friedelies fiel vor ihr auf die Knie. »O Thea! Es tut mir so leid. Bitte verzeih mir.«

»Es kann doch nicht so schwer sein, ihn zu finden. Was ist denn mit diesem Internet?« Thea schaute zu Jana. »Du bist jung, du kennst dich bestimmt gut damit aus. Warum suchst du da nicht nach ihm?«

»Na, ich glaube kaum, dass er GPS hat.«

»Was?«

Jana winkte ab. »Du hast recht. Ich versuche es mal. Mit Friedelies' Laptop.«

»Kann ich dabei sein?« Theas Miene hellte sich ein wenig auf.

»Ja sicher«, sagte Jana.

Friedelies holte Theas Mantel aus dem Schrank und zog ihn ihr über.

Als sie kurze Zeit später im Auto saßen, schaute Thea nachdenklich aus dem Fenster. Friedelies fragte sich, was wohl hinter ihrer Stirn vor sich ging.

»Ich habe die Polizei belogen. Und euch ebenfalls«, raunte Thea plötzlich.

»Wie? Warum das denn?« Friedelies hatte Mühe, sich auf den Verkehr zu konzentrieren. »Bist du etwa doch nicht ausgeraubt worden?«

»Doch, das schon. Aber eigentlich bin ich keinen Deut besser als Willi. Das Geld war kein Lottogewinn.«

»Hast du eine Bank überfallen?«, erklang Janas aufgeregte Stimme von der Rückbank.

»Nein, an Lebenden hätte ich mich nie bereichert.« Thea hielt kurz inne und runzelte die Stirn. »Es waren die Toten, die ich beraubt habe.«

Friedelies fuhr den Wagen rechts ran, stellte den Motor ab und starrte sie ungläubig an. »Wie das denn?«

»Ich habe viele Jahre bei einem Bestatter gearbeitet und dort die Leichen hergerichtet. Einige der Toten sollte ich mit Schmuck behängen, den die Angehörigen mir gebracht hatten. Meist war es nicht besonders wertvolles Zeug, wie ich schnell feststellen musste.« Thea warf Friedelies einen beschämten Blick zu.

»Sag bloß, du hast die Klunker der Toten ins Pfandhaus gebracht.« Jana krallte die Hand in den Vordersitz.

»Ja. Aber nur, damit meine Söhne nicht hungern mussten, das könnt ihr mir glauben. Nach dem Krieg gab es doch kaum etwas. Warum sollte eine Tote Goldschmuck tragen, wenn ich davon auf dem Schwarzmarkt für meine Jungs etwas zu beißen kaufen konnte? Aber wie gesagt, das meiste war ohnehin nur Blech. Die Angehörigen hatten wohl auch Hunger.«

»Ja, und wie bist du dann an die Millionen gekommen?«

Theas Blick schweifte in die Ferne. »Es war in den Sechzigern. Ich hatte es schon lange aufgegeben, Schmuck zu versetzen. Doch dann geriet mir diese Brosche mit den vielen Steinen in die Hände, in denen sich das Licht der Kühlkammer in tausend Farben brach. Wie konnte ich zulassen, dass solch eine Schönheit in der Erde verrottete? Also nahm ich die Brosche an mich und vergaß sie viele Jahre lang in meiner Schatulle – bis ich einen Bericht über Adelsschmuckstücke im Fernsehen sah. Eigentlich wäre die Brosche viel mehr als drei Millionen wert gewesen. Aber auf offiziellem Weg konnte ich sie ja schlecht verkaufen.«

»Wann war denn das?«, fragte Friedelies. Theas Erzählung hatte sie vollkommen in den Bann gezogen.

»Kurz vor dem Tod meines jüngeren Sohnes. Ich bin nicht mehr dazu gekommen, ihm das Geld zu geben. Hätte ich doch nur früher gewusst, welches Vermögen in meiner Schatulle schlummerte!«

»Das ist ja ein Ding.« Jana staunte sie mit offenem Mund an.

Thea nickte. »Ja, das sind die Geschichten, die das Leben schreibt.«

Friedelies konnte das alles nicht fassen. »Aber warum hast du das Geld denn nicht ausgegeben? Ich meine, du hättest davon doch in einer vornehmen Seniorenresidenz leben können.«

»So eine habe ich mir auch angeschaut. Aber mit all den feinen Pinkeln unter einem Dach hätte ich es nicht lange ausgehalten.«

»Und warum hast du dir nicht eine private Pflegerin genommen?«, fragte Jana.

Thea winkte ab. »Um Himmels willen, ich wollte niemanden Tag und Nacht in meiner Wohnung haben. Es ist nun einmal so, wie es ist. Ich kann die Uhr meines Lebens nicht zurückdrehen.«

»Das ist wahr«, pflichtete Friedelies ihr bei. Sie dachte daran, dass auch sie noch vor kurzem all ihre früheren Entscheidungen angezweifelt hatte. Nun wusste sie, dass es gut gewesen war, Willi damals zu verlassen. Friedelies startete den Motor wieder und fuhr nach Hause.

Als sie in ihrer Wohnung waren, schnappte sich Jana sofort Friedelies' Laptop und setzte sich damit an den Küchentisch.

»Was glaubst du, was du über Willi findest?«, fragte Friedelies, während sie Thea in die Küche schob.

»Keine Ahnung. Erst einmal frage ich die Suchmaschine nach seinem Namen.«

»Willi Sauer – ein Allerweltsname«, seufzte Friedelies. »Den gibt es bestimmt tausendmal im Internet.«

»Geht so.« Konzentriert starrte Jana auf den Bildschirm.

»Was findet man denn da alles?« Thea nippte an dem Glas mit Wasser, das Friedelies ihr hingestellt hatte.

»Bilder von einigen Willis, eine Fahrschule, Willis 90. Geburtstag … Nur nicht den Willi, den wir suchen.«

»Aber sein Taxiunternehmen, das müsste doch drinstehen.« Friedelies gab Kaffeepulver in den Filter und stellte die Maschine an.

»Klar, aber was bringt uns das? Warte, ich schau mal auf Facebook.« Janas Finger flogen über die Tasten. »Hier ist ein Willi Sauerhering, auch nicht schlecht«, kicherte sie. »Aber nein, unser Gauner ist nicht dabei.«

Friedelies setzte sich zu ihr und betrachtete das Display. »War ja klar. Dachtest du, der würde preisgeben, wohin er sich mit seinem Diebesgut absetzt?«

»Nein, natürlich nicht. Aber manche Leute posten schon mal etwas über ihre Urlaubsorte. Vielleicht hatten wir einen Hinweis darauf finden können, wo er gerade ist.

Friedelies stützte das Kinn auf ihre rechte Hand und dachte nach. Während sie in Gedanken die Fotogalerie in seinem Haus durchging, klingelte es plötzlich an der Tür. Erschrocken fuhr sie zusammen.

»Huch, wer ist denn das?« Jana schaute fragend in die Runde.

»Na, Willi bestimmt nicht«, erwiderte Thea.

Friedelies sprang auf. »Es könnte die Polizei sein. Vielleicht gibt es Neuigkeiten.«

»Wenn die Dame so gnädig wäre und öffnen würde, wüssten wir es bald.« Thea sah sie auffordernd an.

Friedelies eilte zur Tür, riss sie auf und blickte in Sue Ellens Gesicht. »Du? Aber …«

»Mir geht es gut. Danke der Nachfrage. Soll ich wieder gehen?«

Sofort bekam Friedelies ein schlechtes Gewissen. »So war das nicht gemeint. Nun komm doch erst einmal herein.« Friedelies versuchte, so diskret wie möglich zu erschnüffeln, ob Sue Ellen getrunken hatte. Doch da war nichts. Nur ihre Kleidung roch etwas streng nach Schweiß.

»Ich hab nichts intus.« Sue Ellen schlängelte sich an ihr vorbei und ging in die Küche. Dort hängte sie ihre Kapuzenjacke über die Stuhllehne, und da die anderen sie mit Fragen überfielen, erzählte sie erst einmal von ihrem Entzug und wie gut sie sich fühlte.

»Das schaffst du nie«, kommentierte Thea und tippte ungeduldig mit den Fingern auf der Tischdecke herum.

»Warum denn nicht? Ich traue ihr das zu.« Aufmunternd drückte Friedelies Sue Ellens Schulter.

»Lasst uns lieber nach meinem Geld suchen«, murrte Thea.

Sue Ellen schaute sie fragend an. »Wovon redest du? Welches Geld?«

Friedelies räusperte sich und fasste sowohl den Raub vom Vormittag als auch Theas Beichte im Auto kurz zusammen.

Sue Ellen pfiff durch die Zähne. »Und wie wollt ihr den Typ jetzt finden?«, fragte sie. »Der hat sich doch bestimmt ins Ausland abgesetzt.«

»Durch untätiges Herumsitzen finden wir ihn auf jeden Fall nicht.« Mürrisch starrte Thea vor sich hin.

Plötzlich hatte Friedelies einen Gedankenblitz. Doch bevor sie ihn aussprechen konnte, klingelte Janas Handy.

Entnervt schaute diese auf das Display. »Meine Mutter.«

Friedelies griff über den Tisch hinweg nach ihrer Hand. »Sie macht sich eben Sorgen. Oder dein Vater ist inzwischen so weit, dich zu akzeptieren, wie du bist.«

»Im Leben nicht«, stöhnte Jana und drückte den Anruf weg.

»Tu ihr das nicht an, Liebes.« Friedelies war sicher, dass Janas Mutter sehr unter der quälenden Ungewissheit litt.

»Sie kann ruhig noch ein wenig zappeln.« Jana wandte sich wieder dem Laptop zu.

»Aber nachher rufst du sie an, einverstanden?«

»Na gut, wenn es sein muss.«

Eine Viertelstunde später waren sie noch keinen Deut weitergekommen. Da erinnerte sich Friedelies plötzlich an ihren Gedankenblitz. »Hört mal, ich habe in Willis Haus einige Fotos gesehen. Unter anderem, wo er beim Angeln war. An einem Fluss stand eine Hütte und er sagte, es wäre seine.«

»Und wo war das?« Jana hatte schon die Finger auf der Tastatur.

»In der Eifel«, schoss es pfeilschnell aus Friedelies heraus. »In der Nähe von Burg Eltz.« Mit einem Mal erwachte ihr Jagdinstinkt.

»Vielleicht versteckt er sich ja da?« In Theas alten Augen blitzte Hoffnung auf.

Sue Ellen tippte sich an die Stirn. »Glaubst du, der wäre so blöd? Mit dem Geld könnte er doch längst auf dem Weg zu den Fidschiinseln sein.«

»Das werden wir ja sehen.« Friedelies sprang auf. Keine Sekunde wollte sie mehr warten. Rasch räumte sie die leeren Kaffeetassen in die Spülmaschine, lief zur Garderobe und holte ihre Handtasche.

»Außerdem ist er gefährlich und bestimmt bewaffnet.« Skeptisch schaute Jana sie an.

»Na und? Das sind wir auch.« Friedelies zog das längste Messer aus dem Block und steckte es in ihre Tasche.

Theas Kehle entwich ein heiseres Lachen. »Das hätte ich dir nie zugetraut!«

»Echt cool«, sagte Sue Ellen. »Vier Weiber auf Gangsterjagd. Ich glaub es nicht.« Sie strahlte über das ganze Gesicht.

Kurze Zeit später fuhren sie auf der Autobahn in Richtung Eifel. Vor ihnen senkte sich bereits purpurfarben die Abenddämmerung über das Land. Friedelies ertappte sich dabei, wie sie an Willis Zärtlichkeiten dachte. Wieder einmal war es falsch gewesen, einem Mann zu vertrauen.

Jana tippte auf dem Navi herum. »Wissen wir denn überhaupt, wo genau die Hütte liegt?«

»An einem Fluss«, sagte Thea.

»Ach, und wie heißt der Fluss? Wäre nicht schlecht, wenn ich das wüsste, damit ich den Namen eingeben kann.«

»Das ist der Elzbach. Es wird dir nicht viel bringen, den Namen einzugeben.« Friedelies wechselte die Spur und trat aufs Gas. Es würde wohl eine lange Suche werden.

Kapitel 25

Als sie die Autobahn verließen, war es bereits stockdunkel. Friedelies gab sich alle Mühe, mit dem Wagen nicht von der unbeleuchteten Straße abzukommen, und ihr wurde klar, dass es wenig Sinn ergab, in der Nacht nach der Hütte zu suchen. Sie schaltete das Fernlicht ein. Wenn sie hier schon nicht mehr die Hand vor Augen sah, wie würde es dann erst im Wald sein? Außerdem hatten sie ja noch Thea samt Rollstuhl im Schlepptau.

»Ich glaube, das war eine Schnapsidee von mir. Sollen wir nicht besser nach Hause zurückfahren?«, fragte sie, ohne den Blick von der Straße zu wenden.

Neben ihr murrte Thea: »Wie? Noch mal anderthalb Stunden im Auto? Denk an meinen Hintern! Danach habe ich mit Sicherheit einen Dekubitus.«

»Ach Quatsch, Thea. So schnell sitzt du dich nicht wund«, sagte Jana von der Rückbank aus.

»Hast du etwas zu trinken dabei?« Sue Ellen beugte sich vor, bis sie nah an Friedelies' Ohr war.

»Nein, daran habe ich nicht gedacht.«

»Mist, ich muss meine Tabletten nehmen.«

»Schaffst du das nicht so?«, warf Thea ein. »Musst nur ordentlich Spucke im Mund sammeln, dann geht das.«

»Okay, ich versuche es.« In Sue Ellens Händen knisterte

etwas. Dann waren schwere Schluckgeräusche zu hören. »Hat geklappt.«

Die Straße wurde immer kurviger. Friedelies drosselte das Tempo. Sie hatte die Orientierung verloren, und weit und breit gab es kein Schild, das ihr den Weg wies. »Was sagt die Navi-App? Wo sind wir?«

»Kein Empfang mehr«, antwortete Jana. Das Wageninnere wurde schwach vom Schein des Handy-Displays erleuchtet.

»Du liebe Güte, wir sind verloren.« Friedelies sah sich schon im Wald kampieren.

»Ich muss mal«, verkündete Thea.

»Ist das jetzt wirklich nötig?«, entgegnete Friedelies entnervt. »Glaubst du, wir finden hier irgendwo ein Klo?«

»Warum übernachten wir nicht einfach in einer Pension?«, schlug Sue Ellen vor.

»Gute Idee, wenn du mir sagst, wo ich eine finde.«

»Also, ich weiß nicht, wovon ich das bezahlen soll.«

»Ja, Thea, wir wissen, dass du kein Geld mehr hast. Ich kann bestimmt mit Karte bezahlen. Aber erst einmal müssten wir eine Ortschaft finden.«

»Dir ist schon klar, dass du einen Berg hinauffährst? Abwärts wäre besser. Meist liegen die Ortschaften in Tälern«, ließ sich Thea vernehmen.

Doch nie und nimmer wollte Friedelies auf dieser engen Straße wenden. Vor ihrem inneren Auge erschienen grauenvolle Bilder: ihr zerschelltes Auto am Hang, die Insassen hinausgeschleudert. Lieber fuhr sie bis zum Gipfelpunkt und danach wieder hinunter – auf die paar Kilometer kam es nun auch nicht mehr an. Und wirklich ging es irgendwann wieder abwärts. Ob sie allerdings den Gipfel erreicht hatten, wusste Friedelies nicht, denn von Wegweisern fehlte weiterhin jede Spur. Da entdeckte sie plötzlich in der Ferne Lichter. Doch ehe sie sich darüber freuen konnte, blinkte die Tankanzeige. Friedelies wähnte sich im falschen Film. Wie hatte sie sich nur so planlos in dieses Abenteuer wagen können?

»Da blinkt was«, sagte Thea.

»Die Tankanzeige.« Jana stöhnte auf. »Auch das noch.«

»Und was nun?« Friedelies ging vom Gas.

»Nicht stehen bleiben!«, rief Jana schrill. »Womöglich springt der Wagen nicht mehr an.«

In diesem Augenblick verspürte Friedelies das Bedürfnis, einfach die Tür aufzureißen und alles hinter sich zu lassen. Aber das brachte sie nicht übers Herz. Stattdessen fuhr sie weiter, bis der Wagen zu stottern begann. Nach ein paar letzten Sprüngen kam er zum Stehen.

Thea entwich ein leiser Pups.

»Wer geht zur nächsten Tankstelle?« Jana krallte die Hände in Friedelies' Sitz, während Sue Ellen neben ihr immer kleiner wurde.

»Gott, ist das unheimlich hier.« Ohne Alkohol war von ihrer großen Klappe nicht viel übrig.

Friedelies drehte sich zu den beiden um und sah Sue Ellen an. »Wir beide, würde ich sagen. Dann kann Jana sich um Theas Bedürfnis kümmern.«

»Wie doof, dass kein Kerl bei uns ist, der uns beschützen kann«, wandte sich Sue Ellen an Jana. Ihre Stimme troff vor Ironie.

Jana gab keine Antwort.

Friedelies fiel das Messer ein. Sie griff nach ihrer Handtasche, die zu Theas Füßen lag, und zog die Waffe hervor. »Was brauchen wir einen Kerl, wenn wir das hier haben.«

»Stimmt«, stieß Jana erleichtert aus. Wahrscheinlich hatte sie schon befürchtet, Jan hervorkramen zu müssen.

Nach einer halben Stunde Fußmarsch erreichten Friedelies und Sue Ellen einen kleinen Hof und erfuhren dort, dass die nächste Tankstelle fünf Kilometer entfernt sei. Doch der nette Mann half ihnen gern mit fünf Litern in einem Reservekanister aus.

Vor lauter Dankbarkeit hätte Friedelies ihm am liebsten die Füße geküsst. Sie fragte ihn nach einer Pension in der Nähe. Wie sie erfuhr, würde die Kanisterfüllung für die Strecke nicht reichen. Also mussten sie damit doch erst zur Tankstelle fahren. Mit zwei Flaschen Wasser und vier Butterbroten, die der hilfsbereite Eifelbewohner ihnen eingepackt hatte, machten sich Friedelies und Sue Ellen kurz darauf auf den Rückweg zum Auto.

Während des Marsches fragte Friedelies Sue Ellen beiläufig nach der Puppe und was denn nun wirklich geschehen sei.

»Wenn wir das hier hinter uns haben, werdet ihr *mir* helfen müssen«, antwortete Sue Ellen nur.

»Wobei denn?«

»Später, Friedelies. Im Augenblick möchte ich noch nicht darüber reden.«

Ohne Alkohol wirkte Sue Ellen mit einem Mal so reif, als sei sie eine ganz andere. In einem kleinen Winkel ihres Herzens freute sich Friedelies, auch wenn die Umstände gerade alles andere als erfreulich waren.

Als sie den Wagen erreichten, sah Friedelies, dass Thea schlief und Jana offenbar versuchte, mit ihrem Handy einen Empfang herzustellen. Mit Sue Ellens Hilfe füllte sie das Benzin in den Tank und spürte mit einem Mal, wie sie die Müdigkeit überfiel. Gähnend legte sie den Kanister in den Kofferraum. Sue Ellen blickte sie besorgt an. »Willst du nicht erst etwas schlafen, bevor wir weiterfahren?«

»Das wäre wohl wirklich besser, bevor ich noch in einen Sekundenschlaf falle.« Friedelies schleppte sich auf den Fahrersitz, kurbelte die Lehne zurück und schloss die Augen.

Als sie wieder erwachte, zeigte die Uhr auf dem Armaturenbrett, dass sie zwei Stunden geschlafen hatte. Sie sah zu Thea, die ebenfalls gerade erst die Augen öffnete und herzhaft gähnte.

»Geht es jetzt endlich weiter?«, fragte sie.

»Aber nur, wenn Friedelies fit ist.« Jana streckte beide Arme von sich und weckte damit auch Sue Ellen.

Als Friedelies wieder ganz bei sich war, startete sie den Wagen. Nach einigen Kurven befanden sie sich schließlich auf der Straße zur Tankstelle, die der nette Bauer ihnen beschrieben hatte.

Jana stieß plötzlich einen Jubelschrei aus. »Ich hab Empfang! Wir sind wieder in der Zivilisation!«

»Na, Gott sei Dank!« Kaum hatte Friedelies diese Worte ausgesprochen, piepste es in ihrer Handtasche. »Nanu? Wer kann das denn sein?« Sie lenkte den Wagen an den Straßenrand und kramte das erleuchtete Handy aus ihrer Tasche. Als sie das Display sah, begann es in ihren Ohren zu rauschen.

»Wer ist das?«, murmelte Thea schlaftrunken.

»Es ... es ist ... Willi«, sagte Friedelies mit zitternder Stimme.

»Hä?«, stieß Jana hervor.

Sue Ellen lachte auf. »Das glaub ich jetzt nicht. Was schreibt er?«

Friedelies tippte auf den Namen und las die Nachricht vor. »Wo bist du, Liebchen? Ruf mich bitte an.«

»So abgebrüht kann er doch nicht sein«, sagte Sue Ellen.

Friedelies glaubte an einen schlechten Scherz. Doch nach dem ersten Schreck überkam sie blanke Wut. Rasch drückte sie auf die Anruftaste und hatte Willi sofort am Apparat.

»Gott sei Dank, Liebchen! Wo steckst du denn?«, fragte er zur Begrüßung.

»Wo ich stecke? Das fragst du noch?« Friedelies vergaß beinahe zu atmen. »Dir ist wohl gar nichts heilig. Hast du gedacht, ich mache gemeinsame Sache mit dir?«

»Was denn für eine gemeinsame Sache?«, fragte Willi verwirrt.

»Die Polizei ist schon unterwegs zu deiner Hütte, und wir auch!«, kreischte Friedelies.

Thea pikste sie mit dem Zeigefinger in die Rippen und schüttelte den Kopf. »Das hättest du nicht sagen dürfen.«

»Welche Hütte denn?«, fragte Willi.

»Na, dein Gaunerversteck.«

»Friedelies, sag mal, geht es dir gut?«

»Nein, mir geht es nicht gut. Ich bin so enttäuscht von dir!« Mit einem Mal verließen Friedelies sämtliche Kräfte, die sie in den letzten Stunden mobilisiert hatte. Sie drückte den Anruf weg und sank weinend zusammen.

Jana stieg aus, öffnete die Fahrertür und half Friedelies aus dem Wagen. Dann nahm sie sie in den Arm und hielt sie fest. »Ganz ruhig. Alles wird gut.«

»Wie denn?«, schluchzte Friedelies. Das Telefon in ihrer Hand klingelte erneut. Sie ballte die Faust. »So ein Scheißkerl! Der ist noch schlimmer, als Horst es je war.« Sie schleuderte das Handy in den Wagen, wo es auf Theas Schoß landete.

Diese nutzte die Gelegenheit und nahm den Anruf entgegen. »Heiratsschwindler, Massenmörder, Gauner!«, schrie sie in das Telefon. Dann warf sie es aus dem Auto und Friedelies vor die Füße.

Voller Zorn trat Friedelies mit dem Absatz darauf. Das Display knirschte.

Sue Ellen, die mittlerweile auch aus dem Wagen gestiegen war, hob die Augenbrauen. »Oh, oh! Das war jetzt nicht so klug.«

»Was?«, bellte Friedelies.

Sue Ellen presste kurz die Lippen aufeinander. »Du hättest besser die Ruhe bewahrt.«

»Wozu?«

»Nun überleg doch mal. Am besten hättest du so getan, als hättest du von nichts eine Ahnung.«

»Wie soll das denn gehen?« Friedelies knirschte mit den Zähnen. »Ich bin völlig fertig! Meinst du, da könnte ich noch ins Telefon lächeln?«

»Aber du hättest dich von ihm zu seiner Hütte lotsen lassen können.«

Vor Friedelies' Füßen gab das Handy ein leises Quietschen von sich. Sue Ellen hob es auf und drückte die grüne Taste. Angestrengt lauschte sie in den Hörer. Dann sah sie Friedelies mit geweiteten Augen an und gab ihr nur durch ihre Mimik zu verstehen, dass das Telefon trotz des kaputten Displays noch funktionierte. Ihre Lippen formten ein stummes »Mach jetzt!«, während sie Friedelies das Handy reichte.

Friedelies schloss kurz die Lider, atmete einmal kräftig durch und nahm es entgegen.

»Willi?«, sagte sie nur und versuchte, das Zittern in ihrer Stimme zu unterdrücken.

»Mensch, Liebchen, was ist denn los mit dir?«

»Wo bist du?«, raunte Friedelies.

»Zu Hause. Mir geht es nicht so gut. Ich hatte einen Zuckerschock und war im Krankenhaus. Seit Stunden versuche ich schon, dich zu erreichen.«

Friedelies' Knie gaben nach, und sie sank zu Boden.

»Du … du warst im Krankenhaus?«, krächzte sie.

»Glaub dem kein Wort!«, rief Thea dazwischen.

»Ja, wenn mein bester Freund mich nicht gefunden hätte, wäre ich womöglich tot. Ich hab mein Insulin nicht mehr gefunden. Wahrscheinlich hab ich das bei dir vergessen.«

Vor Friedelies' Augen regnete es rote Sterne. »Es tut mir so leid, Willi. Bitte glaube mir.«

»Das war allein meine Schusseligkeit. Dafür konntest du doch nichts. Aber sag mal, wo bist du denn jetzt?«

Friedelies schaute sich auf der dunklen Straße um und brachte es nicht übers Herz, ihm die Wahrheit zu sagen. Sie schämte sich schrecklich. »Wir, also meine Freundinnen und ich, haben einen kleinen Ausflug in die Eifel unternommen. Jetzt sind wir wieder auf dem Weg nach Hause.«

»Du hast aber nicht getrunken, oder? Ich meine, weil du eben so einen Blödsinn geredet hast. Von wegen Polizei und der Hütte.«

Friedelies hielt kurz den Atem an, dann fasste sie sich. »Das erkläre ich dir, wenn ich zu Hause bin.« Wie sie das anstellen sollte, ohne Willi bis ins Mark zu verletzen, wusste sie allerdings nicht.

Als sie kurz darauf den Wagen startete, meldete sich Thea als Erste zu Wort. »Du glaubst dem Gauner doch nicht etwa?«

»Doch, Thea. Er war im Krankenhaus. Sein Alibi ist wasserfest.«

»Vielleicht, was meine Millionen betrifft, aber was ist mit dem Mord an deinem Horst?«

Friedelies schluckte. An Horsts mysteriösen Tod hatte sie nicht mehr gedacht. »Wir haben Willi unrecht getan, als wir ihn des Raubes verdächtigt haben. Lass uns doch erst einmal hören, was er zu sagen hat.«

»Dir ist nicht zu helfen. Er wird doch sowieso lügen.« Thea drehte leicht den Kopf in Richtung Rückbank. »Was meint ihr?«

Im Innenspiegel sah Friedelies, wie Sue Ellen mit den Schultern zuckte. »Also, ein Motiv hatte er ja tatsächlich. Wenn es nicht das Geld war, dann wollte er ihn vielleicht beseitigen, damit er dich ganz für sich allein hat.«

Friedelies' Herz zog sich zusammen. Es hatte so gut getan, Willis Stimme zu hören. Ihr Klang allein ließ darauf hoffen, dass alles gut werden würde.

Jana reagierte vorsichtig. »Wir sollten wirklich erst einmal abwarten, was er zu sagen hat.«

»Aber nur mit dem Brotmesser in der Hand«, verkündete Thea.

Friedelies wusste nicht mehr, was sie denken oder fühlen sollte. Deshalb schaltete sie einfach ab und betrachtete den Silberstreif am Himmel, der bereits den Morgen ankündigte.

»Fahren wir sofort zu Willi?«, brach Sue Ellen das Schweigen, als sie sich nach einer Weile endlich auf der Autobahn befanden.

»Ich kann euch auch erst nach Hause bringen«, sagte Friedelies. Mittlerweile zweifelte sie daran, dass es eine gute Idee war, Willi gemeinsam mit den anderen zu überrumpeln. Wenn er unschuldig war, woran sie nur zu gern glauben wollte, musste er sie doch für völlig übergeschnappt halten.

»So weit kommt es noch«, schnaufte Thea. »Der Mann ist gefährlich!«

»Dann sollten wir das Ganze besser der Polizei überlassen«, meinte Jana mit dünner Stimme.

Sue Ellen kicherte. »Als wir noch dachten, er hätte Theas Millionen im Sack, war er doch eigentlich viel gefährlicher. Und trotzdem sind wir auf der Suche nach ihm in die Einöde gefahren.«

Thea kniff die Augen zusammen. »Also gut, dann auf zu Willis Haus.

Kapitel 26

Als Friedelies den Wagen vor Willis Haus parkte, schluckte sie schwer gegen die Übelkeit, die in ihr aufstieg. Neben ihr öffnete Thea wie auf Kommando die Augen und war offenbar sofort hellwach.

»Auf in den Kampf, die Schwiegermutter naht ...«, sang sie schief.

Zögernd legte Friedelies die Hand an den Türöffner. »Wollt ihr nicht doch lieber im Wagen warten?«

Thea schüttelte den Kopf. »Bist du wahnsinnig? Also noch einmal: Wir lassen dich nicht mit diesem Mörder allein.«

»Aber bitte haltet euch zurück, ja?« Flehend schaute Friedelies erst Thea an und drehte sich dann zur Rückbank um.

Sue Ellen und Jana nickten wortlos.

Thea atmete geräuschvoll aus. »Lass uns erst einmal sehen, wie er uns entgegentritt.«

»Also, mir ist schon etwas mulmig zumute«, gestand Jana, als sie die Wagentür öffnete.

Sue Ellen hingegen gab sich mutig. »Vier gegen einen. Dazu ein Brotmesser. Was soll da passieren?«

Jana hob den Rollstuhl aus dem Kofferraum. »Sollten wir nicht doch besser die Polizei einschalten? Die sind bestimmt froh, wenn wir ihnen sagen, wo sie Willi finden.«

»Vielleicht ist er ja schon längst verhaftet worden«, mutmaßte Sue Ellen.

»Nein, ist er nicht.« Friedelies zeigte zu der Balustrade über der Eingangstür. Willi trat gerade auf den Balkon und schaute zu ihnen herab. Er trug einen blau-gold gestreiften Pyjama. Mit der Hand strich er sich das vom Schlaf zerzauste Haar glatt. Dann verschwand er plötzlich wieder in seinem Schlafzimmer.

Friedelies wurde es heiß und kalt zugleich. Was sollte sie ihm bloß sagen? Doch bevor sie länger darüber nachdenken konnte, drängte Thea sie keifend weiter. Als Friedelies mit zittrigen Fingern auf den Klingelknopf drückte, blieb ihr vor Aufregung fast das Herz stehen. Es dauerte eine Weile, bis sie Schritte hörte. Dann öffnete sich die Tür, und Willi strahlte sie mit weit geöffneten Armen an. Er trug eine dunkelblaue Flanellhose und ein weißes Hemd. Sein Haar hatte er aus der Stirn gekämmt.

»Komm in meine Arme, Liebchen. Mensch, was hab ich dich vermisst.«

Friedelies wollte sich ihm schon an die Brust werfen, doch da spürte sie, dass sich Theas Hand in ihren Mantelärmel krallte.

»Sie wird gar nichts tun«, keifte die alte Frau. »Wir sind nur hier, um etwas klarzustellen.«

Friedelies warf ihr einen warnenden Blick zu, aber Thea ließ sich nicht beirren.

»Du hast Horst ermordet, weil du an die Lebensversicherung wolltest. Ist es nicht so?«

Friedelies wollte etwas sagen, brachte jedoch keinen Ton heraus, weil ihr Hals so trocken war, dass sie kaum noch schlucken konnte.

Willi fiel das Strahlen aus dem Gesicht. »Was reden Sie denn da?« Er griff nach Friedelies' Arm und versuchte, sie von Thea fortzuziehen.

Diese hielt sie jedoch weiterhin am Ärmel fest. »Wahrscheinlich hast du auch noch jemanden beauftragt, meinen Tresor zu klauen.«

Friedelies riss sich von Thea los und fand ihre Stimme wieder. »Jetzt halt endlich mal den Mund, Thea!«

In Willis Augen stand Entsetzen geschrieben. Er starrte Friedelies an. »Glaubst du das etwa auch, Liebchen?«

Bevor Friedelies ihm eine Antwort geben konnte, rauschte ein dunkelblauer Wagen in die Einfahrt. Zwei Männer stiegen aus, die ihr nur allzu bekannt waren.

Kommissar Lutz und sein Kollege schritten auf sie zu und stellten sich Willi als Kripobeamte vor.

Thea rieb sich die Hände. »Da haben Sie Ihren Mörder. Bitte schön. Sie können ihn sofort festnehmen.«

»Nun aber mal langsam, junge Frau«, sagte der Kommissar.

»Ich bin nicht jung«, blaffte Thea ihn an.

Er beachtete sie nicht und wandte sich an Willi. »Dürfen wir eintreten? Wir haben ein paar Fragen an Sie.«

»Ja sicher.« Willi warf Friedelies einen traurigen Blick zu. Dann ließ er Kommissar Lutz und seinen Kollegen ins Haus und schloss die Tür.

Friedelies kamen die Tränen. Konnten Willis Augen wirklich lügen?

»Du hast dich also doch in ihn verliebt.« Friedelies hatte nicht bemerkt, dass Thea sie die ganze Zeit über genau beobachtet hatte. »Lasst uns fahren«, sagte sie nur und ging zum Wagen.

Sue Ellen eilte an ihre Seite und legte ihr den Arm um die Schultern. Hinter ihnen folgte Jana mit der schimpfenden Thea im Rollstuhl.

»Warum gehen wir denn schon? Ich will doch sehen, wie sie ihn abführen.«

»Thea, es reicht«, raunte Jana. »Wir bringen dich jetzt ins Heim, damit Friedelies endlich zur Ruhe kommt.«

Als Friedelies zu Hause war, streifte sie die Schuhe von den Füßen und ließ sich auf die Couch fallen. Jana steckte ihr ein Kissen in den Rücken, während Sue Ellen in der Küche etwas zu trinken holte.

»Glaubst du auch, dass Willi Horst umgebracht hat?«, fragte Friedelies nach einer kurzen Atempause.

Jana schüttelte die braunen Locken. »Ich kann mir nicht vorstellen, dass er so gut schauspielern kann.«

Weil ihre Beine mittlerweile unerträglich schmerzten, legte Friedelies die Füße hoch. Noch bevor Sue Ellen aus der Küche kam, war sie eingeschlafen.

Schwester Heidi betrat das Zimmer und begann sofort zu schimpfen. »Frau Holzapfel, wo waren Sie denn schon wieder? Sie können doch nicht einfach die ganze Nacht wegbleiben!«

Thea nahm ihr Hörgerät aus den Ohren. Sie hatte keine Lust auf eine Gardinenpredigt. Dann wies sie die Pflegerin an, ihr ins Bett zu helfen.

Als sie lag, dachte sie an die arme Friedelies, die sich ihr Leben lang in die falschen Männer verliebt hatte. Thea verspürte eine große Wut auf Willi. Nicht, weil er wahrscheinlich Horst auf dem Gewissen oder gar den Raub ihres Tresors in Auftrag gegeben hatte, sondern weil er Friedelies das Herz gebrochen hatte. Das war schlimmer als alles andere.

Nach einer Weile fielen ihr die Augen zu. Doch plötzlich rüttelte jemand an ihrer Schulter. Als sie die Lider hob, stellte sie fest, dass es abermals nicht der Sensenmann war, sondern nur Schwester Heidi, die ihre fleischigen Finger in ihre Schulter krallte. Die Pflegerin sagte irgendetwas, doch Thea konnte sie nicht hören.

Als Schwester Heidi es bemerkte, stopfte sie ihr rasch das Hörgerät in die Ohren.

»Warum lassen Sie mich nicht schlafen?«, murrte Thea.

»Wir haben den Dieb gefunden!«

»Den hab ich doch schon längst ausfindig gemacht.« Thea fühlte sich bestätigt. Da hatte der Kommissar das Vögelchen wohl zum Singen gebracht. »Und den Mörder von Herrn Werner auch«, fügte sie hinzu.

Schwester Heidi erstarrte. »Wie bitte?«

»Ja, Sie haben richtig gehört. Der Dieb und der Mörder sind dieselbe Person.«

»Sie glauben, Herr Rettich hat …?« Sämtliche Farbe war aus dem Gesicht der Pflegerin gewichen.

»Der Rettich von der Fünf? Was hat der Lustmolch denn damit zu tun? Nee, da liegen Sie aber falsch«, belehrte Thea sie.

»Ein Kollege hat Ihren Tresor bei ihm im Schrank gefunden.«

Thea zog sich am Bettgitter hoch. »Was? Dieses Ferkel hat meinen Tresor geklaut?«

»Ja richtig. Die Polizei hat ihn festgenommen.«

»Und was ist mit meinem Geld?« Thea konnte es immer noch nicht glauben.

»Das liegt nun im Haustresor. Ob etwas fehlt, kann ich allerdings nicht sagen. Aber wenn Sie mit in die Verwaltung kommen, können Sie es gern zählen.«

»Ja, später.« Thea musste sich erst einmal sammeln. Viel konnte der Rettich noch nicht ausgegeben haben – höchstens einen Tausender für den Puff.

Schwester Heidi rückte einen Stuhl an das Bett und ließ sich darauf nieder. »Aber jetzt sagen Sie mal, wer hat denn Ihrer Meinung nach Herrn Werner umgebracht?«, fragte sie mit gesenkter Stimme.

Mittlerweile traute Thea ihrem eigenen Urteilsvermögen doch nicht mehr. »Ach, vergessen Sie es. Ich habe mich wohl geirrt.«

»Vielleicht sollten Sie mit der Polizei reden.«

Thea wurden die Lider schwer. »Die kümmert sich bereits darum.«

Schwester Heidi atmete geräuschvoll ein. Dann erhob sie sich. »Ruhen Sie sich erst einmal aus. Ich schaue später wieder nach Ihnen.«

Thea hätte gern noch ein paar Minuten lang über alles gegrübelt, doch ihre Augen machten nicht mehr mit und schickten sie kurzerhand in den Schlaf.

Friedelies hob den Kopf. Noch nie in ihrem Leben hatte sie solch einen unbändigen Durst auf Kaffee verspürt, dessen Duft ihr köstlich in die Nase stieg. Sie brauchte einen Augenblick, um sich daran zu erinnern, was geschehen war. Dann sah sie wieder Willis traurige Augen vor sich. Als sie auf die Uhr schaute, stellte Friedelies fest, dass sie höchstens eine Viertelstunde geschlafen hatte. Trotzdem war ihre Müdigkeit verflogen. Ob sie Willi anrufen sollte? Das war wohl das

Beste, wenn sie Gewissheit haben wollte. Auf dem Weg in die Küche kam es ihr vor, als schwankte der Boden unter ihren Füßen.

Sue Ellen schälte Kartoffeln, und Jana taute irgendetwas in der Mikrowelle auf.

»Was gibt's denn Leckeres?« Schwerfällig setzte sich Friedelies an den Küchentisch.

»Ich habe noch ein paar Schnitzel in deiner Kühltruhe gefunden. War es in Ordnung, dass ich sie herausgeholt habe?« Jana wickelte etwas Küchenkrepp von der Rolle und breitete es neben dem Spülbecken aus.

»Ja natürlich.«

»Du hast aber nicht lange geschlafen«, sagte Sue Ellen.

»Ich möchte Willi anrufen.« Friedelies stand auf, schenkte sich eine Tasse Kaffee ein und ging zurück ins Wohnzimmer. Dort nahm sie das Telefon und wählte Willis Festnetznummer, die sie bereits auswendig kannte. Als er sich nicht meldete, versuchte sie es auf seinem Handy. Der Teilnehmer war nicht erreichbar. So ein Mist! Vor ihrem inneren Auge sah Friedelies, wie Willi in Handschellen aus seinem Haus geführt wurde. Traurig schaute sie das Telefon an und legte es zurück in die Ladestation. Gerade als sie wieder in die Küche gehen wollte, läutete es. Friedelies blieb fast das Herz stehen. Rasch nahm sie den Hörer ab und meldete sich atemlos.

»Du glaubst also doch nicht, dass ich es war«, lachte Willi am anderen Ende der Leitung.

Auf der Stelle kullerten Friedelies Tränen der Erleichterung über die Wangen. »Ach, Willi! Verzeih mir, ich war so durcheinander.«

»Das kann ich verstehen. Aber ich bin ein bisschen traurig darüber.«

»Ja, Willi. Aber du kannst mir eines glauben: Mein Herz hat mir immer die Wahrheit gesagt.«

»Das ist schön, Liebchen.«

»Sag mal, wo warst du denn gerade?«, fragte Friedelies vorsichtig.

»Ach, ich war in meinem Büro und hab nach meinem Knöllchen gesucht. Ich brauche ja ein Alibi für die Tatzeit, da ich leider unter Verdacht stehe – welcher Knallkopp auch immer die Kripo darauf gebracht hat, ich könnte mit dem Mord an Horst etwas zu tun haben.«

Friedelies presste die Lippen aufeinander.

»Das war bestimmt deine alte Freundin, so wie die mich angekeift hat. Aber zum Glück habe ich ein Alibi und bin aus dem Schneider.«

»Das ist gut«, sagte Friedelies und kämpfte mit ihrem Gewissen.

»Für die Tatzeit gibt es nämlich ein schönes Foto von mir auf der Autobahn«, sagte Willi schmunzelnd. Friedelies dachte daran, wie schlecht es sich mit einer Lüge lebte und wie viel schlechter noch es sich damit starb. Sie nahm all ihren Mut zusammen und beichtete Willi, dass sie auf der Wache gewesen war, um der Polizei seine Herrentasche zu bringen.

Am anderen Ende der Leitung wurde es still.

»Es war ein Fehler von mir, Willi. Ich kann verstehen, wenn du jetzt auflegst.«

»Das muss ich erst einmal verdauen. Mach's gut, Friedelies.«

Das leise Klicken in der Leitung durchfuhr Friedelies wie ein Dolchstoß. Kraftlos sank sie in einen Sessel und ließ ihren Tränen freien Lauf.

Kurz darauf steckte Jana den Kopf zur Tür herein. Als sie Friedelies weinen sah, lief sie zu ihr. »Du Arme, was ist denn los?«

Schluchzend erzählte Friedelies, dass Willi nach ihrer Beichte verletzt aufgelegt hatte.

Jana strich ihr über die nasse Wange. »Lass ihn eine Nacht darüber schlafen. Wenn er dich wirklich liebt, wird er dir verzeihen. Schließlich hast du genug durchgemacht. So, und nun komm, die Schnitzel sind fertig.«

Friedelies bekam natürlich keinen Bissen hinunter. Nach den Aufregungen der letzten Tage saß ihre Kleidung schon merklich lockerer. Früher hätte sie dies als positiven Nebeneffekt betrachtet, doch nun war es ihr gleich.

Als Schwester Annemarie das Zimmer betrat, erkannte Thea sofort an ihrem Gesichtsausdruck, dass etwas nicht stimmte. Wortlos stellte sie Thea den kleinen Becher mit den Tabletten hin.

»Geht es dir nicht gut?« Aus den Augenwinkeln sah Thea, wie Annemarie eine Träne über die Wange rollte.

»Haben Sie es etwa noch nicht mitbekommen?«

»Nein, was denn?«

»Ich weiß nicht, was Heidi geritten hat. Ehrlich nicht. Ich hätte nie gedacht, dass sie zu so etwas fähig wäre.« Die Pflegerin schüttelte den Kopf und rang sichtlich um Fassung.

»Wozu fähig?« Die Neugierde jagte Thea einen Schauer über den Rücken.

Schwester Annemarie seufzte schwer und setzte sich auf den Sessel.

»Heute nach dem Dienst ist sie zur Polizei, um sich zu

stellen. Im Schwesternzimmer war sie völlig aufgelöst. Sie redete davon, es nicht ertragen zu können, wenn jemand anderes für sie ins Gefängnis müsste.«

Thea blinzelte aufgeregt. »Wie, ins Gefängnis? Könntest du dich vielleicht mal klar ausdrücken?«

»Heidi sagte, sie habe Herrn Werner eine Überdosis Insulin gespritzt.«

Thea riss die Augen auf. »Schwester Heidi hat ihn umgebracht? Aber warum?« Thea versuchte, sich einen Reim darauf zu machen. Die Pflegerin war zwar immer etwas ruppig gewesen, aber einen Mord hätte sie ihr nicht zugetraut.

»Er hat sie ständig beschimpft und wollte sich nicht von ihr pflegen lassen, weil ihre Figur ihm nicht gepasst hat. Man merkt es Heidi vielleicht nicht an, aber sie leidet sehr unter ihrem Gewicht. Wie sie mir im Vertrauen erzählt hat, wurde sie schon in der Schule gehänselt. Und sie hatte Angst, sie würde entlassen, weil Herr Werner sich andauernd über sie beschwert hat.« Gedankenverloren knetete Schwester Annemarie den Saum ihres Kittels.

»Ach du liebe Güte! Und deshalb hat sie ihn zum Schweigen gebracht. Und ich dachte …« Das schlechte Gewissen überfiel Thea mit Macht.

»Was haben Sie gedacht?«

»Ach, nichts. Aber ich glaube, ich muss mich unbedingt bei jemandem entschuldigen.«

»Hatten Sie denn einen Verdacht?« Thea nickte. »Ja, leider. Und damit habe ich Närrin einen riesigen Schaden angerichtet.« Keine Viertelstunde später suchte Thea im Telefonbuch nach Willis Nummer, fand jedoch nur die seines Taxiunternehmens. Als sie Willi dort nicht erreichte und die Telefonistin seine Privatnummer nicht herausgab, fackelte Thea nicht lange, legte auf und organisierte sich mit Hilfe der Auskunft einen Behindertentransport.

Fahrig knabberte Sue Ellen an ihren Fingernägeln. Ihre Hände zitterten, und Friedelies dachte mit Sorge an die fehlenden Medikamente. In all der Aufregung hatte Sue Ellen vergessen, ihren Hausarzt aufzusuchen. Und nun, am Samstag, hatte die Praxis natürlich geschlossen. Auf Sue Ellens Stirn bildeten sich Schweißperlen. Mit glasigen Augen starrte sie auf den Fernseher.

»Ich habe noch Beruhigungstabletten im Bad. Meinst du, die würden dir fürs Erste helfen?«, fragte Friedelies.

»Ich weiß nicht.« Sue Ellen zuckte mit den Schultern.

»Besser als nichts«, warf Jana ein.

Friedelies erhob sich. »Wir sollten so schnell wie möglich ins Krankenhaus fahren, damit du dort deine Medikamente bekommst.«

»Ja natürlich«, stöhnte Sue Ellen und schloss die Augen. »Ich hätte nicht gedacht, dass es so schwer sein würde.«

Nachdem sie zwei der Tabletten genommen hatte, wurde Sue Ellen ruhiger. »Würdet ihr mir helfen?«, fragte sie plötzlich.

»Aber natürlich.« Friedelies legte ihr eine Decke über.

Jana blieb stumm. Wie es schien, war sie mit ihren Gedanken ganz woanders.

»Wenn ich im Krankenhaus war, möchte ich danach zu meiner Zwillingsschwester fahren. Thea will ich aber nicht dabeihaben. Wer weiß, wie die sich wieder aufführt.«

»Das kann ich verstehen.« Friedelies dachte daran, was Thea Willi alles an den Kopf geworfen hatte, und spürte wieder einen Stich im Herzen. »Weswegen haben deine Schwester und du euch eigentlich zerstritten?«

Sue Ellen atmete tief ein. »Wegen Mara.«

Nun warf Jana ihr einen interessierten Blick zu. »Mara? Wer ist das?«

»Meine Nichte.« Sue Ellens Augen füllten sich mit Tränen. »Ach, ich weiß gar nicht, wo ich anfangen soll.«

»Erzähl einfach«, sagte Friedelies in beruhigendem Tonfall.

»Meine Schwester Alex und ich waren immer unzertrennlich. Selbst eine Doppelhochzeit haben wir gefeiert. Nur in einem unterschieden wir uns: Alex wollte keine Kinder, ich schon.« Sue Ellen nahm das Wasserglas vom Tisch und leerte es in einem Zug. Dann blinzelte sie die Tränen weg. »Leider kann ich keine bekommen.«

Um Friedelies' Herz schloss sich eine kalte Faust. »Und dann hat sie für dich ein Kind ausgetragen?«

»Ja. Alles lief super. Selbst unsere Männer spielten mit. Na ja, nicht von Anfang an. Wir brauchten schon einige Überredungskünste, bis sie damit einverstanden waren. Außerdem bestand mein Schwager darauf, der Vater zu sein. Einer künstlichen Befruchtung durch meinen Mann hätte er nie zugestimmt. Aber wir haben uns einigen können. Nach außen hin haben Alex und ich dann öfter die Rollen getauscht und hatten einen Heidenspaß während unserer Schwangerschaft.« Sue Ellen atmete schwer. »Bis zur Geburt. Danach war alles anders. Sobald die Kleine bei mir zu Hause war, hat Alex kein Wort mehr mit mir gesprochen. Bis zu dem Tag, an dem der Unfall passierte.«

»Doch nicht etwa …« Friedelies graute es vor dem, was sie gleich hören würde.

»Nein, der Kleinen ist nichts geschehen«, erklärte Sue Ellen. »Jemand ist mir hinten draufgefahren. Ein Blechschaden. Doch für Alex war es Grund genug, mir Mara wegzunehmen.«

Erleichtert atmete Friedelies aus. »Ging das denn so einfach? Warst du in der Geburtsurkunde nicht als Mutter angegeben?«

»Nein, so weit hat Alex das Spiel nicht getrieben. Und genau da hätte ich eigentlich schon misstrauisch werden müssen. Aber ich habe ihr vertraut.«

»Später hätte es doch auf jeden Fall Probleme gegeben. Was wolltet ihr dem Kind sagen, wenn es älter ist?«

»So weit habe ich damals gar nicht gedacht. Ich wollte nur ein Kind.«

»Hast du mit dem Trinken angefangen, weil du Mara verloren hattest?«, fragte Jana.

»Ja, um den Schmerz zu betäuben.«

Allmählich begriff Friedelies den Zusammenhang mit der Puppe. »Und dein Mann?«

»Der war ziemlich schnell über alle Berge«, seufzte Sue Ellen mit schweren Lidern.

Friedelies gab keine Ruhe. »Und morgen willst du noch einmal mit deiner Schwester sprechen? Was willst du ihr denn sagen?«

»Ich hab im Krankenhaus genug Zeit zum Nachdenken gehabt.« Sue Ellen fielen die Augen zu. Sie schlief ein.

Friedelies zog ihr die Decke über die Schultern. Wenn Sue Ellen ausgeschlafen hatte, würde sie ihr sicher erzählen, wie sie mit ihrer Schwester ins Reine kommen wollte.

Erleichtert stellte Thea fest, dass in Willis Haus Licht brannte. Nachdem der Fahrer sie in den Rollstuhl gesetzt und zur Tür gebracht hatte, drückte sie mit ihrem knochigen Zeigefinger so lange auf die Klingel, bis Willi endlich die Tür öffnete.

»Was wollen Sie denn hier?«, knurrte er zur Begrüßung.

»Mich bei dir entschuldigen.« Thea runzelte die Stirn vor lauter Ärger über sich selbst. »Da hab ich im Alter von hundert Jahren wohl den größten Fehler meines Lebens gemacht.«

Willis Mundwinkel zuckten.

Thea fröstelte und zog den Mantel enger. »Es tut mir von Herzen leid, dass ich dich verdächtigt habe.«

»Mit so was muss man immer vorsichtig sein.«

»Von der Vorsicht habe ich mich schon vor Jahren verabschiedet und dem Leichtsinn den Vortritt gegeben. Wenn du auf die Hundert zugehst, ist irgendwann alles egal.« Thea glaubte, Kühlakkus in den Sohlen ihrer Pantoffeln zu haben. »Kann ich einen Augenblick reinkommen? Mir ist schrecklich kalt.«

»Ja sicher.« Willi öffnete die Tür weit und schob Thea durch den Flur bis ins Wohnzimmer.

Sie blickte sich staunend um. »Du lieber Himmel! Da hat Friedelies wirklich nicht übertrieben.«

»Möchten Sie was trinken?« Willi rollte sie neben die ausladende Couch.

Thea sah zu dem vergoldeten Servierwagen, auf dessen Glasscheiben unzählige Kristallkaraffen standen. »Ein Cognac wäre nicht schlecht. Ich weiß nicht, wann ich zum letzten Mal einen getrunken habe. Muss in den Achtzigern gewesen sein.«

Willi ließ sich nicht zweimal bitten, füllte einen Schwenker und reichte ihn Thea. »Wissen Sie – ob Sie mich verdächtigt haben oder nicht, ist mir herzlich egal. Nur, dass Friedelies mit auf den Zug gesprungen ist, hat mich arg verletzt. Ich glaube, die wollte gar nicht wirklich was von mir. Die wollte sich doch nur an Horst rächen.«

Der Cognac rann wie flüssiger Bernstein durch Theas Kehle. Für einen Augenblick genoss sie das warme Gefühl in ihrer Brust. Dann nickte sie. »Ja, zuerst war es so.«

Willi ließ sich seufzend auf die Couch fallen. »Und ich hab das noch nicht mal gemerkt.«

»Ich sagte: zuerst. Das war, bevor sie sich mit dir getroffen hat. Danach war es um sie geschehen.« Thea hob den Blick und schaute Willi tief in die Augen. »Ich habe sie dazu überredet. Wusstest du, dass sie sich vom Dach stürzen wollte? Ich konnte sie fürs Erste davon abhalten. Die Idee, Horst vor seinen Augen zu betrügen, stammt übrigens von mir.«

»Was sagen Sie da? Ist das wahr?« Willi blies die Wangen auf.

Thea nickte. Dann erzählte sie ihm die ganze Geschichte. Als sie fertig war, wischte sich Willi eine einzelne Träne von der Wange und atmete tief durch.

Thea befeuchtete ihre Kehle mit dem letzten Rest aus ihrem Schwenker. Dann stellte sie das Glas auf den Tisch. »Friedelies liebt dich. Wahrscheinlich hat sie das immer getan. Hör zu, Willi, du bist der einzige Mensch, der sie glücklich machen kann.«

Willi schloss für einen Moment die Augen. »Was Sie mir da erzählt haben, haut mich echt um.« Schwerfällig erhob er sich. »Seien Sie mir nicht böse, aber ich glaube, ich bring Sie jetzt besser zurück ins Heim.«

»Das kann ich verstehen. Wenn ich nur noch ein Schlückchen von dem Cognac haben könnte? Dann kannst du mich auch sofort fahren.«

Willi schenkte nur einen Fingerhut voll in das Glas. Aber Thea genoss den Schluck, weil sie wusste, dass es der letzte Cognac ihres Lebens sein würde.

Nachdem Sue Ellen etwas geschlafen und ein Bad genommen hatte, bat sie Friedelies, sie ins Krankenhaus zu fahren. Gemeinsam mit Jana wartete Friedelies im Wagen vor der Ambulanz auf sie. Es dauerte eine Weile, bis sie wieder herauskam. Doch wie Friedelies erleichtert feststellte, lachte sie dabei und winkte mit einem Rezept. Dann stieg sie in den Wagen.

»Hierfür gibt's das Wundermittel. Wir müssen es nur noch in der Notfall-Apotheke abholen.«

»Was sagt der Arzt ansonsten?«

»Er hat mir ans Herz gelegt, unbedingt eine stationäre Therapie zu machen.«

»Wirst du das?«

»Ja, ich denke schon. Allein wegen Mara.« Sue Ellen kramte ihr Handy aus der Jackentasche und tippte eine Nummer ein.

»Wen rufst du an?«, fragte Jana.

Sue Ellen gab keine Antwort. Friedelies sah, dass ihre Hand, mit der sie das Handy an ihr Ohr hielt, zitterte. »Könnt ihr mich kurz allein lassen?«

Friedelies und Jana verließen den Wagen. Schweigend warteten sie auf der Straße, bis Sue Ellen ihr Gespräch beendet hatte und sie wieder hereinwinkte.

Friedelies schnallte sich an. »Hast du mit deiner Schwester telefoniert?«

»Ja, und es war nicht mal übel. Sie ist bereit, mit mir zu sprechen, weil ich endlich mal wieder nüchtern sei.«

»Wann denn?«, fragte Friedelies vorsichtig nach, weil sie dem Frieden nicht traute.»Morgen früh.« Fahrig strich sich Sue Ellen das Haar aus der Stirn. »Au Mann, hab ich Herzrasen.«

Am nächsten Tag bat Sue Ellen Friedelies um seelischen Beistand. So fuhren sie gemeinsam zu der Siedlung, in der Sue Ellens Zwillingsschwester wohnte.

»Bist du bereit?«, fragte Friedelies, als sie den Wagen am Straßenrand parkte.

»Ja, das bin ich.« Sue Ellen öffnete die Tür und stieg sichtlich entschlossen aus.

Friedelies befürchtete, dass ihr wohl ein Drama bevorstand, denn Sue Ellens Kampfgeist schwebte wie eine schwarze Wolke über ihnen. In der Garageneinfahrt neben dem Haus parkte ein rotes Rutschauto, daneben rollte, vom Wind angetrieben, ein vergessener Ball. Gelbe Tulpen blühten um ein Magnolienbäumchen. Auf dem Messingschild neben der weißgetünchten Tür stand in verschnörkelter Schrift der Name *Lessin*. Mit zittrigen Fingern drückte Sue Ellen auf den Klingelknopf, der sich darunter befand. Als sich kurze Zeit später die Tür öffnete, sah Friedelies eine zweite Ausgabe von Sue Ellen, mit gepflegtem schulterlangen Haar und einem Gesicht, in das sich noch nicht die Spuren von Sorgen eingegraben hatten.

»Hallo, Alex. Danke, dass ich kommen durfte«, sagte Sue Ellen mit belegter Stimme.

»Hi, Sue. Schön, dich so nüchtern zu sehen.« Die Zwillingsschwester warf einen Blick auf Friedelies und Jana. »Und das sind deine Freundinnen, wie angekündigt?«

Sue Ellen stellte die beiden mit Namen vor. Friedelies spürte, wie sich die Atmosphäre um sie herum statisch auflud.

Alex bat sie hinein und führte sie in das Wohnzimmer an einen gedeckten Frühstückstisch. Davor saß ein ungefähr zweijähriges Mädchen, das an einem Brötchen lutschte. Das feine blonde Haar war auf dem Kopf zu einem frechen Zöpfchen gebunden. Mit neugierigen Augen schaute es den Besuch an. Sue Ellen stürmte auf die Kleine zu, hob sie aus dem Stuhl und drückte sie an sich. Als das Mädchen vor Schreck lauthals schrie, verspürte Friedelies ein flaues Gefühl im Magen. Sue Ellen begann zu weinen. Alex nahm ihr die Kleine wieder aus dem Arm, aber sie wehrte sich nicht, sondern sank schluchzend auf einen Stuhl. Dann nahm sie ein Papiertuch aus der Tasche und wischte sich über Augen und Wangen. Allmählich ließ auch Maras Geschrei nach. Die eintretende Stille dröhnte geradezu in Friedelies' Ohren. Alex setzte die Kleine wieder in den Hochstuhl und schenkte allen Kaffee ein.

Endlich bekam Sue Ellen den Mund auf. »Ich will mich nicht mehr mit dir streiten.«

»Bist du endlich zur Vernunft gekommen?« Mit beiden Händen umklammerte Alex ihre Tasse. »Trotzdem kann ich dir Mara nicht geben«, sagte sie geradeheraus.

»Das will ich auch gar nicht. Mara ist keine Puppe, die man beliebig hin- und herschieben kann. Außerdem muss ich erst einmal mein Leben in den Griff bekommen.«

Alex sog tief den Atem durch die Nase ein. »Ist das dein Ernst?«

»Ja. In den nächsten Tagen werde ich mich um einen Therapieplatz kümmern.«

Im Stillen dankte Friedelies dem lieben Gott, dass Sue Ellen endlich von ihren Selbstmordabsichten abgekommen war.

Über den Tisch hinweg griff Alex nach Sue Ellens Hand. »Wenn du Hilfe brauchst, bin ich gern für dich da.«

Sue Ellen schenkte ihr ein dankbares Lächeln. Dann stand sie auf und nahm ihre Zwillingsschwester in den Arm.

Kapitel 27

Auch wenn sich für Sue Ellen nun alles zum Guten zu wenden schien, war Friedelies auf der Heimfahrt nicht besonders glücklich. Willis traurige Augen gingen ihr nicht aus dem Kopf, und außerdem sorgte sie sich um Jana, die sich von Stunde zu Stunde tiefer in ihr Schneckenhaus zurückzog.

»Willst du nicht versuchen, mit deinem Vater zu reden?«, fragte Friedelies sie, weil ihr nichts Besseres einfiel. »Schau mal, bei Sue Ellen hat es doch auch geklappt.«

Im Rückspiegel schaute Jana sie böse an. »Sue Ellen hat auch mit dem Trinken aufgehört. Ich kann nicht damit aufhören, mich als Frau zu fühlen.«

»Das wäre auch nicht richtig. Es ist dein Vater, der sich ändern muss. Vielleicht kann ich mit ihm reden.«

»Vergiss es«, zischte Jana.

»Wie du meinst.« Friedelies parkte den Wagen vor ihrer Haustür.

»Was ist eigentlich mit Thea?«, fragte Sue Ellen. »Ihr wollt doch jetzt nicht mehr vom Dach springen, oder?«

Friedelies hätte ihr gern eine Antwort darauf gegeben, war sich aber nicht sicher, welche.

Jana knallte die Autotür zu. »Natürlich will ich das noch. Denkst du, nur weil du jetzt wieder einen Sinn im Leben erkennst, sind wir alle glücklich?«

Betreten schaute Sue Ellen zu Boden. »Ich war so was von dämlich, als ich da oben stand! Es stimmt. Gegen eure Probleme sind meine ein Klacks.«

»Sag so etwas nicht.« Friedelies trat auf sie zu und drückte sie sanft.

Als sie kurz darauf im Haus waren, verschwand Sue Ellen wortlos in Sabines Zimmer.

»Musste das gerade sein?«, sagte Friedelies zu Jana, während sie ihre Schuhe im Dielenschrank verstaute.

Ohne etwas zu erwidern, verzog sich Jana ins Wohnzimmer und stellte den Fernseher an. Friedelies seufzte und verspürte spontan das Bedürfnis, sich einfach ins Bett zu legen und sich die Decke über den Kopf zu ziehen. Doch ehe sie dazu kam, erschien Sue Ellen im Flur. In der Hand hielt sie ihren blauen Sack.

»Was hast du vor?«

»Es ist an der Zeit, mich von etwas zu trennen.«

Sue Ellen öffnete den Sack und zog die Puppe heraus. »Ich denke, die gehört eindeutig in den Müll. Ich weiß gar nicht, wie ich dazu gekommen bin, das zerfledderte Ding mit Mara gleichzusetzen. Der Suff vernebelt einem wirklich das Hirn.«

Trotz der angespannten Atmosphäre in ihrer Wohnung huschte Friedelies ein Lächeln über die Lippen.

Dann hörte sie plötzlich, wie Jana im Wohnzimmer mit jemandem sprach. Rasch gab Friedelies Sue Ellen den Schlüssel zur Müllbox und lauschte mehr oder weniger unfreiwillig dem Gespräch.

Plötzlich lachte Jana. »Das glaub ich nicht!«, prustete sie.

Obwohl Friedelies wusste, dass sie die Neuigkeiten wahrscheinlich gleich erfahren würde, wurden ihre Ohren immer größer.

»Ja, ich auch. Mach's gut, Mick, und danke für den An-ruf.«

Friedelies ging ins Wohnzimmer. »Gibt es Neuigkeiten?«

»Das kann man wohl sagen.« Lächelnd wischte Jana mit dem Handballen über das Display.

»Nun spann mich doch nicht so auf die Folter.«

In der Diele fiel die Tür ins Schloss. Dann erschien Sue Ellen im Wohnzimmer und setzte sich zu ihnen. »Was ist denn hier los? Läuft ein lustiger Film im Fernsehen?«

»Nein, aber Mick hat angerufen«, sagte Jana, immer noch sichtlich amüsiert.

Friedelies platzte fast vor Neugierde. »Ja, und?«

»Stellt euch vor, meine Mutter hat Papa zu einem schwul-lesbischen Fußballturnier geschleppt.«

Sue Ellen machte große Augen. »Was? Und dann?«

»Mehr weiß ich nicht. Mick war ja nicht dabei.«

Friedelies versuchte, sich auszumalen, mit welcher Begeisterung Janas Vater auf dem Fußballplatz gestanden hatte. »Ich dachte, deine Mutter hätte ihn aus dem Haus geworfen.«

»Hat sie auch. Er schläft in der Werkstatt, winselt aber ständig um meine Mutter herum, wie Mick mir erzählt hat.«

»Von ihr hast du aber nichts mehr gehört, oder?«

»Nein.«

»Willst du sie nicht mal anrufen?«

Jana zuckte mit den Schultern. »Morgen vielleicht.«

»Warum nicht jetzt?«, drängte Sue Ellen.

»Weil mir im Augenblick nicht nach einer weiteren Enttäuschung ist.«

Friedelies sah Jana mitleidig an. »Schlimmer, als es jetzt ist, kann es doch nicht werden.«

»Nein, aber ich möchte nicht noch mehr Salz in meine Wunden gestreut bekommen.«

Das Klima im Wohnzimmer kühlte sich merklich ab. Friedelies dachte an Sue Ellens Bemerkung über den lustigen Film. Sie öffnete den Wohnzimmerschrank und suchte zwischen den DVDs nach einer Komödie. »Habt ihr Lust?«, fragte sie und wedelte mit der Hülle.

Jana zuckte mit den Schultern. Sue Ellen nickte. Daraufhin füllte Friedelies eine Schale mit Kartoffelchips und schob die DVD in den Player.

Früher hatte sie die Filme mit Jerry Lewis geliebt, doch diesmal konnte sein Gummigesicht sie nicht zum Lachen bringen. Das ging wohl auch Jana und Sue Ellen so, denn beide starrten teilnahmslos vor sich hin, während Jerrys Finger über die Schreibmaschine flogen.

Als Thea am nächsten Morgen wach wurde, setzte sie sich sofort das Hörgerät ein und griff zum Telefon. Die halbe Nacht hatte sie wach gelegen und sich schrecklich geschämt. Fast hätte sie Friedelies das große Glück vermiest. Sie nahm sich fest vor, solch einen Fehler nicht noch einmal zu begehen und bei Janas Schicksal alles auf den richtigen Weg zu bringen. Sie tippte die Nummer der Autowerkstatt ein, die Janas Vater gehörte und die sie aus dem Telefonbuch herausgesucht hatte.

Bereits nach zweimaligem Klingeln meldete sich der Chef persönlich.

»Wie geht es Ihrem Kreislauf?«, fragte Thea, ohne sich vorzustellen.

»Hä? Wer sind Sie denn?«, blaffte Janas Vater.

»Methusalems Gattin. Sie erinnern sich?«

Am anderen Ende der Leitung wurde es für einen Augenblick still. Dann war ein genervtes Stöhnen zu hören. »Rollstühle reparieren wir nicht.«

»Es ist nicht mein Rollstuhl, der repariert werden muss.«

»Sondern?«

»Das Herz Ihres Sohnes.«

»Reden Sie keinen Mist. Der soll sich endlich wie ein ganzer Kerl benehmen. Dann geht es seinem Herzen auch wieder besser. Und jetzt entschuldigen Sie mich, ich hab zu tun!«, raunzte Janas Vater.

»Ja, das haben Sie. Aber nicht in Ihrer Werkstatt.«

»Das wird mir langsam zu blöd.« Am anderen Ende der Leitung klickte es.

Thea schüttelte den Kopf. Der Kerl war wirklich ein harter Brocken. Sie drückte auf Wahlwiederholung.

»Passen Sie mal auf«, polterte er sofort los. »Ich hab zu tun! Geht das nicht in Ihren verschrumpelten Schädel?«

»Jetzt passen *Sie* mal auf«, blökte Thea zurück. »Einmal habe ich Ihren Sohn dazu bringen können, nicht vom Dach zu springen. Ein zweites Mal wird mir das nicht gelingen. Und Sie können mir glauben: Er wird wieder hochsteigen.«

»Reden Sie keinen Unsinn.« Seine Stimme wurde leiser. »Jan zieht eine Show ab. Mehr nicht. Und jetzt gehen Sie mir nicht weiter auf die Nerven.«

»Gut, wenn Sie meinen. Aber vergessen Sie nicht: Im Leben begegnet man sich immer zweimal. Wir beide treffen uns wahrscheinlich wieder, wenn Sie Ihren Sohn zu Grabe tragen.«

Ein schweres Schluckgeräusch war zu hören. Dann klickte es erneut in der Leitung. Nachdem Thea aufgelegt hatte, rieb sie sich die Hände.

Friedelies erwachte von dem Piepton, den ihr Handy von sich gab. Sie nahm es vom Nachttisch und schaute auf das Display. Ihre Augen sahen jedoch alles noch verschwommen. Benommen setzte sie sich auf und schwang die Beine aus dem Bett. Obwohl wieder ein trostloser Tag vor ihr lag, waren ihre Selbstmordabsichten in weite Ferne gerückt. Manchmal war es schon erstaunlich, wie sich Sorgen verschieben konnten.

Schlagartig hatten sich die Nöte, die sie noch vor weniger als zwei Wochen bedrückt hatten, in Luft aufgelöst. Mit ihrem Ersparten und der Lebensversicherung, die nun ausgezahlt wurde, konnte sie sich von jetzt auf gleich in ein Flugzeug setzen und auf Mallorca ein Café eröffnen. Doch auch Wünsche und Träume änderten sich, das hatte sie in den letzten Tagen erfahren müssen. Nun wünschte sie sich, Jana würde endlich glücklich werden. Und die Sehnsucht nach Willi fraß sich wie Säure in ihr Herz. Friedelies konnte sich nicht vorstellen, dass dieses Gefühl irgendwann einmal abklingen würde. Und mehr, als sie zugeben wollte, schmerzte sie die Enttäuschung über Sabines Verhalten.

Mit hängenden Schultern griff Friedelies erneut nach dem Handy. Mittlerweile hatte sie sich den Schlaf aus den Augen geblinzelt und konnte die Nachricht lesen. Sie war von Willi.

Heute Abend um sechs beim Spanier in der Innenstadt. Bring deine Freundinnen mit. Auch Thea. Daneben hatte er einen zwinkernden Smiley eingefügt.

Sollte das eine Einladung zum Essen sein? Das konnte Friedelies sich nicht vorstellen. Erst recht nicht, dass auch Thea eingeladen war, schließlich hatte diese Willi doch so einiges an den Kopf geworfen. Bestimmt erlaubte er sich einen Scherz. Friedelies vermochte sich keinen Reim darauf zu machen. Als sie aus dem Schlafzimmer schlurfte, war das Badezimmer bereits besetzt. Kaffeeduft waberte aus der Küche und weckte ihre Lebensgeister. Friedelies wollte nachschauen, wer außer ihr schon auf den Beinen war, doch in der Küche fand sie niemanden. Da sah sie auf dem Tisch einen Strauß gelber duftender Freesien stehen. Beim Anblick ihrer Lieblingsblumen schlug ihr Herz schneller. Ihr wurde schwindelig, und sie musste sich erst einmal setzen. Woher wusste Willi nur, dass sie Freesien liebte?

Sue Ellen tapste in die Küche und wünschte ihr einen guten Morgen. »Die wurden hier abgegeben. Gut, dass ich schon auf war. Außer mir hat wohl niemand die Klingel gehört.«

»War denn keine Karte dabei?« Friedelies suchte mit den Augen den Tisch ab.

»Nein, nichts. Nur die Blumen. Glaubst du, sie sind von Willi?«

»Von wem sonst? Ich wüsste sonst niemanden, der einen Grund hätte, mir Blumen zu schicken.«

»Vielleicht war es Thea. Sie hat doch eine Menge Mist gebaut.«

»Mit unseren falschen Verdächtigungen haben wir alle Mist gebaut. Thea hat sie nur direkt ausgesprochen.«

»Da hast du auch wieder recht.« Auf der Suche nach den Tassen klapperte Sue Ellen mit den Schranktüren.

»Ganz rechts«, sagte Friedelies und steckte die Nase in die Blüten.

Kurz darauf erschien auch Jana in der Küche. Als sie die Freesien sah, weiteten sich ihre Augen, und sie stieß einen entzückten Seufzer aus. »Wie schön! Von Willi?«

»Das wissen wir nicht. Es war keine Karte dabei.« Friedelies zog den Stuhl neben sich vor, damit Jana sich setzen konnte.

»Bestimmt hat er dir verziehen. Er liebt dich halt doch.«

Doch Friedelies' Bauchgefühl sagte ihr, dass die Blumen nicht von Willi waren. Ganz bestimmt hätte er eine Karte dazugelegt. »Vielleicht sind sie ja gar nicht für mich«, sprach Friedelies einen Gedankenblitz laut aus.

Sue Ellen stellte eine gefüllte Kaffeetasse vor sie hin. »Für wen denn sonst?«

Friedelies zuckte mit den Schultern.

»Also, ich bekomme bestimmt keine Blumen geschenkt«, sagte Sue Ellen.

Das Kinn auf die Handfläche gestützt, betrachtete Jana verträumt den Strauß. »Und ich erst recht nicht«, seufzte sie.

Am Vormittag kaufte Friedelies ein und kochte anschließend. Trotzdem zogen sich die Stunden schleppend dahin. Die ganze Zeit über musste sie an den Abend denken. Vor lauter Aufregung bekam sie beim Mittagessen wieder keinen Bissen hinunter. Ihr Magen fuhr Achterbahn, deshalb schob sie den Teller mit der Bratwurst und den Kartoffeln schnell von sich. Auch Jana stocherte nur in ihrem Essen herum. Sue Ellen hingegen aß mit einem gesunden Appetit. Dann klingelte in der Diele plötzlich Janas Handy. Diese machte jedoch keinerlei Anstalten aufzustehen.

»Willst du nicht rangehen?«, fragte Friedelies.

»Wozu? Ist wahrscheinlich meine Mutter, die nur wissen will, ob ich noch lebe.«

»Dann solltest du das Gespräch erst recht annehmen. Mensch, Jana, sie macht sich Sorgen. Kannst du das nicht verstehen? Außerdem tut sie doch einiges, um deinen Vater umzustimmen. Denk nur an das Fußballturnier.« Das Telefon verstummte, und Friedelies malte sich aus, was für Höl-

lenqualen Frau Heinemann litt. »Wenn du sie nicht zurück-
rufst, werde ich das tun.« Friedelies erhob sich und ging in
die Diele.

Jana protestierte nicht. Wahrscheinlich war sie froh, dass
Friedelies ihr diese Pflicht abnahm. Auf dem Display stand
Mama. Friedelies drückte auf Anruf.

»Hallo, Frau Heinemann, hier ist Friedelies Werner.«

»Was ist mit Jan?«, kreischte eine Stimme in den Hörer.
»O Gott, sagen Sie jetzt nicht –«

»Jana geht es gut. Beruhigen Sie sich. Ihr war nur gerade
nicht danach, ans Telefon zu gehen.«

Frau Heinemann begann zu schluchzen. »Und ich dachte
schon … Du liebe Güte, ich bin mit den Nerven am Ende.«

»Das kann ich verstehen. Aber es belastet Jana sehr, dass
Ihr Mann nichts mehr mit ihr zu tun haben will.«

»Können Sie Jan, ich meine Jana fragen, ob sie um drei
zum Kaffee kommen würde? Wir haben eine Überraschung
für sie.«

Mit dem Telefon in der Hand ging Friedelies in die Küche.
»Hier, sprich bitte mit deiner Mutter.«

Jana verdrehte die Augen, nahm aber trotzdem das Handy
entgegen. Nachdem sie kurz zugehört hatte, sagte sie: »Papa
auch? Ja, natürlich komme ich.« Sie sprang vom Stuhl auf und
verabschiedete sich von ihrer Mutter. »Papa hat eine Überraschung für mich«, erklärte sie mit fassungsloser Miene.

»Soll ich dich fahren?« Friedelies räumte die Teller vom
Tisch und stellte sie in die Spüle.

»Das wäre lieb.«

Sue Ellen war nun auch endlich satt und reichte Friedelies
ihren leeren Teller. »Na, da bin ich aber mal gespannt.«

»Und ich erst«, warf Friedelies ein.

»Wollt ihr dabei sein?« Janas Gesichtsausdruck verriet, dass sie nur der Höflichkeit halber fragte.

»Ich glaube, wir lassen dich besser mit deinen Eltern allein. Bestimmt wäre es deinem Vater nicht recht, wenn wir mitkommen«, sagte Friedelies.

»Das glaube ich allerdings auch.« Nervös biss sich Jana auf die Unterlippe.

Nachdem Friedelies sie vor ihrem Elternhaus abgesetzt und sich verabschiedet hatte, atmete Jana tief durch. Ob nun doch noch alles gut werden würde? So recht mochte sie nicht daran glauben.

Kurz darauf drückte sie auf den Klingelknopf. Ein aufgedrehtes Kläffen war zu hören. Jana wunderte sich – seit wann hatten ihre Eltern einen Hund? Ihre Mutter öffnete die Tür und ließ sie lächelnd eintreten. Jana folgte ihr ins Wohnzimmer.

Ihr Vater sprang von der Couch, kam ihr entgegen und legte die Hand auf ihre Schulter. »Tach, Jung«, sagte er. Dabei lächelte sein Mund, seine Augen blieben jedoch ernst.

Jana biss sich auf die Zunge, um nicht gleich wieder zu streiten. Dann schaute sie zu dem Körbchen auf der Couch. Ein karamellfarbener Chihuahua zappelte darin herum und versuchte, sich von der riesigen Schleife zu befreien, die um seinen Hals gebunden war.

Ihr Vater hob den kleinen Hund aus dem Körbchen und hielt ihn Jana hin. »Ein Geschenk für dich«, verkündete er.

Jana nahm das Hündchen entgegen und setzte es auf den Boden. Als sie noch klein gewesen war, hatte sie sich immer einen Hund gewünscht. Allerdings einen richtigen, nicht so einen Kläffer wie diesen hier.

»Gefällt er dir nicht?«, fragte ihre Mutter besorgt.

»Doch, klar«, log Jana, um ihre Eltern nicht zu enttäuschen. Dann ging sie auf die Knie und streichelte dem Chihuahua über den Kopf.

»Na, dann ist es ja gut.« Ihr Vater grinste zufrieden und setzte sich an die gedeckte Kaffeetafel.

Jana hätte sich zwar über eine Umarmung eher gefreut als über das Tier, wollte aber nicht undankbar sein. Schließlich kam Papa ihr einen Schritt entgegen, und an diese Möglichkeit hatte sie schon nicht mehr geglaubt.

Nachdem sie sich ebenfalls an den Tisch gesetzt hatte, kramte ihr Vater einen Schlüssel aus der Hosentasche. »Wenn du möchtest, kannst du wieder in deine Wohnung ziehen. Es ist alles noch so, wie du es verlassen hast.«

Ihre Mutter räusperte sich. »Wolltest du nicht noch etwas anderes sagen, Matthes?«

»Ach so, ja.« Er atmete einmal tief durch. »Wie ich dich behandelt habe, war nicht richtig. Es tut mir leid.«

Jana schossen die Tränen in die Augen. Rasch wischte sie sie mit dem Handrücken fort. »Würdest du mich wirklich auch als Tochter akzeptieren?«

»Na, hör mal! Hätte ich dir sonst die Taschenratte geschenkt?« Gespielt empört schaute Papa auf den Chihuahua, der die Schleife inzwischen abgebissen hatte und nun genüsslich darauf herumkaute.

»Wie kommt es denn zu diesem Sinneswandel?«

Aus den Augenwinkeln bemerkte Jana, dass ihre Mutter ihrem Vater mit einem Blick bedeutete, nichts zu sagen. Doch Papa hielt sich nicht daran. Verschämt sah er zu Boden.

»Ich will ehrlich sein. Deine Mutter hat mir sozusagen die

Pistole auf die Brust gesetzt. Ansonsten hätte sie die Scheidung eingereicht.«

Entnervt stöhnte ihre Mutter auf. »Mensch, Matthes, jetzt mach doch nicht alles kaputt.«

Jana hatte sich so etwas schon gedacht.

»Und dann war da noch der Anruf von der Alten«, fuhr Papa unbeirrt fort.

»Was für ein Anruf? Davon weiß ich ja gar nichts.« Janas Mutter kniff die Augen zusammen.

»Ach, die alte Hippe, die bei der Truppe war, mit der Jan hier aufgekreuzt ist, hat mich heute Morgen in der Werkstatt angerufen. Ist aber jetzt auch egal.« Freundschaftlich legte er Jana die Hand auf den Unterarm. »Auf jeden Fall will ich dich nicht ganz verlieren. Lieber habe ich eine Tochter als einen toten Sohn.«

Der kleine Hund ließ kurz von der Schleife ab und kläffte zur Bestätigung.

»Und eins kannst du mir glauben, Jung ... äh, entschuldige, Mädel meine ich natürlich. Es soll bloß keiner wagen, einen blöden Spruch abzulassen. Dann gibt es aber Theater.«

Jana wusste nicht, ob sie darüber lachen oder weinen sollte. Sie wäre ihm am liebsten um den Hals gefallen, hielt sich aber zurück. Er sollte den ersten Schritt machen. Wahrscheinlich würde das noch etwas dauern, aber sie war bereit zu warten.

Kapitel 28

Immer wieder schaute Friedelies zur Uhr. Wenn Jana nicht bald heimkam, würden sie ohne sie zum Spanier fahren müssen. Recht war ihr das nicht, da sie gern erfahren hätte, von welcher Überraschung die Rede gewesen war. Aber anrufen wollte sie auch nicht. Tief in ihrem Herzen spürte sie ohnehin, dass nun auch für Jana alles gut werden würde. Mit Thea hatte sie schon telefoniert. Diese hatte laut in den Hörer gelacht, als sie von der Einladung erfuhr.

Nun stand Friedelies wieder einmal vor ihrem Kleiderschrank und wusste auch diesmal nicht, was sie anziehen sollte. Aus einem Impuls heraus schob sie die mittlere Schranktür auf. In diesem Teil bewahrte sie die Karnevalskostüme und die Bettwäsche auf. Ihr Blick fiel auf das rote Kleid mit dem gestuften Rock. Vor zehn Jahren war sie als Flamencotänzerin verkleidet mit Horst zu einer Sitzung gegangen. Alle hatten sie bewundert, nur ihr Mann nicht.

Zuerst verwarf sie den Gedanken, doch dann gefiel ihr die Vorstellung, es anzuziehen. Ein schöneres Kleid besaß sie sowieso nicht. Und wenn Willi sie wirklich nur an der Nase herumführen wollte, hatte sie eh nichts zu verlieren. Friedelies klopfte das Kleid aus und zog es über. Dann stellte sie fest, dass ihr die passenden Schuhe fehlten. Zum Glück reichte der Saum des Kleides bis auf den Boden, so dass es ihr egal war.

Sue Ellen saß auf dem Sofa und schaute sich einen Film an. Als Friedelies mit ihrem wallenden Kleid ins Wohnzimmer trat, riss sie den Mund auf. »Heiliger Bimbam! Was hast du denn vor?«

»Schminkst du mich?«, fragte Friedelies nur.

Sue Ellen sprang sofort auf. »Na klar. Setz dich, ich hole den Koffer. Und den Fön und die Rundbürste. Die Haare mach ich dir nämlich auch noch.«

Besorgt sah Friedelies auf die Uhr. Noch eine Stunde, bis sie fahren mussten. Bis dahin war Sue Ellen hoffentlich fertig.

Nach einer Dreiviertelstunde stand Friedelies vor dem Spiegel und erkannte sich selbst nicht mehr. Freche Haarsträhnchen zierten ihre Stirn, und ihre grünen Augen stachen wie Smaragde unter dem dunklen Lidschatten hervor. Rundum mit sich zufrieden wartete sie auf Sue Ellen, die gerade die Kleidungsstücke durchsah, die Sabine bei ihrem Auszug zurückgelassen hatte. Da klingelte es an der Tür. Friedelies eilte in die Diele, und kurz darauf stand Jana vor ihr. Sie strahlte und hielt ein Hündchen im Arm, dessen Knopfaugen Friedelies an Willi erinnerten.

»Wie goldig!«, stieß sie aus.

»Was? Ach, du meinst das Frettchen hier.« Jana drückte ihr den Hund in den Arm. »Ein Geschenk meines Vaters. Aber wenn ich ehrlich bin, hätte ich mich über einen Labrador mehr gefreut.«

»Ach, der ist doch so süß!« Friedelies streichelte den Kopf des Chihuahuas. Augenblicklich begann das Tierchen, ihre Hand abzulecken. Dann fiel Friedelies wieder ein, wie knapp die Zeit bemessen war. Mit der freien Hand zog sie Jana in die Wohnung. »Wir müssen uns beeilen. Ich will Willi nicht warten lassen.«

»Und was machen wir mit dem Frettchen?«, fragte Jana ratlos. »Ich weiß gar nicht, ob Hunde in Restaurants erlaubt sind. Na ja, Hund kann man das ja eigentlich nicht nennen.«

Friedelies setzte den Chihuahua ab und kramte in ihrer Handtasche, um zu überprüfen, ob sie alles dabeihatte. »Nehmen wir ihn doch einfach mit. Kann ja nicht viel passieren. Wie heißt das Tierchen eigentlich?«

»Es hat noch keinen Namen.« Jana zuckte mit den Schultern.

»Wie? Das gibt es doch nicht!«, rief Friedelies empört. »Ist es ein Rüde oder eine Hündin?«

Jana betrachtete den Hund. »Er hebt das Bein. Muss also ein Rüde sein.«

»Gut, nennen wir ihn Fridolin. Ich denke, das passt zu ihm.« Für einige Minuten hatte das Hündchen Friedelies von ihrer Aufregung abgelenkt, doch nun kribbelte es wieder in ihrem Bauch. Was der Abend wohl noch bringen würde?

»Leute, es ist Viertel nach fünf«, tönte Sue Ellen hinter ihnen. »Wenn wir nicht zu spät kommen wollen, müssen wir jetzt los.«

Auch diesmal wartete Thea in Mantel und grüner Pudelmütze vor dem Eingang des Seniorenheims. »Mensch, Friedelies, dass du aber auch nie pünktlich sein kannst«, polterte sie zur Begrüßung.

»Wann war ich jemals unpünktlich?« Verständnislos starrte Friedelies sie an.

Da sprang Jana auf den Rollstuhl zu und herzte Thea so fest, dass Friedelies befürchtete, sie würde gleich Knochen brechen hören. Immer wieder rief Jana »Danke« in Theas Ohr, bis diese sie von sich schob.

»Manchmal braucht es nur die richtigen Worte. Hab ja lange genug damit gewartet. So, können wir jetzt los?« Erwartungsvoll schaute Thea zu Friedelies.

Die Parkplatzsituation vor dem Restaurant trieb Friedelies den Schweiß auf die Stirn. Gewiss würde sie noch die halbe Nacht hier herumkurven. Als sie zum dritten Mal an dem Eingang mit dem spanischen Schriftzug über der Tür vorbeifuhr, winkte ihr plötzlich ein Kellner zu. Friedelies hielt mitten auf der Straße an und blockierte die Spur. Ein Hupkonzert ertönte. Der Kellner bot Friedelies an, den Wagen zu parken. So etwas kannte sie nur aus Filmen. Fehlte bloß noch der rote Teppich. Erleichtert stieg sie aus und reichte dem Kellner den Schlüssel. Als auch Thea endlich in ihrem Rollstuhl saß, betrat Friedelies mit klopfendem Herzen das Restaurant.

»Ui, schau mal, lebende Hummer«, sagte Thea hinter ihr.

Doch Friedelies hatte keine Augen für das Aquarium neben dem Eingang. Ihr Blick suchte das Lokal ab, in dem sie bisher offenbar die einzigen Gäste waren. Auch von Willi fehlte jede Spur. Ein glutäugiger Kellner eilte auf sie zu und half ihnen aus Jacken und Mänteln. Als er Friedelies' Kleid sah, schnalzte er anerkennend mit der Zunge. Dann brachte er sie zu ihrem Tisch. Rosenblätter zierten das weiße Damasttuch. In der Mitte flackerten rote Kerzen in einem Leuchter. Rechts von ihr stand ein riesiger Strauß Baccararosen. Friedelies' Augen füllten sich mit Tränen. Willi hatte ihr also doch verziehen.

Lächelnd nahm der Kellner die Champagnerflasche aus dem silbernen Kübel und öffnete sie. Kurz darauf schäumte die Köstlichkeit in den Gläsern. Friedelies hatte den Eindruck, schon allein von der Atmosphäre beschwipst zu sein. Der Champagner wäre gar nicht nötig gewesen.

»Sie sollen ruhig schon anstoßen«, erklärte der Kellner, verbeugte sich und ließ sie allein.

»Mir springt gleich vor lauter Aufregung das Herz aus der Brust«, flüsterte Friedelies.

»Warten wir einfach ab, was geschieht.« Beruhigend tätschelte Jana ihre Hand.

Plötzlich wurde das Licht gedimmt, und ein Gitarrenspieler betrat den Raum. Seine Aufmerksamkeit galt ganz allein Friedelies. Während er sich mit eleganten Schritten näherte, funkelten die silbernen Applikationen auf seinem Bolero im Schein der Kerzen. Dann ließ er die Finger über die Saiten gleiten und sang ein spanisches Lied. Die wehmütige Musik versetzte Friedelies in einen Rausch. In Gedanken träumte sie sich nach Mallorca, wo die Sonne rot im Meer versank. Tränen kullerten über ihre Wangen. Der Spanier beendete sein Lied und verbeugte sich.

Friedelies blieb nur eine kurze Atempause. Bald schon erklangen die ersten Takte feuriger Flamencomusik. Ein Lichtkegel fiel auf die kleine Bühne. Eine Frau mit langen schwarzen Locken und Kastagnetten in den Händen tanzte in das Licht. Ihr Kleid glich dem von Friedelies. Dann trat ein Herr in einem enganliegenden Anzug aus dem Dunkeln und umkreiste die Spanierin mit schwungvollen Schritten. Friedelies stockte der Atem. Willi! Auf solch eine Idee konnte auch nur er kommen!

»Das ist ja der Hammer«, raunte Sue Ellen.

»Schscht!« Thea warf ihr einen bösen Blick zu, bevor sie ihre Aufmerksamkeit wieder auf die Tanzenden richtete.

Hätte Friedelies Willi nicht schon längst geliebt, wäre es spätestens in diesem Moment um sie geschehen gewesen.

Die Spanierin tanzte von der Bühne und ließ Willi allein

zurück. Mit erhobenen Armen drehte er sich im Kreis. Und plötzlich klemmte eine rote Rose zwischen seinen Zähnen. Sein Blick glühte wie Kohlen, als er sich tanzend Friedelies näherte. Da verstummte die Musik. Willi fiel auf die Knie und senkte den Kopf. Friedelies schlug das Herz bis zum Hals. Langsam hob Willi den Blick, nahm die Rose aus seinem Mund und legte sie ihr in den Schoß. Der ernste Blick verschwand aus seinen Augen und er strahlte sie an.

»*Te quiero tanto, mi amor.*«

Ihr Herz verstand die Worte. Friedelies umfasste sein Gesicht mit beiden Händen und sah ihm tief in die Augen. »Ich dich auch. Und das schon mein ganzes Leben.«

Willi erhob sich, zog sie auf die Füße und nahm sie in den Arm. Ein langer Kuss verschloss ihre Lippen. Das ganze Universum drehte sich um sie. Hinterher wusste Friedelies nicht mehr, wie lange sie so gestanden hatten, aber es hätte ruhig für die Ewigkeit sein können.

Erst später, als sie schon lange am Tisch saßen und die Kellner die Nachspeise auftrugen, lichtete sich langsam der Nebel in ihrem Kopf. Friedelies hätte nicht mehr sagen können, was sie gegessen hatte, doch nun erregte ein roter Umschlag neben dem Schälchen mit der katalanischen Cremespeise ihre Aufmerksamkeit.

»Der ist für dich«, sagte Willi

Langsam öffnete Friedelies den Umschlag und zog ein Foto hervor. Sie schluckte. Das Bild zeigte ihr Café mit den lindgrünen Kissen auf den Stühlen und den leuchtenden Bougainvilleas, die sich um die Säulen rankten. »Woher weißt du …?«, stammelte sie.

Willi legte ihr den Arm um die Schultern. »Ach, Liebchen, du hast mir das Café so plastisch beschrieben, dass ein, zwei

Klicks gereicht haben, um es zu finden.« Er griff in die Innentasche seines Boleros und zog ein Schriftstück hervor. »Hier ist der Pachtvertrag. Es ist jetzt deins.«

Friedelies schwirrte der Kopf. »Das kann ich nicht annehmen.«

»Warum denn nicht?«, erwiderte Willi enttäuscht. »Ich habe sogar schon ein Haus für uns in Aussicht.«

»Ich kann doch nicht einfach sang- und klanglos nach Mallorca auswandern. Es gibt hier noch einiges zu regeln«, wandte sie ein.

Thea sah sie mit finsterer Miene an. »Was hast du denn bitte schön noch zu regeln?«

Friedelies blickte in die Runde. »Ich kann euch doch nicht allein hier zurücklassen! Nein, das bringe ich nicht übers Herz.«

»Dann nimm deine Freundinnen doch einfach mit.« Willi hob die Augenbrauen und lächelte, als sei nichts leichter als das.

»Ich weiß doch gar nicht, ob sie das überhaupt wollen.« Friedelies schaute zu Jana, die nachdenklich die Tischdecke betrachtete. Auch Sue Ellen schien in Gedanken versunken.

Thea schüttelte den Kopf. »Was soll ich alter Knochen denn auf Mallorca?«

»Und ich muss erst meinen Entzug machen«, sagte Sue Ellen.

Jana erwiderte Friedelies' Blick. »Und ich habe jetzt einen Kläffer am Hals, den ich nicht überall mit hinschleppen kann.«

»Ohne euch will ich aber nicht auswandern. Ihr könntet Dummheiten machen, wenn ich nicht da bin.« Friedelies glaubte nicht, dass zwischen Jana und ihrem Vater wirklich alles so im Reinen war, wie sie es sich wünschte. Auch Sue Ellen würde mit dem Entzug zu kämpfen haben und war noch lange nicht weg vom Alkohol. Außerdem – wo sollten sie bleiben? Thea hatte wahrscheinlich noch immer keine Lust, älter als hundertundeins zu werden. Nein, sie wollte nicht auswandern und eine Baustelle hinterlassen.

Willi schmollte kurz, dann nahm er sie in den Arm. »Was hältst du davon, wenn wir jetzt deinen Wagen holen lassen und du eine Nacht darüber schläfst?«

Friedelies schenkte ihm ein dankbares Lächeln und nickte.

Am nächsten Morgen saß Jana schon früh im Bus, um zur Werkstatt ihres Vaters zu fahren. Auf ihrem Schoß knabberte Fridolin an seiner Leine. Über Mallorca hatten sie gestern Abend kein Wort mehr verloren, stattdessen war Friedelies sofort zu Bett gegangen. Jana sah aus dem Fenster und dachte daran, was ihr in der Nacht klargeworden war. Es ging hier nicht mehr nur um ihr eigenes Glück. Auch Friedelies hatte ein schönes Leben verdient, aber sie dachte immer viel zu viel an andere. Außerdem wollte sich Jana nichts mehr vormachen, und ihr Vater sollte das auch nicht tun.

Als Jana kurz darauf mit Fridolin unter dem Arm die Werkstatt betrat, stieg ihr der vertraute Geruch von Motoröl in die Nase. Papa saß hinter der Glasscheibe in seinem Büro und schien in Rechnungen vertieft zu sein. Jana klopfte kurz an die Tür und trat ein.

Verwundert blickte ihr Vater auf. »Was machst du denn hier?«

»Wir müssen reden.« Jana setzte ihm das Hündchen auf den Schoß.

»Warum? Ich dachte, es wäre jetzt alles in Ordnung.«

»Das ist es aber nicht. Ich bin keine Barbie, die sich mit einem kleinen Hund abspeisen lässt, der gut in ihre Handtasche passt. Ich will, dass du mich als deine Tochter akzeptierst und nicht nur die Friedenspfeife mit mir rauchst, damit du wieder zu Hause einziehen darfst.«

Ihr Vater setzte Fridolin auf den Boden und schüttelte den Kopf. »Ich hab Angst um dich, Jung.«

»Ich bin nicht mehr dein Jung.«

Ihr Vater presste die Lippen aufeinander. Zum ersten Mal in ihrem Leben sah Jana ihn mit den Tränen kämpfen. »Ja, ich weiß. Aber das warst du 25 Jahre lang. Ich kann jetzt nicht einfach sagen: Na gut, dann hast du eben ab sofort eine Tochter. Ich brauche Zeit, um mich an den Gedanken zu gewöhnen. Verstehst du das nicht? Aber eins weiß ich: Egal, ob du meine Tochter oder mein Sohn bist, ich will dich auf keinen Fall verlieren.«

Jana lächelte unter Tränen. »Nimm dir die Zeit, die du brauchst. Vielleicht werde ich für eine Weile auf Mallorca leben.« Jana hob die Leine auf und drückte sie ihrem Vater in die Hand. »Den schenkst du besser Mama. Er heißt übrigens Fridolin.«

»Du hältst uns aber auf dem Laufenden, oder?«

»Natürlich, Papa.« Jana strich ihm kurz über den Arm und verließ das Büro. Draußen in der Werkstatt traf sie auf Mick, der sie erst erstaunt ansah, dann aber lachte.

»Hey, alles klar? Hast du dich mit dem Alten ausgesprochen?«

Micks Aftershave stieg Jana in die Nase, doch das warme Kribbeln, das sie sonst immer verspürt hatte, blieb aus.

»Hi, Mick. Ja, hab ich.« Kurz erzählte sie ihm von ihren

Plänen und verließ dann die Werkstatt. Nein, Mick war nicht die Liebe ihres Lebens. Das wusste sie jetzt, weil ihr Herz weiterhin ruhig in ihrer Brust schlug.

Kapitel 29

An jedem Tag der vergangenen Woche hatte es pünktlich um acht Uhr morgens an der Tür geklingelt. Mittlerweile gingen Friedelies die Vasen aus, und sie wusste nicht mehr, wohin mit den Freesien. Als sie Willi gebeten hatte, keine mehr zu schicken, hatte er sie mit großen Augen angeschaut und geschworen, er würde seinen Nebenbuhler abmurksen. Als es an diesem Morgen erneut an der Tür klingelte, musste sie lächeln. Mit Sicherheit machte ihr kein anderer Mann den Hof. Gedankenverloren öffnete Friedelies, doch diesmal stand kein Bote vor der Tür. Verdattert schaute sie in das Gesicht ihrer Tochter, die diesmal den Strauß in den Händen hielt.

»Ich kann verstehen, wenn du mir nicht verzeihen willst. Als ich erfahren habe, wer Papa umgebracht hat, hätte ich mich selbst ins Gesicht schlagen können. Was habe ich dir nur angetan?«

Friedelies versuchte, den Kloß in ihrem Hals hinunterzuschlucken. Unfähig, auch nur ein Wort zu sagen, blickte sie in Sabines traurige Augen.

»Ich habe lange nachgedacht. Und du hast recht, Papa hat dich nicht immer gut behandelt. Schon als kleines Mädchen hatte ich immer Angst, ihr würdet euch scheiden lassen.«

Der Kloß in Friedelies' Hals rutschte in ihren Magen. »Du hast also mehr mitbekommen, als mir lieb war.«

Sabine nickte. »Verzeih mir, Mama.«

Friedelies schlang die Arme um ihre Tochter und drückte sie fest an sich. Nachdem sie eine Weile lang so gestanden hatten, bat Friedelies sie herein. »Ich habe aber nicht viel Zeit«, entschuldigte sie sich.

Verwundert betrachtete Sabine die Koffer, die im Flur standen. »Willst du verreisen?«

»Nein, ich eröffne ein Café auf Mallorca. In vier Stunden geht mein Flug.«

»Was? Wolltest du einfach so auswandern, ohne mir Bescheid zu geben?«

»Natürlich nicht.« Friedelies ging in die Küche und nahm den frankierten Briefumschlag vom Tisch, der an Sabine adressiert war. »Den wollte ich auf dem Weg zum Flughafen einwerfen.«

Sabine nahm ihn und wollte ihn schon öffnen, doch Friedelies legte ihr die Hand auf den Arm. »Lies ihn, wenn du allein bist. Vielleicht kommst du mich ja schon bald auf Mallorca besuchen.«

Seufzend schaute sie auf die Koffer. »Schade, dass du nicht etwas eher gekommen bist.« Erst am Abend zuvor hatte Friedelies den Brief geschrieben, in dem sie Sabine nicht nur um Verständnis bat, sondern ihr auch erklärte, wie tief sie sie verletzt hatte. Dennoch würde Friedelies sie immer in ihrem Herzen tragen.

Sabine wischte sich mit dem Handrücken über die Wangen. »Ich geh jetzt wohl besser wieder. Rufst du an, wenn du angekommen bist?«

»Sicher.« Friedelies drückte sie noch einmal an sich und begleitete sie dann zur Tür.

Natürlich hatten sie für Thea ein Ticket mitgebucht, auch wenn diese nichts davon wusste. Nun saßen Friedelies, Jana und Sue Ellen im Taxi und ließen sich zum Seniorenheim fahren. Vor ein paar Tagen hatte Sue Ellen eine hervorragende Suchtklinik auf Mallorca ausfindig gemacht, in der sie sich stationär behandeln lassen wollte. Ob sie danach für immer auf der Baleareninsel bleiben würde, wusste sie noch nicht, denn sie wollte gern ihre Nichte aufwachsen sehen. Jana hingegen hatte Friedelies versprochen, im Café zu helfen – wenn Theas Pflege Zeit dafür ließ.

Ein flaues Gefühl breitete sich in Friedelies' Magen aus, als das Taxi vor dem Heim hielt. Ihnen blieb nicht viel Zeit, um Thea zu überreden – falls es ihnen überhaupt gelingen würde. Schließlich hatte Thea ihren eigenen Willen, und der konnte ziemlich stark sein.

Friedelies atmete tief durch, dann öffnete sie die Tür zu Theas Zimmer. In der Hand trug sie einen leeren Koffer. Hinter ihr folgten Sue Ellen und Jana.

Thea saß am Fenster und blickte hinunter auf den Parkplatz. »Irgendwie stirbt in der letzten Zeit kaum einer.« Dann wandte sie sich ihnen zu. »Seid ihr gekommen, um euch zu verabschieden?«

Friedelies legte den Koffer auf das Bett und klappte ihn auf. »Nein, Thea. Wir verabschieden uns nicht von dir.« Zielstrebig ging sie zum Kleiderschrank und öffnete ihn.

»Was hast du vor?« Stirnrunzelnd beobachtete Thea, wie Friedelies einen Stapel Unterwäsche in den Koffer legte.

»Du fliegst mit uns.« Friedelies faltete das Hochzeitskleid zusammen.

»Bist du jetzt komplett übergeschnappt? Ich habe doch gesagt, ich komme nicht mit. Außerdem habe ich mir schon einen neuen Pfleger ausgeguckt, der mich vom Dach schubsen kann.« Mit flinken Fingern zündete Thea die letzte Kerze an. »Ich habe bereits nach ihm gerufen. Aber bis hier mal einer kommt, ist man ja längst vertrocknet.«

»Von einem Dach kannst du auf Mallorca auch noch springen.« Friedelies bückte sich, streifte Thea die Pantoffeln ab und legte sie in den Koffer.

Gleich darauf zog Jana Thea Straßenschuhe an. »Stell dir vor, du wirst bestimmt die älteste Frau auf Mallorca sein. Und die Sonne wird deinen Gelenken guttun.«

Thea faltete die Hände im Schoß. »Ich habe offenbar keine andere Wahl, oder?«

»Nö«, sagte Sue Ellen und zeigte auf die Kerze. »Die kann ich jetzt wohl ausblasen.«

Drohend hob Thea den Zeigefinger. »Das lässt du schön bleiben.«

Als der Taxifahrer ihren Koffer einlud, schaute Thea noch einmal hinauf zu ihrem Fenster, hinter dem die Flamme ihrer letzten Kerze flackerte. Kein Licht der Welt brannte ewig. Aber mit lieben Freunden an der Seite ließ sich das Ende gut abwarten.

Danke

Wieder einmal bin ich zum Ende einer Geschichte gekommen, die mir großen Spaß gemacht hat. Das liegt wohl auch an den Menschen, die mich bei der Entstehung begleiten. Dafür bedanke ich mich ganz herzlich bei meiner Lektorin Marion Vazquez und dem ganzen Team von Ullstein. Ebenso danke ich Gisela Klemt dafür, dass sie dem Manuskript den letzten Schliff gegeben hat.

Mein Dank gilt auch meiner Agentin Anna Mechler, die mich wunderbar auf meinem Weg begleitet.

Einmal mehr möchte ich an dieser Stelle betonen, dass ich es nicht schaffen würde, meine Geschichten zu schreiben, wenn mein Mann und mein Sohn mir nicht den Rücken stärken würden. Sie geben mir die Ruhe, die ich brauche, wenn ich in eine andere Welt abtauche. In der Phase, in der mich eine Geschichte umtreibt, lächeln sie gelassen über meine Vergesslichkeit und mein fehlendes Gehör. Ich danke euch vielmals für die Liebe und die Harmonie. Ihr seid das größte Geschenk, das ich jemals erhalten habe.

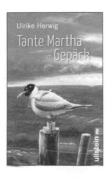

Ulrike Herwig

TANTE MARTHA IM GEPÄCK

Roman

ISBN 978-3-548-28458-3
www.ullstein-buchverlage.de

Karen Thieme freut sich auf die Sommerferien,
da sitzt plötzlich Tante Martha auf der Rückbank
des Familienkombis. So viel Nähe sollte eigentlich
nicht sein. Doch Tante Martha stellt die Schott-
landreise auf den Kopf. Sie zockt Truckfahrer
beim Pokern ab, kennt sich überraschend gut mit
Whisky aus und bringt die Familie in einem hoch-
herrschaftlichen Castle unter. Und Martha hat
noch mehr Trümpfe im Ärmel!

UB662

»Keine Gnade für Klaus-Dieter.
Heute will ich seinen Kopf!«

Bettina Haskamp
HART ABER HILDE

ISBN 978-3-548-28386-9
www.ullstein-buchverlage.de

Pia hat alles, was eine Frau nicht braucht:
Schulden, drei Jobs, einen pubertierenden Sohn,
einen ekelhaften Chef und einen fatalen Hang zu
den falschen Männern. Natürlich würde sie lieber
heute als morgen ihr Leben ändern – aber wie?
Bei einer ihrer Chaos-Aktionen fährt Pia eine alte
Dame um. Ausgerechnet Hilde wird der Schlüssel
zu ihrem neuen Glück.

UB657

Marie Matisek

NACKT UNTER KRABBEN

Ein Küsten-Roman

Schachmatt

im Watt

ISBN 978-3-548-28547-4

Als Falk den Strandkorbverleih auf der schönen Nord-
seeinsel Heisterhoog von seinem Onkel erbt, freut er
sich auf Sonne, Strand und dicke Kohle. Doch weit
gefehlt. Das Ganze artet in Arbeit aus. Wenn Nachbar
Thies, der Einsiedlerkrebs aus dem DLRG-Häuschen,
nicht wäre, könnte Falk schon am ersten Tag einpacken.
Sollte er das Grundstück nicht doch lieber verkaufen?
Dann verliebt sich Falk auch noch. Unversehens gerät
er zwischen alle Fronten – und das in der Hauptsaison.

Auch
als ebook
erhältlich
e-book

www.ullstein-buchverlage.de

ullstein

UB694